Diogenes Taschenbuch 24519

W0297394

PETROS MARKARIS, geboren 1937 in Istanbul, ist Verfasser von Theaterstücken und Schöpfer einer Fernsehserie, er war Co-Autor des Filmemachers Theo Angelopoulos und hat deutsche Dramatiker wie Brecht und Goethe ins Griechische übertragen. Mit dem Schreiben von Kriminalromanen begann er erst Mitte der neunziger Jahre und wurde damit international erfolgreich. Er hat zahlreiche europäische Preise gewonnen, darunter den ›Pepe-Carvalho-Preis‹ sowie die ›Goethe-Medaille‹. Petros Markaris lebt in Athen.

Petros Markaris

Drei Grazien

Ein Fall für Kostas Charitos

ROMAN

Aus dem Neugriechischen
von Michaela Prinzinger

Diogenes

Titel der 2018 bei
Samuel Gavrielides Editions, Athen,
erschienenen Originalausgabe:
›Σεμινάρια Φονικής Γραφής‹
Copyright © 2018 by Petros Markaris
Der Text wurde für die 2018 im Diogenes Verlag
erschienene deutsche Erstausgabe
in Zusammenarbeit mit dem Autor
nochmals durchgesehen
Covermotiv: Foto von Konrad Wothe
Copyright © Konrad Wothe / Lookphotos

Veröffentlicht als Diogenes Taschenbuch, 2020
All rights reserved
Alle Rechte vorbehalten
Copyright © 2018
Diogenes Verlag AG Zürich
www.diogenes.ch
100/20/44/1
ISBN 978 3 257 24519 6

Inhalt

1

»Ein weiter Weg liegt vor dir, Tassia.«

»Führt er bergauf?«

Kalliopi studiert eingehend den Kaffeesatz. »Nein, ich sehe nur eine lange, steinige Straße. Aber an ihrem Ende strahlt ein Licht, das aussieht wie eine aufgehende Sonne.«

»Das betrifft wohl eher deinen Sohn als dich selbst«, sagt Argyro lächelnd zu Tassia.

»Mein Sohn hat sich an drei Universitäten im Fach Biologie beworben«, erklärt Tassia Adriani und bekreuzigt sich. »Wenn das klappt, mache ich eine Wallfahrt zur Gottesmutter nach Tinos.«

Die Unterhaltung über Tassias Zukunft und die ihres Sohnes findet in einem Hotel in Papingo statt.

Eines Morgens war Adriani voller Sehnsucht nach dem Epirus aufgewacht. Da wir aus der gleichen Gegend stammen, steckte sie mich damit an. So beschlossen wir, unsere alte Heimat zu besuchen. Seit unserem Wegzug damals waren wir nur zu zwei traurigen Anlässen zurückgekehrt: zum Begräbnis von Adrianis Mutter und zu dem meines Vaters. Beide Male hatten wir Katerina – einmal als Baby, dann als Kleinkind – mit dabei.

Wir reisten also nach Papingo, und jetzt sitze ich in Gesellschaft von vier Damen, darunter meine Ehefrau, im Speisesaal des Traditionshotels *Zum Granatapfel.* Das Frühstück ist zwar schon abgeräumt, aber die Damen haben sich noch einen Mokka bestellt, damit ihnen Kalliopi die Zukunft aus dem Kaffeesatz lesen kann. Durch das Fenster sieht man das imposante Astraka-Massiv, wo ich als kleiner Junge mit Leimruten auf die Jagd nach Amseln und Wachteln gegangen bin.

Überrascht sehe ich, wie rege sich Adriani an der Interpretation der bevorstehenden Ereignisse beteiligt. Anscheinend haben die drei Damen sie mit ihrer Begeisterung für die Wahrsagekunst infiziert. Von ihrer Mutter hat sie das bestimmt nicht. Obwohl, früher befassten sich die Frauen – in der Hoffnung auf eine bessere Zukunft – ausführlich mit dem Kaffeesatz. Da ich sonst immer den ganzen Tag auf der Dienststelle bin, habe ich keine Ahnung, was Adriani tagsüber so treibt. Kann sein, dass sie in meiner Abwesenheit ständig zwischen Tarotkartenlegerinnen und Kaffeesatzleserinnen hin und her pendelt. Wer weiß.

»Siehst du vielleicht ein großes Gebäude?«, fragt Tassia Kalliopi.

»Was für ein Gebäude?«

»Die künftige Uni meines Sohnes«, erklärt Tassia.

Kalliopi mustert die Kaffeetasse ausgiebig. »Ein Gebäude kann ich nicht erkennen, aber eine größere Menschengruppe«, meint sie schließlich.

»Das wird der Fachbereichsvorstand sein, in dem über seine Bewerbung entschieden wird«, schlussfolgert Tassia und bekreuzigt sich erneut. »Ach, heilige Muttergottes!«

»Jetzt sind Sie dran, Frau Adriani«, sagt Kalliopi und nimmt die umgedrehte Tasse meiner Frau zur Hand.

Ich ergreife die Flucht, da ich keine Lust habe, Adrianis Zukunft zu erfahren, die vermutlich auch mich selbst betrifft.

»Glauben Sie nicht an den Kaffeesatz, Herr Charitos?«, fragt Argyro, als sie merkt, dass ich Anstalten zum Aufbruch mache.

»Ich will lieber keine Prophezeiungen hören. Sie könnten mich beeinflussen«, antworte ich, während Adriani mir einen undefinierbaren Blick zuwirft. Sie scheint hin- und hergerissen, ob sie sich über meine Worte aufregen oder mir meine Befürchtungen abkaufen soll.

Bevor sie auf die eine oder andere Art reagiert, verlasse ich den Speisesaal und trete auf die Veranda vor dem aus großen Steinquadern gebauten Hotel. Ich atme tief durch, während mein Blick über die Bäume hinweg zum Gipfel des Astraka schweift.

Es ist Mitte September, aber das Wetter ist – zumindest bis zum Sonnenuntergang – noch mild. Wenn es dunkel wird, kühlt es ab, und an manchen Abenden muss man in einem Kafenion oder Restaurant Zuflucht suchen. Aber ich will mich nicht beschweren, wir fahren ja immer im September in Urlaub. Uns ist es lieber, den Hochsommer in Athen zu verbringen, als uns Mitte Juli an dem alljährlichen Exodus der Athener zu beteiligen. Selbst wenn wir auf eine entlegene Insel oder in ein Bergdorf fahren würden, müssten wir das Martyrium der Hin- und Rückfahrt auf uns nehmen. Dann verwandelt sich das griechische Verkehrsnetz in eine einzige, riesige Straßenblockade, und Adriani ruft schon, wenn ich den Seat nur in Gang setze, vorauseilend »Pass auf!«.

Argyro, Kalliopi und Tassia haben wir hier im Hotel kennengelernt. Alle drei sind Rentnerinnen, Argyro und Kalliopi sind unverheiratet, Tassia ist verwitwet, und sie fahren immer gemeinsam in Urlaub. Schnell haben sie sich mit Adriani angefreundet. Am ersten Tag stellten sie sich einander vor, am zweiten Tag waren sie bereits unzertrennlich. Seitdem sind wir zu fünft unterwegs und unternehmen gemeinsam Ausflüge.

Auf einen Spaziergang habe ich gerade keine Lust. Außerdem plant Adriani mit ihren Freundinnen vielleicht eine Exkursion, da darf ich mich nicht aus dem Staub machen, sonst kriege ich was zu hören. Deshalb nehme ich auf einem der Loungesessel Platz, betrachte den Astraka und erinnere mich an meinen Vater, der mir, wenn er gut gelaunt war, von den Bürgerkriegsschlachten zwischen Astraka und Gamila erzählte.

Das Läuten meines Handys unterbricht meine Gedanken. Katerina. »Was gibt's Neues, Papa? Wie geht es euch?«

»Wunderbar. Die Sonne scheint, und deine Mutter hat nette Gesellschaft gefunden.«

»Was für Gesellschaft?«, will sie wissen.

»Drei sehr sympathische Damen, die mich zu ihrem Chauffeur ernannt haben. Und jetzt bringe ich sie zu allen Sehenswürdigkeiten.«

»Ach, du Ärmster!«, meint sie und kann dabei ein Lachen nicht unterdrücken.

»Und wie ist es in Athen?«, frage ich.

»Wie immer im September, wenn alle aus den Ferien zurück sind«, antwortet sie. Mit beiderseitigen Grüßen an alle legen wir auf.

Ich frage mich gerade, wie lange das eingehende Studium eines Kaffeesatzes eigentlich dauert, als Adriani auftaucht.

»Na, was habt ihr herausgelesen?«, frage ich.

Sie blickt mich mit einem verschmitzten Lächeln an. »Sag ich nicht.«

»Seit wann interessiert dich so etwas überhaupt?«

Von ihrer Miene her zu schließen, müssen die Zukunftsaussichten rosig sein. Aber ich bedränge sie nicht weiter. Sie hat die Schotten dicht gemacht und wird mir nichts sagen.

»Was soll das denn sein?«, hören wir eine Stimme hinter uns.

Als wir uns umdrehen, erblicken wir die drei Grazien. Ihre Blicke sind auf einen riesigen Vogel geheftet, der die Hänge des Astraka herunterschwebt. Als er zur Seite gleitet, erkennt man, dass Rücken und Bauch weiß, Flügel und Beine rot sind. Er hält die Schwingen reglos ausgestreckt und gleitet langsam in die Schlucht hinunter. Wenn es tatsächlich ein Vogel ist, dann muss er sich von einem anderen Kontinent hierher verirrt haben.

»Ist das ein Adler?«, fragt Kalliopi.

»Bist du noch bei Trost?«, wirft Argyro ein. »Hast du jemals einen Adler mit roten Flügeln gesehen? Gut, im bekannten Lied von Chatzidakis kommt ein Adler mit gestutzten Flügeln vor. Aber einen mit roten Schwingen gibt's nirgends.«

»Der hat nicht nur rote Flügel, sondern auch noch eine Brille auf«, fügt Tassia hinzu.

»Eine Brille?«, wundert sich Adriani.

»Ja, siehst du denn nicht, dass er eine schwarze Brille trägt? Eine richtige Fliegerbrille!«

»Dann ist es vielleicht ein Mensch?«, fragt Kalliopi.

»Es ist ein Mensch, und noch dazu ein Deutscher«, hören wir eine Stimme hinter uns sagen.

Als wir uns umwenden, sehen wir Maria, die fünfzigjährige Hotelbesitzerin, am Eingang stehen. »Es sind ein paar verrückte Deutsche«, erklärt sie uns. »Sie klettern auf den Astraka und den Gamila hoch, ziehen sich Flügel an und stürzen sich hinunter. Es heißt sogar, sie gleiten die Hänge des Smolikas hinunter, aber das habe ich nicht mit eigenen Augen gesehen.«

»Gütiger Gott!«, sagt Adriani und bekreuzigt sich.

»Schauen Sie in die Schlucht hinunter«, meint Maria.

Unten erblicken wir ein paar Typen, die nach oben winken.

»Und was machen die dort? Nur zuschauen?«, fragt Argyro.

»Nein, das ist das Bodenpersonal. Sie helfen beim An- und Ablegen der Flügel und der übrigen Ausrüstung«, erläutert Maria.

»Die sind verrückt«, schlussfolgert Tassia.

»Das ist nicht gesagt. Jedenfalls scheinen sie ihren Spaß dabei zu haben«, erwidert Argyro.

»Wollen wir uns das nicht aus der Nähe anschauen?«, schlägt Adriani vor.

»Aber wir wollten heute doch nach Zagori fahren«, meint Kalliopi unschlüssig.

»Das können wir verschieben, Kalliopi«, antwortet Argyro. »Die Zagori-Dörfer stehen auch morgen noch, die Vogelmenschen können jederzeit davonfliegen.«

Alle drehen sich gleichzeitig nach mir um und fixieren

mich mit ihren Blicken. Sie haben offenbar nicht vor, zu Fuß in die Schlucht zu wandern.

»Na dann, los!«, sage ich, weil ich ihnen einerseits den Gefallen tun, andererseits selbst das Schauspiel aus der Nähe sehen möchte.

»Zieht euch etwas Warmes an, in der Schlucht ist es kühl«, warnt uns Maria.

Dann kehren wir alle ins Hotel zurück, um Jacken und Pullover zu holen. Ein paar Minuten später treffen wir uns am Eingang wieder und machen uns mit dem Seat auf den Weg.

2

Der Seat müht sich über die holprige Straße. Bei jeder Unebenheit stößt eine der Damen auf dem Rücksitz einen kleinen Schrei aus. Ich aber habe ganz andere Sorgen. Ich fürchte, dass unsere Rückfahrt nach Athen problematisch werden könnte und der Seat zuvor in die Werkstatt muss.

»Sollen wir den Wagen nicht besser stehen lassen?«, frage ich. »Das ist die reinste Via Dolorosa für ihn.«

Unter allgemeiner Zustimmung stelle ich den Seat unter einem Baum ab. Aber auch der Fußweg ist nicht leicht zu bewältigen, da uns der steinige Wanderpfad zu schaffen macht. Die Zeiten sind vorbei, als wir barfuß über schroffe Felsen liefen, sage ich mir. Am besten hat es wohl der Seat getroffen.

»Meine armen Beine«, stöhnt Argyro. »Ich werde ins Hotel zurückhumpeln und morgen nicht aus dem Bett kommen.«

»Ich habe euch doch gesagt, wir sollten in die Zagori-Dörfer fahren, aber ihr wolltet ja den Fliegenden Holländer sehen«, bemerkt Kalliopi.

»Was für einen Holländer? Es sind doch Deutsche! Hast du nicht gehört, was Maria gesagt hat?«, hält ihr Adriani entgegen.

Kalliopi lacht auf, während ihr die anderen drei irritierte Blicke zuwerfen.

Wir erreichen die Ausläufer des Astraka-Gebirges genau in dem Moment, als der Flugkörper deutscher Provenienz zur Landung ansetzt. Nur, dass er nicht wie ein Vogel oder Flugzeug im sanften Anflug landet, sondern quasi senkrecht vom Himmel fällt. Zwei Leute, die in der Schlucht warteten, heißen ihn mit Applaus willkommen. Als er die Brille ablegt, stellen wir fest, dass Graf Zeppelin weiblichen Geschlechts ist. Es handelt sich um eine vierzigjährige Frau, die sich lächelnd vor ihrem Publikum verbeugt.

»He, das ist ja eine Frau!«, wundert sich Tassia.

»Das fehlte noch!«, meint Argyro.

»Warum sollen Frauen nicht fliegen?«, fragt Kalliopi. »Soviel ich weiß, gibt es nicht nur Männchen unter den Vögeln.«

Damit bringt sie uns alle zum Lachen.

Die Deutschen drehen sich um und blicken uns überrascht an. Die beiden Männer bleiben ernst, aber die Fliegerin lächelt uns zu.

»Kommt, wir gratulieren ihnen zu ihrer Leistung«, bemerkt Tassia. »Auch wenn sie uns Faulpelze und Schmarotzer nennen, so sind wir doch noch immer gute Gastgeber.«

Wir gehen lächelnd auf die Deutschen zu, die unsere Freundlichkeit erwidern.

»Bravo!«, sagt Kalliopi bewundernd zur Fliegerin.

»Danke«, antwortet die zuerst auf Deutsch und fügt dann auf Englisch hinzu: *»Thank you.«*

Plötzlich spricht Argyro die Leute auf Deutsch an, was die drei sichtlich freut.

»Kann sie denn Deutsch?«, will Adriani von Kalliopi wissen.

»Ja, sie hat es im Goethe-Institut gelernt. Wie gut sie wirklich spricht, kann ich nicht beurteilen. Wenn es so gut ist wie mein Französisch, das ich am Französischen Kulturinstitut gelernt habe, ist es wohl mehr ein Radebrechen.«

Ich verschweige lieber, wie traurig es um meine eigenen Englisch-Kenntnisse steht. Aber ich finde Trost beim Gedanken, dass ich die Sprache an keinem ausländischen Kulturinstitut, sondern an der Polizeischule gelernt habe und mich danach im Präsidium mit Hilfe von Migranten weiterbildete.

Argyro unterbricht kurz das Gespräch, um uns ihre Konversation mit den Deutschen zu übersetzen. »Sie haben mir erzählt, dass sie jedes Jahr herkommen«, weiß sie zu berichten. »Sie reisen immer in einer Gruppe an. Die anderen sind vom Gamila-Gebirge aus gestartet. Es gefällt ihnen hier, weil die Leute freundlich sind und ihren Flugkünsten Beachtung schenken. In Deutschland kräht kein Hahn nach ihnen.«

»Hast du gefragt, was sie beruflich machen?«, fragt Tassia.

»Alle drei arbeiten an der Uni. Die Frau unterrichtet Soziologie, der Bärtige ist Germanist, und der Dritte mit dem Strohhut ist Jurist.«

»Den Winter verbringen sie als Bücherwürmer in den Bibliotheken, den Sommer frei wie die Vögel in der Luft. Eine schöne Kombination«, bemerkt Kalliopi.

Wir nähern uns, um uns zu verabschieden. Die beiden Männer strecken uns sofort die Hand entgegen, was mich an Uli erinnert, der mir stets zum Gruß die Hand drückt. Die Frau beschränkt sich auf ein Nicken und ein Lächeln. Aber wohl nur deswegen, weil ihre Hände noch an die Flügel fixiert sind.

Zurück beim Seat, ruhen wir uns zehn Minuten aus, um wieder zu Atem zu kommen. Die Frauen auf den Rücksitzen massieren sich unter leisen Seufzern Beine und Knie. Nur Adriani sitzt stoisch da.

»Offenbar hast du nicht vergessen, wie man über Felsen klettert«, necke ich sie.

»Doch doch, ich hab's verlernt. Aber ich habe die Ziegenpfade meines Heimatdorfes vermisst. Deshalb genieße ich es jetzt«, antwortet sie und wendet sich an ihre Freundinnen: »Begreift ihr jetzt, warum wir uns mit den Deutschen nicht verständigen können?«, fragt sie.

Alle blicken sie gespannt an. »Na sag schon!«, meint Argyro.

»Weil sie hoch oben fliegen wie die Vögel, während wir unten gründeln wie die Fische. Wie soll man da zusammenkommen!«

Die drei Grazien lachen auf, für sie sind Adrianis Sentenzen noch etwas ganz Neues.

»Adriani, wie toll, dass wir dich getroffen haben!«, sagt Tassia.

»Hat sie immer gleich den passenden Spruch parat?«, will Argyro von mir wissen.

»Ja, und jetzt ist sie auch noch in heimischen Gefilden, und da ist sie besonders inspiriert«, erwidere ich.

Die anderen merken nicht, dass mir Adriani einen erzürnten Blick zuwirft.

»Jedenfalls seid ihr die ideale Ferienbekanntschaft! Wenn ich jemals noch ein böses Wort über Polizisten höre, werde ich sauer«, fügt Kalliopi hinzu.

Zufrieden starte ich den Seat, nachdem ich meinen Anteil an den Komplimenten eingeheimst habe. Diesmal fahre ich im Schritttempo, um die Fahrgäste und nicht zuletzt auch den Seat vor allzu heftigen Stößen zu bewahren.

Als wir im Hotel ankommen, eilen wir auf unsere Zimmer, um uns ein wenig frisch zu machen.

»Was sollte die Bemerkung über die heimischen Gefilde?«, sagt Adriani, sobald die Tür des Hotelzimmers ins Schloss fällt.

»Ich kann es nicht fassen«, sage ich. »Nach so einem anstrengenden Marsch bist du immer noch streitlustig?«

»Ehrlich gesagt bin ich aus der Übung«, gesteht sie. »Ich habe zwar nicht ständig gejammert, aber die Zähne musste ich schon zusammenbeißen. Allzu angenehm war die Wanderung nicht. Ich gehe jetzt zur Entspannung unter die Dusche.«

Ich warte, bis ich an der Reihe bin, und schlüpfe im Anschluss zu Adriani ins Bett. Schlagartig versinken wir beide im Tiefschlaf.

Erst als es an der Tür klopft, schlage ich die Augen wieder auf. »Herr Kommissar, störe ich?«, höre ich eine Stimme flüstern.

Ich fahre aus dem Bett hoch und gehe zur Tür. »Nein, wir sind schon wach«, wispere ich, damit Adriani nicht aufwacht.

»Bleiben Sie im Hotel?«

»Nein, geben Sie uns eine halbe Stunde.«

»Gut, wir warten unten.«

»Wer war das?«, ertönt Adrianis Stimme hinter mir.

»Eine unserer Ferienbekanntschaften. Sie fragt, ob wir heute Abend im Hotel bleiben.«

»Natürlich nicht! Wir sind doch nicht hergekommen, um im Hotel zu hocken.«

Zwanzig Minuten später begeben wir uns in die kleine Lobby hinunter, die am Morgen als Frühstücksraum dient. Obwohl uns die anderen geweckt haben, sind wir die Ersten. Kurz darauf erscheint Argyro, und ein paar Minuten später folgen Kalliopi und Tassia.

Wir beschließen, essen zu gehen, und Kalliopi schlägt vor, in ein anderes Dorf zu fahren. »Wir wollten doch schon am Morgen einen Ausflug machen, aber die geflügelten Deutschen haben uns ganz aus dem Konzept gebracht.«

»Schön, und wohin soll es gehen?«, fragt Tassia. »Es gibt an die vierzig Zagori-Dörfer.«

»Adriani weiß bestimmt Rat«, meint Argyro.

»Dann fahren wir nach Kato Pedina, in mein Heimatdorf«, sagt Adriani. »Dort liegt eine alte Steinbrücke in der Vikos-Schlucht, die einen Besuch wert ist.«

»Ich würde ja gern mit meinem Auto hinfahren, aber leider kenne ich den Weg nicht und habe Angst, mich zu verfahren«, meint Tassia. »Vielleicht wollten Sie, Herr Kommissar, sich ans Steuer setzen? Sie kennen sich hier doch gut aus!«

Sie besitzt einen funkelnagelneuen Toyota, und ich habe keine Lust, mich von der ständigen Angst, einen Kratzer zu verursachen, stressen zu lassen.

»Nein, wir fahren besser mit meinem Wagen, um unliebsame Überraschungen zu vermeiden.«

Da niemand etwas dagegen hat, steigen wir alle wieder in den Seat. Ich hoffe inständig, dass er anspringt, und zum Glück enttäuscht er mich nicht.

»Wie fahren wir am besten?«, frage ich Adriani, die sich hier besser auskennt als ich.

»Über die Landstraße nach Ano Pedina«, antwortet sie. »Das ist der kürzeste Weg.«

Ich fahre zunächst auf die Landstraße und biege dann nach links nach Ano Pedina ab. Die Fahrzeit wäre nicht lang, käme man auf der schmalen, einspurigen Straße etwas schneller voran. Aber sie ist nur andeutungsweise asphaltiert, und alle fünfzig Meter muss man ausweichen, wenn es Gegenverkehr gibt.

Schließlich gelangen wir unter Adrianis Führung zum zentralen Dorfplatz von Messochori.

»Was ist das für eine Kirche?«, fragt Kalliopi und deutet auf einen Bau, der ein Stück entfernt am Straßenrand steht.

»Die Sankt-Athanassios-Kirche«, klärt Adriani sie auf.

»Wollen wir sie besichtigen?«

»Ja, aber später. Die Brücke in der Vikos-Schlucht sehen wir uns am besten noch vor der Dämmerung an.«

Wir lassen den Seat stehen und marschieren los. Adriani übernimmt die Führung, und wir folgen im Gänsemarsch wie die Pfadfinder.

Der sogenannte Wanderweg ist allerhöchstens ein Ziegenpfad. Keuchend kommen wir bei unserem Ziel an. Wir bleiben auf der alten Steinbrücke stehen und blicken uns um. Beiderseits erheben sich die Felsen der Vikos-Schlucht, unter uns verläuft ein ausgetrocknetes Flussbett.

Nicht nur die Damen bewundern die Landschaft. Auch ich selbst bin ganz bezaubert, ich hatte vergessen, wie schön es hier ist. Man könnte Stunden hier stehen und schauen, aber Adriani bringt uns auf den Boden der Tatsachen zurück. »Wir müssen umkehren, bevor es dunkel wird, sonst können wir den Weg nicht mehr erkennen.«

»Was wir Städter alles verpassen«, bemerkt Kalliopi.

»Tja, und was die Dörfler erst verpassen«, antwortet Adriani.

Wir schlagen den Rückweg ein. Mittlerweile haben wir uns an den Ziegenpfad gewöhnt und fühlen uns sicherer. Die Damen bestehen darauf, noch vor dem Essen die Sankt-Athanassios-Kirche zu besichtigen.

Ich füge mich ins Unvermeidliche und folge ihnen lustlos, da mir schon der Magen knurrt. Glücklicherweise ist die Besichtigung nur kurz, da man in der lichtlosen Kirche kaum etwas erkennen kann.

Ein Stück weiter erblicken wir auf dem Dorfplatz den Steinbau einer kleinen Taverne.

»Habt ihr damals im Sommer hier gegessen?«, fragt Tassia Adriani.

»Dafür reichte unser Geld nicht«, lautet die trockene Antwort meiner Frau.

Der Abend ist mild, und es sitzt noch eine weitere Gruppe im Gastgarten. Kalliopi schlägt vor, auch draußen zu bleiben.

»Erkälten wir uns nicht, wenn es gleich abkühlt?«, fragt Argyro.

»Nein, so schlimm ist es um diese Jahreszeit noch nicht. Wir haben ja Jacken dabei«, meint Adriani.

Die draußen sitzende Gesellschaft besteht aus der Fliegerin und den beiden Männern, die wir am Vormittag am Astraka getroffen haben. An ihrem Tisch hat noch ein deutsches Pärchen Platz genommen.

Unsere Bekannten geben uns lächelnd die Hand. Mit Argyros Hilfe stellen sie uns das Pärchen vor.

»Sie arbeiten auch an der Uni«, erläutert uns Argyro zusammenfassend.

Wir nehmen am Nebentisch Platz und bestellen Tsipouro, den einheimischen Tresterschnaps, nur Adriani ordert ein Glas Weißwein.

»Tsipouro!«, rufen die Deutschen dem Kellner zu, wobei sie ihre kleine Karaffe schwenken. Dann verwickeln sie Argyro in eine Unterhaltung auf Deutsch.

»Seit sie hier sind, trinken sie jeden Abend Tsipouro«, übersetzt Argyro. »Sie sind ganz verrückt danach.«

Der Kellner bringt die Salate und Grillgerichte. Schweigen macht sich an beiden Tischen breit, da alle sich auf das Essen konzentrieren. Nur sporadisch fliegen – mit Argyros Vermittlung – ein paar Sätze hin und her, aber mehr, um den höflichen Anschein zu wahren. Dann bringt uns der Kellner eine neue Karaffe Tsipouro.

»Aber wir haben doch gar nichts bestellt«, wundert sich Tassia.

»Spendiert vom Nebentisch«, erklärt der Kellner.

Die Deutschen helfen uns aus der Verlegenheit, indem sie ihre Gläser heben. *»Jia mas!«*, prosten sie uns einstimmig auf Griechisch zu.

»Zum Wohl und vielen Dank!«, gibt Kalliopi zurück. »Das war doch nicht nötig.«

Die Deutschen sagen etwas, und Argyro übersetzt. »Sie reisen morgen nach Deutschland zurück, weil die Uni wieder anfängt«, erklärt sie uns. »Die drei Männer müssen unterrichten, die Fliegerin und die andere Frau an ihren Forschungsvorhaben weiterarbeiten.«

»Auf ihren Höhenflügen haben sie hier die gute Luft genossen, aber jetzt kehren sie in ihre Büros zurück«, sagt Tassia. »Ehrlich gesagt, sind sie zu beneiden. Hoffentlich ist meinem Sohn auch so ein Schicksal beschieden.«

»Wie? Was? Vom Astraka herunterzufliegen?«, zieht Kalliopi sie auf.

»Tja, da hätte ich auch nichts dagegen. Es scheint ja richtig Spaß zu machen.«

Die Deutschen stehen auf und kommen herüber, um sich zu verabschieden. Wieder geben sie uns die Hand, und wir bedanken uns für die Einladung zum Tsipouro. Als sie gegangen sind, setzen wir uns wieder hin und trinken den spendierten Schnaps aus.

3

Wir diskutieren ein letztes Mal die Fahrtroute, bevor wir die Heimfahrt nach Athen antreten, denn Adriani beharrt darauf, die Straße nach Arta zu nehmen, um nach Rio zu gelangen. Endlich fahren wir los, und hinter uns folgt der Toyota mit den drei Grazien.

Die Idee, gemeinsam nach Hause zu fahren, stammt von Kalliopi. Sie wollte unsere nette Ferienbekanntschaft noch über den Hotelaufenthalt hinaus auf die Heimfahrt ausdehnen, so dass wir immer wieder gemeinsam Station machen könnten. Das ist auch der Grund, warum wir früh morgens losfahren, um Zeit für längere Pausen zu haben und nicht erst um Mitternacht zu Hause zu sein.

Die Landstraße ist ziemlich befahren. Da sie nur notdürftig geflickt und voller Schlaglöcher ist, kommen wir nur im Schneckentempo voran.

Ich schalte zur Entspannung und Ablenkung das Radio an und erwische eine jener Sendungen, in der Hinz und Kunz, ob weiblich oder männlich, irgendeinem Radioreporter das Herz ausschüttet.

»Mach entweder Musik an oder schalte es ganz aus«, meint Adriani genervt.

Hinter mir höre ich das Hupen des Toyota. Im Rückspiegel sehe ich, wie mir Tassia zuwinkt. Bei der nächsten

Gelegenheit fahre ich an den Straßenrand und bleibe stehen. Der Toyota stoppt hinter mir, und Argyro steigt aus, um mit uns zu reden.

»Tassia fragt, ob wir in Agrinio auf einen Kaffee gehen.«

»Warum in Agrinio?«, wundert sich Adriani. »In Patras haben wir bestimmt eine größere Auswahl an Lokalen. Oder wollt ihr lieber an der Autobahn Korinth–Athen einen Zwischenstopp machen?«

»Dort haben wir schon Souflaki einprogrammiert. Eine gute alte Tradition!«, meint Argyro lachend.

Die Aussicht auf ein Souflaki-Lokal hebt meine Laune. Adriani weiß, wie sehr ich Souflaki liebe, möchte es mir aber am liebsten verbieten. Zu Hause haben wir schon ewig kein Souflaki mehr gegessen, das letzte Mal war 2004 beim Endspiel der Fußballeuropameisterschaft. Damals hatten Fanis und Katerina welche mitgebracht, um das Spiel nach allen Regeln der Kunst zu genießen. Adriani war zwar überhaupt nicht begeistert, doch Fanis hatte sie zum Schweigen gebracht, indem er sagte: »Ein Endspiel ohne Souflaki ist wie Fußball ohne Ball.«

Die Vorfreude auf den Kaffee und die Portion Souflaki lassen mich aufs Gas steigen. Wir schlagen den Weg zum Hafen von Patras ein, doch dort stoßen wir auf eine polizeiliche Absperrung: Jeder Wagen wird samt Insassen kontrolliert. Vor dem Hafen haben sich Migranten versammelt. Einige blicken zu den Terminals hinüber, andere unterhalten sich.

Ich halte vor einem der Terminals an und frage einen Polizeibeamten, was los sei. Das ist eine Art Berufskrankheit, eigentlich geht es mich gar nichts an.

»Damit haben wir jeden Tag zu kämpfen«, erklärt mir der Beamte. »Die Migranten versuchen, auf das Hafengelände zu kommen und auf ein Schiff zu schlüpfen – egal, wohin es fährt. Damit haben wir schon alle Hände voll zu tun. Zusätzlich kontrollieren wir auch noch die LKWs, weil viele der Fahrer gegen Bezahlung Migranten als blinde Passagiere auf die Schiffe einschleusen.«

Wir machen eine kurze Lagebesprechung, um uns auf ein Kafenion zu einigen, das allen zusagt. Kalliopi und Tassia lassen jedoch nicht mit sich verhandeln.

»Ich trinke keinen Kaffee, wenn ich dabei Migranten vor Augen haben muss«, erklärt Kalliopi. »Ab morgen werden wir in Athen mehr als genug davon zu sehen kriegen.«

»Warum fahren wir nicht nach Rio? Dort ist es netter«, schlägt Argyro vor.

Unter allgemeiner Zustimmung brechen wir nach Rio auf.

»Wenn Kalliopi wüsste, dass Katerina Migranten als Mandanten hat«, sagt Adriani im Wagen zu mir.

»Gut, dass das beim Kaffeesatzlesen nicht schon herauskam«, antworte ich lachend.

Sie wirft mir einen schrägen Blick zu, aber ich bin froh, dass ich weiteren kritischen Bemerkungen über die Mandanten unserer Tochter zuvorgekommen bin.

Wir brauchen circa eine halbe Stunde nach Rio. Dort suchen wir uns einen Platz in einem gut besuchten Café mit Meerblick.

»Schön, hier ist es prima«, gibt sich Tassia nun zufrieden.

Adriani bestellt Tee, ich wie üblich griechischen Mokka und die drei Damen Cappuccino.

»Haben Sie bei der Mordkommission viel mit Migranten zu tun, Herr Kommissar?«, fragt Argyro.

»Du stellst Fragen! Die tun ja nichts anderes als sich gegenseitig abschlachten!«, erwidert Tassia an meiner Stelle.

»Es sind nicht alles Mörder, die meisten Migranten sind ganz normale Berufstätige«, wiegle ich ab, da ich keine Lust habe, mich an meinem letzten Urlaubstag auf eine solche Diskussion einzulassen.

»Wenn Sie mehr über Migranten wissen wollen, müssen Sie meine Tochter fragen. Sie hat sich auf diesen Bereich spezialisiert«, mischt sich Adriani ein.

»Wieso? Arbeitet sie in einer NGO für Flüchtlinge?«, fragt Kalliopi.

»Nein, sie hat eine Anwaltskanzlei«, antwortet Adriani knapp, während die anderen sie erstaunt anblicken.

Ich beeile mich, die Sache wieder ins Lot zu bringen, weil sonst eine Diskussion nicht mehr zu vermeiden ist. »Die Migranten haben immer wieder mit Behörden zu tun«, erkläre ich. »Von Asylanträgen, Aufenthaltsbewilligungen und Arbeitserlaubnissen bis hin zu Pachtverträgen gibt es eine Menge bürokratischer Hürden zu überwinden.«

»Schön, aber können sie das auch bezahlen?«, will Kalliopi wissen.

»Sie haben nicht viel, aber es reicht. Die meisten kommen mit Ersparnissen hierher.«

»Da geht es ihnen besser als uns Griechen«, mischt sich Argyro ein. »Frag meine Nichte, die hat einen Gewerbebetrieb. Die kann dir was erzählen, wer alles bei ihr in der Kreide steht.«

»Als ich sagte, dass ich keinen Kaffee mit Migranten vor

Augen trinken will, meinte ich damit nicht, dass ich sie nicht ausstehen kann, sondern dass mir der Anblick ans Herz geht«, sagt nun überraschend Kalliopi. Man sieht, dass sie mit ihren Worten den Eindruck von vorhin ausbügeln möchte. Keiner geht weiter darauf ein. Schweigend leeren wir unsere Tassen, wobei Tassia und ich aufs Meer und die übrigen drei Damen zu den Leuten an den Nebentischen blicken.

Dann verlassen wir Rio und fahren nach Korinth weiter. Kurz vor Egio treffen wir auf eine Baustelle. Eine der beiden Fahrspuren ist gesperrt, und die Autoschlange, die nur noch im Schneckentempo dahinkriecht, ist schon drei Kilometer lang.

»So sind wir bis zum Abend nicht in Athen«, bemerkt Adriani.

»Es gibt keinen anderen Weg. Irgendwann kommen wir ans Ziel.«

»Hätten deine Kollegen hier keinen Verkehrspolizisten platzieren können?«, bemerkt sie spitz.

»Meine Kollegen arbeiten im Athener Präsidium, nicht bei der Verkehrspolizei von Patras oder Egio. Demzufolge geht es hier nicht um meine Kollegen.«

Darauf hat sie nichts zu erwidern, und ich erlebe die seltene Befriedigung, dass ich sie zum Schweigen gebracht habe.

Zum Glück wird die Verkehrslage nach Akrata besser, und wir kommen rascher voran. Bis nach Korinth brauchen wir trotzdem mehr als zwei Stunden. Als wir auf die Autobahn Korinth–Athen auffahren, atme ich auf. Beim ersten Grillrestaurant biegen Tassia und ich wie verabredet ab.

»Ich gebe die Souflaki aus«, erklärt uns Kalliopi, sobald wir Platz genommen haben.

»Warum du und nicht ich?«, frage ich.

»Weil ich als unverheiratete, kinderlose Rentnerin nicht oft die Gelegenheit habe, Leute zum Essen einzuladen«, antwortet sie.

Wir bestellen einen großen Teller mit Souflaki-Spießchen, zwei Bauernsalate und hausgemachte Pommes. Ich persönlich hätte Gyros im Pittabrot mit Zwiebeln und Soße vorgezogen, aber ich finde es unappetitlich, vor den Augen der anderen in ein Pittabrot zu beißen, aus dem das Tsatsiki herausquillt, deshalb schließe ich mich den anderen an. Außerdem freut es mich, dass ich Adriani in meine kulinarischen Jagdgründe gelotst habe. Ich merke, wie sie die Zähne zusammenbeißt und aus der Not eine Tugend macht.

Hungrig machen wir uns über das Essen her, so wie alle Griechen, für die Ausgehen immer mit Fressorgien verknüpft ist, auch wenn es sich bloß um Souflaki oder Hamburger handelt.

»Wir sollten unbedingt Kontakt halten«, sagt Kalliopi, »schließlich haben wir eine wunderbare Zeit mit euch verbracht.«

»Wir haben doch schon abgemacht, in den nächsten Tagen ein Treffen zu vereinbaren«, meint Adriani.

Bevor ich noch darüber nachdenken kann, wann sie das schon wieder besprochen haben, mischt sich Tassia ein. »Ja, aber wir wollen auch den Kommissar wiedersehen.« Dann meint sie lachend zu mir: »Damit du die drei Grazien nicht vergisst, wenn du zu deinen Bösewichtern zurückkehrst.«

Wir verabschieden uns unter gegenseitigen Versprechungen, in Kontakt zu bleiben, und Adriani und die drei Damen umarmen sich herzlich.

Als wir in der Aristokleous-Straße ankommen, ist es schon Abend. Doch so schnell kommen wir vom Wagen nicht los, da Adriani den Kofferraum mit Plastiktüten vollgestellt hat.

»Was ist das denn alles?«, frage ich.

»Das sind Esswaren aus Epirus, damit ich morgen Lauchpitta machen kann. Mir ist dieses Gericht aus meiner Kindheit wieder eingefallen, und ich möchte es unbedingt mal wieder machen. Auch, damit ich Sissis von meinen Pittakochkünsten überzeugen kann!«, fügt sie heiter hinzu. Dann fasst sie eine Tüte nach der anderen an und zählt dabei auf: »Das hier ist Blätterteig, das Schafskäse und das Ziegenkäse. Das kommt beides in die Pitta. Und hier sind Auberginen.«

»Was?«, wundere ich mich. »Sind in Athen die Auberginen ausgegangen?«

»Nein, aber ich möchte Imam Bayildi mit epirotischen Auberginen machen.«

»Dann kann ich davon ausgehen, dass es morgen Imam Bayildi gibt?«, will ich wissen.

»Nein. Morgen essen wir Lauchpitta. Dazu möchte ich die Kinder und Lambros einladen.«

Ich persönlich hätte ja das Imam Bayildi bevorzugt, halte aber den Mund. Dann tragen wir, schwer beladen, die Tüten zum Fahrstuhl.

»Bring alles in die Küche«, sagt Adriani. »Ich räume die Sachen dann weg.«

Ich lasse sie dort allein und gehe ins Schlafzimmer. Die lange Fahrt hat mich angestrengt, und morgen muss ich wieder an die Dienststelle. Da brauche ich genug Schlaf.

4

Die Rückkehr aus den Ferien an die Dienststelle ist jedes Mal mit Euphorie und Melancholie verbunden. Euphorie, weil ich mich gut gelaunt und ausgeruht fühle. Und Melancholie, weil ich nicht weiß, was mich erwartet, und ich mich wieder auf den Büroalltag einstellen muss.

Diesmal beginnt der Tag melancholisch. Es regnet sintflutartig, und die Straßen sind verstopft. Ich arbeite mich mühsam bis zur Kurve an der Ajios-Savvas-Klinik vor, wo es einen Verkehrsunfall gab. Ein Kleintransporter hat einen kleinen Fiat gerammt, und die Straße ist blockiert.

Ich lasse den Seat an der Ecke zum Alexandras-Boulevard stehen, eile zum Haupteingang des Präsidiums, trage dem Wachmann auf, den Seat in die Tiefgarage zu schaffen, und fahre zur Cafeteria hoch.

Dort empfangen mich Vellidis von der Abteilung für Computerkriminalität und Sonaras von der Abteilung für interne Ermittlungen.

»Willkommen zurück! Wie war's im Urlaub?«

»Sehr schön. Ich hatte Epirus vermisst.«

»Das freut mich für dich, die Landung im Alltag wird dann aber ein wenig turbulent werden«, sagt Sonaras.

»Wenn du das Wetter meinst – das halte ich aus. Hauptsache, es gibt keine Bruchlandung …«

»Keine Bruchlandung, aber eine Überraschung«, erwidert er.

»Was für eine Überraschung?«, frage ich und wappne mich innerlich schon gegen eine unerfreuliche Neuigkeit.

»Gikas geht in Rente«, verkündet mir Vellidis.

Sprachlos starre ich ihn an. »Hat er das Rentenalter schon erreicht?«, frage ich, als ich mich etwas gefangen habe.

»Nicht ganz, aber fast. Die letzten Beförderungsrunden haben die Sache dann beschleunigt.«

Das hat man davon, wenn man im September Urlaub macht, sage ich mir. Während hier Beförderungen vorgenommen wurden, saß ich in Papingo. Andererseits kratzt es mich nicht besonders, weil ich keine einschneidenden Veränderungen für meine berufliche Zukunft erwarte.

»Und wer wird sein Nachfolger?«, will ich von Vellidis wissen.

»Das ist noch unklar. Offenbar wird gerade eine Lösung ausgebrütet.«

»Ansonsten herrscht im ganzen Land Ruhe und Ordnung«, sagt Sonaras. »Bis auf das ewige Räuber-und-Gendarm-Spiel mit den Anarchisten im Exarchia-Viertel, die mit ihren Molotow-Cocktails um sich werfen und Busse abfackeln.«

Er schaut mich abwartend an, doch ich bringe keine Antwort zustande, da mich die personellen Veränderungen noch umtreiben. Ich lasse die beiden mit einem knappen »Bis dann!« stehen und eile schnurstracks in die fünfte Etage hoch.

Man könnte sagen, Anteilnahme und Neugier kämpfen in meiner Brust. Zum einen möchte ich Gikas zeigen, dass ich seinen Abgang bedauere. Wir haben fast ein ganzes Menschenleben zusammengearbeitet, deshalb lässt mich die Sache nicht kalt. Zum anderen vergehe ich fast vor Neugier und möchte unbedingt erfahren, ob er schon weiß, wer sein Nachfolger werden könnte.

Stella empfängt mich mit einem schwachen Lächeln. »Schön, dass Sie wieder da sind. Wie war der Urlaub, Herr Kommissar?«

»Wunderbar. Das Wetter war herrlich, und es war schön, die alte Heimat wiederzusehen. Aber nun höre ich, dass es hier Veränderungen geben soll.«

Seufzend deutet sie mit dem Kopf zur Bürotür. »Er bereitet sich auf seinen Abschied vor. Mal sehen, wo ich dann lande.«

Das ist die Sorge aller, wenn ein Chef geht, mit dem man sich im Lauf der Zeit arrangiert hat. Die erste Frage lautet, wo man selbst landet, und die zweite, wer der neue Chef sein wird.

»Ist er drin?«, frage ich.

»Ja, er räumt gerade sein Büro.«

Da ich ihn kaum aus tiefsinnigen Gedanken reißen werde, klopfe ich an und trete ein. Mit der Auflösung des Büros ist er augenscheinlich nicht beschäftigt. Der Raum ist blitzsauber aufgeräumt und bereit zur Übergabe. Vermutlich war er schnell fertig, weil er nie Akten im Büro gehortet, sondern sie sofort an andere Dienststellen weitergeleitet hat.

Gikas steht am Fenster und genießt den Ausblick – entweder aus alter Gewohnheit oder um ihn sich einzuprägen. Als er die Tür gehen hört, wendet er sich um. Er sieht nicht so aus, als würde ihn seine Pensionierung betrüben. Ja, er schenkt mir sogar eines seiner seltenen Lächeln.

»Was höre ich da! Sie sollen in Rente gehen?«, sage ich.

Er lächelt immer noch. »Irgendwann muss man einen Schlussstrich ziehen. Nur noch wenige Tage, und ich bin weg.« Er bedeutet mir, Platz zu nehmen, und setzt sich an seinen Schreibtisch. »Alle kommen mit betrübter Miene zum Kondolenzbesuch hier an«, meint er. »Aber ich fühle mich weder traurig noch gescheitert. Ich kann Ihnen, ganz unter uns, sogar sagen, dass ich meine Versetzung in den Ruhestand durch ein paar Telefonate selbst beschleunigt habe.«

»Aber warum?«, frage ich verwundert.

»Der Kreis schließt sich, Kostas. Ich weiß, dass ich mir keine Hoffnung mehr auf eine Beförderung machen kann. Die nächsten zwei Jahre würde ich hier in diesem Büro absitzen. Da gibt es Schöneres.«

»Und was?«

»Fischen! Meine Frau hat von ihrer Großtante in Eretria ein Häuschen am Meer geerbt. In den Ferien sind wir hingefahren, um nachzusehen, was wir daran alles renovieren müssten. Die ursprüngliche Idee war, es im Sommer zu vermieten und im Frühjahr und Herbst an den Wochenenden selbst zu nutzen. Eines Morgens saß ich auf dem Balkon und schaute den Fischern im Golf von Euböa zu. Und urplötzlich tauchte der Wunsch auf, angeln zu gehen. Ich ging in einen Laden, der entsprechendes Zubehör führt, und kaufte mir eine Ausrüstung. Ich fragte, welche Köder ich nehmen sollte, und der Ladenbesitzer erklärte mir alles. Am nächsten Morgen ging ich zum Strand und warf die Angelschnur ins Meer. Und so auch die folgenden Tage. Meine Frau hat sich vor lauter Schreck bekreuzigt, sie wusste nicht, was in mich gefahren war, denn ich hatte mich zwar selbst zum Angler ernannt, aber Fang brachte ich keinen nach Hause.« Er blickt mich kurz an – vermutlich, um sich zu vergewissern, dass ich ihn nicht für verrückt halte. Mein Gesichtsausdruck verrät nur, dass ich ihm angeregt lausche, und er fährt fort: »Eines Tages blieb ein Einheimischer bei mir stehen und erklärte: ›Am Strand tummeln sich nur Menschen. Die Fische finden Sie in den tieferen Gewässern, weiter draußen auf dem offenen Meer.‹ Seither träume ich davon, mit meiner Abfindung ein Fischerboot mit Außenbordmotor zu kaufen und dann zum Fischen rauszufahren. Ich habe gemerkt, dass mich das Meer und das Fischen glücklich macht. Meine Frau bekreuzigt sich immer noch, aber jetzt, um Gott zu danken, dass ich eine Beschäftigung gefunden habe und ihr nicht ständig im Weg bin.«

Er macht erneut eine Pause und lächelt. »Den Fang, den ich als Polizist einfahren konnte, habe ich eingefahren. Meine Möglichkeiten sind erschöpft. Aber als Rentner kann ich ein neues Glück finden. Oder anders formuliert: Jahrelang habe ich am Strand gestanden, aber kaum etwas damit erreicht. Erst jetzt habe ich begriffen, dass es besser ist, aufs Meer rauszufahren.«

Mir sitzt ein entspannter Mann gegenüber, dem ein Stein vom Herzen fällt. Ich erinnere mich nicht, Gikas je mit einem solchen Dauerlächeln auf den Lippen gesehen zu haben. Anscheinend ist er froh, dass er bald mit seinem Bötchen in See stechen kann. Ich hingegen laufe Gefahr, durch die kommenden Umstrukturierungen die Abfahrt des großen Dampfers zu verpassen.

»Wissen Sie vielleicht etwas über Ihren Nachfolger?«, frage ich und versuche meine Anspannung zu verbergen.

»Vorläufig gibt es noch keinen«, teilt er mir mit und blickt mich an. »Was ich Ihnen jetzt inoffiziell sage, vergessen Sie sofort wieder.«

»Sie haben mein Wort«, sage ich und befürchte schon das Schlimmste.

»Bis ein Nachfolger bestimmt ist, werden Sie übergangsweise den Pflichten des Leitenden Kriminaldirektors nachkommen, da Sie der Dienstälteste in der Direktion sind. Sie werden direkt dem Vizepolizeipräsidenten unterstellt.« Er bemerkt meine verstörte Miene und fühlt sich genötigt, mich noch einmal zu ermahnen.

»Wie gesagt, Sie wissen von nichts. Lassen Sie mich Ihnen aber einen letzten Rat geben. Wenn Sie sich klug verhalten und vor allem Ihr Verhältnis zum Vizepolizeipräsidenten nicht wie sonst aufs Spiel setzen, eröffnen sich für Sie Aufstiegschancen.« Gleich beeilt er sich jedoch, mir die Flügel zu stutzen. »Das heißt noch nicht, dass Sie Leitender Kriminaldirektor werden, aber Sie könnten endlich den nächsten Dienstgrad erreichen, nachdem Sie so lange nicht befördert wurden.«

Ich bin mir sicher, dass dieser Plan von ihm stammt. Er hat genug Beziehungen, um ihn durchzusetzen. »Ich danke Ihnen, sowohl für die Auskünfte als auch für den Rat«, sage ich.

»Für die Auskünfte, geschenkt. Meine Ratschläge hingegen haben Sie ja noch nie befolgt.«

»Trotzdem danke ich Ihnen dafür«, beharre ich und stehe auf.

Auch Gikas erhebt sich und reicht mir die Hand. »Wir sind gut miteinander ausgekommen, Kostas«, sagt er. »Vielleicht sind wir uns gegenseitig auf die Nerven gegangen, aber am Schluss haben wir uns immer zusammengerauft, weil wir einander vertrauen konnten.«

Das stimmt. Abgesehen davon, dass er jedes Mal auf Tauchstation gegangen ist, wenn ich ins Kreuzfeuer geriet. So wie im Fall des letzten Vizepolizeipräsidenten, der mich den letzten Nerv gekostet hat.

Gikas' Abgang ist die letzte einer ganzen Reihe von Veränderungen. Meine eigene Abteilung hatte sich schon vor meinen Ferien neu formiert. Nachdem Koula und Papadakis geheiratet hatten, ließ sich Papadakis in die Ausländerbehörde versetzen, da sie nicht zusammen in derselben Abteilung bleiben konnten. Adriani und ich nahmen an der Trauung teil – als Gäste, und nicht, wie ursprünglich von den beiden geplant, als Trauzeugen. Nach der Zeremonie gingen wir gleich nach Hause und blieben nicht zur Hochzeitsfeier.

Auch Vlassopoulos arbeitet nicht mehr bei mir. Er beantragte seine Versetzung zur Polizeidirektion Chalkida, um bei seinen schulpflichtigen Kindern sein zu können, die auf Euböa bei seinen Eltern wohnen.

An ihre Stelle traten zwei Neue. Der eine, Thanassis Askalidis, war zuvor bei der Drogenfahndung in Patras. Der andere, Fotis Dervissoglou, kam aus der Antiterrorabteilung zu uns. Askalidis ist noch Anfänger, Dervissoglou hingegen hat Jura studiert und bereits einige Berufserfahrung sammeln können. Der Nutznießer all dieser Personalrochaden ist Dermitsakis, der durch Vlassopoulos' Weggang zum Dienstältesten der Abteilung aufrückte.

Ich trete ins Büro meiner Assistenten, die sich gerade angeregt unterhalten. Sie unterbrechen sofort ihr Gespräch, heißen mich willkommen und fragen, wie meine Ferien waren. Ich erstatte kurz Bericht und frage sie dann, ob in meiner Abwesenheit etwas vorgefallen ist.

»Das von Gikas haben Sie bestimmt schon erfahren«, meint Dermitsakis.

»Stimmt. Und sonst?«

»Erfreulicherweise liegt nichts weiter an«, antwortet er.

Koula ist mit ihren Mails beschäftigt, während Thanassis und Fotis alte Akten durchblättern, um sich ein Bild von der Arbeit der Abteilung zu machen. Also alles bestens: Zum einen freut mich die Nachricht, dass ich – und sei es auch nur vorläufig – an Gikas' Stelle trete, und zum anderen ist auf der Dienststelle alles ruhig. Die Herbstsaison fängt gemütlich an.

»Wahrscheinlich warten die Mörder so lange ab, bis die Umstrukturierungsphase vorbei ist und wir wieder handlungsfähig sind«, scherzt Dervissoglou.

Die Einzigen, die den Mund nicht aufmachen, sind Askalidis und Koula. Der Erste ist aufgrund seiner Unerfahrenheit sehr zurückhaltend, die Zweite aufgrund der in die Brüche gegangenen Trauzeugenschaft.

Ich bestelle Dermitsakis für etwas später in mein Büro und fahre einstweilen in die Cafeteria hinunter, um mir meinen Kaffee zu holen, zu dem ich noch gar nicht gekommen bin.

Als ich zurückkehre, wartet Dermitsakis schon auf mich.

»Ich hätte da eine Aufgabe für dich, damit es dir nicht langweilig wird«, sage ich.

»Aber gern! Worum geht's?«

»Du könntest Askalidis ein bisschen einarbeiten. Er ist neu aus Patras und fühlt sich hier wie ein Fisch auf dem Trockenen. Als Dienstältester könntest du seine Ausbildung übernehmen. Sonst müssen wir später seine Fehler ausbügeln.«

»In Ordnung, das mache ich. Aber er wirkt nicht sehr helle.«

»Keiner von uns war helle, als wir hier anfingen«, stichele ich ein bisschen. »Wir alle mussten in den Job reinwachsen.«

Nachdem das gesagt ist, bitte ich ihn, Koula zu mir zu schicken. Sie nimmt, den Blick auf den Boden geheftet, mit ausdrucksloser Miene mir gegenüber Platz.

»Hören Sie, Koula«, sage ich und komme gleich zum Thema. »Es gibt keinen Grund, dass Sie wie ein begossener Pudel vor mir sitzen, nur weil sich die Sache mit der Trauzeugenschaft zerschlagen hat. Die Sache ist einfach schiefgegangen. Ich war in den oberen Etagen in Ungnade gefallen und habe nicht von euch erwartet, dass ihr dasselbe riskiert. Doch die Situation hat sich zum Glück sowohl für mich als auch für euch gebessert. Daher tragen Adriani und ich euch nichts nach. Es hat sich zwischen uns nichts geändert. Also lassen Sie diesen Heulsusen-Ausdruck sein. Als frisch gebackener Ehefrau steht Ihnen so etwas nicht.«

Einen Moment lang zögert sie, doch dann springt sie von ihrem Stuhl auf und umarmt mich. Ich spüre ihre Tränen auf meinen Wangen.

»Sie wissen gar nicht, was für eine Freude Sie mir machen«, wispert sie. »Die ganze Zeit hat mich der Gedanke belastet, dass Sie mich immer gefördert haben und ich mich umgekehrt Ihnen gegenüber abscheulich verhalten habe. Wenn ich das Jorgos erzähle, freut er sich bestimmt genauso wie ich.«

»Prima, dass wir das geklärt haben«, sage ich und schicke sie in ihr Büro zurück, um das Süßholzraspeln zu beenden. Egal, wer morgen im Präsidium das Sagen hat, die Mordkommission ist jetzt wieder voll funktionsfähig.

5

Um drei Uhr nachmittags weiß ich nicht mehr, wie ich meine Langeweile bekämpfen soll. Dreimal war ich schon in der Cafeteria – zweimal holte ich mir einen Mokka, einmal ein Sandwich. Ich nahm sogar an einem Tisch Platz, biss in mein Sandwich und hörte mit halbem Ohr den Gesprächen zu, die sich um Gikas' Abgang drehten.

Dann kehrte ich in mein Büro zurück mit dem festen Vorsatz, mir am nächsten Tag ein Kartenspiel zu besorgen, um Patiencen zu legen. Da läutete das Telefon.

»Der Herr Vizepolizeipräsident möchte Sie in einer Stunde in seinem Büro sprechen, Herr Kommissar.«

»Gut, ich komme.«

Seit der letzte Vizepolizeipräsident in die Direktion für Internationale Zusammenarbeit versetzt wurde, hat sich die Lage beruhigt. An seine Stelle trat Stefanos Kapsidis, der aus der Ausländerbehörde und nicht wie sein Vorgänger aus internationalen Hoheitsgewässern kam. Die Informationen, die von der Ausländerbehörde durchsickerten, sprachen von einem bescheidenen, fähigen und teamorientierten Mann.

Die Einschätzung erwies sich als richtig, und nach unserem ersten Gespräch bei ihm hatten erfreulicherweise weder ich noch Gikas weiter mit ihm zu tun. Dies alles rufe ich mir ins Gedächtnis, während ich im Seat die Katechaki-Straße hinunterfahre. Ich brauche also eigentlich nicht nervös zu sein.

Als man mich ins Büro des Vizepolizeipräsidenten vorlässt, bin ich erst mal überrascht, so viele Leute vorzufinden. Außer dem Vizepolizeipräsidenten sind nämlich Vellidis, Sonaras und Karabetsos, der neue Leiter der Antiterrorabteilung, erschienen. Daraus lässt sich schließen, dass der Vizepolizeipräsident meine vorläufige Beförderung bekanntgeben wird.

Kapsidis schüttelt mir die Hand und erhebt sich dann mit einem »Kommen Sie, meine Herren« zum Konferenztisch, wo er den Vorsitz übernimmt und je zwei von uns zu beiden Seiten Platz nehmen.

»Meine Herren, wie Sie wissen, tritt Ihr Vorgesetzter, Kriminaldirektor Nikolaos Gikas, in den Ruhestand. Ich habe Sie hergebeten, um Ihnen mitzuteilen, dass derzeit noch kein Nachfolger ernannt wurde. Interimistisch wird Kommissar Kostas Charitos als dienstältester Beamter der Direktion die Leitung übernehmen.«

Drei Augenpaare heften sich auf mich, während ich den Überrumpelten mime.

»Daher wenden Sie sich von heute an mit allen Fragen an Kommissar Charitos«, erklärt der Vizepolizeipräsident und erhebt sich.

Die anderen folgen seinem Beispiel. Die drei Augenpaare sind immer noch auf mich geheftet, nur in meinem Mienenspiel zeichnet sich nun ein verlegenes Lächeln ab.

Gerade als wir alle gemeinsam aufbrechen wollen, richtet der Vizepolizeipräsident das Wort an mich: »Bitte bleiben Sie noch kurz, Herr Kommissar.«

Die anderen drei gehen zur Tür, während ich im Sessel vor dem Schreibtisch des Vizepolizeipräsidenten Platz nehme.

»Ich wollte Ihnen sagen, dass ich von Herrn Gikas nur Gutes über Sie gehört habe«, meint der Vizepolizeipräsident, nachdem er sich gesetzt hat.

Das höre ich gern, aber es überrascht mich kaum. Auch wenn Gikas und ich des Öfteren Meinungsverschiedenheiten hatten und er, wenn es heikel wurde, in Deckung blieb, hat er doch nach außen hin nie mit Lob für mich gegeizt.

»Aber Herr Gikas ist nicht der Einzige, der so über Sie spricht«, fährt der Vizepolizeipräsident fort. »Ihnen eilt im Polizeikorps ein Ruf voraus, der weit über Ihren Dienstgrad hinausgeht.«

»Manchmal hat der Dienstgrad nicht viel mit Leistung zu tun«, sage ich und versuche, meine Befriedigung zu verbergen.

»Leider nicht nur manchmal, sondern sehr oft«, korrigiert er mich. Er wirft mir einen Blick zu und fährt fort: »Ich habe Sie gebeten, hierzubleiben, weil ich Ihnen Folgendes versichern möchte: Solange Sie die Führung innehaben, lasse ich Ihnen freie Hand. Ich werde Sie nicht grundlos zur Berichterstattung herbeizitieren. Sie entscheiden, wann Sie mich informieren müssen. Oder wann meine Meinung zu irgendeiner Frage einzuholen ist.«

Es wirkt, als wolle er mich auf den Arm nehmen. Vielleicht habe ich diesen Eindruck, weil mir von seinem Vorgänger alle Prüfungen Hiobs auferlegt wurden. Ich versuche, nicht allzu sehr zu jubilieren, um in Zukunft unerfreuliche Überraschungen zu vermeiden. Daher antworte ich nur knapp: »Vielen Dank. Ich werde Sie jedenfalls gern auf dem Laufenden halten.«

Wir reichen uns zum Abschied die Hand, und ich verlasse erleichtert sein Büro.

Bei meiner Rückkehr versuche ich, meine nächsten Schritte zu planen. Vorrang hat zunächst eine Sitzung mit meinen Kollegen. Kann schon sein, dass ich jetzt der Erste unter Gleichen bin, aber für sie ist vor allem wichtig, dass ich der »Erste« bin und mich dadurch – wenn auch nur vorläufig – aus der Menge gelöst habe. Daher muss ich ihnen signalisieren, dass ich ein »Gleicher« bleibe und nicht abhebe.

Kaum im Büro angekommen, rufe ich meine Mitarbeiter zusammen und gebe die Neuigkeit bekannt. Die beiden Neuen hören sich alles kommentarlos an, doch Koula und Dermitsakis zeigen offen ihre Freude.

»Hoffentlich werden Sie Kriminaldirektor!«, meint Koula.

»Heißt das, wir kriegen auch eine Beförderung?«, fragt Dermitsakis, halb im Ernst, halb im Scherz.

Ich befürchte, dass er jetzt aufgrund meiner interimistischen Ernennung zum Kriminaldirektor die Nase hoch tragen könnte, und beeile mich, ihm den Wind aus den Segeln zu nehmen.

»Niemand ist befördert worden, Dermitsakis. Nur habe ich jetzt sozusagen eheliche Pflichten ohne Trauschein.«

Dann schicke ich meine Leute an die Arbeit zurück und überlege mir einen geeigneten Ort für das Treffen mit Sonaras, Vellidis und Karabetsos. Ich möchte sie nicht in mein Büro einladen, weil sie den Eindruck bekommen könnten, ich kehrte den Vorgesetzten heraus. Am liebsten würde ich die Sitzung in Gikas' Büro einberufen, wo wir seit eh und je unsere Besprechungen abhalten. Aber Gikas ist ja noch da.

Nach einigem Kopfzerbrechen komme ich auf den Verhörraum. Das ist der einzig verfügbare neutrale Ort. Ich ersuche Koula, die anderen zu benachrichtigen, und eile hin, um sie nicht warten zu lassen. Zunächst finde ich nur Karabetsos vor, danach treffen Sonaras und Vellidis ein.

»Hast du uns zum Verhör herbestellt?«, fragt mich Vellidis.

»Nein. Ich habe euch auf neutralen Boden eingeladen, um mein Büro zu umgehen. Damit ihr nicht meint, ich lasse den Vorgesetzten raushängen.«

Sonaras lacht auf. »Komm schon, Kostas. Du verhörst uns nicht, und wir betrachten dich, so sehr du dich auch anstrengst, nicht als Vorgesetzten.«

Daraufhin entspannt sich die Atmosphäre und führt, wie immer in solchen Fällen, zu Klatsch und Tratsch, und ganz besonders an einem Tag, der reichlich Stoff dafür bietet.

»Gikas wirkte nicht besonders verbittert über den vorzeitigen Ruhestand«, meint Vellidis.

»Meiner Meinung nach ist er einfach nur erleichtert«, bemerkt Sonaras. »Er hat kapiert, dass er karrieremäßig den Plafond erreicht hatte, durch die Decke wird er nicht mehr gehen. Kaum hatte er das kapiert, entdeckte er die Freuden der Freiheit.«

»Ja, er entdeckte seine Freiheit, und wir haben endlich unsere Ruhe«, scherzt Vellidis. »Ich weiß nicht, wie es euch ging, aber mich hat er ordentlich herumkommandiert, weil er keine Ahnung von der digitalen Welt hat.«

Die drei lachen auf. Nur ich bleibe ernst, weil es mir ganz ähnlich ergeht und es nicht richtig wäre, mich auf Gikas' Kosten zu amüsieren.

»Wer sagt uns denn, dass es unter dem Neuen besser sein wird?«, fragt Karabetsos.

»Niemand. Wenn Kostas bliebe, wüssten wir wenigstens, woran wir sind«, antwortet Vellidis.

»Sei dir da mal nicht zu sicher, dass wir unter Kostas eine ruhige Kugel schieben könnten«, bemerkt Sonaras.

»Wieso? Glaubst du, ich würde den Chef herauskehren?«, frage ich.

»Weißt du, wie man dich im ganzen Präsidium nennt?«, will Sonaras von mir wissen.

»Nein, wie denn?«

»Kostas, die Ameise.«

Karabetsos grinst. »Das war das Erste, was ich hörte, als ich ins Präsidium kam.«

Ich war auf alles Mögliche gefasst, aber ein solcher Spitzname wäre mir nie in den Sinn gekommen. »Wieso denn Ameise?«

»Weil du überallhin, ja unter jeden Stein, vordringst. Ist ja gut, wenn du die Mordfälle, die du an der Backe hast, so gründlich und fleißig durchsuchst. Aber wenn du auch bei den Kollegen so beharrlich vorgehst, dann gute Nacht. Tja, der vorige Vizepolizeipräsident hatte die Ameise schon fast zertreten. Aber du bist noch mal davongekommen ...«

»Der neue Vize ist ganz anders als Dimitriadis«, bemerkt Vellidis. »Viel ruhiger und gelassener.«

Sie haben das Thema gewechselt, aber meine Gedanken haken sich bei der Ameise fest. Wie ist es möglich, dass ich all die Jahre auf der Dienststelle diesen Spitznamen nie mitbekommen habe? Meine Leute müssen ihn auch kennen, nur erwähnt haben sie das mir gegenüber mit keinem Wort.

Ich beiße die Zähne zusammen, bis ich Klatsch und Tratsch überstanden habe, und eile im Anschluss schnurstracks in mein Büro. Dort rufe ich mein ganzes Team, die alten Hasen und die Neulinge, zusammen. Am liebsten ließe ich sie militärisch zum Rapport antreten.

Alle kommen mit besorgten Gesichtern herbei, da sie etwas Schlimmes befürchten.

»Ist etwas vorgefallen, Herr Kommissar?«, fragt mich Dervissoglou.

»Seit wann werde ich ohne mein Wissen im Präsidium ›Ameise‹ genannt?«, frage ich zurück.

Diese Frage haben sie als Allerletztes erwartet. Sie wechseln erstaunte und ratlose Blicke, doch niemand macht den Mund auf.

»Warum hat mir das keiner gesagt? Wieso muss ich das von Sonaras erfahren? Ihr habt es mit Sicherheit gewusst und mich hinter meinem Rücken bestimmt auch ›Ameise‹ genannt.« Ich pausiere kurz in der Hoffnung, jemand würde reden, aber allen hat es die Sprache verschlagen. »Und was jetzt? Soll ich mich von einer Ameise in einen bissigen Krebs verwandeln?«

Koula rückt auf ihrem Stuhl hin und her, bringt aber den Mund nicht auf. Die anderen starren sie an, als erwarteten sie von ihr den rettenden Einfall.

»Sie haben recht, Herr Kommissar, wir kannten Ihren

Spitznamen. Aber was hätten wir Ihnen sagen sollen? ›Wissen Sie eigentlich, dass man Sie hier im Haus Ameise nennt?‹ Ehrlich gesagt haben wir Sie untereinander auch manchmal so genannt.« Sie verstummt und blickt mich ernst an. »An Ihrer Stelle würde ich mich darüber nicht ärgern, sondern wäre stolz darauf.«

»Wieso stolz? Was soll daran so besonders sein?«

»Unter lauter Dickhäutern ist die Ameise eine ausgefallene Spezies, Herr Kommissar.«

Alle brechen in Gelächter aus. Ich versuche zunächst, ernst zu bleiben, aber schließlich strecke ich die Waffen.

6

Die Nachricht von meiner vorläufigen Beförderung löste eine Welle von Glücksgefühlen in mir aus. Das haben erfreuliche Neuigkeiten so an sich. Sie lassen einen vergessen, dass das Glück schon am nächsten Tag passé sein kann.

»Papa, sag mal, gibt's auch eine Gehaltserhöhung?«, will Katerina wissen.

»Du bist vielleicht lustig, Katerina«, meint Adriani. »Was passiert, wenn er an seine alte Position zurückkehrt? Kürzen sie ihm dann das Gehalt wieder?«

»Stimmt, aber die Hoffnung stirbt zuletzt«, hält ihr Katerina entgegen.

»Ich weiß nicht, wann die Hoffnung stirbt, Katerina«, mischt sich Sissis ins Gespräch. »Ich weiß nur, dass die Hoffnung so etwas wie eine Tür ist, die einen Spalt offen steht. Und dein Vater muss sich mit aller Kraft dagegenstemmen, um sie offen zu halten.«

»Hauptsache, man schlägt sie ihm nicht wieder vor der Nase zu«, lautet Adrianis aufmunternder Kommentar.

»Nicht, wenn er sich unentbehrlich macht«, antwortet ihr Sissis und meint dann zu mir: »Das kennst du doch von deinem bisherigen Posten. Solange man dich braucht, lässt man dich in Ruhe.«

Während Sissis seine Theorie erläutert, denke ich praktischer. Die Eigenschaften einer Ameise könnten für mich schließlich von Vorteil sein, da sie bekanntlich in den kleinsten Spalt vordringt.

Wir setzen uns zu Tisch. Es ist das erste Familienessen mit Katerina, Fanis und Sissis nach unserer Rückkehr aus den Ferien. Uli und Mania sind gerade nach Deutschland zu Ulis Eltern gefahren, deshalb sind sie nicht dabei.

Adriani hat ihre Lauchpitta zubereitet, aus epirotischem Blätterteig und Ziegenkäse. Das Ergebnis rechtfertigt alle Mühen, denn alle sind begeistert. Ja, die Anwesenden loben nicht nur, sie jubeln geradezu. Selbst Sissis spart nicht mit Anerkennung.

»Bravo, Adriani. Deine Pitta ist unschlagbar. Chapeau!«

Die Pitta bietet den Anlass, vom Urlaub zu erzählen. Ich überlasse Adriani die Initiative, die gar nicht mehr aufhören kann, über unseren Besuch in Epirus, aber auch über die Bekanntschaft mit den drei Damen und unsere gemeinsamen Ausflüge zu reden.

»Dann habt ihr also nicht nur eure alte Heimat besucht, sondern auch neue Bekanntschaften geschlossen«, meint Fanis zu ihr.

»Ja, die drei sind wirklich sehr sympathisch, wir haben uns vom ersten Tag an mit ihnen angefreundet. Nicht wahr, Kostas?«

Ich stimme zu, halte mich aber mit Kommentaren zum Kaffeesatzlesen zurück, um die gute Stimmung nicht zu verderben.

»Und außerdem waren da noch die Deutschen«, fügt Adriani hinzu.

»Welche Deutschen?«, fragt Katerina.

»Habt ihr euch auch mit Deutschen angefreundet? Uli wäre begeistert«, scherzt Fanis.

»Das waren fliegende Deutsche.«

»Fliegende Deutsche? Wie meint ihr das?«, wundert sich Katerina.

»Na, sie legten Flügel an und flogen los.«

»Onkel Lambros, hast du jemals fliegende Deutsche gesehen?«

»Nur in den Flugzeugen, die uns bombardierten«, entgegnet Sissis. »Vielleicht noch Fallschirmspringer, aber geflügelte Deutsche hab ich noch nie gesehen.«

Ich fühle mich genötigt, ihnen das Schauspiel ein wenig ausführlicher zu beschreiben.

»Jetzt ist klar, was uns von den Deutschen unterscheidet«, schlussfolgert Sissis.

»Was denn?«, will Adriani wissen.

»Wenn wir bei uns auf dem Dorf ›Alles, was Flügel hat, fliegt‹ spielten, hätten wir uns nie träumen lassen, dass bei den Deutschen die Universitätsprofessoren fliegen.«

»Lambros hat ganz recht«, sagt Adriani zu mir, als Freunde und Verwandte weg sind und sie den Tisch abräumt. »Wenn du die Tür einen Spalt offen halten kannst, befördern sie dich vielleicht tatsächlich. Gikas' Nachfolger wird unerfahren sein, und da braucht es einen routinierten Mitarbeiter an seiner Seite, damit er keinen Mist baut.«

Sie zögert einen Augenblick, als wisse sie nicht, ob sie fortfahren soll. »Ich sage das nicht, weil uns die Beförderung Geld bringen könnte, Kostas. Zum Glück sind wir auch in schwierigen Zeiten gut über die Runden gekommen. Ich sage das deinetwegen, denn du solltest endlich die Anerkennung bekommen, die du verdienst. Meiner Meinung nach bekommst du sie aber nur, wenn es gar nicht mehr anders geht.«

»Weißt du, wie man mich im Präsidium nennt?«

»Nein, wie?«

»Ameise.«

Sie wirkt nicht besonders überrascht und denkt kurz darüber nach. »Das trifft den Kern. Nur dass du bloß bei der Polizeiarbeit so beharrlich und eifrig wie eine Ameise bist, und nicht in eigener Sache.«

Dann serviert sie die Teller ab und bringt sie in die Küche, während ich aufs Schlafzimmer zusteuere. Vor dem Einschlafen denke ich noch, dass der erste Arbeitstag nach den Ferien schließlich doch mehr Positives als Negatives gebracht hat.

Die gute Laune hält auch am nächsten Morgen an. Im Präsidium hole ich mir in der Cafeteria meinen üblichen Kaffee samt Croissant und fahre dann in mein Büro hoch.

Die erste Dienstbesprechung schiebe ich noch etwas hinaus, um mein Frühstück zu genießen. Aber es kommt wie üblich: Der Mensch denkt, und Gott lenkt. Beim zweiten Schluck schrillt das Telefon.

»Herr Kommissar, der Herr Vizepolizeipräsident möchte Sie sprechen«, höre ich Stellas Stimme. »Soll ich verbinden?«

»Gern«, antworte ich freundlich, während ich innerlich fluche.

»Guten Morgen, Herr Kommissar. Ich habe soeben einen Anruf erhalten, der mich nachdenklich gestimmt hat, und ich wollte Ihre Meinung dazu hören. Frau Klio Rapsani hat sich bei mir gemeldet. Sagt Ihnen der Name Rapsanis etwas?«

Ich denke kurz nach. »Haben wir nicht einen Minister gleichen Namens?«

»Genau, Klearchos Rapsanis, Minister für Verwaltungsreformen. Klio Rapsani ist seine Schwester. Sie hat mir mitgeteilt, dass ihr Bruder tot in seiner Wohnung aufgefunden wurde. Die Haushälterin hat ihn heute Morgen gefunden und sie dann benachrichtigt. Zunächst nahm Frau Rapsani an, ihr Bruder sei an einem Herzanfall gestorben, und rief einen befreundeten Arzt. Aber der hatte Bedenken und riet ihr, die Polizei zu rufen.«

»Hat er Rapsanis' Schwester irgendeinen Grund für seine Vorbehalte genannt?«

»Nein, er hat ihr nur geraten, die Polizei einzuschalten. Sie verstehen, dass weder die Familie noch wir wollen, dass Rapsanis' Ableben in die Schlagzeilen kommt und jeder dahergelaufene Journalist die wildesten Hypothesen in die Welt setzt. Deshalb möchte ich von Ihnen gern wissen, wie wir in diesem Fall am besten vorgehen.«

Ich überlege kurz. »Wissen Sie, ob der Arzt und die Schwester noch in Rapsanis' Wohnung sind?«

»Ja, die Haushälterin auch.«

»Das ist gut. Offenbar haben sie sich nicht an die Personenschützer des Ministers gewendet, denn sonst hätten die uns informiert. Ich werde erst mal allein mit der Schwester und dem Arzt sprechen. So finde ich heraus, was den Arzt so misstrauisch macht, und dann sehen wir weiter.«

»Gute Idee. Ich sage ihnen, sie sollen in der Wohnung bleiben.«

»Wissen Sie vielleicht, wo Rapsanis wohnte?«

»Ja, ich habe die Adresse notiert. In der Ourani-Straße, gleich beim Drossopoulou-Platz.«

»Ich möchte Sie bitten, seiner Schwester zu sagen, dass die Personenschützer auf keinen Fall vor meinem Eintreffen die Wohnung betreten sollen. Ich melde mich bei Ihnen, sobald ich mir ein Bild gemacht habe.«

Nachdem ich aufgelegt habe, rufe ich Koula herein. »Ich bin circa zwei Stunden weg. In dringenden Fällen erreichen Sie mich auf dem Handy.«

Zum Glück habe ich kein Kartenspiel gekauft, um Patiencen zu legen. Das wäre hinausgeworfenes Geld gewesen.

7

Die Fahrt verläuft kurz und reibungslos. Über den Kifissias-Boulevard geht es nach Filothei in die Ourani-Straße. Rapsanis' Wohnhaus befindet sich direkt am kreisrunden Drossopoulou-Platz.

Ich bin erleichert, kein Sicherheitspersonal am Eingang vorzufinden. Dadurch sinkt die Wahrscheinlichkeit, dass die Neuigkeit vorzeitig durchsickert. Rapsanis' Wohnung liegt in der vierten Etage. Das teilt mir eine Frauenstimme mit, als ich auf die Klingel drücke.

Eine fünfzigjährige Frau mit rotgeweinten Augen öffnet mir die Tür. »Guten Tag, Herr Kommissar. Klio Rapsani«, wispert sie.

»Guten Tag, mein herzliches Beileid. Gerade wurden wir über das traurige Ereignis verständigt.«

»Wie gehen Sie jetzt vor?«

»Zuerst möchte ich herausfinden, was genau passiert ist, und mit dem Arzt sprechen.«

Sie führt mich in ein geräumiges Wohnzimmer. Auf dem Sofa sitzt ein Sechzigjähriger, der sich als Dr. Kostas Argyropoulos vorstellt. Als ich Anstalten mache, ihm gegenüber Platz zu nehmen, hält er mich zurück.

»Bevor ich Ihnen meine Bedenken erläutere, würde ich Ihnen gern den Toten zeigen«, meint er.

Ich folge ihm in den Flur. Dabei werfe ich einen flüchtigen Blick in ein großzügiges Büro mit beeindruckenden Bücherregalen.

Argyropoulos öffnet die Tür, die ins Badezimmer führt. Dann tritt er beiseite, damit ich alles gut sehen kann.

Auf dem Fußboden vor der WC-Schüssel liegt ein dicker Mann mit Brille und Vollbart. Aufgrund seiner Leibesfülle nimmt er den ganzen Raum zwischen Badewanne und Waschbecken ein. Offenbar musste er sich übergeben und ist dabei tot zusammengesackt. Das schließe ich aus der Tatsache, dass sowohl in der WC-Schüssel als auch auf dem Fliesenboden und an seiner Kleidung Erbrochenes klebt.

»Können Sie die Todesursache diagnostizieren oder haben Sie eine bestimmte Vermutung?«, frage ich Argyropoulos.

Er fasst zusammen: »Bei einem Herzinfarkt gibt es zwei Möglichkeiten: Entweder man ruft telefonisch um Hilfe oder man bricht an Ort und Stelle tot zusammen. Daher ist es unwahrscheinlich, dass er einen Herzinfarkt erlitten hat.«

»Könnte es sich um eine Vergiftung handeln?«, frage ich.

»Ja, aber nicht um eine Lebensmittelvergiftung. Denn die lässt dem Patienten etwas mehr Zeit, um den Weg ins Krankenhaus zu schaffen. Das hat mich stutzig gemacht. Kommen Sie bitte mit.«

Ich folge ihm in die Küche. Die etwa vierzigjährige Haushälterin erhebt sich von ihrem Stuhl und lässt uns allein.

Argyropoulos geht auf den Kühlschrank zu und öffnet ihn. »Sehen Sie mal.«

Im mittleren Fach steht eine riesige Torte, von der ein

großes Stück fehlt. Auf der Torte befindet sich ein Kärtchen, auf dem steht: *Herrn Minister Klearchos Rapsanis für seinen unermüdlichen Einsatz. Seine anonymen Bewunderer.*

Sogar ich sehe, dass das Kärtchen aus einem ganz banalen Drucker stammt.

»Die Torte hat meinen Verdacht erregt. Daher habe ich die Obduktion angeregt«, meint Argyropoulos.

»Vielen Dank, Herr Doktor«, sage ich. »Wie gut, dass Sie uns benachrichtigt haben. Aber ich will Sie nicht länger aufhalten.«

»Ich sehe mal kurz nach Klio, ob sie ein Beruhigungsmittel braucht«, sagt er und geht hinaus.

Als ich die Haushälterin an der Küchentür warten sehe, winke ich sie herein.

»Wie heißen Sie?«

»Voula Volari.«

»Wie lange arbeiten Sie schon hier?«

Sie rechnet nach. »Das müssen jetzt zehn oder elf Jahre sein.«

»Wann wurde die Torte geliefert?«, frage ich.

»Gestern, kurz bevor ich gegangen bin. Von einer jungen Frau.«

»Einer jungen Frau?« Das wundert mich, da Zustelldienste überwiegend mit jungen Männern arbeiten.

»Ja. Sie sagte bloß, die Torte sei für den Minister, dann ging sie wieder.«

»Können Sie sie beschreiben?«

»Sie war unauffällig. Sie trug einen Helm, Jeans und T-Shirt.«

»Hat der Sicherheitsdienst sie denn gar nicht überprüft?«

»Es gibt keine Security, Herr Kommissar. Der Minister wollte keine Bewacher vor der Haustür. Wenn er mit dem Dienstwagen unterwegs war, wurde er zwar von einem Polizeibeamten begleitet. Aber der hatte Dienstschluss, sobald der Minister zu Hause war.«

»Dem ersten Eindruck nach zu schließen liebte der Minister gutes Essen«, formuliere ich vorsichtig.

Sie wirft einen Blick zur Tür und senkt die Stimme. »Er war ein Vielfraß, Herr Kommissar, und Süßem konnte er nicht widerstehen, das war seine größte Schwäche. Wenn ich kein Dessert auftischte, holte er sich Pralinen, die er regelrecht in sich hineinstopfte.«

Die Absender der Torte mussten seine Unersättlichkeit und seine Schwäche für Süßes gekannt haben.

Ich erkläre der Volari, dass wir sie vielleicht zur Aussage ins Präsidium bestellen müssen, und schicke sie nach Hause.

»Ich bleibe noch, vielleicht braucht Frau Klio noch etwas«, sagt sie, bevor sie hinausgeht.

Der Arzt hat recht. Die Wahrscheinlichkeit ist hoch, dass Rapsanis' Tod einem Verbrechen zuzuschreiben ist. Aber mit Sicherheit können wir das erst nach der Obduktion sagen. In der Zwischenzeit können wir jedoch schon ein Beweiserhebungsverfahren einleiten.

Vor dem nächsten Schritt sichere ich mich jedoch lieber ab und rufe den Vizepolizeipräsidenten an, um ihm ausführlich Bericht zu erstatten.

»Also ist nicht auszuschließen, dass es sich um Mord handelt«, schlussfolgert er, als ich fertig bin.

»Nicht nur das, ich halte es sogar für ziemlich wahrscheinlich.«

»Bis wir ganz sicher sind, darf von der Sache nichts an die Öffentlichkeit dringen.«

»Ja, aber wir können Rapsanis' Tod nicht geheimhalten. Meiner Meinung nach sollte der Minister informiert werden und die Regierung entscheiden, wie wir mit dem Fall umgehen sollen. Wenn wir die Sache für uns behalten, fürchte ich, dass wir bald – egal, wie wir vorgehen – im Schlamassel stecken.«

»Einverstanden, das ist die beste Lösung«, sagt er, und damit ist das Gespräch beendet.

Klio Rapsani und Argyropoulos haben sich ins Wohnzimmer begeben, wo sie sich auf dem Sofa unterhalten. Ich nehme ihnen gegenüber in einem Sessel Platz.

»Der Herr Doktor hat Sie vermutlich über seinen Verdacht, den ich übrigens teile, informiert«, sage ich zu Klio Rapsani.

»Ja, aber warum sollte jemand Klearchos umbringen wollen?«, wundert sich die Schwester.

»Vorerst steht noch nicht fest, dass er getötet wurde. Es ist eine Möglichkeit, die wir nicht ausschließen können. Nach der Autopsie wissen wir mehr. Deshalb dienen die Fragen, die ich Ihnen gleich stelle, erst mal nur der Information.«

»Ich möchte Sie nur bitten, sich kurzzufassen«, mischt sich der Arzt ein. »Frau Rapsani ist in schlechter psychischer Verfassung. Sie sollte jetzt nicht unnötig belastet werden.«

»Wissen Sie, ob Ihr Bruder Feinde hatte? Hat er je davon

gesprochen, dass er bedroht wurde? Oder dass ihn irgendjemand eingeschüchtert hat?«

»Mein Bruder hatte einen einzigen Feind, mit dem er nicht zu Rande kam, und das war seine Esssucht, Herr Kommissar. Sowohl seine Familie als auch ich versuchten ihn mit allen Mitteln zu überzeugen, sich zu mäßigen, aber unsere Mühe war umsonst. Alle naselang war er beim Ernährungsberater, aber nach spätestens zwei Wochen gab er jede Diät auf. Dann aß er sogar noch mehr – wahrscheinlich, um den Frust zu kompensieren.«

»Wo hat er gearbeitet, bevor er in die Politik ging?«

»Er war Universitätsdozent«, antwortet die Rapsani. »Er unterrichtete Rechtsphilosophie. Doch irgendwann packte es ihn, und er ging in die Politik, er wurde Parlamentsabgeordneter und zuletzt Minister.«

Damit habe ich erst mal keine Fragen mehr. Ich verabschiede mich und denke in der Tür kurz darüber nach, wie ein Professor der Rechtsphilosophie als Minister für Verwaltungsreformen enden kann. Aber dieser Frage gehe ich, obwohl ich eine emsige Ameise bin, dann doch nicht weiter nach. Gemäß Gikas habe ich schließlich von Politik nicht die leiseste Ahnung.

Also rufe ich Dermitsakis an und bestelle ihn zusammen mit Koula an den Tatort. Auch Dimitriou von der Spurensicherung erreiche ich sofort und bitte ihn, nur mit absolut vertrauenswürdigen Mitarbeitern herzukommen.

Gerichtsmediziner Stavropoulos hebe ich mir ganz zum Schluss auf. »Meines Erachtens müssen Sie nicht herkommen«, sage ich, als ich ihm den Stand der Dinge erläutere. »Schicken Sie einen Krankenwagen zum Abtransport der

Leiche. Aber bitte führen Sie die Obduktion unverzüglich durch. Er ist eine öffentliche Person, deshalb wollen wir Scherereien vermeiden.«

»Kaum sind Sie Stellvertreter, degradieren Sie uns zu Befehlsempfängern«, bemerkt er gallig.

Ich versuche mich zu beherrschen. »Ich degradiere Sie nicht. Ich erkläre nur, dass es ein heikler Fall ist und ich in ständigem Telefonkontakt mit dem Vizepolizeipräsidenten bin.«

»Die Gerichtsmedizin untersteht nicht der Polizei, sondern dem Justizministerium.« Mit diesem Diktum legt er auf.

Durch das Eintreffen von Dermitsakis und Koula bleibt mir zum Glück keine Zeit, mich groß über seine Aussage zu ärgern. Ich beschreibe ihnen kurz die Lage.

»Was sollen wir tun?«, fragt mich Dermitsakis.

»Ich frage seine Schwester, ob wir uns umsehen dürfen. Vielleicht finden wir irgendeinen Anhaltspunkt.«

Während Koula und Dermitsakis sich mit Klio Rapsanis Erlaubnis erst mal an die Durchsuchung des Büros machen, trifft Dimitriou mit seinen Leuten ein. Ich führe ihn zunächst ins Bad, damit er einen Blick auf das Opfer werfen kann.

»Was für ein qualvoller Tod«, bemerkt er.

Danach gehen wir in die Küche, wo ich ihm die Torte im Kühlschrank zeige.

»Die müssen wir sofort ins Labor zur Untersuchung schicken«, sagt er und bedeutet seinen Mitarbeitern, sie zu verpacken.

»Was ist Ihr Eindruck?«

»Derselbe wie Ihrer. Es deutet alles auf einen Giftmord hin.«

Ich schaue kurz in Rapsanis' Büro vorbei, um zu sehen, ob meine Leute etwas Interessantes zutage gefördert haben.

»Bücher und Akten, sonst nichts«, berichtet Dermitsakis.

»Bis auf die Pralinen, falls die von Interesse sind«, fügt Koula hinzu und zeigt mir den Inhalt einer Schreibtischschublade. Beim Nähertreten sehe ich, dass sie von Schokoladentafeln und Pralinen jeder Art überquillt.

»Den Vorrat hatte er in der rechten Schublade, damit er bequemer rankam«, bemerkt Koula.

Auch die Untersuchung der Küche bringt wenig. Uns bleibt nur, das Eintreffen des Krankenwagens der Gerichtsmedizin abzuwarten, der sich eine Stunde Zeit lässt. Das ist Stavropoulos' Art, mir zu zeigen, dass er sich nicht zu meinem Befehlsempfänger degradieren lässt.

8

Da Stavropoulos seinen Rachedurst mit dem Verzögern der Ankunft des Krankenwagens bereits gestillt hatte, widmete er sich sofort der Obduktion und rief mich zwei Stunden später an.

»Er wurde mit Phosphorsäureester beziehungsweise dem Pestizid E 605 vergiftet. Näheres kann ich noch nicht dazu sagen. Anscheinend hat er sich den Finger in den Rachen gesteckt, um sich zu übergeben. Aber es war zu spät, er starb im Badezimmer.«

Ich danke ihm für die rasche Erledigung. Zweifellos werden wir das E 605 in der Torte nachweisen, was die Ermittlungen nicht gerade erleichtert. Wie sollen wir herausfinden, wer die Torte zubereitet und welche junge Frau sie Rapsanis überbracht hat?

Doch dann verschiebe ich meine Gedankenspiele auf später, um vorerst den Polizeivizepräsidenten zu informieren. Er hört mir zu, ohne mich zu unterbrechen, und sagt schließlich resigniert: »Mit anderen Worten: Wir stecken in der Klemme. Wer ihn getötet hat, ist kaum nachzuweisen.«

»Wäre er ein gewöhnlicher Sterblicher, würde ich sagen, eine Frau hat ihn aus Rache oder Eifersucht umgebracht. Frauen greifen dafür gerne zu Pflanzenschutzmittel. Aber Rapsanis gehörte nicht in diese Kategorie. Also müssen wir bei den Ermittlungen tiefer schürfen, was im Fall von Politikern nicht einfach ist.«

»Was machen wir mit den Journalisten?«

»Ich würde sagen, wir benachrichtigen die Leute des Ministerbüros und überlassen die Presseverlautbarung ihnen.«

»Sehr richtig! Ich spreche sofort mit dem Polizeipräsidenten.«

Der gute Draht zu Kapsidis hebt bei mir zwar Moral und Stimmung, aber damit erschöpfen sich die positiven Auswirkungen auch schon. Die Frage ist, wie wir die Nachforschungen anleiern können, ohne dass der Vizepolizeipräsident oder die politische Führung in Zugzwang kommen. Wenn wir bis zur offiziellen Presseerklärung warten, verlieren wir wertvolle Zeit. Außerdem sind Recherchen im Hintergrund meistens effektiver. Wenn irgend möglich, sollten wir also weiterhin genauso diskret arbeiten wie beim Besuch in Rapsanis' Wohnung und dann weitersehen.

Ich rufe Dimitriou zwecks Klärung unserer Vorgehensweise an. »Gerade wollte ich mich bei Ihnen melden«, sagt er. »Das Gift Phosphorsäureester beziehungsweise E605 wurde in den Tortenteig gegeben.«

Ich sage ihm, dass wir weiterhin nichts nach außen sickern lassen dürfen.

»Klar. Ich fahre gleich noch mal mit einem Vertrauensmann hin, um nach Fingerabdrücken zu suchen.«

Danach rufe ich Dermitsakis zu mir, erkläre ihm das grundsätzliche Vorgehen und füge hinzu: »Wir verlautbaren nichts. Offiziell ist für den Fall fürs Erste das Ministerium zuständig. Daher agieren wir unter strengster Geheimhaltung. Wen sollten wir deiner Meinung nach einweihen?«

»Dervissoglou. Er kommt aus der Antiterrorabteilung und weiß, wie man unauffällig ermittelt.«

»Schön. Derzeit sind uns allerdings die Hände gebunden. Ich habe die Schwester und die Haushälterin bereits in groben Zügen befragt. Weitere Hausbewohner oder Nachbarn aus dem Viertel können wir uns erst vornehmen, wenn wir grünes Licht haben.«

Wir müssen uns nicht lange gedulden, denn schon eine halbe Stunde später meldet sich der Vizepolizeipräsident am Telefon.

»Der Minister will uns umgehend in seinem Büro sprechen.«

Das fängt ja gut an, sage ich mir. Gleich im ersten Fall, den ich als interimistischer Kriminaldirektor übernehmen muss, ist die Führungsriege von Polizei und Politik involviert. Wie soll ich da die Tür den berühmten Spalt breit offen halten, wie Sissis und Adriani meinten? Eine Ameise läuft doch jeden Moment Gefahr, zertreten zu werden!

Dann verbanne ich diese Gedanken aus meinem Kopf und mache mich auf den Weg zum Ministerium. Das Pech verfolgt mich jedoch, da auf dem Messojion-Boulevard stockender Verkehr herrscht. Ich ärgere mich über die Entscheidung, meinen Wagen zu nehmen, statt einen Streifenwagen zu ordern. Wenn ich jetzt zu spät komme, macht das keinen guten Eindruck.

Man führt mich in einen Raum mit einem riesigen Tisch und zehn Stühlen. Auf zweien davon sitzen der Polizeipräsident und sein Vize. Zum Glück ist der Minister noch nicht eingetroffen.

Ich schüttele meinen beiden Vorgesetzten die Hand, entschuldige mich für die Verspätung und nehme ihnen gegenüber Platz. Stumm warten wir circa zehn Minuten, bis die Tür am Ende des Raums aufgeht und der Minister in Begleitung eines vierzigjährigen Manns erscheint, der einen Aktenordner unterm Arm trägt. Den Minister kenne ich von Fotos, der andere sagt mir überhaupt nichts. Doch er muss meinen Chefs bekannt sein, denn sie nicken ihm lächelnd zu.

Der Minister wünscht mir einen guten Tag und geht sogleich in medias res. »Ich habe Sie eingeladen, weil wir es mit einer sehr unerfreulichen und schwierigen Angelegenheit zu tun haben, die äußerst vorsichtig behandelt werden muss.« Er hält inne und wendet sich an mich: »Können Sie uns sagen, wie weit die Ermittlungen gediehen sind und welche Erkenntnisse vorliegen?«

Ich erstatte ihm Bericht über die Gespräche mit Rapsanis' Schwester, dem Arzt und der Haushälterin und über die Ergebnisse der Gerichtsmedizin.

»Es ist also hundertprozentig keine Lebensmittelvergiftung?«, fragt er mich, als ob doch noch ein Wunder geschehen könnte.

»Leider ja, Herr Minister. Auch die Autopsie und der Laborbericht bestätigen, dass es sich um ein Verbrechen handelt.«

Obwohl der Minister begreift, dass weit und breit kein Rettungsring bereit hängt, springt er ins kalte Wasser. »Die offizielle Verlautbarung der Regierung wird heißen, die Todesursache im Fall Klearchos Rapsanis sei noch unbekannt und die Ermittlungen würden in alle Richtungen geführt.«

Die drei Polizisten in der Runde blicken sich an. In unseren Blicken spiegelt sich derselbe Gedanke: Der Minister versucht, Zeit zu schinden, obwohl das an den Fakten nichts ändert. Die Frage ist nur, wer von uns ihm reinen Wein einschenkt. Unsere Augen richten sich auf den Polizeipräsidenten, weil er der höchstrangige Beamte ist. Wer den Bart hat, hat auch den Kamm, das ist ihm bewusst. Er sucht nur noch nach der passenden Formulierung.

»An Ihre Entscheidung werden wir uns natürlich halten, Herr Minister«, meint er schließlich. »Aber wie Ihnen schon Kommissar Charitos erklärt hat, handelt es sich zweifellos um Mord. Eine Verzögerungstaktik ändert nichts an den Tatsachen.«

Der Typ, der mit dem Minister hereingekommen ist, ergreift zum ersten Mal das Wort. »Unser Ziel ist nicht, den Mord zu vertuschen, wenn Sie das meinen«, sagt er. »Derzeit stehen wichtige Entscheidungen im Regierungsprogramm an, die in den Medien nicht von einem Ministermord überschattet werden sollten. Sobald diese wichtigen Entscheidungen gefällt sind, geben wir umgehend bekannt, dass Klearchos Rapsanis' Tod einem Verbrechen geschuldet ist.«

»Bis dahin wird die Polizei keine Erklärung zum Fall Rapsanis abgeben«, fügt der Minister hinzu. »Bei Journalistenfragen verweisen Sie auf Herrn Rodopoulos, den Pressesprecher des Ministeriums.« Er zeigt auf den Mann neben ihm.

»Und die Ermittlungen?«, lautet meine allgemeine Frage, um herauszufinden, woran ich bin. »Sollen wir sie fortsetzen?«

»Ja, sicher. Es wird in alle Richtungen ermittelt. Das heißt, die Polizei sucht weiter.«

»Das kommt Ihnen doch entgegen«, fügt Rodopoulos hinzu.

»Wie meinen Sie das?«, frage ich.

»Dann können Sie in aller Ruhe Ihrer Arbeit nachgehen, ohne ständig über irgendeinen Journalisten zu stolpern.«

Obwohl er zu der Sorte Mensch gehört, die auf Anhieb unsympathisch wirkt, muss ich zugeben, dass er ganz richtig liegt.

»Und wie verhalten wir uns der Schwester des Ministers gegenüber?«, frage ich.

»Der erzählen Sie die offizielle Version«, erwidert Rodopoulos sofort.

»Dann dürfen wir den Toten aber nicht der Familie übergeben, sondern müssen ihn in der Gerichtsmedizin lagern.«

»Wieso?«, wundert sich der Minister.

»Weil die Familie einen Anspruch darauf hat, den Autopsiebericht einzusehen. Dann merkt der Hausarzt sofort, dass es sich um Mord handelt. Er hatte ja auch als Erster Bedenken zur Todesursache angemeldet. Dadurch kam der Stein erst ins Rollen.«

»Der Kommissar hat recht«, mischt sich der Vizepolizeipräsident ein. »Wir können es der Familie nicht verheimlichen.«

Schweigen macht sich breit. Keiner macht den Mund auf, während ich in Gedanken den Vizepolizeipräsidenten preise, der mich aus der Zwickmühle befreit hat.

»Schön, dann werde ich mit Klio Rapsani sprechen«, sagt der Minister schließlich und entfernt sich mit einem

Kopfnicken, eskortiert von seinem Adlatus. Uns bleibt nur noch, uns voneinander zu verabschieden.

»Sie werden Herrn Gikas wohl vermissen«, meint der Polizeipräsident zu mir.

»Ja, nicht nur als Vorgesetzten, sondern auch, weil wir viele Jahre zusammengearbeitet haben und einander gut kannten«, antworte ich. Dann wende ich mich an den Vizepolizeipräsidenten. »Ich halte Sie auf dem Laufenden.«

»Daran zweifle ich nicht«, erwidert er mit einem Lächeln. »Das habe ich schon gemerkt.«

Damit ist der Besuch beendet, und jeder geht seiner Wege. Ich rufe Dermitsakis an und bestelle ihn in Rapsanis' Wohnung. Dabei frage ich mich, ob ich Rapsanis' Schwester noch vor Ort antreffen werde oder ob ich zu ihr nach Hause fahren muss.

Erfreulicherweise bleibt mir das Glück treu, denn die Straße ist frei. Und als ich in der Ourani-Straße eintreffe, ist auch die Schwester noch in der Wohnung.

»Der Minister hat mich angerufen und mir alles erklärt«, meint sie, sobald ich ins Wohnzimmer trete. »Wer kann das bloß getan haben? Wer hat ihn so sehr gehasst?« Und dann bricht sie unvermittelt in Tränen aus. »Der arme Klearchos! So einen Tod hat er nicht verdient.«

»Können wir jetzt mit Ihnen sprechen? Oder sollen wir die Befragung auf einen anderen Zeitpunkt verschieben, wenn Sie sich besser fühlen?«, frage ich sie.

»Nein, nein. Wir können jetzt sprechen.« Sie wischt sich die Tränen ab und blickt mich erwartungsvoll an.

»Ich hätte gern ein paar Auskünfte über das Privatleben Ihres Bruders«, beginne ich.

»Wie ich sehe, lebte er allein. War er ledig oder geschieden?«

»Er war geschieden. Seine Frau und sein Sohn leben in Paris. Mein Neffe studiert Ingenieurwissenschaft.«

»Wissen Sie, ob es zwischen den beiden Ehepartnern Reibereien gab und ob sie, sagen wir mal so, im Bösen auseinandergegangen sind?«

»Nein, gar nicht. Lida, meine Schwägerin, ist Modedesignerin und konnte die Gewichtszunahme meines Bruders einfach nicht länger ertragen. Sie meinte, selbst Fernando Botero, der ein Faible für Übergewichtige hat, würde ihn nie malen, weil er einfach zu dick sei. Sie versuchte unablässig, ihn von einer Abmagerungskur zu überzeugen, aber für meinen Bruder war es, wie gesagt, unmöglich, sich zu beherrschen. Schließlich hat meine Schwägerin das Handtuch geworfen und die Scheidung eingereicht. Sie hat ihm gesagt, sie könne nicht mit einem Menschen zusammenleben, der einerseits ihren Schönheitssinn beleidige und andererseits alles Menschenmögliche tue, um so schnell wie möglich im Grab zu landen. Die Trennung verlief aber ganz freundschaftlich.«

Wenn man es ganz genau nimmt, brachte ihn nicht die Fettsucht ins Grab, sondern die Gier. Jeder andere Minister hätte das Paket seinen Personenschützern übergeben, die es im Präsidium hätten untersuchen lassen.

Nach dem, was mir Klio Rapsani über die Ehefrau erzählt, kann sie kaum etwas mit dem Mord zu tun haben. Darüber hinaus lebt sie in Paris. Da scheint es noch unwahrscheinlicher, dass sie von dort aus einen Killer anheuert, der ausgerechnet Pflanzenschutzmittel einsetzt.

»Gibt es möglicherweise irgendeine Vorgeschichte aus seiner Zeit als Universitätsdozent?«

»Sie können im Fachbereich Jura, wo er unterrichtet hat, gern nachfragen. Aber ich kann Ihnen sagen, das einzig Abstoßende an Klearchos war seine Leibesfülle. Ansonsten war er ein außerordentlich liebenswürdiger Mensch.«

Das Klingeln der Haustür unterbricht unser Gespräch, doch ich habe ohnehin keine weiteren Fragen an die Rapsani. Dermitsakis stößt mit Dervissoglou zu Dimitriou und seinem Assistenten, die bereits im Flur warteten. Meine Mitarbeiter schicke ich auf einen Rundgang durchs Viertel, doch mehr als eine Sprotte erwarte ich mir von dem Fischzug nicht. Dimitriou hingegen kann nun mit seiner Suche nach Fingerabdrücken beginnen.

Ich gehe in die Küche und stelle der Haushälterin noch ein paar zusätzliche Fragen.

»Sie haben gesagt, eine junge Frau habe das Paket abgegeben. Können Sie sich an den Zeitpunkt erinnern, wann sie es geliefert hat?«

»Das weiß ich nicht mehr genau, aber es war am frühen Abend.«

»Und was hat sie zu Ihnen gesagt?«

»Das ist ein Geschenk für den Minister.«

»Genau so haben Sie das dem Minister weitergegeben?«

»Ungefähr so: ›Es wurde ein Geschenk für Sie abgegeben, Herr Minister.‹«

»Und was hat er dann getan?«

»Er hat die Schachtel geöffnet, die Torte gesehen und sofort die Bestecklade geöffnet, um mit Löffel und Gabel darüber herzufallen.«

Das sagt sie nicht verächtlich, sondern traurig. Ob die Mörder Rapsanis wohl gut gekannt haben? Mit Sicherheit wussten sie jedenfalls, dass er sich sofort auf jede Süßigkeit stürzte.

Da ich nichts mehr in der Wohnung zu tun habe und vermutlich nicht mehr herkommen muss, verabschiede ich mich von Klio Rapsani und trete auf die Straße.

Dervissoglou erwartet mich am Eingang. »Ich habe jemanden aufgetrieben, mit dem Sie sprechen müssen, Herr Kommissar«, sagt er.

»Dann nichts wie los.«

Wir gehen nicht weit, nur bis zum Kiosk, der dem Wohnhaus gegenüberliegt. »Erzählen Sie dem Kommissar, was Sie vorgestern gesehen haben«, sagt Dervissoglou zum Kioskbesitzer.

»Ich habe eine junge Frau auf einem Motorrad gesehen, die am Eingang des Wohnhauses angehalten hat. Sie hat eine Plastiktüte in die Hand genommen, dann geklingelt und das Wohnhaus betreten.«

»Wissen Sie noch, wann das ungefähr war?«

»Die Uhrzeit weiß ich nicht mehr, aber es war früher Abend.«

»Wie war sie gekleidet?«

»Sie trug einen Helm und das übliche Outfit der jungen Leute von heute: T-Shirt, Jeans und Sportschuhe. Früher haben wir uns über die jungen Chinesen und ihren Mao-Anzug lustig gemacht. Heute kleiden sich auch unsere Kinder uniform, nur ohne Mao.«

»Woran haben Sie gemerkt, dass es eine junge Frau war? Sie hatte doch einen Helm auf«, fragt ihn Dervissoglou.

»An ihrem ganzen Auftreten.«

»Gehörte das Motorrad einem Lieferservice?«

»Nein, es war ein ganz normales Motorrad. Die Plastiktüte hing am Lenker.«

Ich ermuntere Dervissoglou und Dermitsakis weiterzumachen und will schon aufbrechen, als mir plötzlich ein Gedanke kommt: Klearchos Rapsanis hat doch Rechtsphilosophie unterrichtet, daher könnte ihn meine Tochter Katerina kennen.

Ich rufe sie auf dem Handy an. »Sag mal, Katerina, sagt dir der Name Klearchos Rapsanis etwas?«

»Oliver?«, fragt sie zurück.

»Welcher Oliver?«, wundere ich mich.

»Komm schon, Papa. Dick und Doof, Oliver Hardy und Stan Laurel. Man nannte ihn Oliver, weil er ein Dickwanst war. Da ich in Thessaloniki studiert habe, war ich nicht in seinen Vorlesungen. Ich kann mich aber über ihn erkundigen, wenn du willst.«

»Ja, gib mir Bescheid, wenn du etwas rauskriegst. Vielleicht nützt es mir etwas.«

Eine schöne Geschichte, sage ich mir: Eine Ameise, auf der Jagd nach Olivers Mörder.

9

Ich bin schon auf dem Nachhauseweg, als mich ein Anruf von Gikas' Sekretärin Stella erreicht: »Der Herr Kriminaldirektor erwartet Sie in seinem Büro.«

Im ersten Moment bringt mich das auf die Palme, da er mich immer noch als Untergebenen behandelt und über seine Sekretärin mit mir kommuniziert. Doch dann sage ich mir, dass es sicher nicht einfach ist, aus dem Berufsleben auszuscheiden. Offiziere tragen wenigstens den Ehrentitel »a. D.«. Bei uns gibt's kein »außer Dienst«, sondern wir sind nur »Ehemalige«. So sehr er sich auch am Traum vom »großen Fang« erfreut, und selbst wenn er ihn eines Tages tatsächlich nach Hause bringt, so bleibt er doch für den Rest seines Lebens ein »Ehemaliger«.

Ich beruhige mich also und fahre im Präsidium direkt in die fünfte Etage hoch.

»Er ist drin«, sagt Stella zu mir.

»Kommt er jeden Tag?«, frage ich sie.

»Ja, aber immer nur kurz. Er erledigt ein paar Telefonate, dann geht er wieder. Mit den Angelegenheiten der Dienststelle befasst er sich gar nicht mehr.«

Bei meinem Eintreten empfängt er mich mit demselben Lächeln, das er in der letzten Zeit wie eine Atemschutzmaske im Gesicht trägt.

»Wie ich höre, hat Sie der Minister zur Besprechung geladen«, sagt er, als wir Platz genommen haben.

»Ja, es ging um den Tod von Minister Klearchos Rapsanis.« Dann gebe ich ihm einen zusammenfassenden Bericht.

»Mich haben sie jedenfalls nicht dazugebeten«, meint er bitter.

»Vermutlich wollte Sie der Polizeipräsident nicht unnötig mit Dienstbesprechungen belasten, da Sie sich doch um die Übergabe Ihres Büros kümmern müssen«, sage ich. Mir ist klar, dass meine Worte nur ein schwacher Trost sind, aber mir fällt nichts Besseres ein.

»Der Grund ist ein anderer. Ich gehe demnächst in Rente und falle daher unter eine andere Kategorie. Nach mir kräht kein Hahn mehr«, formuliert er, was auch meine eigene Einschätzung bestätigt. »Mein Büro überlassen sie mir zum persönlichen Gebrauch noch so lange, bis ich meine Habseligkeiten gepackt habe.« Er seufzt und blickt mich an. »Das ist nicht leicht, Kostas. Man kann sich darüber hinwegtäuschen, indem man sich sagt: Jetzt bist du alle Probleme los und musst nicht mehr in der Scheiße wühlen. Im tiefsten Inneren weißt du jedoch, dass du überflüssig bist wie ein Kropf. Und das schmerzt.«

Zum Glück kehrt er dann aber wieder zu seinem üblichen Tonfall zurück. »Sie und der Vizepolizeipräsident sind jedenfalls richtig vorgegangen. Lassen Sie den Minister die Kastanien aus dem Feuer holen! In solchen Fällen macht die Polizei – egal, wie sie vorgeht – in den Augen der anderen immer alles falsch. Sollen die doch die Verantwortung übernehmen!« Er verstummt und blickt mich an. »Machen Sie weiter so. Und sehen Sie zu, dass Sie nicht wieder auf eigene Faust handeln und damit alles ruinieren. – Aber was sage ich. Jetzt spiele ich Ihnen gegenüber schon wieder den Vorgesetzten.«

»Um mir Ratschläge zu geben, müssen Sie nicht mein Vorgesetzter sein«, sage ich.

Er erhebt sich zufrieden und reicht mir die Hand. »Wir bleiben in Kontakt. So oder so werde ich noch ein paar Tage hier sein.«

Schnurstracks eile ich in die Garage hinunter, um mit dem Seat nach Hause zu fahren. Wenn ich im Büro vorbeischaue, ist die Gefahr zu groß, dass ich doch noch mal hängen bleibe.

Adriani bügelt gerade. »Nach dem Urlaub hat sich eine Menge Wäsche angesammelt«, erklärt sie. »Ich bin aber gleich fertig.«

Ich nehme Platz, um ihr so lange Gesellschaft zu leisten. Sie bügelt weiter und fragt plötzlich: »Wie fändest du es, wenn wir Kalliopi, Tassia und Argyro zum Abendessen einladen? Sie sind doch sehr sympathisch, und wir hatten eine schöne Zeit zusammen. Ich fände es schön, sie wiederzusehen.«

Ich merke, dass es ihr wichtig ist, eigene Freundinnen gefunden zu haben. Bisher bewegte sie sich – abgesehen von Sissis, Mania und Uli – fast ausschließlich im Kreis ihrer Familie.

»Klar, lad sie zum Abendessen ein, wann immer du willst«, antworte ich.

Sie klappt das Bügelbrett zusammen, legt die gefalteten Kleider beiseite und deckt den Tisch. Von gestern ist noch Lauchpitta übrig, dazu gibt es frischen Tomatensalat. Die

Pitta ist noch genauso lecker wie am Vortag, und ich mache mich mit großem Appetit darüber her. Doch nach dem ersten Bissen werde ich von einem Anruf unterbrochen. Katerina ist dran.

»Papa, guckt ihr gerade fern?«

»Nein, wir essen Lauchpitta«, antworte ich.

»Dann mach sofort den Fernseher an. Es geht um Oliver.«

Ich brauche ein paar Sekunden, um den Namen Oliver mit Rapsanis in Verbindung zu bringen. »Was gibt's denn?«

»Da ist der Teufel los«, sagt sie und legt auf.

Ich lasse das Essen stehen und laufe ins Wohnzimmer zum Fernseher. Adriani kommt hinterher. »Was ist denn in dich gefahren?«, fragt sie. »Wer war dran?«

Anstelle einer Antwort mache ich den Fernseher an, wo die Nachrichtensendung schon in vollem Gang ist. Die Moderatorin spricht gerade mit einem gewissen Stakatos, dem Nachrichtenchef des Senders.

»Wie ist das Bekennerschreiben zum Sender gelangt, Herr Stakatos?«

»Auf die primitive Art, die wir vom griechischen Terrorismus in der Zeit nach der Militärjunta kennen: In der Telefonzentrale ging ein anonymer Anruf ein. Eine Stimme informierte die Telefonistin, dass sich in einer Tasche vor dem Sender das Bekennerschreiben zum Mord an Minister Klearchos Rapsanis befinde. Ich habe die Tasche dann persönlich geholt. Alles andere ist bereits gesagt.«

»Der Bekennerbrief ist jedenfalls vollkommen unorthodox, ich würde ihn, genauso wie die Art des Mordes, fast einzigartig nennen. Stimmen Sie zu, Herr Stakatos?«

»Voll und ganz. Meiner Meinung nach haben wir es hier mit einem Geisteskranken zu tun, der Klearchos Rapsanis ermordet hat und nun im Nachhinein versucht, diese Tat als terroristischen Akt darzustellen.«

»Dann sollten wir allen Zuschauern, die jetzt erst ihr Gerät eingeschaltet haben, noch einmal die Gelegenheit geben, das Bekennerschreiben zu lesen«, meint die Moderatorin.

Dann flimmert der Text des Briefes über den Bildschirm:

Klearchos Rapsanis wurde gestern wegen Hochverrats von uns exekutiert, denn er ist seiner Verantwortung als Hochschuldozent nicht nachgekommen. Er hat seine Studenten verraten und ihnen sein Wissen vorenthalten, um in die Politik zu gehen und sich einen Ministersessel zu sichern. Und das in einer Zeit, in der die Universitäten vor enormen finanziellen Schwierigkeiten stehen und nicht in der Lage sind, neue Stellen auszuschreiben. Sie müssen mit einem großen Mangel an Lehrpersonal zu Rande kommen, und viele Fächer fallen daher weg. Das ist Hochverrat und mit der Todesstrafe zu ahnden.

Klearchos Rapsanis' Tod ist dem Andenken von Ioannis Theodorakopoulos gewidmet, der zwischen 1939 und 1967 Philosophieprofessor an den Universitäten von Athen und Thessaloniki war. Ioannis Theodorakopoulos hat seine Studenten nie im Stich gelassen, im Gegenteil, er hat auch nach dem Ende seiner akademischen Laufbahn alle an seinem Wissen teilha-

ben lassen, vor allem durch das von ihm gegründete »Griechische Philosophische Forschungszentrum« der Athener Akademie. Möge er unvergessen bleiben!

Das Bekennerschreiben verschwindet vom Bildschirm, und an die Stelle des Nachrichtenchefs ist ein schlanker Mann mit Bart und Brille getreten.

»Wir haben Nikolaos Borossis, Professor für Zivilrecht, zu Gast. Herr Borossis, was sagen Sie zum Mord an Klearchos Rapsanis und zum heute bei uns eingegangenen Bekennerschreiben?«

»Klearchos' Tod war für alle Kollegen ein schlimmer Schlag. Der Eingang des Bekennerbriefs macht uns aber auch wütend. Wer sind diese selbsternannten Richter, die die Hinrichtung eines Hochschullehrers beschließen, nur weil er seinem Land als Minister dienen wollte? So ein Posten bildet doch nur einen Schlenker in seiner akademischen Laufbahn. Nach der Legislaturperiode wäre er an die Universität zurückgekehrt.«

»Aber genau das wirft man Ihren Kollegen vor, Herr Professor: dass sie sich, wie es die Kritiker ausdrücken, ein Hintertürchen offenhalten. Sie verlassen die Universität, um in die Politik zu gehen, und erst wenn sie nicht wiedergewählt werden oder ihren Ministerposten verlieren, kehren sie an die Hochschule zurück.«

»Jeder von uns dient dem Land an der von ihm selbst gewählten Position. Hauptsache ist, er macht seine Arbeit korrekt. Und Klearchos hat sowohl als Hochschuldozent als auch als Minister hervorragende Arbeit geleistet. Ich hoffe, die Polizei wird seine Mörder schnell fassen.«

Alles andere interessiert mich nicht. Mir ist klar, dass sich der Professor an das bekannte griechische Prinzip hält: »Sprichst du schlecht über dein Haus, stürzt es ein und begräbt dich unter sich.« Dieses Sprichwort ist zwar kein wissenschaftliches Statement, aber es hat dennoch seine Gültigkeit.

Ich schalte den Fernseher aus und rufe Dervissoglou an. »Sagen Sie mal, Fotis, ist in Ihrer Dienstzeit bei der Antiterrorabteilung jemals ein Anschlag mit Insektizid verübt worden?«

»Nein, Herr Kommissar. Unsere Terroristen töten mit Pistolen, vielleicht auch noch mit Bomben. E 605 ist uns nie untergekommen, und genauso wenig wird es meines Wissens vom internationalen Terrorismus eingesetzt.«

»Nun, jetzt wird es sich rumsprechen«, antworte ich.

Als ich auflege, ist mir gar nicht zum Lachen zumute. Mir ist klar, dass wir es mit einem jener Mordfälle zu tun haben, die nichts als Kopfzerbrechen bereiten.

»Was ist hier eigentlich los?«, will Adriani von mir wissen.

Ich erkläre ihr, worum es geht. Sie schüttelt den Kopf. »Es ist ja gut und schön, sich anzustrengen, aber der Mensch braucht auch ein Quentchen Glück«, murmelt sie. »Nur du, mein lieber Mann, hast kein Glück.«

»Wie meinst du das?«

»Wir sagten doch: Wie schön, dass die Tür einen Spalt breit offen steht. Aber jetzt hast du es mit dem dicken Rapsanis zu tun bekommen, der den ganzen Türrahmen einnimmt, da ist kein Durchkommen!«

10

Es gibt nichts Schlimmeres, als den Tag mit einem Meeting beim Minister zu beginnen – aber der Vizepolizeichef hat mich noch am Vorabend für neun Uhr hinbestellt. Auf der Fahrt über den Messojion-Boulevard quält mich die Sorge, wie das bevorstehende Gespräch wohl ablaufen wird. Mir ist bewusst, dass ich weder vom Polizeipräsidenten noch von seinem Stellvertreter Hilfe zu erwarten habe. Nicht weil ich ihnen egal wäre oder weil sie mich auf dem Kieker hätten, sondern weil sie von Gewaltverbrechen schlichtweg nichts verstehen.

Gikas war ein wunderbarer Rettungsschwimmer, er wusste genau, wann er mir hinterherspringen musste, um mich vor dem Ertrinken zu bewahren. Meine beiden neuen Vorgesetzten eignen sich jedoch nicht mal als Rettungsringe.

Diesmal bin ich der Erste im Besprechungsraum mit dem rechteckigen Tisch und den zehn Stühlen. Erst jetzt fällt mir ein, dass ich einen Aktenordner hätte mitnehmen sollen. Nicht weil ich ihn unbedingt gebraucht hätte, sondern um die Seriosität meines Auftretens zu unterstreichen.

Das Eintreffen des Polizeipräsidenten und seines Stellvertreters reißt mich aus meinen Gedanken. Sie nehmen mir gegenüber Platz, und wir blicken uns an. Offensichtlich ist keiner der Beteiligten von diesem Termin begeistert.

»Hat sich etwas Neues ergeben, Herr Kommissar?«, fragt der Polizeipräsident.

»Nein, bis auf das Bekennerschreiben, das wir alle gelesen haben.«

»Würden Sie den Mord an Rapsanis als Terrorakt bezeichnen?«, fragt mich der Vizepolizeipräsident.

»Ein Terrorakt mit Insektizid? Das wäre eine Weltneuheit«, bemerkt der Polizeipräsident.

Unsere Unterhaltung endet abrupt, als der Minister eintritt. Diesmal kommt er allein, nimmt am Kopfende Platz und geht unverzüglich in medias res.

»Meine Herren, das Bekennerschreiben hat die Lage verkompliziert. Zunächst einmal, weil wir jetzt eine offizielle Presseerklärung zum Mord an Klearchos Rapsanis nicht mehr länger hinausschieben können. Und das ist problematisch. Und zweitens, weil dadurch ein terroristischer Anschlag in den Bereich des Möglichen rückt.«

»Wenn der Mord ein Terrorakt mit Insektizid ist, dann können wir stolz sein, Herr Minister«, meint der Polizeipräsident. »Dann hätte Griechenland wieder einmal die Nase ganz vorn.«

»Worauf könnte eine Terrororganisation hinauswollen?«, denkt der Vizepolizeipräsident laut nach. »Will sie alle Hochschullehrer, die Minister geworden sind, zur Rückkehr an die Uni zwingen? Oder will sie alle, die in die Politik gehen wollen, in Angst und Schrecken versetzen? Terroristen, die das System verändern möchten, sind Lehrer an Schulen und Hochschulen doch egal.«

»Was ist Ihre Meinung, Herr Kommissar?«, will der Minister von mir wissen.

»Ich stimme meinen beiden Vorgesetzten zu. Die Überlegung, dass es sich um einen terroristischen Akt handeln könnte, überzeugt mich auch nicht. Andererseits liegt ein Bekennerschreiben vor, was immer auf einen terroristischen Hintergrund hindeutet. Ich bin der Meinung, dass wir bei den Ermittlungen zum Mord an Herrn Rapsanis für alle Fälle mit der Antiterrorabteilung kooperieren sollten.«

Alle sind mit diesem Vorschlag einverstanden, und der Minister geht zur nächsten Frage über: »Sind aus den bisherigen Ermittlungen bestimmte Anhaltspunkte hervorgegangen?«

»Nein, Herr Minister«, antworte ich. »Wir haben uns auf den Arzt, auf die Schwester des Opfers und auf die Haushälterin konzentriert. Hätten wir die Nachforschungen ausgedehnt, hätte das Anlass zu Diskussionen und Vermutungen gegeben.«

»Das wäre Wasser auf die Mühlen der Massenmedien gewesen«, kommentiert der Polizeipräsident.

»Eine einzige Sache scheint mir klar: Die Absender der Torte müssen Rapsanis und seine Schwäche für Süßspeisen gut gekannt haben.«

»Gut, das war nicht so schwer herauszufinden«, unterbricht mich der Minister amüsiert. »Das wussten alle, von seinen Universitätskollegen bis hin zum kleinsten Ministeriumsangestellten.«

»Außerdem hat sich herausgestellt, dass die Torte von einer jungen Frau mit einem Motorrad angeliefert wurde.«

»Einer jungen Frau?«, wundert sich der Minister.

»Ja, bei der Anlieferung trug sie einen Helm und Unisex-Kleidung.«

»Worauf könnte das hinweisen?«, fragt sich der Polizeipräsident.

»Zum einen könnte es die Hypothese eines Terrorakts bekräftigen. In terroristischen Organisationen sind viele Frauen aktiv. Zum anderen kann es auch gar nichts bedeuten. Die Täter haben einfach eine junge Frau mit Motorrad angesprochen, ihr ein Honorar gezahlt und sie mit der Torte zu Rapsanis' Wohnung geschickt.«

»Jedenfalls haben Sie jetzt freie Hand und können den Mordfall Klearchos Rapsanis mit allen zur Verfügung stehenden Mitteln untersuchen. Nur bei Ihren Pressekontakten sollten Sie Zurückhaltung üben, denn wir werden die ganze Öffentlichkeitsarbeit übernehmen. Sie Ihrerseits halten Herrn Rodopoulos über den Fortgang der Ermittlungen auf dem Laufenden.«

Fast wäre ich ihm vor Dankbarkeit um den Hals gefallen. Nachdem sich der Minister verabschiedet hat, lädt uns der Polizeipräsident in sein Büro.

»Wir müssen koordiniert vorgehen, weil wir sonst Rodopoulos ins Gehege kommen«, sagt er zu uns, als wir Platz nehmen. »Mal wird er behaupten, wir hätten ihn nicht rechtzeitig benachrichtigt, dann wieder, die Informationen seien unzureichend gewesen. Daraus können ständig Unstimmigkeiten entstehen. Ich kenne ihn, seit er zusammen mit dem Minister seinen Fuß in dieses Ministerium gesetzt hat.«

»Dann machen wir es einfach folgendermaßen«, sagt der Vizepolizeipräsident lächelnd. »Der Herr Kommissar erstattet mir laufend Bericht, nur ein bisschen ausführlicher. Aufgrund dessen verfasse ich ein tägliches Bulletin, das ich Rodopoulos übergebe. Wenn dieser dann die offizielle Presseerklärung mit seinen eigenen Ansichten und Einschätzungen anreichert, tut er das auf eigene Verantwortung. Ich werde jedenfalls die Kopien der abgelieferten Bulletins gut aufbewahren, damit wir bei diesem Stille-Post-Spiel am Ende nicht dumm dastehen.«

Dann wendet er sich an mich. »Wenn Herr Rodopoulos Sie um weitere Auskünfte bittet, sagen Sie, dass ausschließlich der Vizepolizeipräsident für das Bulletin zuständig sei.«

»Bravo, Stefanos, das ist die Lösung!«, meint der Polizeipräsident begeistert.

Nach außen hin beschränke ich mich auf ein herzliches Dankeschön, aber innerlich danke ich Gott im Himmel, dass ich dem Druck der Reportermeute entgehe.

Auf dem Weg ins Büro denke ich über den früheren und den jetzigen Vizepolizeichef nach. Der steile und mühselige Weg über Stock und Stein ist plötzlich zu einer bequemen Autobahn geworden. Stefanos Kapsidis, der Neue, erteilt mir weder gute Ratschläge, noch versucht er wie Gikas, mir die Augen über die Intrigen im meinem Umfeld zu öffnen. Er hält mir einfach den Rücken frei, damit ich Vollgas geben kann.

Bester Laune treffe ich im heimischen Präsidium ein. Als Erstes schaue ich in der Cafeteria vorbei und eile dann mit einem Kaffee in der einen und einem Croissant in der anderen Hand zu Karabetsos. Besser, ich besuche ihn, als ihn in mein Büro zu zitieren. Damit schaffe ich ein vertrauensvolles Klima zwischen Vorgesetztem und Untergebenem.

Als Karabetsos mich erblickt, lacht er auf. »Wenn ich gewusst hätte, dass wir zusammen frühstücken, hätte ich dich in ein Café auf dem Kifissias-Boulevard geführt, wo es leckere Schinkenomeletts gibt«, meint er.

»Ich wurde in aller Herrgottsfrühe zu einer Besprechung beim Minister im Fall Rapsanis zitiert und bin nicht mal zum Kaffeetrinken gekommen«, erkläre ich ihm.

Ich gebe ihm das Gespräch im Ministerbüro so exakt wie möglich wieder. Karabetsos hört mir aufmerksam zu, dann lächelt er.

»Du weißt so gut wie ich, dass weltweit noch nie ein Terroranschlag mit einem Pestizid verübt wurde. Terroristen setzen Schusswaffen oder Bomben ein. Also ist die Wahrscheinlichkeit, dass Rapsanis' Tod ein terroristischer Akt ist, verschwindend gering.«

»Aber es ist nicht vollkommen unwahrscheinlich«, korrigiere ich ihn.

»Wieso?«, wundert er sich.

»Da ist das Bekennerschreiben, und es schließt von vornherein eine ganze Reihe von Motiven aus. Zum Beispiel dass der Mord ein Verbrechen aus Leidenschaft oder die Folge eines Ehestreits ist. Oder dass finanzielle Motive oder ein Interessenskonflikt dahinterstecken. Das Bekennerschreiben nennt ein ganz konkretes Mordmotiv.«

»Ich habe es gelesen. Aber ich muss dich enttäuschen. Ich glaube nicht, dass Universitätsangehörige auf diese Weise ihre Kollegen von einem Gang in die Politik abschrecken wollen.«

»Vielleicht ist es ja genau andersherum: Man versetzt die Abtrünnigen in Angst und Schrecken, um sie an die Uni zurückzuzwingen.«

»Das ist doch an den Haaren herbeigezogen«, sagt Karabetsos.

»Ja, aber da wir im Dunkeln tappen, können wir keine Möglichkeit ausschließen. Wir unsererseits versuchen, in Rapsanis' Bekanntenkreis zu recherchieren. Von dir aber brauche ich eine genaue Analyse des Bekennerschreibens zu den möglichen Hintergründen. Ihr seid die Spezialisten auf diesem Gebiet. Wenn uns das überlassen bleibt, geht die Sache möglicherweise in die Hosen.«

»In Ordnung, das können wir übernehmen.«

»Schön, dann bin ich gespannt auf eure Resultate.«

Als ich Karabetsos' Büro verlasse, habe ich noch ein halbes Croissant und eine halbe Tasse Kaffee übrig. Damit gehe ich ins Büro meiner Assistenten und setze spontan eine Besprechung an, um unser weiteres Vorgehen abzustimmen.

»Wo fangen wir an?«, frage ich, sobald alle Platz genommen haben.

»Am besten an der Uni, würde ich sagen«, erwidert Dermitsakis.

»Warum?«, fragt Dervissoglou.

»Weil im Bekennerschreiben die Universität genannt wird. Wenn wir bei den Politikern ansetzen, ist nicht gesagt, dass sie überhaupt mit uns sprechen, und wenn doch, erzählen sie uns womöglich ihre üblichen Lügenmärchen.«

»Ja schon, aber an der Uni müssen wir erst mal sondieren, mit wem wir starten. Wir können ja nicht auf gut Glück beim Personal anklopfen«, meint Koula.

»Sagen Sie, Fotis, haben Sie nicht Jura studiert?«, frage ich Dervissoglou.

»Jawohl.«

»War Rapsanis Ihr Lehrer?«

»Nur ein Semester lang, Herr Kommissar. Dann hörte ich, er hätte zwei Forschungssemester beantragt. Seit damals ist er nicht wieder aufgetaucht. Er hat sich ganz der Politik zugewendet und wurde bei den darauffolgenden Wahlen ins Parlament gewählt.«

»Das heißt, er nahm zwei Forschungssemester, machte gleichzeitig Wahlkampf und wurde währenddessen von der Uni bezahlt. Super Deal!«, kommentiert Dermitsakis.

»Wer hat ihn vertreten?«, fragt Koula.

»Fenekidis, ein Assistenzprofessor.«

»Vielleicht sollten wir mit ihm anfangen«, schlage ich der Runde vor.

»Es gibt noch etwas, das wir parallel dazu machen könnten«, meldet sich zum ersten Mal Askalidis zu Wort.

»Und das wäre?«, frage ich neugierig.

»Ich könnte mich in der Cafeteria am Fachbereich Jura umhören. Vielleicht schnappe ich da etwas auf.«

»Du bist verrückt, Thanos«, sagt Dermitsakis. »Du wagst dich ohne Rückendeckung in die Höhle des Löwen! Sobald die studentischen Krawallbrüder dort riechen, dass du ein Bulle bist, machen sie Kleinholz aus dir.«

»Ich bin aus Patras und war noch nie an der Universität Athen, geschweige denn an der juristischen Fakultät. Da kann mich keiner erkennen. Außerdem habe ich einen Freund, der im Bereich Familienrecht eine Masterarbeit schreibt. Ich kann mit ihm zusammen hingehen.«

Mir ist klar, dass ich einschreiten muss. »Thanos, das geht so nicht. Auch wenn wir Ihnen alle Ihren mutigen Vorschlag hoch anrechnen. Wenn Sie zur Uni gehen, dann nur zusammen mit mir und nur in Ihrer Eigenschaft als Polizeibeamter.«

Dann weise ich Dervissoglou an, die Kontaktdaten des Assistenzprofessors ausfindig zu machen, damit wir ihn ansprechen können. Im Anschluss möchte ich Klio Rapsani noch einmal aufsuchen, damit sie mich in die universitären Zirkel einweiht, in denen ihr Bruder verkehrte.

Kaum halte ich den Hörer in der Hand, tritt Koula in mein Büro. »Draußen ist ein junger Mann, der Sie sprechen will.«

»Wer ist es?«

»Solon Rapsanis, der Sohn von Klearchos Rapsanis.«

11

Der junge, unrasierte Mann ist großgewachsen und dünn wie ein Billardstock. Zögernd bleibt er an der Tür stehen und blickt mich an.

»Sind Sie Solon Rapsanis?«, frage ich, um ihm aus der Verlegenheit zu helfen.

»Richtig, der Sohn von Klearchos Rapsanis«, antwortet er und tritt näher.

Ich lade ihn ein, Platz zu nehmen. »Sind Sie zur Beerdigung Ihres Vaters gekommen?«

»Ich bin gekommen, weil mich Tante Klio, die Schwester meines Vaters, darum gebeten hat«, erläutert er. Dann fügt er hinzu: »Meine Tante meinte, Sie wollten mir bestimmt noch ein paar Fragen stellen. Aber Sie müssen wissen: Ich hatte keinen Kontakt mehr zu meinem Vater, und auch nicht zu meiner Mutter, nur zu meiner Tante.«

Er wartet ab, wie ich darauf reagiere, aber was soll ich ihm sagen? Solche Familienverhältnisse sind für mich schwer vorstellbar. Bei uns vergeht kein Tag, an dem ich nicht mit meiner Tochter telefoniere, und meine Tochter und mein Schwiegersohn essen alle paar Tage bei uns zu Abend.

Rapsanis junior merkt, dass ich mich neutral verhalte, und fährt fort: »Dann sage ich es Ihnen lieber gleich, bevor Sie mich danach fragen. Ich bin quasi ohne Mutter aufgewachsen, weil sie den ganzen Tag in ihrem Modestudio war, und mit einem Vater, der sich in sein Arbeitszimmer einschloss, wenn er nicht gerade an der Uni war.« Er hält inne, und ein Lächeln stiehlt sich auf seine Lippen. »Pardon, das ist nicht ganz richtig. Er pendelte zwischen Arbeitszimmer und Küche. Und immer wenn meine Mutter nach Hause kam, begannen die Streitereien.«

»Wegen des Essens?«, frage ich.

»Hat Ihnen Tante Klio davon erzählt? In dieser Sache hatte meine Mutter allerdings recht. Wenn es nach meinem Vater gegangen wäre, hätte er seinen Wohnsitz in ein Restaurant verlegt, um den ganzen Tag zu essen. Mama konnte seinen Anblick nicht mehr ertragen. Sie ist sehr schlank, darin bin ich ihr ähnlich.«

»Wann haben sich Ihre Eltern getrennt?«

»Als ich das Gymnasium abschloss. Darauf hatte meine Mutter nur gewartet. Sobald ich das Abschlusszeugnis in der Hand hatte, eröffnete sie meinem Vater, dass sie nicht mehr mit ihm zusammenleben wollte. Kaum hatte sie die Scheidung eingereicht, nahm sie mich mit nach Paris. Schließlich habe ich mich in Lyon an der Universität eingeschrieben, um von beiden Abstand zu gewinnen. Und da mein Papa Philosophiedozent ist und meine Mama davon träumt, eines Tages so berühmt wie Pierre Cardin zu sein, habe ich Ingenieurwissenschaft studiert, um mich auch in beruflicher Hinsicht von ihnen abzugrenzen.«

»Das klingt so, als hätten Sie keine enge Beziehung zu Ihrem Vater gehabt. Trotzdem möchte ich Sie fragen, ob Sie jemals einen Freund oder Kollegen Ihres Vaters kennengelernt haben, den er besonders schätzte.«

Zunächst zuckt er mit den Schultern, denkt jedoch darüber nach. »Als ich in der ersten Klasse des Gymnasiums war, hat mich Papa manchmal an die Uni mitgenommen, damit ich seine Freunde kennenlerne. Eines Tages hat er mich einem älteren Juraprofessor vorgestellt, von dem er ganz begeistert war. ›Er ist eine Koryphäe‹, wiederholte er immer wieder. ›Eine wahre Koryphäe!‹«

»Erinnern Sie sich noch, wie er hieß?«, frage ich in der Hoffnung, einen Anhaltspunkt zu finden.

Solon Rapsanis kramt in seinem Gedächtnis: »Ja, ich glaube, er hieß Kardassis … ja, Manolis Kardassis …«

»Vielen Dank, Sie haben uns sehr weitergeholfen, Herr Rapsanis«, sage ich.

Er betrachtet das Gespräch als beendet und erhebt sich. An der Tür wendet er sich jedoch noch einmal zu mir um.

»Hätte Tante Klio mich nicht darum gebeten, wäre ich nicht zur Beerdigung gekommen«, erklärt er. »Sie ist die einzige Person in dieser Familie, die mir nahesteht. Alles, was sonst mit meiner Familie zu tun hat, ist mir verhasst, sogar mein Vorname. Es war die Idee meines Vaters, mich Solon zu nennen, da ich auch Jurist werden sollte. Mit diesem Vornamen war meine Schulzeit, von der Grundschule bis zum Abitur, die reinste Hölle. Eines Tages fragte ich ein Mädchen aus meiner Klasse, ob sie mit mir gehen wolle, und sie antwortete: ›Solon, es tut mir leid, aber mit so einem Namen bleibst du solo.‹ In Frankreich ergeht es mir nicht besser. Dort rufen mich alle ›Solón‹, was an *saumon* erinnert, das französische Wort für Lachs. Das ist extrem nervig! Können Sie sich vorstellen, was es heißt, auf den antiken Namen Solon getauft zu sein und als Lachs zu enden?«

Er öffnet die Tür und geht grußlos hinaus. »Moment!«, rufe ich ihm hinterher. »Hinterlassen Sie mir bitte eine Telefonnummer für den Fall, dass ich Sie noch einmal sprechen muss.«

Als Rapsanis junior gegangen ist, rufe ich Koula herein. »Lassen Sie alles stehen und liegen und versuchen Sie, so viel wie möglich zu Juraprofessor Manolis Kardassis herauszufinden!«

Askalidis meldet sich wieder zu Wort. »Sie haben zwar gesagt, dass ich nicht direkt an die juristische Fakultät gehen soll, aber ich hätte da noch eine andere Idee.«

»Ja?«

»Ich könnte die Studentenlokale zwischen Kessariani und Exarchia abklappern. Dort fragt keiner danach, wer ich bin. Dort bin ich ein Gast wie jeder andere. Ich könnte auch eine Vertrauensperson mitnehmen, um weniger aufzufallen. Einfach, um zu hören, was man über den Mord an Rapsanis so redet. Vielleicht schnappe ich dabei etwas Interessantes auf.«

»Das ist eine prima Idee, das können Sie machen. Lassen Sie sich aber auf keine Diskussionen ein! Sie hören sich einfach nur an, was die anderen sagen, und berichten mir darüber. Alles andere ist Sache der Mordkommission.«

Askalidis' Gesicht leuchtet auf, und er zieht zufrieden ab. Er sah nach einem kleinen Loser aus Patras aus, und nun stellt er sich als Volltreffer heraus, denke ich mir. Doch sofort liegt mir diese Erkenntnis schwer auf der Seele. Auch die Polizei ist eine ganz normale öffentliche Behörde. Es wird nicht gern gesehen, wenn man durch Eigeninitiative auffällt und aus der Herde ausschert. Askalidis läuft Gefahr, so wie ich, auf seiner Position sitzenzubleiben. So werde ich wohl eine schützende Hand über ihn halten müssen. Wie ein zweiter Gikas, was mir gar nicht in den Kram passt!

Kurz darauf bringt mir Koula die Kontaktdaten von Manolis Kardassis. Sie hat sogar seine Publikationsliste recherchiert, die mich allerdings weniger interessiert. Sie überreicht mir die Festnetznummer seines Büros, die sie am Institut erfragt hat. Die Handynummer hingegen wollte man nicht herausgeben.

Kaum habe ich die Nummer gewählt, meldet sich eine Stimme: »Kardassis.«

»Herr Professor, Kommissar Charitos hier. Wir ermitteln im Mord an Ihrem Kollegen Klearchos Rapsanis. Deshalb würde ich Sie gern treffen.«

Es folgt eine Pause. »Laden Sie mich ins Präsidium zur Vernehmung vor?«, fragt er kühl.

»Nein. Ich möchte Ihnen nur ein paar Fragen zu Rapsanis' Universitätslaufbahn stellen.«

»Können Sie in mein Büro kommen?«

»Natürlich.«

Auf dem verstopften Alexandras-Boulevard wird ab der Ippokratous-Straße der Verkehr flüssiger. Ich lasse den Seat auf dem Parkplatz in der Asklipiou-Straße stehen und gehe zu Fuß zur juristischen Fakultät. Im Institut erfrage ich den Weg zu Professor Kardassis' Büro.

Der Professor steht von seinem Schreibtisch auf und reicht mir die Hand. Er ist kleingewachsen und knapp über sechzig. Somit steht er kurz vor dem Rentenalter.

»Was wollen Sie hören?«, meint er, sobald ich Platz genommen habe.

»Wir haben erfahren, dass Sie mit Klearchos Rapsanis befreundet waren. Daher dachten wir, Sie könnten uns ein paar nützliche Auskünfte geben.«

Er blickt mich an und lächelt. »Ich bin Jurist und respektiere Ihre berufliche Schweigepflicht, Herr Kommissar. Ich weiß, dass Sie mir Ihre Quellen nicht nennen müssen. Trotzdem würde ich aus purer Neugier gern etwas wissen, wenn es kein Dienstgeheimnis ist. Wer hat Ihnen gesagt, dass ich mit Klearchos Rapsanis befreundet war?«

»Das ist kein Geheimnis. Sein Sohn hat es uns gesagt.«

Er schüttelt den Kopf. »Sein Sohn ... Was ist aus diesem unglücklichen Jungen bloß geworden?«

»Er hat Ingenieurwissenschaft studiert und lebt in Lyon, wie er uns sagte.«

»Immerhin«, meint Kardassis und wiederholt es noch einmal: »Immerhin.« Dann sagt er mit veränderter Miene: »Aber jetzt zu unserem Thema: Ich war kein Freund von Rapsanis, Herr Kommissar. Rapsanis wäre seinerseits allerdings gern mit mir befreundet gewesen.« Er bemerkt meine erstaunte Reaktion und fährt fort: »Sie werden sicher von Klearchos' Leidenschaft für das Essen wissen.«

»Ja, davon haben sowohl seine Schwester, sein Arzt als auch sein Sohn gesprochen.«

»Aber sie haben Ihnen wahrscheinlich nicht gesagt, dass Rapsanis nicht nur beim Essen eine besondere Gier zeigte, sondern auch an der Universität, wenn es um Forschungsprogramme und Förderetats ging. Ihn interessierte einzig und allein seine persönliche Profilierung. An seiner Leibesfülle konnte man seine Zügellosigkeit beim Essen mit bloßem Auge ermessen. Seine Unersättlichkeit auf beruflicher

Ebene war nicht so leicht zu erkennen. Davon wusste man nur im Kollegenkreis.«

»Hat ihn das in die Politik getrieben?«, frage ich.

Er lacht auf. »Richtig geraten. Das allein! Er pflegte enge Beziehungen zu der Partei, die ihn später für ein Parlamentsmandat aufstellte. Er ging im Parteibüro ein und aus und unterstützte jeden Kandidaten, der ihm von der Partei vorgegeben wurde. Bei der Rektorwahl sprach er sich für den Wunschkandidaten der Regierung aus.«

»Demzufolge muss er an der Uni Feinde gehabt haben«, schlussfolgere ich.

Kardassis schenkt mir ein nachsichtiges Lächeln. »Richtig, aber wenn Sie glauben, dass seine Wahl zum Parlamentarier und sein kometenhafter Aufstieg zum Minister diesen Hass weiter schürte, dann irren Sie sich.«

»Wieso?«

Kardassis lächelt weiter. »Weil er während seiner Amtszeit als Minister nichts mehr mit der Universität zu tun hatte. So bekamen seine Kollegen mehr Gelder und konnten aufatmen. Warum sollten sie ihn also umbringen? Ihr Anteil am Forschungsetat war ja gestiegen.«

Auf dieses Argument wäre ich nicht gekommen. Kardassis registriert meine nachdenkliche Reaktion und fährt fort: »Wahrscheinlicher ist, dass ihn seine politischen Gegenspieler aus dem Weg geräumt haben. Rapsanis kam aus heiterem Himmel in die Politik und hat anderen Anwärtern auf einen Ministersessel einen Strich durch die Rechnung gemacht. Das war Grund genug, ihn zu hassen. Meiner bescheidenen Meinung nach könnte das Bekennerschreiben auch diese Deutung zulassen.«

»Wie meinen Sie das?«, frage ich.

»Der oder die Mörder werfen ihm vor, er habe seine Aufgabe als Hochschuldozent vernachlässigt. Hätte er das nicht getan, wäre ein Berufspolitiker heute Minister und nicht einer wie Rapsanis, der aus dem Nichts kam.«

Seine Erklärung wirkt zwar ziemlich konstruiert, zeigt andererseits aber eine gewisse Logik. Die Kollegen, denen Rapsanis seinen Anblick an der Uni ersparte, hatten demnach keinen Grund, ihn umzubringen. Er hatte ja freiwillig das Feld geräumt.

Aus dem Gespräch mit Kardassis hat sich zwar kein präziser Hinweis ergeben, doch er hat mir ein interessantes Motiv geliefert und weitere Optionen aus dem Bereich der Politik angesprochen, die mir nicht in den Sinn gekommen waren.

Da ich keine weiteren Fragen habe, erhebe ich mich. »Vielen Dank für das Gespräch und Ihre Auskünfte«, sage ich.

Auch er steht zum Abschied auf. »Sie haben ja meine Telefonnummer. Rufen Sie mich an, wenn Sie noch etwas brauchen.«

Bevor ich die Tür öffne, halte ich inne. »Halten Sie es für zielführend, mit anderen Ihrer Kollegen zu sprechen?«, frage ich Kardassis.

Er zuckt mit den Schultern. »Das können Sie ruhig tun, aber versprechen Sie sich nicht allzu viel davon. Täuschen Sie sich nicht, in unserer Zunft gelten die Regeln des Schweigens. Vor allem, wenn dabei ein gewaltsamer Tod im Spiel ist. Schließen Sie nicht von mir auf andere. Ich bilde eine Ausnahme, weil ich nächstes Jahr in Rente gehe.« Er verstummt und überlegt kurz. »Hm, da gibt es noch Seferoglou, Klearchos' Doktorvater. Seferoglou hat ihn auch bei seiner Berufung unterstützt. Allerdings ist er seit einigen Jahren emeritiert, und ich weiß nicht, wo er wohnt. Ich frage mal nach und gebe Ihnen Bescheid.«

Nachdem ich mich erneut bei ihm bedankt habe, mache ich mich auf den Weg. Unterwegs denke ich darüber nach, wie ich an Rapsanis' Politikerkollegen herankommen könnte. Das Problem ist, dass ich nur mit Einverständnis des Ministers handeln darf, sonst bin ich geliefert. Wenn ich hingegen den Minister darauf anspreche, wird er mir in Bezug auf meine Gesprächspartner dreinreden wollen, und das will ich um jeden Preis vermeiden.

Wäre der altgediente Reporter Sotiropoulos noch am Leben, wüsste ich, wie vorgehen. Er hatte sämtliche Kontakte in seiner Westentasche. Kurz überlege ich, wer von den Presseheinis, die nach jedem Mord mein Büro heimsuchen, sonst noch in Frage käme. Doch ich zögere. Der Minister hat den direkten Kontakt zur Presse untersagt. Wenn er herauskriegt, dass ich hinter seinem Rücken mit einem Reporter gesprochen habe, dann kann ich die einen Spalt breit geöffnete Tür zum Aufstieg und zu Gikas' Büro vergessen. Dann ist sie ein für allemal zu.

Die einzige Hoffnung, die mir bleibt, ist Seferoglou. Morgen soll Koula recherchieren, ob er noch am Leben ist und wo er wohnt. Eine Kompromisslösung wäre Fenekidis, der Rapsanis' Unterrichtsstunden übernommen hat, als er in die Politik wechselte. Aber auch er ist – um mit Kardassis zu sprechen – ein Mitglied jener Zunft, in der die Regeln des Schweigens gelten.

12

Als ich nach Hause komme, sehe ich, dass Adriani sich in Schale geworfen hat.

»Was gibt's?«, frage ich sie. »Gehen wir aus? Sind Mania und Uli aus Deutschland zurück?«

»Sie sind uns zuvorgekommen«, antwortet sie mit geheimnisvoller Miene.

»Wer?«

»Unsere Ferienbekanntschaften. Argyro hat uns heute Abend eingeladen, sie fand es so nett mit uns im Epirus.«

Klar, das war es auch. Aber nach dem Besuch beim Minister, dem Treffen mit Rapsanis junior und dem Termin bei dem Juraprofessor bin ich fix und fertig.

»Können wir das nicht verschieben? Heute Abend bin ich wirklich hundemüde.«

»Komm schon, bestimmt hat Argyro etwas gekocht. Was soll eine alleinstehende Frau mit so viel Essen anfangen? Soll sie es uns in einer Tupperdose schicken oder an NGOs verteilen?«

Ich könnte mich beschweren, dass sie die Einladung über meinen Kopf hinweg angenommen hat. Aber da mir klar ist, wie gern sie mit den drei Grazien in Kontakt bleiben will, halte ich mich zurück.

Was erschwerend hinzukommt, ist, dass Argyro in Maroussi und somit ein ganzes Stück entfernt wohnt. Es bleibt mir also nichts anderes übrig, als wieder in den Seat zu steigen, diesmal mit Adriani an meiner Seite.

Als wir endlich ankommen, sind Kalliopi und Tassia bereits da und empfangen uns mit Küssen und Umarmungen.

»Schnell zu Tisch, sonst wird das Essen kalt!«, ruft Argyro aus der Küche.

Sie hat Riesenbohnen und Zichoriensalat, in Essig eingelegten Oktopus und Räucherforelle vorbereitet. Doch zunächst entkorkt sie eine Flasche Weißwein und schenkt uns ein. Dann hebt sie ihr Glas.

»Zum Wohl! Möge jeder Urlaub so schöne Freundschaften und Erinnerungen mit sich bringen!«

Auf diesen Toast stoßen alle an, dann widmen wir uns voller Appetit dem Essen. Für Zichoriensalat habe ich eine besondere Schwäche, und Argyro hat ihn wunderbar zubereitet. Natürlich schwärmen wir nicht nur vom Essen, sondern auch von Epirus und unserem netten Hotel, vor allem aber lachen wir noch einmal über die fliegenden Deutschen.

Als die Vorspeisen verputzt sind, bringt Argyro das Hauptgericht: weißen Zackenbarsch auf Spetses-Art. Die beiden anderen Damen und auch meine Ehefrau sind voll des Lobes. Zum Glück bereitet Argyro ganz andere Gerichte zu als Adriani und steht folglich nicht in Konkurrenz zu ihr.

Ich genieße den weißen Zackenbarsch, da ich schon lange keinen Fisch mehr gegessen habe. Bei Adriani kommt Meeresgetier selten auf den Tisch. Nur vereinzelt dringen Worte aus dem Tischgespräch an mein Ohr, da ich mich ganz und gar dem Essen hingebe und nicht weiter zuhöre. Erst eine Bemerkung von Kalliopi lässt mich aufhorchen.

»Anscheinend sind unsere Gesprächsthemen für den Kommissar nicht besonders interessant.«

Adriani blickt mich vorwurfsvoll an. Ich bin mir bewusst, dass ich eine gute Ausrede auftischen muss. »Deine Kochkunst ist schuld!«, sage ich zu Argyro. »Das Essen ist so lecker, da kann ich mich einfach auf nichts anderes konzentrieren.«

»Das stimmt allerdings«, meint Tassia. »Du hast doch derzeit bestimmt viel an der Backe, lieber Kostas.«

»Warum meinst du?«, wundere ich mich.

»Na, die Ermordung des Professors, wie hieß er noch? Kapsanis?«

»Rapsanis. Das ist in der Tat ein komplizierter Fall. Aber daran habe ich jetzt überhaupt nicht gedacht.«

»Haben wir es hier vielleicht mit einem ödipalen Drama zu tun?«, fragt Argyro.

»Wie bitte?«, wundert sich Adriani.

»Ödipus war doch der König von Theben, der seinen Vater Laios tötete. Vielleicht haben wir es auch hier mit einem Vatermord zu tun?«

Der Name Laios sagt mir gar nichts, obwohl ich natürlich die Geschichte von Ödipus kennen sollte. Grundsätzlich geht es mir gegen den Strich, in meiner Freizeit über berufliche Dinge zu reden, die mich belasten. Andererseits will ich nicht unhöflich sein.

»Ausgeschlossen! Rapsanis Junior lebt in Frankreich, wo er auch zur Tatzeit war. Ich weiß nicht mehr, warum Ödipus seinen Vater getötet hat, aber Solon Rapsanis hatte keinen Grund dazu. Seine Eltern lebten getrennt, und er hat nach seinem Schulabgang jeden Kontakt sowohl zu seinem Vater als auch zu seiner Mutter abgebrochen. Zudem ist es schwer vorstellbar, dass er seinem Vater aus Frankreich eine vergiftete Torte geschickt haben soll.«

»Kostas, meiner bescheidenen Meinung nach muss es eine Täterin gewesen sein«, mischt sich Kalliopi in die Diskussion.

Da ich immer noch mit dem Essen beschäftigt bin, ist es mir vollkommen schnuppe, ob Rapsanis von einer Frau, von einem Mann oder von einer Huri aus dem Paradies umgebracht wurde. Doch ich beherrsche mich und heuchle Interesse.

»Wie kommst du darauf?«

»Weil Gift die Waffe der Frauen ist. Vielleicht hat ihn eine enttäuschte Geliebte auf dem Gewissen?«

»Soll das ein Witz sein, Kalliopi?«, sagt Tassia. »Eine enttäuschte Geliebte? Dieser Fettsack? Soviel ich weiß, ist es schon vorgekommen, dass Insektizid von Frauen in die Fanouropitta gemischt wurde. Ist er mit einer Fanouropitta umgebracht worden?«, fragt sie mich.

»Nein, mit einer normalen Torte.«

»Hört doch bitte auf!«, wirft Adriani ein. »Argyro hat uns so ein tolles Essen serviert, wir haben wunderbar gegessen, und zum Nachtisch tischt ihr vergiftete Fanouropitta auf? Wenn euch dieser Kuchen so schmeckt, dann lade ich euch zu uns nach Hause ein. Ich habe ein sehr gutes Rezept, ganz ohne Gift.«

»Adriani hat recht«, sagt Argyro. »Ich bringe jetzt die Nachspeise.«

»Tut mir leid, Kostas«, rechtfertigt sich Tassia. »Ich habe eben eine Schwäche für Detektivgeschichten.«

»Dann müsst ihr bald zu uns kommen«, sagt Adriani, »zum Kaffeekränzchen mit Kostas. Ich ziehe mich dann zum Kochen in die Küche zurück, weil ich keine Lust auf diese Geschichten habe.«

Die Damen lachen. Schließlich bringt Argyro auf einem Backblech das Baklava herein.

»Selbst gemacht!«, erklärt sie uns. »Ich hoffe, es schmeckt euch.«

»Damit du dich entspannen und dein Baklava genießen kannst, verrate ich dir jetzt etwas, Tassia.« Ich spreche leise, als ob ich gleich ein großes Geheimnis lüften würde: »Derzeit gibt es keine neuen Ermittlungsergebnisse.«

»Sehr interessant, lieber Kostas«, meint Tassia, als ob ich ihr wer weiß was verraten hätte.

Ich sehe, wie sich Adriani mit Blick auf Tassia bekreuzigt. Mit dieser Geste zeigt sie mir, dass sie Tassias Fragerei voll daneben findet.

Das Baklava schmeckt zwar vorzüglich, und wir alle können gar nicht genug davon kriegen, doch am Ende des Abends liegt mir das Essen wie ein Stein im Magen. Ich warte höflichkeitshalber noch eine halbe Stunde ab und schütze dann einen frühmorgendlichen Termin vor, um aufzubrechen. Die Verabschiedung dauert eine weitere halbe Stunde.

Als wir wieder im Auto sitzen, fragt Adriani: »Sag mal, nervt dich das nicht, dass Tassia so interessiert ist an deinen Fällen?«

»Sie tut einfach dasselbe wie du«, erwidere ich.

»Was meinst du?«

»Sie sitzt vor dem Fernseher und guckt Krimiserien. Und wenn ihr dann ein echter Kommissar unterkommt, der in einem echten Fall ermittelt, kann sie sich vor lauter Neugier nicht mehr beherrschen. Eine Live-Show mit Charitos ist natürlich viel interessanter als jede Serie!«

»Solche Shows können mir gestohlen bleiben. Deine Fälle, auch wenn du sie mir ganz stolz *live* präsentierst, interessieren mich nicht die Bohne. Auch auf TV-Krimis kann ich verzichten, mir sind Liebes- und Familienserien viel lieber.«

Zu Hause nehme ich für alle Fälle vor dem Schlafengehen noch ein Alka-Seltzer, da mir mein Magen keinen leichten Schlaf verspricht.

13

Mein Bauch fühlt sich immer noch hart wie ein Felsbrocken an. Ich beschließe, auf das Croissant zu verzichten und mich auf den Kaffee zu beschränken.

Kaum habe ich den Korridor betreten, erblicke ich die wartende Reportermeute. Bei diesem Anblick kann ich meine heimliche Freude nur mühsam verbergen.

»Sie sind umsonst hier«, erkläre ich ihnen.

»Gibt es zum Ministermord denn keine neuen Informationen?«

»Im Fall Klearchos Rapsanis läuft alles über die Pressestelle des Ministeriums.«

»Ach! Hat jetzt das Ministerium die Ermittlungen übernommen, oder wie?«, meint die Dürre spöttisch.

»Wir übernehmen die Ermittlungen und das Pressebüro die PI. Anweisung des Ministers.«

»Unmöglich! Sie müssen uns doch irgendetwas sagen können«, meint die Kurze mit den rosa Strümpfen.

»Wenden Sie sich an Herrn Rodopoulos, den Pressesprecher.«

Ich nutze ihre Ratlosigkeit, um in mein Büro zu schlüpfen. Mein erster Blick fällt auf eine Notiz: Ich soll dringend Karabetsos anrufen.

»Können wir uns gleich treffen?«

»Klar.«

»Bin schon unterwegs.«

Ich rufe Dervissoglou zu mir, da er vor Karabetsos in der Antiterrorabteilung war und uns seine Erfahrung von Nutzen sein kann.

Karabetsos stürmt mit dem Bekennerschreiben in der Hand herein. Als er Dervissoglou erblickt, fragt er: »Sie sind also der Kollege, der sich aus dem Staub gemacht hat, bevor ich übernommen habe?«

»Genau«, antwortet Dervissoglou. Beide grinsen.

Dann richtet Karabetsos sich an mich. »Dieses Bekennerschreiben wurde nicht von Terroristen verfasst«, erklärt er im Brustton der Überzeugung.

»Wie kannst du so sicher sein?«

»Weil es keine bestimmte Ideologie vertritt. Es gibt kein terroristisches Bekennerschreiben ohne politische Begründung der Taten und ohne ideologische Lehrsätze. Uns kommt es vielleicht seltsam vor, aber für die Terroristen ist es eine Frage der Ehre, ihre Taten mit Argumenten zu untermauern.«

»Du findest also, das fehlt in diesem Brief.«

»Ja, es ist vom Verrat an der edlen Aufgabe des Hochschullehrers und vom Verlassen der Uni in schwierigen Zeiten die Rede, aber das klingt eher nach einer christlichen Predigt als nach einem terroristischen Bekennerschreiben.«

»Was sagen Sie dazu, Fotis?«, frage ich Dervissoglou. »Jetzt können Sie ganz frei sprechen, Sie gehören ja zu einer anderen Abteilung.«

»Herr Karabetsos hat recht. Trotzdem könnte man es auch anders sehen.«

»So? Da bin ich aber gespannt …«, meint Karabetsos etwas bissig.

»Ein Bekennerbrief bezieht sich auf ein Verbrechen, das weder wegen finanzieller noch persönlicher Differenzen mit dem Opfer begangen wurde, sondern weil der Täter eine Botschaft daran knüpfen will. Diese Botschaft ist im Bekennerschreiben enthalten. Damit Sie mich nicht missverstehen: Ich sage nicht, dass der Rapsanis-Mord ein Terroranschlag war. Ich sage nur, dass ein Bekennerbrief in jedem Fall darauf abzielt, Angst und Terror zu verbreiten.«

»Also, was tun wir?« Karabetsos übergeht Dervissoglous Einwand geschickt, indem er mich als seinen Vorgesetzten um Anweisungen bittet.

»Wir alle sind in diesem Punkt doch einer Meinung: Selbst wenn wir es nicht mit herkömmlichen Terroristen zu tun haben, so wollen die Täter im vorliegenden Fall, ganz wie Fotis sagt, die Menschen in erster Linie in Angst und Schrecken versetzen. Niemand garantiert uns, dass es morgen kein weiteres Opfer gibt. Das Einzige, was sowohl die Antiterrorabteilung als auch die Mordkommission tun können, ist, Augen und Ohren offen zu halten.«

»Einverstanden«, sagt Karabetsos und erhebt sich. Vor seinem Aufbruch fragt er noch schnell: »Machen wir ein kleines Tauschgeschäft?«

»Was für ein Tauschgeschäft?«

»Den Kollegen hier gegen einen von uns.«

Dann geht er hinaus, ohne meine Antwort abzuwarten. Dervissoglou strahlt übers ganze Gesicht.

»Bravo«, sage ich. »Ihre Argumentation war zutreffend.«

Er bedankt sich und verlässt mein Büro. Wie es scheint, versüßt mir nicht nur das Baklava, das ich gestern Abend gegessen habe, das Leben, sondern auch die Erkenntnis, dass ich zwei fähige Mitarbeiter dazugewonnen habe.

Beim Gedanken ans Baklava kommt mir plötzlich eine Idee, die mir nicht mehr aus dem Kopf geht. Das kommt davon, Charitos!, sage ich mir, wenn du – statt deine Arbeit zu tun – deine Zeit mit Besprechungen bei Ministern und ihren Adlaten vertrödelst.

Umgehend rufe ich Dimitriou an. »Habt ihr die Torte fotografiert, mit der Rapsanis umgebracht wurde?«, frage ich ihn.

»Natürlich! So, wie wir sie im Kühlschrank vorgefunden haben, aber auch später im Labor.«

»Könnt ihr mir die schärfste Aufnahme elektronisch zuschicken?«

»Ist schon unterwegs.«

Gleich nach dem Gespräch stehe ich schon im Büro meiner Assistenten. »Dimitriou schickt uns gleich ein Foto von der Torte, mit der Rapsanis vergiftet wurde. Damit klappert ihr drei sofort alle in Frage kommenden Konditoreien ab, um herauszufinden, in welchem Geschäft der Mörder die Torte gekauft hat. Nur Koula bleibt auf Abruf hier.«

Dann kehre ich in mein Büro zurück, nehme auf meinem Stuhl Platz und hole tief Luft. Zum Glück ist mir das noch eingefallen, sonst wäre im Boot unserer Ermittlungen ein riesiges Leck entstanden, und wir hätten alle Hände voll zu tun gehabt, es zu stopfen. Trotzdem kann ich mir selbst den Fauxpas kaum verzeihen.

Glücklicherweise unterbricht Koula meine »Selbstkritik«, wie Sissis sich ausdrücken würde.

»Draußen steht ein Professor, der Sie sprechen möchte.«

»Hat er seinen Namen genannt?«

»Ja, Fenekidis oder so ähnlich.«

Es muss sich um den Stellvertreter handeln, der bei Rapsanis' Abgang in die Politik für ihn eingesprungen war. »Schicken Sie ihn herein.«

Fenekidis ist wesentlich jünger als Rapsanis und Kardassis. Er muss Mitte vierzig sein, ist großgewachsen und glatt rasiert, was heutzutage fast rebellisch wirkt. Dazu trägt er allerdings, ganz wie es im Moment angesagt ist, einen Anzug ohne Krawatte.

»Guten Tag, Herr Kommissar. Ich bin Marios Fenekidis«, stellt er sich vor.

»Herr Kardassis hat erwähnt, dass Sie Klearchos Rapsanis' Vorlesungen übernommen haben«, sage ich zu ihm.

»Ich weiß, der Herr Professor hat mir Bescheid gesagt. Ich dachte, Sie würden mich ohnehin früher oder später sprechen wollen. Da bin ich gleich freiwillig erschienen.«

»Wieso? Haben Sie mir denn etwas Wichtiges oder Dringendes mitzuteilen?«

Er überlegt kurz, wie er mir die Sache am besten darstellt. »Professor Kardassis steht kurz vor der Rente, Herr Kommissar. Ich hingegen habe noch etliche Jahre vor mir. Es würde keinen guten Eindruck machen, wenn ich an der Uni mit einem Kommissar gesehen werde. Damit meine ich nicht die Kollegen, sondern bestimmte Studentengruppierungen. Daher habe ich es vorgezogen, zu Ihnen zu kommen. Ganz so, als hätten Sie mich vorgeladen.«

Ich muss kein Mitglied der Motorradstaffel sein, die bei Demos zum Einsatz kommt, um zu wissen, welche radikalen Studentengruppierungen er meint. »Nun, ich hatte tatsächlich vor, mit Ihnen zu sprechen. Schön, dass Sie hier sind«, sage ich. »Die Ansichten über Klearchos Rapsanis sind offensichtlich widersprüchlich. Sie hatten tagtäglich Kontakt zu ihm. Daher ist Ihre Einschätzung für uns interessant.«

»Er selbst verhielt sich widersprüchlich, weil ihm alles zu eng wurde«, erläutert mir Fenekidis.

»Aufgrund seiner Leibesfülle, meinen Sie? Ich frage, weil das immer das Erste ist, wovon Angehörige und Freunde sprechen.«

»Nein, aufgrund seines Ehrgeizes, Herr Kommissar«, antwortet er und bestätigt damit Kardassis' Aussage. »Klearchos Rapsanis' Ambitionen reichten weit über die Uni hinaus. Wir anderen waren mit Forschung und Lehre zufrieden. Klearchos aber war das nicht genug.« Er denkt nach und seufzt auf. »Schade, denn er war fachlich hervorragend. Seine Vorlesungen waren immer rappelvoll. Aber die Wissenschaft interessierte ihn nicht, er wollte im Scheinwerferlicht stehen. Die Forschungsprogramme hat er seinen Vertrauten überlassen. Auch mir, um ehrlich zu sein. Er selbst hat seine Zeit und seine Kenntnisse in Facebook, Twitter und Zeitungsartikel investiert, weil er glaubte, so könne er die Öffentlichkeit am besten erreichen.«

»Glauben Sie, dass das für böses Blut im Kollegenkreis gesorgt hat?«

»Ja, aber er war nicht der Einzige. Viele streben erst einen sicheren Universitätsposten an und wenden sich dann

Tätigkeiten zu, durch die sie Berühmtheit erlangen können. Normalerweise gehen sie in die Politik. Und genau das hat Klearchos getan.«

»Kam es dabei zu Auseinandersetzungen mit Kollegen?«

»Nein, er selbst war im Ton sehr gemäßigt, nur einmal ...« Er pausiert und sammelt seine Gedanken. »Ich erinnere mich daran, weil die Szene völlig aus dem Rahmen fiel. Er war gerade Parlamentsabgeordneter geworden. Als ich in sein Büro kam, telefonierte er gerade so ungehalten, wie es sonst gar nicht seine Art war. ›Ach, lass mich doch in Frieden, dumme Pute! Nur, weil wir ein bisschen gechattet haben, hast du noch lange kein Recht, mich zu belehren!‹ Dann warf er den Hörer auf die Gabel.«

»Erinnern Sie sich vielleicht, ob er den Namen der Gesprächspartnerin erwähnt hat?«

»Nein, bei meinem Eintreten hat er das Gespräch sofort abgebrochen.«

Vielleicht hat es etwas zu bedeuten, vielleicht auch nicht. Wie soll man das nach all den Jahren herausfinden!

»Hat er jemals über Personen aus der Politik gesprochen, die er mochte oder nicht mochte?«

Fenekidis denkt nach. »Immer wieder und mit großer Sympathie hat er Jannis Anagnostidis, den Berater des Premierministers, erwähnt. Aus tiefstem Herzen zuwider war ihm Dionyssis Schinas, ein Oppositionspolitiker.«

»Könnte der Mörder aus Unikreisen stammen?«, formuliere ich vorsichtig.

»Aus dem Kollegenkreis auf keinen Fall«, lautet sein kategorisches Urteil. »Und dass es ein enttäuschter Student gewesen sein könnte, der ihn aus irgendeinem Grund hasste, finde ich zwar unwahrscheinlich, kann es aber nicht ausschließen.« Dann hält er inne und blickt mich an. »Meiner Meinung nach hat er sich das alles selbst zuzuschreiben, Herr Kommissar.«

»Wie meinen Sie das?«

»Weil er seine Ellenbogen eingesetzt hat, wenn sich jemand seinen ehrgeizigen Plänen in den Weg gestellt hat. Irgendwann wurde es offensichtlich jemandem zu viel, und er schlug zurück. Gift als Tatwaffe deutet auf ein Verbrechen aus Leidenschaft hin, aber das wissen Sie besser als ich. Das Bekennerschreiben ist meiner Ansicht nach nur ein Ablenkungsmanöver, um die polizeilichen Ermittlungen auf eine falsche Spur zu lenken.«

Da könnte er ganz recht haben. Die einfachen Erklärungen sind oft die überzeugendsten. Da mir keine Frage mehr einfällt, danke ich ihm für den Besuch.

Gleich nach Fenekidis' Abgang rufe ich Vellidis an und ersuche ihn, Rapsanis' Profile auf Facebook und Twitter zu checken. »Mich interessieren vor allem die Leute, mit denen er aktiv in Kontakt stand«, erläutere ich. »Wenn Sie auf eine engere Beziehung oder auf einen Konflikt mit ganz konkreten Personen stoßen, informieren Sie mich bitte sofort.«

»Der Spaßfaktor ist garantiert!«, sagt Vellidis seufzend und legt auf.

Dann frage ich Koula, ob sie Seferoglous Adresse oder Telefonnummer herausgefunden hat.

»Ich habe einen Wikipedia-Artikel über ihn gefunden, aber daraus geht keine Telefonnummer oder Kontaktadresse hervor.«

»Dann suchen Sie bitte weiter, ob er vielleicht ein Profil auf Facebook oder Twitter hat«, sage ich.

»Hab ich schon, aber ohne Erfolg«, erwidert sie.

Folgerichtig sollte ich jetzt die beiden Politiker befragen, die mir Fenekidis genannt hat. Aber das wäre ohne die Erlaubnis des Ministers zu gewagt. Bevor ich den Vizepolizeipräsidenten anrufen kann, tritt Dervissoglou in mein Büro.

»Dermitsakis und Askalidis sind noch auf Tour, aber ich bin auf einen Konditormeister gestoßen, mit dem Sie am besten selbst sprechen.«

»Wo ist er?«, frage ich.

»Ich habe ihn in den Verhörraum geführt.«

»Kommen Sie mit.«

Dort sitzt ein Fünfzigjähriger in weißer Arbeitskleidung auf einem Stuhl, vor ihm steht eine Tasse Kaffee.

»Herr Jorgos, sagen Sie dem Herrn Kommissar, was Sie mir vorhin in der Konditorei erklärt haben.«

Der Konditormeister blickt mich an und sagt mit Nachdruck: »Diese Torte stammt aus keiner Konditorei, die ist hausgemacht.«

»Woran erkennen Sie das?«, frage ich.

Der Konditormeister wendet sich an Dervissoglou. »Wo ist die Fotografie?« Mein Assistent holt sie aus der Jackentasche und legt sie vor ihm auf den Tisch.

»Sehen Sie mal, wie ungleich die Sahnemasse verteilt ist und wie unregelmäßig die Abstände der Erdbeeren sind. In jeder x-beliebigen Konditorei können Sie feststellen, dass eine Torte mit genau denselben Zutaten eine bestimmte, standardisierte Form hat. Die hier ist keine Konditorware.«

Ich danke ihm und bitte Dervissoglou, seine Kontaktdaten aufzunehmen.

Dann kehre ich gedankenverloren in mein Büro zurück. Jemand hat also eigenhändig eine Torte gebacken, mit Insektizid versetzt und Rapsanis als Geschenk übersendet. Könnte es die Frau aus dem Telefongespräch sein, von dem Fenekidis berichtet hat? Das ist möglich, aber wie soll man es nachweisen? Der Fall wird auch nicht einfacher dadurch, dass der Tortenbäcker die Zutaten, wie anzunehmen ist, in verschiedenen Geschäften gekauft hat, um seine Spur zu verwischen.

So rufe ich den Vizepolizeipräsidenten an, um ihm Bericht zu erstatten. Wie immer hört er mir zu, ohne mir ins Wort zu fallen. »Das ist ja alles andere als erfreulich«, lautet sein Fazit.

»Ich weiß. Vielleicht ist die junge Frau, die ihm die Torte geliefert hat, auch die Bäckerin. Sie hat sich jedenfalls gut getarnt mit ihrem Helm und der unauffälligen Kleidung. Kurzum, wir haben nichts in der Hand. Trotzdem würde ich gern mit dem Berater des Premierministers und mit dem Oppositionspolitiker sprechen.«

»Geben Sie mir die Namen.«

Er verspricht mir, sich so schnell wie möglich zu melden. Zu Gikas' Zeiten hätte ich die beiden vernommen, ohne irgendjemanden um Erlaubnis zu fragen. Heute halte ich mich streng an die Vorschriften, da ich Angst habe, mir meine beruflichen Chancen eigenhändig zunichte zu machen. Aber vielleicht liegt es ja auch daran, dass mir der Ärger mit dem alten Polizeipräsidenten noch in den Knochen steckt und ich mich deshalb lieber vorsehe.

14

Dermitsakis und Askalidis berichten mir, kein Konditorfachgeschäft hätte die Torte als eigenes Produkt anerkannt. Damit bestätigt sich auf indirekte Weise die Annahme, dass es sich um eine hausgemachte Süßigkeit handelt.

»Wenn Sie mich nicht weiter brauchen, dann drehe ich jetzt eine Runde durch die Studentenlokale«, sagt Askalidis zu mir.

Dermitsakis wirft ihm einen schrägen Blick zu. »Seit wann gehen wir denn in der Arbeitszeit Kaffee trinken?«, fragt er ihn.

»Fragen Sie den Herrn Kommissar«, hält ihm Askalidis entgegen.

Ich gebe ihm grünes Licht und erzähle Dermitsakis von meinem Gespräch mit Askalidis über den Vorteil von Recherchen in Studentenlokalen.

Während Dermitsakis mir zuhört, bleibt seine Miene umwölkt. »Na schön, aber hätte ich nicht informiert werden müssen?«, fragt er mich.

»Stimmt, zugegeben. Aber aufgrund des Besprechungsmarathons habe ich es vergessen. Das nehme ich auf meine Kappe.«

Er verlässt, zufrieden mit meinem Schuldeingeständnis,

das Büro. Ich meinerseits verzichte darauf, ihm in Erinnerung zu rufen, dass er Askalidis zunächst falsch eingeschätzt hat.

Als ich mit Dermitsakis fertig bin, kommt Vellidis dran. Ich rufe ihn an.

»Das meiste, was wir auf Facebook gefunden haben, sind Diskussionen, Ratschläge und Antworten zu Fragen seiner Studenten«, meint er. »Auf Twitter ist zu sehen, dass er regelmäßig mit einem gewissen Schinas in Kontakt war. Anscheinend hatte Rapsanis grundlegende politische Meinungsverschiedenheiten mit ihm. Wenn du willst, kannst du einen Blick darauf werfen und mir sagen, was für dich von Interesse ist. Das Material ist ziemlich umfangreich.«

Er sitzt vor seinem Computer, als ich eintreffe. »Lies mal«, sagt er und überlässt mir seinen Stuhl.

Der Zusammenstoß zwischen Rapsanis und Schinas war heftig. Ich überfliege rasch den Verlauf und merke, dass die Diskussion zwar höflich begann, am Ende jedoch zu einer Schimpftirade ausartete. In einer der Twitter-Mitteilungen schrieb Schinas an Rapsanis: »Du bist in die Politik gegangen? Dann hast du dir deinen Lebenstraum erfüllt. Aber bald wird man dich statt Rapsanis Absahnis nennen, denn du sahnst hemmungslos ab.«

Darauf antwortete ihm Rapsanis: »Und du, Schinas, was hast du all die Jahre im Parlament getan? Du hast dich in allen Abstimmungen so verhalten, wie man es von dir verlangt hat, und deinem Parteivorsitzenden zugejubelt. Für dich heißt parlamentarische Arbeit, wie ein Theaterbesucher am Schluss der Vorstellung dem Hauptdarsteller zu applaudieren.«

In einer älteren, noch etwas höflicher gehaltenen Meldung schrieb Schinas: »Wenn du in deinen Vorlesungen genauso intelligent aufgetreten bist wie in der Politik, dann tun mir deine Studenten leid.«

Mehr Getwitter brauche ich fürs Erste nicht. »Schick diese Nachrichten bitte an Koula«, sage ich zu Vellidis, »sie soll sie mir ausdrucken und auch an den Vizepolizeipräsidenten schicken, aber nur die aggressiveren. Mit den anderen verliert er nur seine Zeit.«

»Stella hat angerufen«, berichtet mir Koula, sobald ich ins Büro komme. »Gikas möchte Sie sprechen.«

Jetzt, da er in Rente geht, ist von »Herr Kriminaldirektor« und »Herr Gikas« nur noch »Gikas« übriggeblieben.

Ich fahre in die fünfte Etage hoch, wo mich Stella mit verweinten Augen empfängt.

»Er möchte sich von Ihnen verabschieden«, sagt sie und beißt sich dabei auf die Lippen, um nicht loszuheulen.

Er steht vor dem Konferenztisch. Sein Schreibtisch ähnelt einem leergeräumten Haus, das nur noch auf die Putzkolonne wartet, bevor der neue Besitzer einzieht. Auf dem Konferenztisch steht ein Tablett mit einer Flasche Coca-Cola, dazu Orangen- und Zitronensaft. Daneben liegen drei Konditor-Schachteln mit Keksen, Törtchen und Schokoladetrüffeln.

»Von den anderen habe ich mich schon verabschiedet«, sagt er. »Sie habe ich mir für den Schluss aufgehoben, da wir ein besonderes Verhältnis haben.«

Plötzlich tritt er auf mich zu und drückt mich an sich. »Sie werden mir fehlen, Kostas. Und zwar sehr«, wispert er gerührt.

Ich stimme ein in das Süßholzraspeln: »Sie werden mir auch fehlen.«

Wir treten wieder auseinander und nehmen auf zwei Stühlen Platz. »Trinken Sie etwas zum Abschied«, meint er.

Ich stehe zwar nicht auf Cola und Saft, schenke mir aber ein bisschen Orangensaft ein. Dann hebt er sein Glas, und wir stoßen an.

»Hauptsache, es geht uns gut«, meint er. »Das Leben geht für uns beide weiter.« Er hält inne und fährt dann fort: »Der Polizeipräsident wollte eine Abschiedsparty für mich organisieren, aber ich habe abgelehnt. Ich habe keine Lust, dass alle antanzen und mir erzählen, wie sehr sie mich vermissen werden. Mir ist klar, die meisten sind froh, mich los zu sein. Und ich habe auch keine Lust, den Kollegen zu sagen, wie toll es mit ihnen war, wenn sie mir total auf die Nerven gegangen sind. Ich brauche keine scheinheilige Abschiedsseligkeit. Lieber verabschiede ich mich von Ihnen und ein paar weiteren Mitarbeitern, mit denen ich wirklich näher zu tun hatte, um mich dann auf Französisch zu empfehlen.«

Nach jahrelangem hierarchischem Verhältnis – er der Vorgesetzte und ich der Untergebene – entdecke ich plötzlich den Menschen in ihm. Wo – oder besser gesagt, wie – hat er sich all die Jahre so gut versteckt?

»Wir bleiben in Kontakt, nicht wahr?«, fragt er mich.

»Klar, wir können uns zum Kaffeetrinken verabreden, wenn Sie nicht gerade beim Fischen sind«, füge ich hinzu, um die Stimmung etwas aufzulockern.

»Ich wollte Sie noch um etwas bitten.«

»Aber gern.«

»Können Sie sich um Stella kümmern? Sie ist ganz depressiv, weil noch unklar ist, wohin sie versetzt wird. Heute Morgen hat sie sogar der Muttergottes eine Kerze gespendet, um einen guten Chef zu bekommen.«

»Ich kümmere mich darum«, sage ich beim Aufstehen.

Wir umarmen uns noch einmal, dann lasse ich ihn allein zurück. Draußen sitzt Stella, genauso verzweifelt wie vorhin.

»Jetzt kommen Sie schon. Es wird sich eine Lösung finden«, sage ich. Doch sie blickt mich nur stumm an.

Kaum bin ich in meinem Büro, rufe ich den Vizepolizeipräsidenten an.

»Ich habe den Schlagabtausch auf Twitter zwischen Rapsanis und dem Abgeordneten erhalten, werde ihn aber nicht an den Minister weiterleiten«, meint er. »Wenn er das liest, kriegt er es vielleicht mit der Angst zu tun und verbietet Ihnen, sich mit den Politikern zu treffen.«

»Ich habe die Auszüge Ihnen geschickt, damit Sie Bescheid wissen und sich selbst ein Bild machen können. Es ist sicher besser, wenn der Minister sie nicht zu sehen bekommt.« Nach einer Pause füge ich hinzu: »Darf ich Sie um einen Gefallen bitten?«

»Kommt darauf an«, meint er scherzhaft.

»Ich möchte Sie bitten, Herrn Gikas' Sekretärin noch nicht zu versetzen. Sie sollte vorerst die Kommunikation zwischen mir und den anderen Dienststellen koordinieren. Wenn das jemand aus meiner Abteilung übernimmt, kostet mich das eine halbe Arbeitskraft, und zur Zeit stehen wir ziemlich unter Druck, wie Sie wissen.«

»Kein Problem. Sie kann vorläufig an ihrer Position bleiben, und wir reden weiter, sobald die Personalfrage geklärt ist.«

Jetzt heißt es, sich in Geduld zu fassen: Einerseits muss ich auf das Ergebnis der Unterredung zwischen Vizepolizeipräsident und Minister, andererseits auf Askalidis' Rückkehr warten. Ich bin gespannt, was er bei seinem Rundgang durch die Studentenlokale aufschnappt.

Da es mir schwerfällt, tatenlos herumzusitzen, rufe ich Stella an und bitte sie in mein Büro. Wortlos nimmt sie mir gegenüber Platz. Es steht ihr ins Gesicht geschrieben, dass sie fürchtet, nun das Verdikt von ihrer Versetzung in eine völlig unbekannte Abteilung zu hören zu bekommen.

»Legen Sie die Trauermiene wieder ab«, sage ich. »Vorläufig bleiben Sie hier und koordinieren die Besprechungen zwischen den verschiedenen Abteilungen des Präsidiums. Ich bin kein Gikas, also sind Sie auch nicht meine Sekretärin. Die Besprechungen werden, so wie jetzt auch, in Gikas' Büro stattfinden, das ja leer steht und für alle eine bequeme Lösung ist. In meiner Abwesenheit verständigen Sie sich mit Koula. Wenn demnächst Umstrukturierungen in der Leitung des Präsidiums vorgenommen werden, betrifft das nicht nur Sie, sondern auch mich und alle anderen. Aber derzeit sind wir noch nicht so weit.«

Ihr Gesicht erhellt sich, und sie richtet sich auf, als sei eine große Last von ihr genommen.

»Ich weiß gar nicht, wie ich Ihnen danken soll, Herr Kommissar«, sagt sie erleichtert.

»Danken Sie nicht mir, sondern dem Vizepolizeipräsidenten. Er hat diese Entscheidung getroffen.« Ich habe bereits eine dankbare Mitarbeiterin, nämlich Koula, und das genügt mir.

»Jetzt gehen Sie am besten in Ihr Büro und beruhigen sich erst mal«, sage ich.

Zum Glück wird mir weiteres Däumchendrehen erspart, denn kaum ist Stella fort, habe ich Askalidis am Telefon.

»Herr Kommissar, ich hatte Glück und bin auf einen alten Studenten von Rapsanis gestoßen, der in Deutschland promoviert. Er hat zugesagt, mit Ihnen über Rapsanis zu sprechen, möchte aber nicht ins Präsidium kommen.«

»Kein Problem, dann kommen Sie mit ihm in das Café am Ende des Alexandras-Boulevards.«

»Schön, in zehn Minuten sind wir dort.«

Ich sage Koula und Stella für den Fall, dass mich der Vizepolizeipräsident sucht, Bescheid. Ich bin noch vor Askalidis im Café und bestelle mir einen Mokka.

Kurz darauf trifft Askalidis mit einem bärtigen jungen Mann ein. »Darf ich Ihnen Fedon Neofytos vorstellen, Herr Kommissar? Fedon hat bei Klearchos Rapsanis studiert und schreibt jetzt in Deutschland seine Doktorarbeit.«

»Vielen Dank, dass Sie uns helfen wollen«, sage ich zu Neofytos.

Er zuckt mit den Schultern. »Dazu fühle ich mich moralisch verpflichtet. Das bin ich ihm schuldig«, erwidert er und fügt hinzu: »Obwohl, ab einem bestimmten Zeitpunkt war er es nicht mehr wert.«

»Wieso sagen Sie das?«

»Weil er mich enttäuscht hat«, antwortet er, ohne zu zögern. »Rapsanis war ein bedeutender Wissenschaftler. Beim

Bachelorstudium und auch später, als ich meine Masterarbeit bei ihm schrieb, hatte ich nicht den geringsten Grund zur Beschwerde. Nach dem Masterstudium beschloss ich, eine Doktorarbeit zu schreiben, mit Rapsanis als Doktorvater. Aber nach drei Monaten war plötzlich alles anders.«

»Warum?«, fragt ihn Asklidis.

»Weil er sich mit dem Virus der Politik angesteckt hatte. Er ließ alles stehen und liegen, halste Fenekidis seine Vorlesungen auf, ging nur noch im Parteibüro ein und aus, rannte auf Kundgebungen und schrieb Artikel. Wenn ich Fragen zu meiner Arbeit hatte, war es nahezu unmöglich, einen Termin zu bekommen. Und wenn doch, dann sah er zu, mich so schnell wie möglich wieder loszuwerden. Das hat mich unsäglich enttäuscht. Ich schmiss alles hin und ging nach Mainz.«

»Wie kam es Ihrer Meinung nach zu dieser plötzlichen Veränderung?«, frage ich Neofytos.

»Nun, ganz so plötzlich war sie nicht«, korrigiert er sich. »Ausgelöst wurde alles durch einen Studenten, der bei ihm promoviert hatte und es sich gleich danach auf einem Parteiposten bequem machte. Warum er dafür einen Doktortitel benötigte, kann ich Ihnen beim besten Willen nicht sagen. Rapsanis blieb weiterhin mit ihm befreundet und ließ sich von ihm überreden, in die Politik einzusteigen. Dieser ehemalige Student ist übrigens heute Berater des Premierministers. Vielleicht brauchte er dafür den Doktortitel.« Neofytos lacht auf.

Das also ist der Berater des Premierministers, mit dem ich sprechen wollte. Jetzt, da ich weiß, wie er zu Klearchos Rapsanis stand, ist mir diese Unterredung nicht mehr so wichtig. Denn mir ist klar, dass ich nichts als Lobeshymnen auf Rapsanis hören werde.

»Ich möchte Ihnen noch zwei Dinge erklären, Herr Kommissar, damit Sie meinen Standpunkt verstehen. Punkt eins: Ich habe nichts dagegen, wenn jemand von der akademischen Laufbahn in die Politik wechselt. Aber dann sollte er seinen Posten an der Uni aufgeben und sich ganz der Politik widmen, wenn sie ihm attraktiver scheint. Leider gehen Rapsanis und viele andere in die Politik, behalten jedoch ihre akademischen Stellen in der Hinterhand. Und wenn sie die Politik satt haben, kehren sie dorthin zurück. Punkt zwei: In Mainz ist mir klar geworden, was eine Universität wirklich bieten kann. Jetzt habe ich einen Doktorvater, der rund um die Uhr verfügbar ist. Lassen Sie mich Ihnen ein Beispiel geben: Irgendwann kam ich bei meinem Thema nicht weiter. Ich wollte das Problem mit meinem Professor besprechen, ihm aber nicht zur Last fallen. Ganz so, wie ich es von der griechischen Uni gewöhnt war. Als ich ihm Wochen später bei einem unserer regelmäßig angesetzten Meetings von meiner Schwierigkeit erzählte, wurde er ungehalten. ›Warum haben Sie mich nicht aufgesucht, als das Problem auftauchte? Wieso haben Sie nicht wenigstens angerufen?‹, fragte er streng. Ich sagte, ich habe ihn nicht belästigen wollen und deshalb unser Routinetreffen abgewartet. ›Ich bin für Sie da, wann immer Sie etwas mit mir besprechen wollen.‹ Das sagte er mit einer Miene, die keinen Widerspruch duldete.«

»Haben Sie auch die Vorlesungen eines gewissen Seferoglou besucht – der war Rapsanis' Doktorvater?«

Er lacht auf. »Sie meinen Jannis Seferoglou? Er war eine

Legende an der juristischen Fakultät. Er war ein Professor, der seine Studenten niemals hängen ließ. Stellen Sie sich nur vor: Als die Uni aus Geldmangel keine neuen Stellen ausschreiben konnte, unterrichtete er als Emeritus weiter, damit die Studenten kein Semester verloren.«

»Wo ist er jetzt?«, frage ich.

»Er war an Krebs erkrankt, machte eine Therapie und musste aus diesem Grund aufhören. Ich weiß nicht, wo er jetzt ist.«

So erklärt sich, dass wir keine Spur von ihm fanden. Das Klingeln meines Handys unterbricht unsere Unterhaltung.

»Dionyssis Schinas kann Sie in der nächsten halben Stunde in seinem Abgeordnetenbüro empfangen«, höre ich die Stimme des Vizepolizeipräsidenten. »Danach ist er beschäftigt, und morgen hat er Parlamentssitzungen.«

»Wo liegt sein Abgeordnetenbüro?«

»In der Ypsilantou-Straße 32, im Erdgeschoss.«

»Ich bin gleich da.«

Ich stehe auf und gebe Neofytos die Hand. »Tut mir leid, aber die Pflicht ruft. Vielen Dank für die Informationen, die Sie uns gegeben haben.«

15

Während der Fahrt in die Ypsilantou-Straße versuche ich, meine Gedanken zu ordnen und die Informationen zu bewerten, die wir bisher zusammengetragen haben.

Rapsanis' Familienleben war bereits angeschlagen, bevor seine Frau die Scheidung einreichte. Darin stimmen die Meinungen seiner Schwester und seines Sohnes überein. Selten habe ich, sei es privat oder beruflich, einen Sohn angetroffen, der seine Eltern so tief verachtete wie Solon Rapsanis.

Trotzdem scheint Rapsanis' Ermordung nichts mit den innerfamiliären Auseinandersetzungen zu tun zu haben, zumal die Exfrau und der Sohn in Frankreich leben. Äußerst unwahrscheinlich, dass sie gut fünf Jahre nach Auflösung der Familienbande nach Griechenland kommen, um den Vater beziehungsweise Exmann umzubringen. Wir könnten die Fluggesellschaften überprüfen, aber viel wird es uns nicht bringen. Außerdem hilft die räumliche Distanz dabei, heftige Gefühle erkalten zu lassen. Wie mir Rapsanis junior sagte, hatten er und seine Mutter ein neues Leben begonnen. Wenn sie ihren Exmann hätte töten wollen, hätte sie das viel früher getan.

Dann bleibt nur noch Rapsanis' universitäres Umfeld.

Hier haben wir auf der einen Seite Fenekidis und Neofytos. Beide stimmen darin überein, dass Rapsanis seinen Job an der Uni hervorragend gemacht hat. Ebenso teilen sie die Enttäuschung darüber, dass er seine universitäre Laufbahn geopfert und seine Studenten allein gelassen hat, um in die Politik zu gehen. Nun, das Gefühl der Enttäuschung ist dem vom Sich-verraten-Fühlen nah verwandt, aber auch da gibt es verschiedene Möglichkeiten, darauf zu reagieren. Neofytos hat alles hingeschmissen und ist nach Mainz gegangen. Er selbst erklärte, er sei dort sehr zufrieden. Welchen Grund hätte er also, Rapsanis umzubringen? Fenekidis hat, so enttäuscht er sich auch gibt, im Grunde von Rapsanis' Abwesenheit profitiert und Karriere gemacht. Also hat auch er keinen Grund, ihn zu töten.

Auf der anderen Seite ist da Manolis Kardassis, dessen Haltung sich von den anderen beiden unterscheidet. Er schien Rapsanis' Arbeit als Dozent nicht besonders zu schätzen. Er sprach von den Intrigen seines Kollegen und davon, dass er an der juristischen Fakultät unbeliebt war. Darin könnte ein Mordmotiv zu erkennen sein, selbst wenn Kardassis es für unwahrscheinlich hält. Andererseits kann ich mir nur schwer vorstellen, wie einer von Rapsanis' Kollegen bei sich zu Hause eine mit Insektizid versetzte Torte backt, um ihn zu vergiften.

Mit diesen Gedanken und ohne greifbare Schlussfolgerung komme ich in der Ypsilantou-Straße an. Ich läute an der Klingel Nr. 32, an der »Dionyssis Schinas, Abgeordneter« steht. Eine Fünfzigjährige in einem orangefarbenen Zweiteiler öffnet mir die Tür. Nachdem ich mich vorgestellt habe, führt sie mich direkt in Schinas' Arbeitszimmer.

Dionyssis Schinas muss im selben Alter wie Rapsanis sein, das ist aber auch schon ihre einzige Gemeinsamkeit. Im Gegensatz zu Rapsanis ist Schinas in körperlicher Hinsicht ein kleines, zierliches Männchen, das einen teuren Anzug mit Krawatte trägt, um sein unscheinbares Äußeres mit auffallend eleganter Kleidung aufzuwerten.

Er erhebt sich und reicht mir die Hand, während er mit der anderen auf einen Sessel mit niedriger Lehne deutet, auf dem ich Platz nehmen soll.

»Der Herr Minister hat mich darum ersucht, Sie zu empfangen, Herr Kommissar«, beginnt er. »Ehrlich gesagt weiß ich nicht, was ich zur Aufklärung von Klearchos Rapsanis' Ermordung beitragen kann, aber ich wollte mich einem Minister gegenüber nicht ablehnend zeigen. Vielleicht, weil ich grundsätzlich ein kooperatives Klima schätze, und dies, obwohl ich mich ja im Parlament gern angriffslustig zeige.«

»Ich wollte Sie treffen, weil ich erfahren habe, dass Sie Klearchos Rapsanis kannten.«

Er fällt mir ins Wort. »Wollen Sie auch wissen, wie lange schon?«

Auf diese Frage bin ich unvorbereitet und muss mein Unwissen zugeben.

»Seit Studienzeiten«, stellt er klar. »Wir haben uns gleichzeitig an derselben Fakultät eingeschrieben. Nach unserem Abschluss setzte er seine Studien fort, da er eine akademische Laufbahn einschlagen wollte, während ich in eine Kanzlei eintrat, um als Rechtsanwalt zu arbeiten. In der Folge wurde ich Justiziar bei einer Arbeitergewerkschaft, und von dort bin ich dann in die Politik gewechselt.«

Er hält inne, um kurz nachzudenken, bevor er weiterspricht. »Ich muss zugeben, dass meine Beziehung zu Klearchos nie – wie soll ich es ausdrücken? – besonders herzlich war. Eher das Gegenteil, würde ich sagen. Wir waren ständig unterschiedlicher Meinung. Klearchos hatte immer die Oberhand, weil er ein Musterschüler war, ich hingegen war nur ein durchschnittlicher Student. Er fand immer wieder einen Anlass, mich zu verspotten, und das ging mir enorm auf die Nerven. Zudem diente er sich den Professoren an, schleimte sich ein und versuchte überall abzusahnen.«

»Hat sich Ihre Bekanntschaft auch nach dem Studium fortgesetzt?«

»Nein, wir haben uns erst wiedergesehen, als auch er die politische Laufbahn einschlug. Dabei stellte ich zu meiner Überraschung fest, dass sich seit unserer Studienzeit nichts verändert hatte.«

»Das heißt?«

»Wir stritten uns wie eh und je. Nur, dass ich jetzt die Oberhand hatte, da ich mehr Erfahrung in der Politik hatte. Er war ein blutiger Anfänger.«

Ich beschließe, meine Karten auf den Tisch zu legen. »Ich möchte aufrichtig zu Ihnen sein. Wir haben Ihre Diskussionen mit Rapsanis auf Twitter gelesen. Das ist auch der Grund meines Besuchs.«

Er wirkt nicht erschreckt, sondern eher erheitert. »Da haben Sie ja gesehen, mit welchen Koseworten wir uns gegenseitig bedacht haben.« Dann wird er schlagartig ernst. »Wissen Sie, womit er mich auf die Palme getrieben hat? An der Uni hatte er das Sagen. Er machte sich über mich lustig und behandelte mich wie den letzten Dreck. Und nicht nur mich! In der Tat war es ihm gelungen, eine glänzende Karriere zu machen, wie ich von früheren Kommilitonen erfuhr. Für mich hingegen war die Politik der einzige Ausweg aus der Mittelmäßigkeit. Und auf einmal musste ich zusehen, wie er in meinen Jagdgründen wilderte. Ich befürchtete sofort, dass er auch auf politischem Gebiet den Besserwisser hervorkehren würde. Das fand ich unerträglich!«

»Ein ehemaliger Student soll ihn auf den Geschmack gebracht haben, Politiker zu werden. Wissen Sie etwas darüber?«, formuliere ich meine Frage vorsichtig.

»Meinen Sie Anagnostidis?« Er muss lachen. »Kommen Sie! Anagnostidis soll ihn dazu überredet haben? Weil er es zum Berater des Premierministers gebracht hatte? Nein, der Grund war ein anderer.«

»Was denn?« Ich spitze die Ohren.

»Die Liebe, Herr Kommissar. Er hat sich über Facebook in eine Frau verliebt.«

Ich muss mich kurz von meiner Überraschung erholen. »Und in wen?«, frage ich.

»Leider weiß ich das nicht. Offenbar haben beide Pseudonyme verwendet. Ich weiß, wie sich Rapsanis nannte. Er unterschrieb als ›Stan‹. Sagt Ihnen der Name etwas?«

»Ja, Stan Laurel.« Hier schalte ich sofort, weil ich dank Katerina weiß, dass man ihn an der Uni wegen seines Übergewichts mit dem Spitznamen ›Oliver‹ bedacht hatte.

»Genau, und seine Bekannte unterschrieb mit ›Lysistrate‹. Stellen Sie sich einen erfolgreichen, innerhalb und außerhalb Griechenlands in wissenschaftlichen Kreisen weithin bekannten Mann vor, der ein zutiefst einsamer Mensch war. Wie Sie bestimmt wissen, haben ihn seine Frau und sein Sohn verlassen. Plötzlich lernt er eine Frau auf Facebook kennen, die ihn bewundert, ihn in den Himmel lobt und erklärt, sie sei in ihn verliebt. Da dauert es nicht lange, bis er ihr ins Netz geht. Vor allem ein so unersättlicher und ehrgeiziger Typ wie Rapsanis.«

Das kann ich erst mal schwer verdauen. »Wollen Sie sagen, er ging in die Politik, weil ihm eine Frau auf Facebook eine Liebeserklärung gemacht hat?«

Schinas lacht erneut auf. »Sind Sie auf Facebook, Herr Kommissar?«

»Nein.«

»Dann können Sie leider nicht verstehen, wie die Liebe in Zeiten virtueller Gefühlswelten funktioniert. Lysistrate hat ihn unter Druck gesetzt. Sie behauptete, es sei seine Bestimmung. Nur Menschen wie Rapsanis könnten das Niveau der Politik in Griechenland anheben und von uns, den Mittelmäßigen, befreien. Daher glaube ich nicht, dass Anagnostidis ihn dazu überredet hat. Meiner Meinung nach nahm Rapsanis mit ihm erst Kontakt auf, nachdem ihm Lysistrate den Mund wässerig gemacht hatte. Anagnostidis war dann sein Türöffner.«

Wenn sich Schinas' Theorie als richtig erweist, dann erklärt sich daraus vielleicht auch die mit Pestizid versetzte hausgemachte Torte als Tatwaffe.

Ich mache Anstalten zum Gehen, da meine Fragen erschöpft sind. »Vielen Dank, Herr Schinas. Sie haben mir wirklich sehr weitergeholfen«, sage ich.

»Ob sich der Minister über meine Aussage freuen wird, weiß ich nicht«, erwidert er mit einem Lächeln.

Darauf gehe ich nicht weiter ein, da ich nicht sicher bin, was ich ihm überhaupt von dem Gespräch erzähle.

Dann kehre ich ins Präsidium zurück und begebe mich direkt in Vellidis' Büro.

»Ich habe einen kleinen, aber dringenden Auftrag«, sage ich und nenne ihm die Pseudonyme von Rapsanis und seiner virtuellen Geliebten.

»Ich möchte, dass du dir die Korrespondenz der beiden auf Facebook anschaust und herauszufinden versuchst, wer sich hinter dem Namen ›Lysistrate‹ verbirgt. Bei ›Stan‹ wissen wir es ja schon.«

»Das ist kein kleiner, sondern ein ganz schön großer Auftrag!«, scherzt er. »Ich sehe mal, was ich tun kann, aber es könnte etwas länger dauern.«

»Das macht nichts. Hauptsache, du findest es raus.«

Als ich aus einem Impuls heraus noch einmal ins Büro hinunterfahren will, ändere ich im Fahrstuhl meine Meinung. Ich habe mir heute schon den ganzen Tag die Hacken abgelaufen. Es ist Zeit, nach Hause zu gehen.

16

Zu Hause sind Freunde und Verwandte versammelt. Neben Katerina, Fanis und Sissis sind auch Mania und Uli da, gerade frisch zurück aus Deutschland.

»Was für eine schöne Überraschung!«, rufe ich freudig aus. »Endlich wieder vereint! Wir haben uns ja ganz aus den Augen verloren.«

»Was soll ich erst sagen?«, fragt Katerina mit gespielter Empörung. »Ihr wart ja auch verreist! Fanis, ich und Onkel Lambros haben die Stellung gehalten.«

»Wie war's in Deutschland?«, will Adriani von Mania wissen.

»Frau Adriani, ich war zum ersten Mal in den Bergen auf Urlaub.« Dann wendet sie sich an Uli. »Wie heißt das noch mal auf Deutsch?«

»*Wandern*«, antwortet Uli.

»Genau, *wandern*«, bekräftigt Mania.

»Und was bedeutet das?«, fragt Adriani.

»Man nimmt sich der Reihe nach Bergrücken und Schluchten vor. Aber nicht für ein Stündchen vielleicht, so wie wir das tun. Von unserem Hotel aus sind wir jeden Morgen losgegangen und erst am Abend erschöpft zurückgekehrt. Das heißt, ich war fix und fertig, Uli dagegen war ganz in seinem Element.«

»Seid ihr auch geflogen, Uli?«, frage ich.

Er blickt mich baff an. »Wie, geflogen?«

Adriani erzählt von unserer Begegnung mit den Deutschen, die vom Astraka herunterflogen – zum großen Amüsement von Uli.

»Da wäre ich gern dabei gewesen!«, meint er.

»Wieso? Um mitzufliegen?«

»Nein, um euren Gesichtsausdruck zu sehen, als sie mit den Flügeln schlugen und von ganz oben heruntersegelten.«

»Also, wir waren sprachlos! Aber sie waren sehr sympathisch«, fügt Adriani hinzu.

»Wingsuit-Fliegen ist ein sehr beliebter Sport in Deutschland«, erläutert ihr Uli.

»Eins kann ich euch sagen«, unterbricht ihn Mania. »Uli und ich sind jetzt schon lange zusammen. Wir haben uns ja am Strand beim Schwimmen kennengelernt und fahren seither immer wieder zusammen in Urlaub oder machen Ausflüge. Aber nun habe ich ihn erstmals im deutschen Gebirge erlebt. Da war er wie verwandelt.«

»Verwandelt?«, wundert sich Uli.

»Du bist fröhlich wie ein Kind von einem Gipfel zum nächsten gelaufen. Ich musste mir eine kleine Wanne vom Hotel ausleihen, weil ich jeden Abend ein heißes Entspannungsfußbad nehmen musste. Du aber warst rundum glücklich.«

»Ich bringe jetzt das Essen. Es gibt gefüllte Tomaten«, verkündet Adriani.

Mitten in die Ausrufe des Entzückens sagt Katerina jedoch: »Einen Augenblick! Etwas anderes hat noch Vorrang«, sagt sie. Dann macht sie ihre Handtasche auf und holt eine Flasche heraus, die nicht nach griechischem Wein aussieht.

»Was ist das?«, fragt Adriani.

»Französischer Champagner. Es gibt was zu feiern.«

»Was feiern wir denn?«, frage ich.

Katerina wendet sich an Fanis. »Willst du es sagen?«

»Nein, das solltest du machen.«

Katerina wirft einen Blick in die Runde. »Ich erwarte ein Kind«, verkündet sie.

Einen Moment lang hat es allen die Sprache verschlagen. Dann regnet es Glückwünsche wie »Bravo!«, »Alles Gute!« und »Wie schön für euch!«. Ich bleibe stumm, weil mir vor Rührung ein Kloß im Hals sitzt. Adriani jedoch meldet sich zu Wort.

»Der Kaffeesatz!«, ruft sie. »Der Kaffeesatz hat recht behalten!«

»Wie bitte?«, fragt Katerina, während alle anderen – bis auf mich – Adriani sprachlos anstarren.

»Das also war die Prophezeiung? Und du hast mir kein Wort davon gesagt?«, frage ich.

»Ich habe nichts gesagt, weil du ein ungläubiger Thomas bist. Vielleicht hätte sich die Wahrsagung dann nicht erfüllt«, antwortet sie.

»Mama, du gehst zu Kaffeesatzleserinnen?«, wundert sich Katerina. Zum ersten Mal sehe ich, dass sie sich ganz im Stil ihrer Mutter bekreuzigt.

»Du und dein Vater glaubt ja an so was nicht, aber jetzt seht ihr, dass es stimmt!«, triumphiert Adriani.

»Und sag, was war das für eine Tasse, aus der das künftige Enkelkind herausgelesen wurde?«, fragt Fanis.

»Eine Mokkatasse natürlich, was sonst?«, erwidert Adriani, während sie sich über die Unkenntnis ihres Schwiegersohns wundert.

»Ein Glück, dass es keine größere Tasse war, sonst wären vielleicht Zwillinge dabei rausgekommen!«, bemerkt Fanis.

»Ja, mach du dich nur mit deiner Frau über mich lustig! Die Voraussage ist jedenfalls eingetroffen«, beharrt Adriani.

»Sagt mal: Junge oder Mädchen?«, fragt Mania.

»Ein Junge«, antwortet Katerina. »Wir haben es gestern erfahren.«

Adriani wirft ihr einen Blick zu. »Wie lange weißt du schon, dass du schwanger bist?«, will sie wissen.

»Heute sind es drei Monate.«

»Und das hast du drei Monate lang vor deinen Eltern verheimlicht?« Außer sich sagt sie zu mir: »Das sollte dir eine Lehre sein! Du bist ja ständig auf der Seite deiner Tochter.«

»Mama, ich musste zuerst mal entscheiden, ob ich es behalten will. Ich wollte euch nicht die frohe Botschaft überbringen und dann enttäuschen.«

»Frau Adriani, du weißt nicht, was ich durchgemacht habe, um sie zu überzeugen«, sagt Fanis.

»Lieber Fanis, ich danke dir, und ich bewundere dich. Ich weiß, wie dickköpfig meine Tochter ist.« Dann verstummt sie, und Adriani blickt ihre Tochter und ihren Schwiegersohn erstaunt an, dann fragt sie: »Wie soll das Kind denn heißen? Wisst ihr das schon?«

»Wir wissen es schon«, antwortet Katerina und sagt zu Fanis. »Das solltest aber jetzt du verkünden.«

»Lambros«, erklärt Fanis. »Es soll Lambros heißen.«

Zunächst herrscht Schweigen, da wir alle, wie üblich, einen Namen aus dem Verwandtenkreis erwartet haben. Doch dann applaudieren alle zustimmend. Nur Sissis klatscht nicht, sondern starrt stumm vor sich hin.

»Ich wollte ihm deinen Namen geben, weil ich dir etwas schuldig bin, Onkel Lambros«, sagt Katerina.

Sissis hebt langsam den Kopf und blickt sie an. »Was bist du mir schuldig, Katerina?«, wispert er kaum hörbar.

»Weißt du noch, wie ich einmal kurz davor war, auszuwandern? Du hast mich daran gehindert, indem du für mich und Fanis dein Essen auf der Deportationsinsel Makronissos nachgekocht hast. Deshalb bin ich geblieben und habe mit Mania zusammen die Kanzlei eröffnet. Und jetzt bekomme ich auch noch ein Kind. Ich bin dir jeden Tag dafür dankbar, dass du mich vom Auswandern abgehalten hast. Dafür stehe ich in deiner Schuld.«

Sissis sitzt da wie betäubt, und auch die anderen schweigen. Wie üblich rettet Adriani die Situation. Sie umarmt Katerina und drückt ihr einen herzlichen Kuss auf die Wange. »Wir freuen uns so für euch, mein Schatz«, sagt sie. »Holen wir jetzt die Gläser, um anzustoßen!«

Mutter und Tochter kehren mit sieben Sektgläsern zurück. Fanis nimmt den Champagner zur Hand und entkorkt ihn vorsichtig, damit der Korken nicht an die Decke springt. Danach füllt er die Gläser. Jeder ergreift ein Glas, und alle erheben sich von den Stühlen.

»Möge unser Lambros ein langes Leben haben und uns viel Freude bereiten!«, sagt Adriani. »Möge er gesund und glücklich sein!«

Während wir gerade anstoßen wollen, lässt Sissis plötzlich sein Glas sinken. Er tritt zu Katerina und umarmt sie. »Ich danke dir, Katerina«, flüstert er. »In meinem Leben habe ich nicht viele Geschenke bekommen, auch nicht von meinen Eltern, die bettelarm waren. Deshalb weiß ich jetzt gar nicht, was ich sagen oder tun soll. Aber ich möchte dir danken. Katerina und Fanis, ich danke euch beiden sehr.«

Dann lässt er Katerina los und stürzt aus dem Wohnzimmer.

»Was hat er denn?«, wundert sich Uli.

Ich will ihm schon hinterhergehen, doch Adriani hält mich zurück. »Lass ihn, es sind ihm bestimmt vor Rührung die Tränen gekommen. Lass ihn jetzt lieber allein.«

Dann ist sie an der Reihe, Tochter und Schwiegersohn zu umarmen und zu gratulieren. Ich warte geduldig ab, bis ich dran bin.

»Macht es dir etwas aus, dass wir unseren Sohn nicht nach dir nennen?«, fragt mich Fanis.

»Was redest du da, Fanis?«, meldet sich Adriani. »Einen Kostas gibt's doch in jeder Familie! Lambros ist ein viel seltenerer Name.«

»Auch Prodromos hat uns nicht wirklich begeistert«, sagt Katerina.

»Stell dir nur vor, wie so ein armer kleiner Prodromos in der Schule gehänselt wird«, meint Mania.

»Lambros ist ein schöner Name, aber mir ist nicht klar, was so schlimm an Prodromos ist«, wundert sich Uli.

»Sag mal, Uli, wie ist dein eigentlicher Taufname?«

»Ulrich.«

»Aha, aber man nennt dich Uli. Wie würde man Prodromos denn abkürzen? Von der Koseform Prodromakis ausgehend höchstwahrscheinlich Makis. Weißt du, wie viele Makisse es gibt?«

»Ja, so viele wie Ulis«, antwortet Uli, der mittlerweile auf Griechisch ziemlich schlagfertig ist.

Sissis, der offenbar seine Selbstbeherrschung wiedererlangt hat, kehrt in die heitere Atmosphäre des Wohnzimmers zurück, tritt an den Tisch und hebt sein Glas. »Ein Hoch auf Lambros!«, sagt er zu Katerina und Fanis. »Möge er euch Freude bereiten, gesund und wohlgeraten sein. Bringt ihm bei, die Welt so zu akzeptieren, wie sie ist – und nicht so, wie er sie sich erträumt. Schaut mich an, was ich durchgemacht habe, bis ich mich in ihr zurechtgefunden habe!«

Nachdem er die Beifallsbekundungen der anderen entgegengenommen hat, gehen Mania und Katerina in die Küche, um die Sektgläser gegen Weingläser zu tauschen. Adriani folgt ihnen, um das Essen zu holen.

Außer den gefüllten Tomaten gibt es ein Gericht mit Paprika und zudem süß-sauer eingelegtes Gemüse. Als Katerina die Weingläser gefüllt hat, hebt Adriani erneut ihr Glas und hält so alle davon ab, sich über das Essen herzumachen.

»Unser Enkel lebe hoch!«, sagt sie. »Wir sind zusammen durch dick und dünn gegangen, haben gute und schlechte Zeiten erlebt, aber am Schluss haben wir es immer geschafft. Bald haben wir auch noch ein Enkelkind. Was wollen wir mehr?«

Da hebe auch ich mein Glas, und wir stoßen alle an. Danach genießen wir das Abendessen in vollen Zügen.

17

Adrianis Begeisterung über das Enkelkind ist auch am nächsten Morgen ungebremst, sie schwelgt in den schönsten Zukunftsträumen. Auch ich freue mich noch immer sehr, versuche mich aber zu zügeln und mache mich bereit, um zur Arbeit zu gehen.

Gerade als ich zur Jacke greife, läutet das Telefon in der Innentasche.

»Hier Einsatzzentrale, Herr Kommissar. Soeben ist die Meldung hereingekommen, dass ein Toter im Attiko-Park gefunden wurde.«

»Wer hat die Polizei verständigt?«

»Es war ein anonymer Anruf. Eine Frauenstimme sagte, ein gewisser Archontidis liege tot beim Jugendzentrum.«

Ich rufe sofort Dermitsakis an, damit er Spurensicherung und Gerichtsmedizin informiert und mich von einem Streifenwagen abholen lässt. Danach melde ich mich bei Koula und ersuche sie, im Internet nach Archontidis zu recherchieren.

Eine Viertelstunde später kommt der Streifenwagen an. Der Fahrer schaltet die Sirene ein und fährt auf dem Kifissias-Boulevard in Richtung Psychiko.

Koulas Anruf erreicht mich im Streifenwagen. »Abgesehen von einem Möbelhändler gleichen Namens gibt es einen Professor an der philosophischen Fakultät der Universität Athen namens Aristotelis Archontidis. Außerdem ist er Staatssekretär im Bildungsministerium.«

Aha, ein zweites Opfer aus Universitätskreisen, mitsamt Politikerkarriere! Dadurch wird der Druck auf die Polizei erhöht, ich bin mir sicher, bald werden wir uns vor Verzweiflung die Haare raufen.

Der Streifenwagen fährt die Mousson-Straße hinunter und bleibt vor dem Jugendzentrum stehen. Schon will ich Dermitsakis anrufen, um nach dem Fundort der Leiche zu fragen, als ich Dervissoglou erblicke, der dort offensichtlich auf mich gewartet hat.

»Kommen Sie, Herr Kommissar. Der Tote liegt hinter dem Jugendzentrum.«

Bereits von dem Sträßchen aus, welches das Jugendzentrum vom Attiko-Park trennt, sind die Streifenwagen und die versammelten Schaulustigen zu sehen. Dermitsakis hat den Tatort mit rotem Band abgesperrt.

Ein Mann im Jogginganzug liegt, vornübergestürzt, auf dem Boden. Schon mit bloßem Auge sind die tödlichen Verletzungen zu erkennen. Jemand hat ihm mit einem harten Gegenstand den Schädel eingeschlagen. Nacken und Joggingjacke sind blutüberströmt. Dann hat ihm der Täter in Höhe des Herzens auch noch ein Messer in die linke Schulter gerammt. Das Messer ist zwar nirgends zu sehen, aber die Joggingkleidung ist an der Stelle durchbohrt und blutgetränkt.

Das Opfer – ein etwa sechzigjähriger, großgewachsener und schlanker Mann mit Bart und Brille – liegt mit zur Seite gedrehtem Gesicht auf dem Gras.

Daraufhin wende ich mich zur gaffenden Menge. »Kennt vielleicht jemand von Ihnen das Opfer?«, frage ich in die Runde.

»Wir kannten ihn alle«, antwortet eine Frau. »Es ist Aris Archontidis, der Staatssekretär im Bildungsministerium.«

»Er war aber nicht nur Staatssekretär, sondern auch Universitätsprofessor«, fügt ein Mann hinzu.

»Er ist hier fast jeden Morgen gelaufen, deshalb kannten wir ihn. Er war ein passionierter Jogger«, meint die Frau.

»Wissen Sie vielleicht, wo er wohnte?«, frage ich.

»Ganz in der Nähe des Parks. In der Meletopoulou-Straße, wenn ich mich nicht irre«, antwortet eine junge Frau. »Ich wohne in der Tepeleniou-Straße und habe auf dem Weg durch die Meletopoulou oft den Streifenwagen vor seinem Haus gesehen.«

Genau dasselbe Szenario, denke ich mir. Im Fall Rapsanis wussten die Täter von seiner unbeherrschten Fresslust und haben sich diese Achillesferse zunutze gemacht. Im Fall Archontidis wussten sie von seiner Passion fürs Jogging und haben ihm dabei aufgelauert. Offenbar hatten sie ihn schon eine Weile beobachtet und den geeigneten Moment für den tödlichen Angriff abgewartet.

Der Kleintransporter der Spurensicherung und der Krankenwagen der Gerichtsmedizin treffen gleichzeitig ein. Dimitriou steigt als Erster aus. »Was liegt an?«, fragt er.

»Dasselbe wie schon mal. Nur dass diesmal der Tod nicht durch eine vergiftete Torte, sondern durch einen gewaltsamen Überfall eingetreten ist.«

Dimitriou wendet sich dem Opfer zu, bleibt zuvor aber noch kurz vor dem roten Absperrband stehen und untersucht den Boden. Dann meint er zu mir: »Neben dem Opfer gibt es Reifenspuren. Ich will es nicht beschwören, aber auf den ersten Blick sieht es nach einem Motorrad aus. Ob diese Spuren etwas mit dem Mord zu tun haben, müssen allerdings Sie herausfinden.«

»Ein Motorrad?«, wiederhole ich. »Das spielte doch auch beim letzten Mord eine Rolle. Eine junge Frau hatte die Torte mit einem Motorrad zu Rapsanis' Wohnung gebracht.«

Dimitriou hält mir den bekannten Spruch entgegen: »Einmal ist Zufall, zweimal ist Fügung.«

Stavropoulos' Wagen nähert sich. Er steigt aus und kommt auf mich zu. »Soll ich raten? Noch ein Hochschullehrer?«

»Richtig geraten, aber diesmal wurde er beim Joggen attackiert.«

Während sich der Gerichtsmediziner dem Opfer zuwendet, erteilt Dimitriou seinem Team Anweisungen, und ich beauftrage Dermitsakis und Dervissoglou mit einem Rundgang durch die Meletopoulou-Straße.

»Ich will wissen, wo genau Archontidis wohnte. Und sammelt erste Informationen zum Tathergang. Schön wäre, wenn ihr einen Spaziergänger oder Passanten ausfindig machen könntet, dem etwas Ungewöhnliches aufgefallen ist.« Askalidis behalte ich für alle Fälle in meiner Nähe.

Stavropoulos steht immer noch über das Opfer gebeugt. Er hat seine Lupe aus seiner Arzttasche geholt und inspiziert den Rücken. Kurz darauf richtet er sich auf und kommt zu mir herüber.

»Wie immer gebe ich Ihnen erst mal provisorisch eine

erste Einschätzung. Er wurde mit einem Schlagstock oder sonst einem harten Gegenstand auf den Kopf geschlagen und danach mit einem Messer attackiert. Die Spuren sind sehr deutlich, da wird sich durch die Autopsie kaum etwas ändern. Aber es gibt noch etwas anderes, das ich noch nicht mit Sicherheit sagen kann.«

»Das macht nichts. Auch ein erster Anhaltspunkt hilft uns weiter.«

»Am Jogginganzug des Opfers habe ich ein paar Spuren entdeckt, die von einem heftigen Stoß stammen könnten. Jemand muss ihn zunächst aus dem Gleichgewicht und zu Fall gebracht haben. Danach erst erfolgten der Hieb und der Messerstich. Die Leute von der Spurensicherung kennen sich da besser aus, aber meiner Ansicht nach wurde er vermutlich von hinten angefahren. Genaueres erfahren Sie nach der Obduktion.«

»Können Sie die Tatzeit eingrenzen?«

Stavropoulos blickt auf die Uhr. »Jetzt ist es kurz nach zehn. Er muss heute Morgen zwischen sieben und acht Uhr ermordet worden sein. Das Blut der Verletzungen ist noch nicht geronnen.«

»Vielen Dank, das war sehr hilfreich.« Bevor er den Toten zum Krankenwagen bringen lässt, halte ich ihn kurz zurück. »Haben Sie noch zwei Minuten?«

Ich gehe zu Dimitriou und lege ihm Stavropoulos' Ansicht dar. Er holt einen seiner Assistenten und begibt sich erneut zum Opfer. Beide untersuchen den Rücken – Dimitriou mit dem Vergrößerungsglas und der Assistent durch Abtasten. Dann richtet sich Dimitriou wieder auf.

»Der Herr Doktor hat vermutlich recht. Jemand hat das

Opfer von hinten mit einem Motorrad angefahren und zu Fall gebracht. Der Fahrer muss das Vorderrad hochgerissen haben und ihn damit im unteren Rücken getroffen haben. Dadurch ist er vornüber gestürzt. Hätte er ihn am Bein erwischt, wäre er vermutlich auf den Rücken gefallen. All das können wir aber erst nach der Laboruntersuchung der Kleidung bestätigen.«

Dann lasse ich Stavropoulos das Opfer abtransportieren. Als die Schaulustigen sehen, dass die Sanitäter den toten Archontidis auf die Bahre legen, wird ihnen klar, dass die Show vorüber ist. Doch als sie Anstalten zum Aufbruch machen, halte ich sie zurück.

»Hat jemand von Ihnen den Toten gefunden und die Polizei gerufen?«, frage ich. »Keine Sorge, wir werden den Anrufer oder die Anruferin nicht lange aufhalten. Aber diese Person könnte uns weiterhelfen.«

Die Zuschauer wechseln Blicke. Schließlich tritt dieselbe Frau vor, die sich schon anfangs zu Wort gemeldet hatte. »Ich war die Anruferin«, erklärt sie. »Normalerweise gehe ich nicht hier lang, aber ich wollte in die Karpenissioti-Straße, und der Weg durch den Park ist eine Abkürzung. Ich habe gesehen, dass er verletzt dalag, und von meinem Handy aus die Polizei informiert.«

»Vielen Dank, wir nehmen der Vollständigkeit halber Ihre Daten auf, dann können Sie gehen.«

Ich bitte Askalidis, das zu erledigen, und gehe zum Streifenwagen, der mich hergefahren hat. Der Fahrer vermutet, dass wir losfahren wollen, und legt den Gang ein. Aber ich bitte ihn, kurz auszusteigen. Ich will allein im Wagen sein, um den Vizepolizeipräsidenten zu informieren.

Er hört mir zu, ohne mich zu unterbrechen. Dann sagt er lange nichts.

»Ich habe mit Ihnen ein Problem, Herr Kommissar«, meint er schließlich. Ich ziehe instinktiv den Kopf ein, als hätte er mir eine Ohrfeige angedroht. »Sie sind mir sehr sympathisch, und ich schätze unsere Zusammenarbeit sehr. Aber was Sie mir jetzt sagen, ist ganz und gar nicht erfreulich.«

»Für mich auch nicht«, erwidere ich erleichtert. »Leider haben wir es mit einem sehr schwierigen und unangenehmen Fall zu tun, der durch die Involvierung der Politik noch komplizierter wird.«

»Richtig, daher weiß ich momentan nicht weiter. Soll ich den Minister benachrichtigen?«

»Ich würde sagen, erst mal nur den Polizeipräsidenten. Eventuell kann ich Ihnen bald persönlich einen detaillierteren Bericht geben, aber ich weiß noch nicht, wann die Bewertung der ersten Anhaltspunkte abgeschlossen ist.«

»Dann warte ich so lange, bis Sie damit fertig sind.«

Erst als ich auflege, bemerke ich, dass Dermitsakis vor dem Wagen wartet. »Wir haben den Leiter des Jugendzentrums ausfindig gemacht. Der junge Mann wartet darauf, mit Ihnen zu sprechen.«

»Habt ihr etwas über Archontidis herausbekommen?«

»Er hat allein in einer Wohnung in der Meletopoulou-Straße 5 gewohnt. Ein Polizeibeamter war für den Personenschutz zuständig, hat aber nichts bemerkt. Wir haben die Haushälterin gebeten, noch zu bleiben, damit Sie mit ihr reden können.«

Der Leiter des Jugendzentrums, ein Mann um die dreißig, steht am Eingang des Gebäudes. »Ich komme jeden Morgen und sehe nach dem Rechten. In den letzten Tagen ist mir aufgefallen, dass ein Motorrad wiederholt durch den Park fuhr und in der Nähe des Jugendzentrums anhielt. Immer wenn mich der Fahrer bemerkt hat, hat er Gas gegeben und ist verschwunden.«

»War der Motorradfahrer ein Mann oder eine Frau?«, frage ich.

»Ein Mann, aber zum Alter kann ich nichts sagen, da er einen Helm trug.«

Schön, beim ersten Mord war es eine Frau, beim zweiten ein Mann mit Helm.

»Wissen Sie, wie spät es ungefähr war?«, fragt ihn Dermitsakis.

»Ich komme nicht immer zur selben Uhrzeit. Manchmal um acht, dann wieder um neun Uhr morgens, aber normalerweise so gegen neun.«

»Ist Ihnen dabei Archontidis schon mal aufgefallen?«, frage ich ihn.

»Ja, ich sah ihn regelmäßig, wenn er auf dem Heimweg war. Er war immer sehr früh unterwegs.«

»Wann ist das Jugendzentrum geöffnet?«, fragt ihn Dervissoglou.

»Nur, wenn eine Veranstaltung des Jugendzentrums oder einer Schule hier stattfindet, die anderen Tage ist es geschlossen. Ich werde nur für die Öffnungstage bezahlt. Aber ich komme trotzdem jeden Morgen zu meinem Rundgang her – denn wenn irgendetwas schiefläuft, bin ich meinen Job los.«

Vom Jugendzentrum aus wenden wir uns zur Meletopoulou-Straße. Der polizeiliche Personenschützer steht immer noch vor dem Eingang des Wohnhauses.

»Haben Sie etwas mitbekommen?«, frage ich ihn.

»Nein, die Kollegen haben mir alles erzählt.«

»Haben Sie ihn beim Joggen nicht begleitet?«

»Nein, das wollte er nicht, Herr Kommissar. Er wollte dabei ganz allein sein, weil er dann besser nachdenken konnte.«

»Haben Sie in den vergangenen Tagen etwas Außergewöhnliches bemerkt?«

»Nein, alles war wie immer.«

»Ist Ihnen vielleicht ein Motorrad aufgefallen, das durch die Straße und am Wohnhaus vorüberfuhr?«

Er zuckt mit den Achseln. »Hier sind, wie überall in Athen, ständig Motorräder unterwegs.«

»Wir fragen aber nicht nach irgendwelchen Motorrädern«, präzisiert Dermitsakis, »wir wollen wissen, ob immer wieder ein und dasselbe Modell zu sehen war.«

»Kann ich nicht sagen. Mein Auftrag lautet nur, fremde Personen, die das Wohnhaus betreten wollen, anzuhalten und zu kontrollieren.«

Als wir schließlich den Eingang passieren, hoffe ich nur, ihn möglichst nicht eines Tages in unserer Abteilung an der Backe zu haben.

Wir fahren ins Dachgeschoss hoch, wo uns die Haushälterin öffnet. »Als ich hörte, dass er tot sei, dachte ich zuerst an einen Herzinfarkt, das hätte mich nicht gewundert, er hat ja gejoggt wie ein Verrückter. Aber dann habe ich erfahren, was man ihm angetan hat.« Sie bekreuzigt sich und bricht in Tränen aus.

»Haben Sie schon lange für ihn gearbeitet?«, frage ich sie.

»Fast die ganzen zehn Jahre, die er hier wohnt.«

Ein Klingeln an der Haustür unterbricht die Befragung, da sie öffnen geht. Es ist Dimitriou mit seinen Mitarbeitern. Ich weise meine Assistenten an, mit ihnen zusammen die Wohnung zu inspizieren, und bleibe wieder allein mit der Haushälterin zurück.

»Was ist mit Archontidis' Angehörigen?«, will ich wissen.

»Er war alleinstehend. Seine Eltern und seine Schwester leben auf Korfu.«

»Er war Universitätsprofessor?«

»Ja, in Athen. Er hat sich mit den Ionischen Inseln befasst. Was genau, kann ich Ihnen aber nicht sagen.«

»Können Sie sich vielleicht erinnern, wie es für ihn war, als er zum Staatssekretär ernannt wurde?«

»Er war sehr stolz darauf und hat sich total gefreut. Er sagte zu mir: ›Endlich habe ich die Möglichkeit, Maria, unser Bildungssystem wieder auf Vordermann zu bringen.‹«

»Hat er des Öfteren Besuch bekommen?«

»Nein, nie«, antwortet Maria entschieden. »Er nannte seine Wohnung immer seine Zuflucht und sein Studierzimmer. Sogar seine Freunde hat er immer auswärts getroffen. Ich kann mich nicht erinnern, dass er in all den Jahren auch nur ein einziges Mal Leute zum Essen eingeladen hätte.«

Ich bedanke mich bei ihr für ihre Auskünfte und mache anschließend einen Rundgang durch die Wohnung. Auf den ersten Blick bestätigen sich Marias Aussagen. Wie sollte er seine Freunde auch einladen? Es gibt überhaupt kein

Wohnzimmer. Nur zwei ineinander übergehende Räume, die beide als Arbeitszimmer dienen, mit Bücherregalen, die sich über sämtliche Wände erstrecken, und Bücherstapeln in allen möglichen Ecken und Winkeln. Mit Ausnahme des Drehstuhls vor dem Schreibtisch, an dem Archontidis gearbeitet haben muss, gibt es nur ein dreisitziges Sofa. Selbst der Fernseher ist in ein Bücherregal integriert. Offenbar sah er von seinem Bürostuhl aus fern. Und ich kann mir gut vorstellen, dass er in der Küche aß.

»Ein Reinfall, Herr Kommissar«, meint Dermitsakis. »Nichts als Bücher, sogar seine Schreibtischschubladen sind knallvoll mit Papieren. Es bleiben nur sein Computer und die CDs, aber das ist Sache der Spurensicherung und des Labors.«

Ich gehe ins Schlafzimmer nebenan, wo nur ein Einzelbett, ein Schrank mit Unterwäsche und Anzügen und in der Ecke ein Sessel stehen.

Mehr Zeit müssen wir in die Untersuchung der Wohnung nicht investieren. Stattdessen klappern wir besser die Umgebung ab, um noch etwas Brauchbares zutage zu fördern. Große Hoffnungen mache ich mir aber nicht.

18

Die Ermittlungen im Mordfall Archontidis gestalten sich schwieriger als bei Rapsanis. Der hatte wenigstens eine Schwester und einen Sohn, die uns ein Bild von seiner Person zeichnen und auch ein paar Namen nennen konnten. Archontidis' Familie hingegen lebt weit weg auf Korfu.

Die Befragung der Anwohner in Archontidis' Wohnstraße brachte kaum Ergebnisse. Die Befragten waren sich darin einig, dass er ein stiller und in sich gekehrter Mensch war. Mit den Nachbarn hatte er keinen Kontakt, der über Floskeln hinausging.

Da stellt sich die Frage, wie es einer so zurückhaltenden Person gelingen konnte, Staatssekretär zu werden. In der Politik kommt man, wie jedermann weiß, ohne Freunde, Bekanntschaften und Beziehungen keinen Schritt voran. Also muss Archontidis einen Bekanntenkreis außerhalb seines Privatlebens gehabt haben, den wir noch nicht kennen.

Da eine Kontaktaufnahme mit seinen Kollegen nichts bringt, wenn wir nicht wissen, wo wir mit unseren Fragen ansetzen sollen, habe ich mich zu einem gewagten Schritt entschlossen und Askalidis gebeten, am nächsten Tag eine Tour durch die Studentenlokale zu machen und gezielt Leute ausfindig zu machen, die sich auf ein Gespräch mit mir einlassen wollen. So können wir erfahren, was wir ihre Professoren genau fragen müssen. Doch erst müssen sie bereit sein, mit mir zu reden.

Jetzt ist es fünf Uhr nachmittags und ich fahre auf dem Weg zum Ministerium den Messojion-Boulevard lang. Ich versuche, meine Gedanken zu ordnen, um dem Vizepolizeipräsidenten einen fundierten Bericht zu liefern und mit ihm zusammen die nächsten Schritte zu planen.

Er erwartet mich in seinem Büro und erhebt sich bei meinem Eintreffen. »Wir gehen ins Büro des Polizeipräsidenten«, erläutert er mir. »Er will Ihren Bericht auch hören.«

»Wird auch der Minister dabei sein?«, frage ich ein wenig besorgt, da ich mit ihm lieber erst sprechen möchte, wenn ich mit meinen Vorgesetzten einen Plan zur Weiterführung der Ermittlungen vereinbart habe.

»Nein, keine Sorge. Ich habe mich mit dem Polizeipräsidenten darauf geeinigt, dass wir dem Minister schriftlich Bericht erstatten, sobald Sie uns informiert und wir das weitere Vorgehen beschlossen haben.«

Wir treten ins Büro des Polizeipräsidenten. Er trägt eine Grabesmiene zur Schau und sagt todernst: »Wir sind in einer äußerst diffizilen Lage, meine Herren. Nicht nur, weil prominente Personen ermordet wurden, sondern auch, weil die Regierung nun Druck macht.«

Dann wendet er sich an mich. »Ich weiß, dass Sie die Hauptlast tragen, Herr Kommissar. Auch unsere Hoffnungen konzentrieren sich auf Sie, da nur ein Beamter mit Ihrer Erfahrung diesen gordischen Knoten lösen kann.«

Diesmal führt er uns nicht zum Konferenztisch, sondern nimmt an seinem Schreibtisch Platz und wir gegenüber.

Ich erstatte schrittweise Bericht über die Hinweise, die wir bisher zusammengetragen haben, und erläutere, warum wir im Fall Archontidis langsamer vorankommen als bei Rapsanis.

»Was erwarten Sie davon, wenn wir die Identität der Frau aufdecken, die Rapsanis drängte, in die Politik zu gehen?«, fragt mich der Polizeipräsident.

»Alles und nichts«, antworte ich. »Vielleicht wollte sie ihn in eine Falle locken, vielleicht wollte sie ein erotisches Spielchen mit ihm spielen, das der einsame Rapsanis für bare Münze nahm.«

»Mit anderen Worten: Wir tappen nicht nur im Dunkeln, wir sind blind wie die Maulwürfe«, sagt der Vizepolizeipräsident.

»Mir ist da ein Gedanke gekommen, der uns vielleicht weiterhelfen könnte. Da er aber ein wenig gewagt ist, wollte ich erst Ihre Zustimmung einholen«, sage ich. Die beiden schauen mich erwartungsvoll an. »Ich habe einen neuen, sehr fähigen Mitarbeiter in der Mordkommission«, beginne ich. »Er hat zum Beispiel einen von Rapsanis' ehemaligen Studenten ausfindig gemacht, der jetzt in Deutschland studiert und mir wertvolle Hinweise gegeben hat. Dieses Treffen hat mich auf die Idee gebracht, Askalidis – so heißt der junge Kollege – noch mal vorzuschicken, um Studenten zu finden, die bereit wären, mit mir zu reden. Ich glaube, ein Gespräch mit Studierenden kann uns viele nützliche Informationen liefern, insbesondere für unsere Befragungen von Archontidis' Kollegen. Sie wissen allerdings genauso gut wie ich, dass sich an griechischen Universitäten auch viele Krawallmacher bis hin zu Aktivisten in Studentenverbänden herumtreiben, die alles andere tun als studieren. Daher kann ich nicht garantieren, dass sie morgen nicht in der Öffentlichkeit oder im Internet über das Treffen reden. Deshalb wollte ich Sie vorab informieren und um Ihr Einverständnis ersuchen.«

Ich höre meine eigenen Worte und traue meinen Ohren kaum. Hätte ich so einen Fall unter Gikas zu lösen gehabt, wäre ich eigenmächtig vorgegangen, ohne irgendjemanden um Erlaubnis zu fragen. Jetzt halte ich mich bedeckt. Nicht nur, um die besagte Tür zu Gikas' Büro einen Spalt offen zu halten, sondern auch wegen des künftigen Enkelkinds, das uns gestern angekündigt wurde. Ich möchte nicht, dass der kleine Lambros mit der Legende eines heldenhaften, aber gescheiterten Großvaters aufwächst.

Der Vizepolizeipräsident stärkt mir den Rücken. »Eine solche Recherche unter Studenten ergibt zweifellos Sinn, und es ist gut, dass Sie uns darüber informieren. Wenn morgen jemand etwas ausplaudert, werden wir sagen können, die Befragung sei ordnungsgemäß im Rahmen der Ermittlungen erfolgt.«

»Bei unserem letzten Gespräch haben wir alle mehr oder weniger ausgeschlossen, dass es sich um einen Terrorangriff handeln könnte. Sind Sie immer noch derselben Ansicht?«, fragt mich der Polizeipräsident.

»Auch die Tatwaffen im zweiten Mordfall, also Schlagstock und Messer, zählen nicht zu von griechischen Terroristen üblicherweise eingesetzten Mitteln. Trotzdem macht die zweite Tat etwas deutlich.«

»Und was?«, fragt der Vizepolizeipräsident.

»Dass es sich um eine kriminelle Vereinigung handelt.

Im Mordfall Rapsanis wurde die Torte von einer behelmten jungen Frau auf einem Motorrad angeliefert. Im Mordfall Archontidis haben wir es mit einem behelmten Mann auf einem Motorrad zu tun. Das bedeutet, dass die Morde von einer kriminellen Vereinigung begangen werden, die aus mehreren Tätern und Helfershelfern besteht. Formell haben wir es zwar nicht mit Terroristen zu tun, aber mit einer organisierten Bande, die weiß, wie man ein Verbrechen durchführt.«

»Stimmt, aber diese Erkenntnis macht es nicht einfacher«, meint der Polizeipräsident.

»Da gibt es noch etwas, das Ihnen leider auch nicht gefallen wird«, sage ich.

»Und zwar?«

»In beiden Fällen kannten die Täter die Opfer und ihr Privatleben sehr gut. Sie wussten, dass Rapsanis esssüchtig war und sich auf die Torte stürzen würde. Noch schlimmer ist es im Fall Archontidis. Die Täter wussten, dass er ein Einzelgänger ohne festen Freundeskreis war und jeden Morgen allein joggen ging. Sie haben ihn beobachtet und den geeigneten Moment abgewartet, um zuzuschlagen. Daraus müssen wir schließen, dass wir es mit rücksichtslosen und sehr gut organisierten Tätern zu tun haben.«

Gerade als der Polizeipräsident zu einer Entgegnung ansetzt, läutet das Telefon. »Jawohl, Herr Minister. Gewiss, wir kommen sofort.«

»Er will uns unverzüglich sprechen«, sagt er zum Vizepolizeipräsidenten und wendet sich anschließend an mich: »Was für ein glücklicher Zufall, dass Sie hier sind. Kommen Sie mit!«

Aus meiner Sicht ist es überhaupt kein glücklicher Zufall, aber ich mache gute Miene zum bösen Spiel.

Der Minister empfängt uns, wie üblich, im Besprechungsraum. »Wo soll das nur hinführen?«, ruft er ganz außer sich. »Jetzt haben wir schon ein zweites Opfer. Begreifen Sie, dass die Öffentlichkeit besorgt ist und die Regierung in einer Zwangslage steckt?«

»Das ist uns absolut bewusst, Herr Minister«, antwortet der Polizeipräsident.

»Darf ich erfahren, in welchem Stadium sich die Ermittlungen befinden?«

Drei Augenpaare richten sich auf mich. Schließlich tue ich das, was ich eigentlich vermeiden wollte. Ich präsentiere dem Minister, ohne ins Detail zu gehen, einen allgemeinen Überblick über die Ermittlungen.

»Mit anderen Worten: Wir sind keinen Schritt vorangekommen«, lautet sein Kommentar.

»Die Aufklärung von Verbrechen braucht ihre Zeit, Herr Minister«, hält ihm der Vizepolizeipräsident entgegen.

»Und bis dahin bringt diese Bande noch mehr Universitätsdozenten und Regierungsmitglieder um. Und wir können nichts dagegen tun!«

»Doch, Sie können etwas tun, Herr Minister«, sage ich.

»Und das wäre?«

»Wir sollten den Personenschutz für die Regierungsmitglieder aufstocken und den Staatssekretären, die aus Universitätskreisen stammen, raten, keinen Schritt mehr allein zu tun. Klearchos Rapsanis ließ sich zwar von seinen Personenschützern bis zur Haustür begleiten, schickte sie dann jedoch nach Hause. Bei Aristotelis Archontidis stand zwar ein Polizeibeamter am Eingang seines Wohnhauses, er nahm ihn zum Joggen aber nicht mit. Das hat er mit dem Leben bezahlt. Die Staatssekretäre, die vorher Hochschullehrer waren, dürfen sich nicht mehr ohne Begleitung ihres Personenschutzes bewegen und auch nichts anrühren, was ihnen ins Büro oder nach Hause geliefert wird, bevor es die Polizei untersucht hat.«

»Sie haben recht. Ich kümmere mich sofort darum«, sagt er. »Von heute an befassen Sie sich ausschließlich mit den Morden an den beiden Regierungsmitgliedern.«

»Das tue ich ohnehin schon, Herr Minister«, erwidere ich.

»Sie haben ihm gegenüber ganz richtig argumentiert«, meint der Polizeipräsident zufrieden, nachdem wir das Büro verlassen haben.

Ich verabschiede mich und mache mich beruhigt auf den Weg, da ich mich auch diesmal gut geschlagen habe.

Ich beschließe, etwas früher als sonst Feierabend zu machen. Als ich nach Hause komme, herrscht vollkommene Stille. Der Fernseher ist offenbar beurlaubt und Adriani nirgendwo zu sehen. Da kommt mir der Gedanke, dass sie vielleicht den drei Grazien einen Besuch abstattet, um ihnen die frohe Botschaft vom Familienzuwachs zu überbringen. Doch dann höre ich ein Geräusch aus dem Schlafzimmer.

Adriani steht über eine Truhe gebeugt, ein altes Familienerbstück, das seit Jahren in einer Ecke steht. Ich habe keine Ahnung, was in dieser Truhe aufbewahrt wird. Jetzt hat Adriani Stickereien, Strickwaren und eingerahmte Fotografien auf den Boden gehäuft und wühlt immer noch weiter.

»Was machst du denn da?«, frage ich erstaunt.

Sie blickt von der Truhe auf. »Hier drin habe ich Katerinas Babykleidung aufgehoben«, sagt sie. »Die wollte ich jetzt rausholen und durchsehen. Vielleicht passt ja Lambros etwas davon.«

Ich bin sprachlos und weiß nicht, ob ich lachen oder weinen und sie für verrückt erklären soll.

»Adriani, es dauert noch ein halbes Jahr, bis er das Licht der Welt erblickt«, sage ich so ruhig wie möglich. »Wir wissen weder, wie groß noch wie schwer er sein wird. Und noch dazu ist Lambros im Gegensatz zu Katerina ein Junge.«

»Babys – egal ob Junge oder Mädchen – tragen dieselbe Kleidung. Ich möchte die Sachen heraussuchen, sortieren und waschen, damit sie sie, wenn sie umziehen, schon ins Kinderzimmer einräumen können.«

»Sie ziehen um? Woher weißt du das?«

Sie blickt mich an wie einen Außerirdischen. »Das ist doch logisch! Sie wohnen in einer Zweizimmerwohnung, und sie brauchen ein Kinderzimmer, also müssen sie umziehen. Das brauchen sie mir doch nicht ausdrücklich zu sagen!«

Nein, ihr nicht, aber mir schon, denn ich bin in solchen Dingen völlig ahnungslos.

Ich lasse sie weiter herumfuhrwerken und suche im Wohnzimmer vor dem Fernseher Zuflucht. Wie erwartet, ist in der Nachrichtensendung von nichts anderem die Rede als von dem Mord an Archontidis. Als ich einschalte, stoße ich auf Rodopoulos, den man als Studiogast eingeladen hat. Da er keinen blassen Schimmer hat, flüchtet er sich in diverse Gemeinplätze über die intensive polizeiliche Ermittlungsarbeit. Irgendwann ist auch die Moderatorin am Ende ihres Lateins. Welche Frage könnte sie sich noch aus den Fingern saugen, bevor sie ihn endlich aus dem Studio entlassen kann?

Dann kommt auch Adriani dazu und nimmt neben mir Platz. »Na, genug gestöbert?«, frage ich.

Sie blickt mich wortlos an. »Gut, ich weiß, dass es dumm ist«, meint sie schließlich. »Aber ich freue mich so sehr, dass ich jede Gelegenheit nutze, mich mit meinem Enkelchen zu beschäftigen.«

»Keine Sorge, dafür hast du noch mehr als genug Zeit«, beruhige ich sie. »Da Katerina ihren Job sicher nicht an den Nagel hängt, wirst du dich um den Enkel kümmern müssen. Und für mich gibt's nur noch Souflaki!«

»Du wirst schon nicht verhungern«, antwortet sie. »Vielleicht habe ich für gefüllte Tomaten erst mal keine Zeit, aber für geschmortes Gemüse oder Brathähnchen reicht es allemal.«

»Wollen wir nicht rasch essen, solange du noch Zeit für gefüllte Tomaten hast?«

Adriani lächelt und nickt. Wir schalten den Fernseher aus, und sie tischt im Handumdrehen die Reste von gestern auf.

19

Erneut stehen sie alle vor meiner Bürotür versammelt. Kaum haben sie mich erblickt, stürzen sie sich auf mich.

»Herr Kommissar, geben Sie uns doch einen Hinweis. Wir haben nicht den geringsten Anhaltspunkt! Wenn das so weitergeht, werden wir wegen mangelnder Leistung entlassen«, sagt die Kurze mit den rosa Strümpfen.

»Wir kennen uns doch seit Jahren und sind immer gut miteinander ausgekommen«, meint der junge Mann im T-Shirt. »Geben Sie uns doch einfach ein paar Informationen. Sie haben unser Wort, dass die Quelle anonym bleibt.«

Unsere Beziehung mag inzwischen tatsächlich ganz gut sein, doch sie hat mich in der Vergangenheit oft den letzten Nerv gekostet. Und ich habe keine Lust, mich mit dem Minister und der Polizeiführung anzulegen. Vor allem jetzt nicht, da wir so wunderbar zusammenarbeiten.

»Wenn ich nichts verrate, so hat das nichts mit unserer Beziehung zu tun, sondern mit den Weisungen von oben«, erkläre ich der Truppe. »Alle Mitteilungen erfolgen durch den Pressesprecher des Ministeriums, Herrn Rodopoulos. So hat es der Minister entschieden. Also müssen Sie sich an ihn wenden.«

»Haben Sie ihn gestern Abend im Fernsehen gesehen?«,

fragt die Dürre. »Er saß im Nachrichtenstudio und hat überhaupt nichts gesagt – entweder weil er es nicht besser wusste oder weil er nicht wollte. Da die Polizei in den beiden Mordfällen ermittelt, ist sie verpflichtet zu informieren. Aber Sie schweigen. Offenbar hat sich auch bei der Polizei eine bürokratische Mentalität breitgemacht.«

Die Journalistenkollegen werfen ihr erboste Blicke zu.

»Die Verfassung garantiert nur die Unabhängigkeit der Justiz«, sage ich zur Dürren. »Die Polizei hingegen ist nicht unabhängig, sondern der politischen Führung gegenüber weisungsgebunden. Wenn Sie oder Ihre Vorgesetzten ein Problem mit der polizeilichen Pressearbeit haben, müssen Sie das mit dem Ministerbüro abklären.«

Dann trete ich in mein Büro, lege das Croissant auf den Tisch und trinke einen Schluck Kaffee. Irgendwie freut es mich, dass sie mich jetzt – unter Berufung auf unsere guten Beziehungen – um eine klitzekleine Information anbetteln, wo sie mich doch jahrelang bis aufs Blut gequält haben. Andererseits muss ich zugeben, dass Rodopoulos ein Hornochse ist. Früher oder später wird er einen Fauxpas begehen, den wir dann mühsam wieder ausbügeln müssen. Hoffen wir, dass sich die Medienvertreter auf die Hinterbeine stellen und eine bessere Pressearbeit einfordern.

Dann rufe ich Askalidis zu mir und beauftrage ihn mit der Tour durch die Studentenlokale. »Seien Sie sehr vorsichtig, wen Sie ansprechen, aber auch, wen Sie dann auswählen. Bedenken Sie, dass es eine extrem heikle Angelegenheit ist.«

»Machen Sie sich keine Sorgen, ich werde nicht allein hingehen. Ich nehme einen Freund mit, der gerade seine

Masterarbeit im Fach Kriminologie schreibt. Er wird die Aufgabe übernehmen, auf bestimmte Studenten zuzugehen.« Er pausiert kurz und fährt mit einem Lächeln fort. »Das tut er nicht aus reiner Nächstenliebe. Er rechnet sich wahrscheinlich aus, dass er dann bei uns anklopfen kann, wenn er Hilfe bei seiner Masterarbeit braucht.«

Kaum ist Askalidis gegangen, rufe ich Stella an und ersuche sie, Vellidis und Karabetsos zu einer Besprechung in Gikas' Büro zu bitten.

Gleichzeitig mit Vellidis treffe ich in der fünften Etage ein, Karabetsos erscheint ein wenig später, bleibt an der Tür stehen, blickt sich um und meint: »Leute, irgendetwas fehlt hier …«

»Gikas, was sonst?«, antwortet Vellidis. »Nicht zu fassen, dass er nun nicht mehr hier thront. Er war eine Institution.«

Nachdem wir noch eine Weile wehmütig über die gute alte Zeit mit Gikas geredet haben, komme ich auf Archontidis' Ermordung zu sprechen und lege alle bisherigen Erkenntnisse dazu ausführlich dar.

»Glaubst du immer noch, dass keine terroristische Vereinigung dahintersteckt?«, frage ich Karabetsos.

»Ja, obwohl ich meine Zweifel habe.«

»Wieso?«

»Weil ein zweiter Mord dazugekommen ist. Ich stimme zu, dass wir es mit einer kriminellen Vereinigung zu tun haben, die gut organisiert ist. Aber die Grenze zwischen krimineller Vereinigung und Terrororganisation scheint mir im vorliegenden Fall fließend zu sein. Die Gruppierung tötet, um Angst unter den Professoren zu schüren, die ihre Unikarriere unterbrechen, um in die Politik zu gehen. Dein

Assistent hat ganz recht gehabt. Gut, die Tötungsart passt nicht zu einer Terrororganisation, aber das heißt nicht viel. Beim nächsten Mord passt sie vielleicht.«

»Und was schlägst du vor?«

»Ich werde meine Leute darauf ansetzen, terroristische Szenelokale abzuklappern. Nicht weil ich glaube, dass die beiden Morde Terrorakte waren. Jedenfalls glaube ich es *noch* nicht! Aber die junge Frau und der Mann mit dem Motorrad könnten aus einem terroristischen Umfeld stammen. Wenn wir sie finden, haben wir einen ersten Anhaltspunkt.«

»Ja, das ist der richtige Schritt.« Dann wende ich mich Vellidis zu. »Gibt es von deiner Seite Neuigkeiten?«, frage ich.

»Ja, und was für welche! Sie sind zum Totlachen – oder zum Verzweifeln«, lautet seine Antwort.

»Da bin ich aber gespannt.«

»Wir haben Lysistrates Pseudonym entschlüsselt. Es handelt sich um eine gewisse Glykeria Karabini aus Kozani. Sie hat rein gar nichts mit Politik am Hut, aber sie hat noch vier weitere Pseudonyme auf Facebook. Abgesehen von Lysistrate nennt sie sich Antigone, Erato und Sappho. Diese Person verbringt den ganzen Tag im Internet und knüpft über Facebook Liebesbande, und zwar immer nach derselben Methode. Erst recherchiert sie im Internet nach ihrem künftigen Liebhaber. Und wenn sie seine Vorgeschichte, seinen beruflichen Werdegang und seinen Familienstand in Erfahrung gebracht hat, nimmt sie Kontakt auf.«

»So hat sie sich auch an Rapsanis herangemacht?«

»Genau. Sie hat herausgekriegt, dass er ein geschiedener

und alleinstehender Uniprofessor ist. Das ideale Opfer … Und Rapsanis hat angebissen.«

»Und nicht nur das! Sie war es, die in ihm den Ehrgeiz geweckt hat, in die Politik zu gehen«, sagt Karabetsos. »Und das müssen jetzt wir ausbaden.«

Schinas lag ganz richtig, denke ich mir: So funktioniert die Liebe in Zeiten des digitalen Geschlechtsverkehrs. Unsere These bricht wie ein Kartenhaus in sich zusammen. Glykeria Sowieso hat weder etwas mit der Politik noch mit der Universität zu tun, sondern einfach einen Weg gefunden, das seltsame Laster des virtuellen Liebesakts auf mannigfaltige Art und Weise zu befriedigen.

Stellas Anruf unterbricht meine Gedanken. »Einer Ihrer Mitarbeiter möchte Sie sprechen.«

Als sie mich verbindet, höre ich Askalidis' Stimme. »Herr Kommissar, hier sind einige Studenten, die mit Ihnen reden wollen. Wohin soll ich sie bringen?«

»In dasselbe Café wie den Doktoranden aus Deutschland.«

Karabetsos soll in der Zwischenzeit von Dimitriou den Computer von Archontidis anfordern, um ihn zu durchforsten.

»Hoffentlich kommt nicht wieder eine Lovestory dabei zum Vorschein, die mir zu tun gibt«, bemerkt Vellidis lachend.

Über den Alexandras-Boulevard gehe ich zum Café und blicke mich nach Askalidis um. Er sitzt drinnen, umringt von drei jungen Frauen und einem jungen Mann.

»Die Leute wollten drinnen sitzen, um nicht gesehen zu werden«, erklärt er mir.

»Umso besser, hier ist es auch ruhiger.«

»Entschuldigen Sie die Frage, aber wie sollen wir Sie ansprechen?«, fragt mich eine junge Frau.

»Herr Kommissar oder Herr Charitos, ganz wie Sie möchten.«

»Dann ist mir Herr Charitos lieber. Kommissar geht mir gegen den Strich«, meint der junge Mann.

»Studieren Sie alle an derselben Fakultät?«, frage ich.

»Nein, Theano und Anna hier studieren Jura«, erläutert Askalidis und deutet auf eine blonde Studentin mit Pferdeschwanz, die neben mir sitzt, und auf die kurzhaarige Brünette mir gegenüber. »Nikos und Loukia studieren an der philosophischen Fakultät.«

Der junge Mann ist kahlrasiert, und seine beiden Handgelenke sind voller Glücksarmbändchen. Die Studentin, die Loukia heißt, hat dunkles, schulterlanges Haar.

»Wissen Sie, worüber ich mit Ihnen sprechen möchte?«

»Ja, das hat uns Thanos erklärt«, meint der junge Mann.

»Womit sollen wir anfangen?«, sagt Theano, die neben mir sitzt. »Mit den unsäglichen Zuständen an der Uni? Die Räumlichkeiten sind schäbig und schmutzig, man fängt das Studium bei einem Prof an, aber den Abschluss muss man dann plötzlich bei einem ganz anderen machen. Der Unterricht wird ständig von Kundgebungen und Hörsaalbesetzungen unterbrochen. Und wenn die überstanden sind, fehlen immer ein paar Computer. Was wollen Sie also hören? Welche Profs gut und welche schlecht sind? Alle, die zum Unterricht kommen, ihre Vorlesungen halten, Arbeiten betreuen und einen Teil ihrer Zeit opfern, sind gut. Was gibt es da noch herumzustochern?«

»Sie haben recht, aber es gehört nun mal zu meiner Arbeitsplatzbeschreibung, herumzustochern«, sage ich, zur Erheiterung unseres kleinen Kaffeekränzchens.

»Lassen Sie es mich mal so ausdrücken«, sagt Nikos zu mir. »Die Studierenden kann man in zwei Kategorien einteilen: Da sind die, die wirklich Interesse haben an ihrem Studium, während andere einfach ein Diplom erwerben wollen.«

»Und wo liegt der Unterschied?«, will Askalidis wissen.

»Die Studierenden, die nur ein Diplom wollen, gehören einer aussterbenden Art an. Sie stammen aus der Zeit, als man noch Zulassungsprüfungen für die Universität ablegte, sich je nach Punktezahl an der einen oder anderen Fakultät einschrieb, sein Diplom erwarb und in den öffentlichen Dienst trat. Damit ist es heute vorbei. Viele, die sich Besetzungsaktionen und Protesten anschließen, gehören in diese Kategorie. Denn irgendwann während ihres Studiums wachen sie aus ihrem Traum auf und begreifen, dass ihnen das Diplom überhaupt nichts nützt. Dann schlagen sie alles kurz und klein, um ihrer Wut Luft zu machen. Aber es gibt auch die anderen, die so wie wir Interesse an ihrem Fachgebiet haben. Auch wir wollen natürlich ein Diplom erwerben, aber im Hinblick auf eine Karriere und ein besseres Leben im Ausland.«

Ich beschließe, seinen Redefluss zu bremsen, weil die Situation an den Unis nicht mein eigentliches Thema ist. »Ich möchte Ihnen eine konkretere Frage stellen. Ich würde gern Ihre Meinung über Aristotelis Archontidis hören.«

Nikos und Loukia blicken sich an, und schließlich ergreift Loukia das Wort. »Archontidis war auf Kultur und

Literatur der Ionischen Inseln spezialisiert. Seine Vorlesungen waren immer gut besucht. Ich habe nichts Schlechtes über Archontidis gehört, muss ich sagen. Sein Verhalten war korrekt.«

»Nur, manchen gegenüber hat er sich noch korrekter verhalten …«, fügt Nikos mit einem süffisanten Lächeln hinzu.

»Und wer soll das gewesen sein?«, frage ich.

»Die Mitglieder der Studentenverbände und insbesondere der Partei, die ihn zum Staatssekretär gemacht hat. Ich kann noch etwas zu Loukias Darstellung hinzufügen. Archontidis pflegte keine Freundschaften mit seinen Kollegen, sein Umgang bestand vielmehr aus Mitgliedern von Studentenverbänden. Mit ihnen hat er sich regelmäßig getroffen, in solchen Runden sah man ihn ständig. Nach seiner Berufung zum Staatssekretär war dann allen klar, warum er so auf sie fixiert war.«

»War er Anfeindungen oder Angriffen innerhalb der Fakultät ausgesetzt?«

»Nicht dass ich wüsste«, antwortet Loukia entschieden. »Aber im Gegensatz zu den anderen Profs, die manchmal ganz schön ausrasteten, tat er bei Hörsaalbesetzungen so, als ginge ihn das Ganze überhaupt nichts an.«

Jetzt wissen wir zumindest, mit wem Archontidis Umgang hatte. Vermutlich spielen bei seiner Ermordung Intrigen innerhalb der Fakultät keine Rolle. Aber wie soll man den Mörder eines Menschen ausfindig machen, der keine Feinde innerhalb der Uni und nur gute Beziehungen zu seinen Studenten hatte?

»Was können Sie mir über Rapsanis sagen?«, frage ich die beiden anderen.

»Ungefähr dasselbe«, antwortet Theano. »Nur, dass Rapsanis seine Machtspielchen nicht einmal zu vertuschen versuchte. Er verteilte die fettesten Förderungen an seine Gefolgsleute, die anderen bekamen nur das, was übrigblieb. Das machte ihn bei vielen sehr unbeliebt. Nicht bei den Studenten, aber beim Lehrpersonal seines Fachbereichs.«

»Wie war das für Sie, als die beiden ihre Fakultät verlassen haben, um in die Politik zu gehen?«, frage ich leichthin.

Die vier blicken sich an. Loukia zuckt mit den Achseln. »Nicht nur wir, sondern auch viele andere waren richtig wütend. In einer Zeit, da die Uni um ihr Überleben kämpft, darf man sie nicht so im Stich lassen. Tja, aber die Lage ist so hoffnungslos, dass manche sogar in der Politik ihr Heil suchen.«

Das Klingeln meines Handys unterbricht das Gespräch. »Haben Sie das Bekennerschreiben zum Archontidis-Mord schon gelesen?«, höre ich die Stimme des Vizepolizeipräsidenten.

»Nein, ich bin gerade dienstlich unterwegs.«

»Rufen Sie mich an, sobald Sie es gelesen haben.«

Ich danke den vier jungen Leuten, ersuche Askalidis, die Rechnung zu übernehmen, und erhebe mich. »Tut mir leid, ich muss jetzt los«, sage ich. »In unserem Job muss man immer mit dem Unwahrscheinlichsten rechnen.«

Ich rase ins Präsidium zurück. Koula hat das Bekennerschreiben bereits ausgedruckt und auf meinen Schreibtisch gelegt.

Aristotelis Archontidis wurde gestern wegen Hochverrats von uns exekutiert, denn er ist seiner Verant-

wortung als Hochschuldozent nicht nachgekommen. Er hat seine Studenten verraten und ihnen sein Wissen vorenthalten, um in die Politik zu gehen und sich einen Posten zu sichern – nicht einmal als Minister, sondern nur als Staatssekretär. Wir wollen allen Mitgliedern griechischer Hochschulen, die ihr Institut und ihre Studierenden wegen eines Minister- oder Staatssekretärpostens ihrem Schicksal überlassen, eine klare Botschaft senden. Keiner von ihnen soll sich mehr sicher fühlen. Unser Zorn über ihr Verhalten ist nicht mehr zu bremsen.
Aristotelis Archontidis' Tod ist dem Andenken von Jeorjios Th. Soras gewidmet, Professor für mittelalterliche und neuzeitliche Literatur an den Universitäten Athen und Rom und Mitbegründer des römischen Instituts für Byzantinische und Neugriechische Studien. Jeorjios Th. Soras hat sein ganzes Leben der Lehre und Forschung gewidmet. Ein Hochschullehrer wie Aristotelis Archontidis, der Kultur und Literatur der Ionischen Inseln unterrichtete und sich an Jeorjios Th. Soras, dem größten Spezialisten auf diesem Gebiet, kein Beispiel nahm, hat den Tod verdient.

Ich rufe sofort Koula zu mir. »Wo haben Sie das Bekennerschreiben gefunden?«

»Stella hat es mir weitergeleitet, es kam vom Vizepolizeipräsidenten.«

Ich zitiere auch Dermitsakis und Dervissoglou in mein Büro. »Habt ihr den Bekennerbrief gelesen?«, frage ich.

»Jawohl«, antworten sie wie aus einem Mund.

»Dann will ich eure Meinung dazu hören.«

»Eine Sache finde ich bemerkenswert«, sagt Dervissoglou.

»Und zwar?«

»Dass die Täter gebildet sind.«

»Wie kommst du darauf?«, fragt Dermitsakis.

»Weil sie ehemalige Professoren wie Theodorakopoulos und Soras kennen. Ich habe auch studiert, aber diese Namen habe ich noch nie gehört.«

»Komm schon, dafür muss man doch nur in einer Enzyklopädie oder in Wikipedia nachschlagen, da wird einem alles auf dem Tablett serviert«, meint Dermitsakis abschätzig.

»Aber auch da muss man wissen, was man nachschlagen will«, hält ihm Dervissoglou entgegen. »Wenn man Theodorakopoulos oder Soras nicht kennt, kann man tagelang in einer Enzyklopädie suchen, ohne fündig zu werden, weil man nicht weiß, wen man eigentlich sucht.«

»Da gibt es aber noch etwas«, mischt sich Koula ein.

»Und was?«, frage ich neugierig.

»Die Täter müssen, zumindest zum Teil, in Athen studiert haben. In beiden Mordfällen beziehen sie sich auf Professoren der Universität Athen. Thessaloniki wird nicht genannt.«

Die Anmerkungen meiner beiden Assistenten treffen ins Schwarze. »Bravo, Leute, ihr liegt vollkommen richtig«, sage ich.

Dann entlasse ich sie, um den Vizepolizeipräsidenten anzurufen. Koula und Dervissoglou verlassen mein Büro mit einem breiten Lächeln, während Dermitsakis wie ein begossener Pudel hinausschleicht.

Als ich dem Vizepolizeipräsidenten die Anmerkungen meiner Assistenten präsentiere, meint er nur: »Ja gut, aber wie bringt das die Ermittlungen weiter?«

»Nicht unmittelbar, aber wir können mal davon ausgehen, dass einige der Täter eine Hochschulausbildung haben und diese vermutlich in Athen absolvierten. Daher müssen wir unsere Nachforschungen auf Athen konzentrieren.«

»Einverstanden. Aber heißt das nicht, dass es sich doch um eine Terrororganisation handeln könnte? Die meisten griechischen Terroristen haben ein Universitätsstudium absolviert.«

Daran hatte ich nicht gedacht. »Stimmt«, räume ich ein.

»Ich habe noch eine unangenehme Neuigkeit für Sie.«

»Ach ja?«, frage ich, und ein leiser Verdacht kriecht in mir hoch.

»Fortan werden Sie die Fragen der Journalisten beantworten. Der Minister ist zur Überzeugung gekommen, dass Rodopoulos von Tuten und Blasen keine Ahnung hat und ihn nur bloßstellt.«

Wie das Sprichwort sagt: Der Weinstock war schief, und der Esel hat ihn kahlgefressen. Nun hängt alles wieder an mir.

20

Nachdem wir das neueste Bekennerschreiben zerpflückt haben, überlege ich, wie ich weiter vorgehe, und lande logischerweise bei Karabetsos.

Während wir anderen gar nicht wissen, wo uns der Kopf steht, wirkt Stella als Einzige zufrieden. Da Gikas' Büro nun ein begehrtes Sitzungszimmer ist, fühlt sie sich wieder sicherer auf ihrem Posten.

Karabetsos hat den Bekennerbrief gelesen und hört mir aufmerksam zu. »Du hast ganz recht«, meint er, als ich fertig bin. »Es deutet alles auf Täter mit einem gewissen Bildungsniveau hin. Wir haben es hier definitiv nicht mit einer kriminellen Vereinigung von Migranten oder einfachen Erpressern zu tun. Es ist also durchaus denkbar, dass es sich um eine Terrororganisation handeln könnte.«

»Hast du eine Idee, wie wir vorgehen könnten?«

»Eine Idee hätte ich schon, nur weiß ich noch nicht, wie brauchbar sie ist«, erwidert er. »Die Umsetzung scheint mir nicht ganz einfach zu sein. Aber wenn es klappt, hätten wir einen Ansatzpunkt. Ich gebe dir morgen Bescheid.«

Nach der Besprechung fahre ich in die dritte Etage hinunter. Kaum trete ich aus dem Fahrstuhl, dringen ihre Stimmen schon an mein Ohr. Ich weiß, was mich erwartet.

Wie üblich haben sie sich auf dem Korridor vor meinem

Büro versammelt. Eine Reihe heiterer Gesichter blickt mir entgegen, nur die Dürre, die aus Überzeugung humorlos ist, bildet eine Ausnahme.

»Hier sind wir wieder, wie Sie sehen, Herr Kommissar!«, sagt Merikas, Sotiropoulos' Nachfolger, zu mir. »Sie sind bestimmt benachrichtigt worden.«

»Richtig«, bestätige ich und öffne die Tür meines Büros, um sie einzulassen. Wenn wir auf dem Korridor bleiben, kommt im ganzen Stockwerk keiner mehr zum Arbeiten.

So stürmen sie mein Büro, und kaum habe ich die Tür geschlossen, stürzen sie sich auf mich.

»Wie weit sind Sie mit den Ermittlungen zu den beiden Morden, Herr Kommissar?«, fragt mich die Kurze mit den rosa Strümpfen. »Wir wurden bisher einfach nie richtig informiert – weder über die Taten noch über die Opfer noch über die Ermittlungen.«

Ich antworte mit einer detaillierten Beschreibung der beiden Mordfälle und der bisherigen Recherchen dazu. Das Einzige, was ich unerwähnt lasse, ist das Bildungsniveau der Täter und ihre eventuellen Verbindungen in die Terrorszene.

»Glauben Sie, dass die beiden Morde von einem Einzeltäter begangen wurden?«, fragt mich Merikas.

»Nein, alles deutet darauf hin, dass wir es mit einer kriminellen Vereinigung zu tun haben.«

»Können Sie die Möglichkeit ausschließen, dass die Täter aus Studentenkreisen stammen?«, fragt mich der junge Mann im T-Shirt.

»Nein, aber vorläufig gibt es keine Hinweise darauf, dass es sich um Studierende handelt.«

»Das heißt also, Sie sind keinen Schritt vorangekommen«, bemerkt die Dürre.

Die Loukidou, eine fünfzigjährige Journalistin, auf die Sotiropoulos große Stücke hielt, nimmt mich in Schutz und wendet sich empört an die Dürre.

»Areti, tust du mir bitte den Gefallen und hörst endlich auf mit deiner Besserwisserei?«

»Das ist keine Besserwisserei«, keift die Dürre, »das ist Reporterarbeit. Und misch dich gefälligst nicht ein.«

»Das ist keine Reporterarbeit, das ist Krittelei!«, sagt Merikas zu ihr. »Was erlaubst du dir, dem Kommissar Vorhaltungen zu machen? Du bist doch nicht sein Vorgesetzter.«

»Schön, ich glaube, es ist alles gesagt. Wenn Sie mich brauchen, wissen Sie ja, wo Sie mich finden«, sage ich besänftigend und öffne ihnen die Tür, damit sie draußen weiterstreiten können.

Dann nehme ich mir die Zeit, um in Ruhe meine Gedanken zu ordnen. Wir sind mit unseren Analysen zwar vorangekommen, den Tätern aber noch längst nicht auf der Spur. Meine einzige Hoffnung ist der Ansatz, den Karabetsos verfolgen will.

Daher beschließe ich, für heute Schluss zu machen und nach Hause zu gehen. Auch wenn die Ermittlungen stocken, so hat sich doch erwiesen, dass ich zwei fähige Assistenten dazugewonnen habe. Und das stimmt mich versöhnlich.

In der Michalakopoulou-Straße schießt mir eine Idee durch den Kopf. Wir haben zwar alle Varianten im Geiste durchgespielt und sind zu einigen Schlussfolgerungen gelangt, aber wir haben versäumt, im Fall Rapsanis einen Psychologen zu Rate zu ziehen. Eine Erklärung für sein Verhalten könnte sein, dass er sich einsam fühlte und deshalb in die Fänge der Dame aus Kozani geriet. Aber ein Psychologe könnte uns noch andere Möglichkeiten aufzeigen, auf die wir selbst nie gekommen wären.

Die einzige Psychologin, der ich vertraue, ist Mania. Also ändere ich meine Pläne und fahre nicht nach Hause, sondern zu Katerinas und Manias Kanzlei.

»Soll ich Ihre Tochter rufen, Herr Kommissar?«, fragt mich die Sekretärin am Empfang.

»Später, zuerst möchte ich gern mit Mania sprechen.«

Mania lässt mich nicht warten und blickt mich besorgt an. »Schön, Sie zu sehen. Ist etwas vorgefallen?«

»Ja, ich brauche deinen psychologischen Rat, wenn du Zeit hast.«

»Natürlich, kommen Sie. Ich habe heute keine Termine mehr.« Sie nimmt mich am Arm und geleitet mich in ihr Büro. »Na, ich hoffe, Sie haben kein psychisches Problem damit, dass Ihr Enkelkind Lambros heißen soll«, scherzt sie.

»Nein, bis jetzt nicht. Aber ich habe da einen aktuellen Fall, der mich ganz schön beansprucht. Da würde ich gern auf deine Expertise zurückgreifen.«

»Geht es um die Morde an den beiden Professoren?«

»Genau.«

Ich erzähle ihr Rapsanis' Geschichte und dass es einer Frau aus Kozani gelungen war, ihn in die Politik zu lotsen. »Kannst du mir erklären, wie ein erfolgreicher Professor von einer Frau, die er nie zuvor gesehen hat, dazu gebracht werden kann, seine Position an der Uni aufzugeben und sich der Politik zu widmen?«

Mania denkt kurz darüber nach. »Ich will versuchen, Ihnen die Sache zu erklären. Das ist nicht ganz einfach, wenn Sie sich mit Facebook und Twitter nicht befassen. Das Internet ist, neben vielen anderen Dingen, auch die Begegnungsstätte einsamer Menschen geworden. Früher ging man in den Park, saß auf einer Bank und wartete darauf, dass sich jemand dazusetzte und einen ansprach. Oder man saß im Kafenion und begann mit dem Gast am Nebentisch eine Unterhaltung. So hat man seine Einsamkeit überwunden und Freunde gewonnen. Heutzutage geht man nicht mehr in den Park oder ins Kafenion. Man sitzt an seinem Computer, greift in die Tasten und wartet darauf, auf Facebook mit jemandem ins Gespräch zu kommen.«

Sie macht eine Pause, um zu sehen, ob ich eine Frage habe. Dann fährt sie fort. »Zwischen virtueller und realer Welt gibt es zwei maßgebliche Unterschiede. Mein Vater, der unter der Junta Karriere machte, pflegte immer zu sagen: ›Augen lügen nicht!‹ Und auf Facebook gibt es keinen Blickkontakt, Herr Kommissar. Man hat eine Menge Freunde, aber nur selten kennt man sie von Angesicht zu Angesicht. Die einzige Chance, jemandem näher zu kommen, ist ein Facebook-Post. Der zweite Unterschied ist die Form der Kontaktaufnahme. Auf der Parkbank oder am Kafenion-Tisch ist sie mündlich. Im Internet läuft alles schriftlich. Das heißt, dass alle, die im Internet Freundschaften schließen, ein minimales Bildungsniveau haben müssen. Aber das Wichtigste ist Folgendes: Das geschriebene Wort ist wesentlich einflussreicher als das gesprochene. Der lateinische Spruch ›Scripta manent‹ – nur das Geschriebene bleibt – ist wirklich weise. Das bestätigt sich auch im digitalen Zeitalter. Im mündlichen Gespräch muss man sich mühsam erinnern, was einem der andere irgendwann gesagt hat. Im Internet braucht man nur die schriftliche Kommunikation aufzurufen, die immer verfügbar ist.«

Erneut pausiert sie und blickt mich an, dann spricht sie weiter. »Aber jetzt zu unserem Professor: Als Hochschullehrer erliegt er, wie alle seine Kollegen, der Macht des geschriebenen Wortes. Wenn die Dame, die mit ihm in Kontakt getreten ist, ein gewisses Niveau und einen guten Schreibstil hatte, war es nicht schwer für sie, auf ihn einzuwirken. Und womöglich fühlte er sich ja sehr einsam. Wir wissen nicht, wie tief ihn die Trennung von Frau und Sohn getroffen hat. Sie haben ihn anfänglich als ehrgeizig beschrieben. Wenn Sie seinen unersättlichen Charakter hinzurechnen, verstehen Sie auch, wie einfach es für die Dame aus Kozani war, ans Ziel zu kommen.«

Dann verstummt sie und blickt mich erwartungsvoll an.

»Vielen Dank, Mania. Du hast mir die Augen geöffnet«, sage ich. »Jetzt sehe ich Rapsanis viel genauer vor mir.«

Da geht die Tür auf, und Katerina tritt auf mich zu. »Na, so etwas! Du kommst hierher und schaust noch nicht mal bei deiner schwangeren Tochter herein!«

»Die schwangere Tochter soll jetzt mal nicht so beleidigt tun«, sagt Mania zu ihr.

»Brauchst du etwas?«, fragt mich Katerina.

»Ja, Manias Spezialwissen. Und das hat sie mir freigiebig gespendet.«

»Übrigens: Wenn bei euch in der Nähe eine Drei-Zimmer-Wohnung ausgeschrieben ist, sag mir Bescheid«, meint Katerina zu mir.

»Wollt ihr umziehen?«

»Klar, wenn Lambros da ist, dann werden uns zwei Zimmer zu klein.«

Adriani hat wieder mal recht gehabt. Aber ich werde ihr nichts davon sagen, da ich keine Lust habe, ihr ewiges »Hab ich's nicht gesagt?« zu hören zu bekommen.

Als ich in unsere Wohnung trete, räumt sie gerade in der Küche die Einkäufe ein. »Heute Abend musst du dich mit Sardinen aus dem Ofen begnügen«, meint sie. »Aber morgen gibt es wieder gefüllte Tomaten und anderes mehr.«

»Wie kommt's?«

»Ich habe Argyro, Kalliopi und Tassia zum Essen eingeladen. Argyro hat mich angerufen, und ich habe ihr erzählt, dass wir in ein paar Monaten ein Enkelkind bekommen. Darüber hat sie sich so gefreut, dass ich dachte: Warum laden wir sie nicht hierher ein und revanchieren uns so für die Einladung zum Abendessen?«

Ich lasse ihr Zeit, bis sie ihre Einkäufe eingeräumt hat, und nehme dann in Erwartung der Sardinen am Tisch Platz.

21

Politik, die: [frz. politique < spätlat. politica = Kunst der Staatsverwaltung]. 1. auf die Durchsetzung bestimmter Ziele bes. im staatlichen Bereich u. auf die Gestaltung des öffentlichen Lebens gerichtetes Handeln von Regierungen, Parlamenten, Parteien, Organisationen o. Ä.: die innere, auswärtige, internationale P.; eine geschickte, erfolgreiche, verhängnisvolle, friedliche P.; eine P. der kleinen Schritte; sich aus der P. (dem politischen Bereich) zurückziehen; sich für P. interessieren; in die P. gehen (im politischen Bereich tätig werden); 2. taktierendes Verhalten, zielgerichtetes Vorgehen: es ist seine P., nach allen Seiten gute Beziehungen zu unterhalten; das ist bei ihr doch alles nur P.!

Dass Frau Glykeria aus Kozani den Eintrag im Dimitrakos-Lexikon gelesen hat, halte ich für unwahrscheinlich. Mit Sicherheit aber hat sie Rapsanis gegenüber ein paar der Sätze benutzt, die auch im Wörterbuch stehen. Da er sich ›für Politik interessiere‹, solle er ›in die Politik gehen‹.

Mal angenommen, dass sie Rapsanis auf diese Weise überzeugt hat, liegt bei Archontidis der Fall doch anders. Daher suche ich nach einer Formulierung, die für beide gleichermaßen gültig ist. Und tatsächlich, da ist eine: *auf die Durchsetzung bestimmter Ziele bes. im staatlichen Bereich u. auf die Gestaltung des öffentlichen Lebens gerichtetes Handeln von Regierungen, Parlamenten, Parteien, Organisationen, Institutionen o. Ä.*

Die Interpretation passt wie angegossen, da sie gedacht haben müssen: Die Universität zielt, ganz wie die Politik, auch auf die Gestaltung des öffentlichen Lebens ab, um bestimmte Ziele durchzusetzen. Daher sprechen wir nicht von Neuorientierung, sondern von einem fliegenden Wechsel.

Ich schätze Mania wirklich sehr, aber offenbar hat sie diesen Lexikoneintrag nicht gekannt. Denn sonst hätte sie sich nicht die Mühe machen müssen, mir den Fall Rapsanis so ausführlich zu analysieren, sondern mich einfach auf das Dimitrakos-Wörterbuch verweisen können.

Auf meinem Schreibtisch liegt der Obduktionsbericht zum Archontidis-Mord. Ich stelle Kaffee und Croissant beiseite, um ihn zu lesen. Stavropoulos bestätigt darin, dass Archontidis gegen acht Uhr morgens ermordet wurde. Der zweite bemerkenswerte Punkt ist, dass der Tod nicht durch den Schlag auf den Schädel eingetreten ist, sondern durch den Messerstich, der sein Herz durchbohrte.

Noch während ich lese und auf weitere interessante Informationen hoffe, höre ich vom Korridor her eine laute Frauenstimme.

»Ich möchte, dass Sie mir sagen, wie Aris zu Tode gekommen ist. Ich bin seine Schwester und habe ein Anrecht darauf.«

Als ich die Tür öffne, erblicke ich eine Frau mit weißem,

gewelltem Haar, die auf den ersten Blick älter als Archontidis wirkt. Sie spricht heftig auf Koula ein, die sie ihrerseits zu beruhigen versucht.

»Kommen Sie in mein Büro«, sage ich zu ihr. Die Frau löst ihren Blick von Koula und schaut mich an. »Ich bin Kommissar Charitos und kann Ihnen die Auskunft geben.«

Ich schließe die Tür hinter ihr und bitte sie, mir gegenüber Platz zu nehmen.

»Darf ich erfahren, wer Sie sind?«

»Ich bin Viktoria Archontidi, die Schwester von Aris Archontidis. Ich möchte wissen, wie mein Bruder ums Leben gekommen ist.«

»Ich kann Ihnen sagen, wie Ihr Bruder gestorben ist. Was ich nicht sagen kann, ist, wer ihn ermordet hat.«

Ich gebe ihr eine allgemeine Beschreibung der Tat, ohne ins Detail zu gehen, um sie nicht weiter aufzuregen.

»Und er wurde von diesen Leuten umgebracht, die Professoren ermorden, weil sie in die Politik gegangen sind?«

»Ja, aber wir wissen noch nicht, wer sie sind. Kann ich Ihnen ein paar Fragen stellen, die uns vielleicht weiterbringen?«

»Fragen Sie, aber zuerst muss ich ein paar Dinge klarstellen. Ich bin nicht so gebildet wie Aris. Unsere Eltern haben uns beide unterstützt. Aris haben sie das Studium finanziert, und mir haben sie den Souvenirladen vermacht. Das heißt, ich verstehe etwas vom Andenkenverkauf, aber von der Uni habe ich keine Ahnung. Ich bin auf Korfu geboren und aufgewachsen. Nach Athen komme ich nur selten. Und Aris habe ich nur gesehen, wenn er auf Korfu Ferien machte.«

»Aus unseren Ermittlungen geht hervor, dass Ihr Bruder ein recht verschlossener Mensch war. Er hatte weder innerhalb noch außerhalb der Universität einen festen Freundeskreis und hat sich nur mit Studenten regelmäßig getroffen.«

»Ja, und zwar mit ganz bestimmten. Mit solchen, die ihre Finger in der Politik hatten. Aris war, wie Sie sagen, ein zurückhaltender Mensch, aber er hatte zwei große Leidenschaften: die Literaturwissenschaft und die Politik. Auch in Italien, wo ihm die Eltern ein Auslandsstudium ermöglicht haben, hat er sich politisch engagiert. Wie genau und was er dort gemacht hat, kann ich Ihnen nicht sagen, weil ich mich mit Politik nur beschäftige, wenn ich zur Wahlurne muss. Aber er hatte einen italienischen Freund, der in Griechenland lebt und Professor im Fachbereich Dolmetschen und Übersetzen an der Ionischen Universität war. Er hat Aris Italienisch beigebracht.«

»Wissen Sie vielleicht seinen Namen?«, frage ich und hoffe inständig, dass sie sich an ihn erinnert.

Sie denkt nach. »Guido Soundso … Der Nachname fällt mir jetzt nicht ein.« Plötzlich kommt ihr eine Eingebung. Sie holt ihr Handy heraus und tippt eine Nummer ein. »Loukas, entschuldige bitte die Störung, aber es ist dringend. Weißt du vielleicht noch, wie der Professor hieß, bei dem Aris Italienisch gelernt hat?« Sie bedeutet mir, ihr etwas zum Schreiben zu reichen. Sie lauscht und macht eine Notiz. »Vielen Dank, Loukas … Ja, geht so … Man tut, was man kann.« Dann legt sie auf und schiebt mir den Zettel hin. »Das ist sein Name: Guido Pestoni. Soviel ich weiß, wohnt er jetzt in Athen, aber ich kenne weder seine Adresse noch die Telefonnummer. Aris stand nach wie vor mit ihm in Kontakt. Die Nummer wird in seinem Handy gespeichert sein.«

»Vielen Dank, Frau Archontidi. Das war ein guter Tipp!«

»Wann kann ich meinen Bruder zur Beerdigung nach Korfu überführen lassen?«

»Heute noch, wenn Sie wollen. Die Autopsie ist abgeschlossen.« Ich gebe ihr die Telefonnummer der Gerichtsmedizin, damit sie sich selbst dort melden kann.

Kaum ist sie gegangen, rufe ich Dimitriou an. »Habt ihr Archontidis' Handy untersucht?«

»Noch nicht, das schien uns nicht vordringlich.«

»Untersuchen Sie es bitte gleich, und zwar Sie persönlich. Ich möchte wissen, ob sich unter den Kontakten ein Italiener befindet.« Dann gebe ich ihm den Namen durch.

Das unterscheidet Rapsanis von Archontidis. Rapsanis ging aus eitler Torheit in die Politik. Archontidis war seit seinen Studententagen in Italien politisch engagiert und blieb es auch in Griechenland, wo er in Verbindung mit den Studentenorganisationen stand.

Ich sitze auf glühenden Kohlen, aber Dimitriou stellt meine Geduld nicht unnötig lange auf die Probe. Nach kurzer Zeit meldet er sich telefonisch. »Voilà!«, sagt er triumphierend und gibt mir Pestonis Telefonnummer durch.

Auf der Stelle rufe ich an und bete, dass er rangeht. Und mein Flehen wird erhört.

»Guido Pestoni«, meldet sich eine Stimme. Ich stelle mich vor und erkläre den Grund, warum ich ihn sprechen will. »Gern, kommen Sie einfach vorbei. Ich wohne in Glyfada.« Und er gibt mir die Adresse durch.

Ich ersuche Dermitsakis, mir einen Streifenwagen zu sichern, denn mit dem Seat würde ich zu lange brauchen. Ich habe den Minister im Nacken und hoffe, jetzt endlich Fortschritte bei den Ermittlungen vorweisen zu können.

Zum Glück wohnt Pestoni in der Themidos-Straße, ganz in der Nähe des Possidonos-Boulevards. Ich weise den Fahrer des Streifenwagens an, die Sirene einzuschalten und Gas zu geben. So brauchen wir nur eine Viertelstunde bis nach Glyfada.

Pestoni wohnt ganz am Ende der Themidos-Straße. Seine Frau, eine siebzigjährige Griechin, öffnet mir die Tür und führt mich gleich in sein Arbeitszimmer.

Guido Pestoni erhebt sich bei meinem Eintreten und steht kerzengerade da. Er muss ein wenig älter als seine Frau sein, ist aber noch gut beieinander.

»Sie wollen vermutlich mit mir über Aris sprechen?«, fragt er und seufzt. »Ich stehe so sehr unter Schock, dass ich nicht weiß, ob meine Aussage überhaupt etwas bringt. – Kommen Sie, ich zeige Ihnen etwas«, sagt er und geht um seinen Schreibtisch herum.

Er öffnet die Balkontür und tritt auf die Veranda, vor der sich der Saronische Golf ausbreitet. Dort verharrt er reglos.

Dann sagt er: »Ich stamme aus Sardinien, und das Meer hat eine beruhigende Wirkung auf mich. Deshalb sind wir auch nach Glyfada gezogen.« Sein Griechisch ist tadellos, nur ein leichter Akzent verrät seine Herkunft.

Er kehrt ins Zimmer zurück, schließt die Balkontür und nimmt wieder an seinem Schreibtisch Platz. Plötzlich scheint er sich an den Grund meines Besuchs zu erinnern. »Was möchten Sie mich gern fragen? Nur zu.«

»Ich habe erfahren, dass Archontidis Ihr Schüler war und bei Ihnen Italienisch-Stunden genommen hat.«

»Ja, das stimmt. Damals war ich Professor im Fachbereich Fremdsprachen. Archontidis hatte sich dort eingeschrieben, um Italienisch zu lernen, weil er in Italien studieren wollte. Übersetzen und Dolmetschen hat ihn nicht interessiert. Seine Passion waren die Literaten der Ionischen Schule. Ich erinnere mich noch genau daran, dass er unbedingt die italienischen Gedichte des griechischen Dichters Solomos im Unterricht durchnehmen wollte. Die Sprachprüfung für die Studienzulassung schaffte er auf Anhieb. Er hätte auch in Rom studieren können, zog aber Pavia vor.«

»Und warum?«

»In Pavia hatte auch der große Solomos studiert. Er wollte dieselbe Universität besuchen.«

»Wir haben Kenntnis davon, dass er in Italien politisch aktiv war.«

Er denkt kurz nach, bevor er mir antwortet. »Archontidis war, wie soll man sagen, ein Wirrkopf, Herr Kommissar. Einerseits verfolgte er geradezu fanatisch seine Studien, speziell die zur Literatur der Ionischen Inseln und von Solomos. Andererseits liebte er auch das politische Engagement. In Italien schloss er sich der *Lotta continua* an. Sagt Ihnen das etwas?«

»Nein, davon höre ich zum ersten Mal.«

»Das war eine revolutionäre Gruppierung, die in den siebziger Jahren an den italienischen Unis großen Einfluss hatte. Die Mitglieder wurden von der Polizei beobachtet, Archontidis als Ausländer erst recht. Ich befürchtete, er könne ausgewiesen werden und sein Studium daran scheitern. Damals habe ich ihn gewarnt, ich weiß noch, es war in den Weihnachtsferien auf Korfu. Er meinte, ich solle mir keine Sorgen machen, er sei sehr vorsichtig. Schließlich konzentrierte er sich voll und ganz aufs Studium, die *Lotta continua* löste sich langsam auf, und Archontidis widmete sich nach dem Abschluss seines Studiums seiner Doktorarbeit.«

All das erklärt auch Archontidis' Beziehung zu seinen Studenten. Alte Liebe rostet nicht. Andererseits kann ich nicht sofort eine Verbindung zwischen seiner politischen Tätigkeit in Italien und seiner Ermordung herstellen. Ich muss die Sache so bald wie möglich mit Karabetsos besprechen. Nur die Berichterstattung beim Vizepolizeipräsidenten hat Vorrang.

Ich bedanke mich bei Pestoni und trete auf die Straße, wo ich in einer ruhigen Ecke den Vizepolizeipräsidenten anrufe.

»Glauben Sie, dass Archontidis' politische Tätigkeit in Italien etwas mit seiner Ermordung zu tun hat?«, fragt er.

»Das halte ich für übertrieben. Rapsanis, der aus demselben Grund getötet wurde, war vorher nicht politisch aktiv. Aber ich hole für alle Fälle Karabetsos' Meinung dazu ein.«

»Sehr gut. Und melden Sie sich wieder bei mir«, sagt er.

Sobald ich im Streifenwagen sitze, rufe ich Karabetsos an. Ich berichte ihm, dass es neue Informationen gebe und er auf mich warten solle.

»Ich habe eine Überraschung für dich«, meint er.

»Dann lass hören, ob ich mich darüber freuen kann.«

»Ich verrate es dir erst, wenn du da bist. Sonst wäre es ja keine Überraschung, oder?«

Auch diesmal schaltet der Fahrer die Sirene ein, bevor er losfährt.

22

Sobald ich im Büro bin, melde ich mich bei Karabetsos. »Treffpunkt im Verhörraum«, verkündet er mir freudig.

»Und was wollen wir dort? Uns gegenseitig vernehmen?«, wundere ich mich.

»Dort gibt's die Überraschung!«, antwortet er.

»Nein, zuerst musst du bei mir im Büro vorbeikommen, weil eine andere Sache vorgeht. Danach können wir zum Verhörraum gehen.«

Er begreift, dass es etwas Wichtiges sein muss, und erhebt keine Einwände. »Bin gleich da.«

»Was gibt's?«, fragt er mich, als er mir gegenüber Platz genommen hat.

Ich berichte ihm von Archontidis' politischer Tätigkeit in Italien und meinem Gespräch mit Pestoni. Kaum fällt der Namen *Lotta continua,* horcht er auf.

»*Lotta continua?* Das ist doch eine Terrororganisation!«

»Pestoni hat sie mir als revolutionäre Gruppierung mit Aktionsradius in Studenten- und Arbeiterkreisen beschrieben.«

»Pestoni lebt in Griechenland. Kann sein, dass er nicht so gut Bescheid weiß. Bei der italienischen Polizei gilt sie als Terrororganisation.«

Da habe ich meine Zweifel, aber Karabetsos ist der Fachmann. »Was meinst du«, frage ich ihn, »können wir eine Anfrage bei der italienischen Polizei starten? So bringen wir in Erfahrung, ob Archontidis im Visier der Italiener war.«

Karabetsos blickt mich mit einem verschmitzten Lächeln an. »Bevor wir mit den Italienern Kontakt aufnehmen, kommt aber die Überraschung!«, hält er mir entgegen. »Erst danach sollten wir weiter überlegen.«

»Also, was hat es damit auf sich?«, frage ich ärgerlich, da er mir mit seiner »Überraschung« schon auf die Nerven fällt.

»Es handelt sich um einen Überraschungsgast namens Nikos Kordonas. Früher gehörte er einer griechischen Terrorgruppe an. Wir schnappten ihn, als er eine Autobombe am Wagen eines Unternehmers anbringen wollte. Er hat kooperiert und ist mit einer leichten Strafe davongekommen. Jetzt ist er auf freiem Fuß, hat sich vom Terrorismus abgewendet und arbeitet freiwillig mit uns zusammen. Immer wenn ich ihn brauche, schicke ich ihm aus Sicherheitsgründen eine offizielle Vorladung. Ich will sein Leben nicht aufs Spiel setzen und ihn als Informanten nicht verlieren.«

Wir gehen in den Verhörraum, und kurz danach führt ein Beamter Kordonas herein. Er ist ein großgewachsener Mann mit Bart, der die vierzig überschritten haben muss. Karabetsos stellt mich vor, Kordonas begnügt sich mit einem knappen »Hallo«.

»Nikos, wir brauchen dein Spezialwissen«, sagt Karabetsos zu ihm.

»Na ja, in vielen Dingen bin ich auch nur Laie«, erwidert Kordonas.

»Hast du von den Morden an den beiden Universitätsprofessoren gehört, die in die Politik gegangen sind?«

»Na und ob, ich habe auch die Bekennerbriefe gelesen.«

»Glaubst du, dass die Morde von einer Terrorgruppe begangen wurden?«

Kordonas blickt ihn verdutzt an. »Was redest du da, Karabetsos? Wie lange bist du schon bei den Bullen? Hast du immer noch nichts dazugelernt?«, regt er sich auf. »Seit wann töten Terroristen Professoren, die in die Politik gehen? Das geht denen doch am Arsch vorbei, ob die an der Uni oder im Parlament sitzen. Terroristen bekämpfen das kapitalistische System und versuchen es zu destabilisieren. Was soll das für eine Terrororganisation sein, die von Verrat spricht, weil irgendwer sein Lehramt an den Nagel hängt, und ältere Professoren in den Himmel lobt? Ein Bekennerschreiben mit terroristischem Hintergrund ist immer ideologisch motiviert. Die beiden, die hier vorliegen, hören sich hingegen an wie ein Gottesurteil.«

»Wir fragen dich, weil wir davon ausgehen, dass es kein Einzeltäter war, sondern eine kriminelle Vereinigung«, erläutere ich ihm.

Er taxiert mich mit einem verächtlichen Blick. »Kommissar, jetzt treibst du mich auf die Barrikaden, obwohl ich der Vergangenheit abgeschworen habe.«

»Warum denn?«

»Karabetsos kennt das schon, deshalb erkläre ich es dir noch mal extra. Für das Bombenlegen habe ich mit einer Gefängnisstrafe bezahlt – und das war richtig so. Als ich wieder rauskam, habe ich ein bisschen kochen gelernt und arbeite jetzt in einem Imbiss. Aber selbst heute noch bringt mich die Behauptung in Rage, dass jede x-beliebige kriminelle Vereinigung eine Terrororganisation sein soll. Dann wären ja alle Banden, die Autos stehlen, Drogen verkaufen oder Wohnungen ausrauben, terroristische Gruppierungen. Das beleidigt mich sogar jetzt noch, obwohl ich mich davon losgesagt habe.«

»Gut, das hätten wir geklärt«, mischt sich Karabetsos besänftigend ein. »Dann schließen wir jetzt mal aus, dass im vorliegenden Fall irgendeine Terrororganisation involviert war. Doch es gibt da noch etwas, wo du uns weiterhelfen könntest.«

»Ja, und was?«

»Das zweite Opfer hat in Italien studiert. Wir haben in Erfahrung gebracht, dass er an der Uni war und mit einer Terrorgruppierung namens *Lotta continua* zu tun hatte.«

Kordonas springt von seinem Stuhl auf. »Du hast doch keine blasse Ahnung!«, ruft er Karabetsos zu. »*Lotta continua* war keine Terrororganisation. Sie war eine Gruppierung von Studenten und Intellektuellen – vielleicht sagt Ihnen der Name Adriano Sofri etwas, der gehörte auch dazu. Im Vergleich zu den Roten Brigaden war die *Lotta continua* eine NGO!«

»Die italienische Polizei ordnet sie aber der Terrorszene zu.«

»Mit der italienischen Polizei habe ich keine Erfahrung. Nur mit der griechischen, und das reicht mir. Offenbar hat man sie als Terrororganisation eingestuft, weil Sofri aufgrund einer getürkten Zeugenaussage des Mordes angeklagt und ins Gefängnis gesteckt wurde. Dahinter steckt dieselbe Logik wie in eurer heutigen Behauptung, jede kriminelle Vereinigung sei eine Terrororganisation.«

»Schon gut, Nikos. Wir danken dir für die Richtigstellung«, sagt Karabetsos höflich.

Dann wendet sich Kordonas mir zu. »Sucht woanders, Kommissar«, meint er. »Die Mörder wollten nicht das System bekämpfen, sondern die beiden Profs als Deserteure bestrafen.«

Dann geht er zur Tür und verlässt den Verhörraum mit einem knappen »Ciao«.

»Was schließt du als Fachmann daraus?«, frage ich Karabetsos.

»Zunächst muss ich sagen, dass Kordonas in Ordnung ist und ich ihm vertraue. Daher bleiben wir besser bei der kriminellen Vereinigung und schließen die Terrorgruppierung aus.«

Bevor ich »Na immerhin!« sagen kann, läutet mein Telefon.

»Herr Kommissar, der Minister will Sie in einer halben Stunde in seinem Büro sprechen«, höre ich die Stimme des Vizepolizeipräsidenten sagen.

»Ich komme.« Nachdem ich aufgelegt habe, sage ich zu Karabetsos: »Ich muss los. Der Minister erwartet mich.«

»Gikas, wie er leibt und lebt …«, sagt er und bringt mich damit auf die Palme, während er sich königlich amüsiert.

Ich nehme den Seat, da ich nach der Besprechung gleich nach Hause will. Man muss kein Prophet sein, um zu ahnen, dass sie sich in die Länge ziehen wird. Heute Abend sind die drei Grazien bei uns zum Essen eingeladen, und da will ich nicht vor Müdigkeit am Tisch einnicken.

Ich gehe erst mal zum Büro des Vizepolizeipräsidenten, da ich befürchte, dem Minister sonst allein in die Arme zu laufen. Ein solches Tête-à-Tête möchte ich gern vermeiden.

Da wir noch nicht ins Ministerbüro gerufen wurden, ergreife ich die Gelegenheit, dem Vizepolizeipräsidenten von meinem Treffen mit Kordonas zu berichten.

»Einen Terroranschlag können wir also ausschließen«, sagt er, als ich fertig bin.

»Karabetsos hält es für unwahrscheinlich, und ich schließe mich ihm an.«

Dann müssen wir unser Gespräch unterbrechen, da wir informiert werden, dass uns der Minister erwartet.

Er sitzt in Gesellschaft des Polizeipräsidenten am Konferenztisch. »Ich hätte gern eine möglichst detaillierte Berichterstattung, da ich mir große Sorgen mache«, sagt er einleitend. »Wir haben zwei ermordete Regierungsmitglieder, und mir scheint, die Ermittlungen sind überhaupt nicht vom Fleck gekommen.«

»Momentan sind wir damit beschäftigt, bestimmte Optionen auszuschließen, Herr Minister«, antwortet ihm der Vizepolizeipräsident. »Dadurch engt sich der Kreis der Verdächtigen ein, und wir können uns auf die plausibelsten Fährten konzentrieren.«

»Zu welchem Schluss sind Sie denn bisher gekommen?«

»Heute konnten wir die Wahrscheinlichkeit eines Terroranschlags ausschließen. Aber das kann Ihnen der Herr Kommissar besser erklären.«

Ich beginne bei Klearchos Rapsanis und seiner Beziehung zu Glykeria und fahre fort mit Archontidis und seiner Beziehung zur *Lotta continua* in Italien. Der Minister hört mir mit zusammengezogenen Brauen zu. Man sieht ihm an, dass ihm das alles nicht gefällt. »Demnach muss man die Möglichkeit eines Terrorakts vollkommen ausschließen, Herr Minister«, schlussfolgere ich. »Des Weiteren ist sicher, dass wir es nicht mit einem Einzeltäter, sondern mit einer kriminellen Vereinigung zu tun haben.«

»Was Sie mir über meine beiden Ministerkollegen erzählt haben, darf nicht an die Presse durchsickern, Herr Kommissar, vor allem nicht Archontidis' Beziehung zu dieser italienischen Terrorgruppierung. Sie können sich vorstellen, was uns erwartet, wenn das an die Öffentlichkeit dringt.«

»Von mir wird niemand ein Wort hören, Herr Minister. Aber leider wissen schon mehr Leute Bescheid als nur wir hier im innersten Kreis. Da ist einerseits unser Informant und andererseits Archontidis' Italienischlehrer. Da der bis jetzt nicht geredet hat, kann man davon ausgehen, dass er es auch in Zukunft nicht tun wird. Aber wer garantiert das für unseren Informanten?«

»Sagen Sie Karabetsos, er soll ihm drohen«, lautet die Antwort. »Gibt es sonst noch etwas?«

»Ja.«

»Ich höre.«

»Ich möchte Sie um Ihre Erlaubnis bitten, Gespräche mit Studierenden und Studentengruppierungen wegen ihrer Kontakte zu Archontidis zu führen.«

»Was soll das bringen?«, fragt mich der Polizeipräsident.

»Archontidis war ein sehr zugeknöpfter Mensch. Nur durch Zufall haben wir von der Freundschaft mit seinem

Italienischprofessor erfahren und somit von seinen Aktivitäten während seiner Studienjahre in Italien. Vielleicht könnten mir die Studierenden weiterführende Hinweise geben.«

»Mir wäre lieber, Sie würden sich auf seine Kollegen konzentrieren«, antwortet der Minister. »Wenn sich an der Universität herumspricht, dass wir uns mit Mitgliedern studentischer Vereinigungen an einen Tisch setzen, könnte es Proteste hageln.«

»Damit hat er nicht unrecht«, meint der Polizeipräsident zu mir, als wir das Besprechungszimmer verlassen.

»Einverstanden, aber was uns fehlt, sind Informationsquellen. Und ohne die können wir nicht weiterermitteln.«

»Versuchen Sie es mit Archontidis' Kollegenkreis. Vielleicht kommt dabei doch noch etwas heraus.« Das klingt eher nach Trostworten, die man einem Kranken spendet.

Im Seat kommt mir plötzlich die Idee, noch einmal mit Pestoni zu sprechen. Möglicherweise hat Archontidis ihm gegenüber einen Professor erwähnt, mit dem er ein Vertrauensverhältnis hatte.

Dann lasse ich den Motor an und fahre nach Hause.

23

Sie empfangen mich voller Begeisterung, umarmen und küssen mich eine nach der anderen. »Viel Freude mit dem neuen Erdenbürger, er soll glücklich sein und hundert Jahre alt werden!«

Nachdem diese und ähnliche Gefühlsseligkeiten überstanden sind, nehmen wir alle zum Smalltalk Platz.

Adriani wendet sich an Kalliopi. »Es ist unfassbar: Alles, was du aus dem Kaffeesatz herausgelesen hast, ist eingetroffen! Glückwunsch!«

»Ach, das war ein Zufallstreffer«, meint Kalliopi bescheiden.

»Hör nicht auf sie, sie ist ein Ass!«, meint Tassia. »Bis jetzt hat sich immer alles, was Kalliopi herausliest, bewahrheitet. Ich weiß, wovon ich rede.«

Eine Diskussion über Kalliopis übernatürliche Fähigkeiten ist das Letzte, was mich in diesem Moment interessiert. Zum Glück wechselt Argyro das Thema und wendet ihre Aufmerksamkeit mir zu.

»Du siehst müde aus, Kostas.«

»Ich bin nicht müde, ich habe es nur mit einem verzwickten Fall zu tun.«

»Die Geschichte mit den beiden Professoren, die umgebracht wurden?«, fragt Tassia.

»Ja, das ist eine komplizierte Sache, und wir treten auf der Stelle.«

»Vielleicht solltest du Kalliopi bitten, dir aus dem Kaffeesatz zu lesen?«, meint Adriani maliziös. »Wer weiß, vielleicht findet sie den Mörder.«

Die drei Grazien brechen in Gelächter aus, während Adriani nach ihrem geglückten Seitenhieb gegen den ungläubigen Thomas in die Küche geht, um das Essen herzurichten. Ich muss zugeben, ihr Vorschlag ist gar nicht so an den Haaren herbeigezogen. Wenn wir so weitermachen wie bisher, muss ich wirklich bei einer Wahrsagerin Zuflucht suchen.

»Aber habt ihr denn noch gar keinen Anhaltspunkt?«, fragt mich Tassia, die eine Schwäche für Krimis hat und nun bei mir an der Quelle sitzt.

»Fälle, die sich innerhalb einer bestimmten, geschlossenen Gruppe abspielen, sind immer haarig«, erkläre ich ihr. »Jeder stellt sich schützend vor den anderen, und kaum etwas dringt durch. Bis jetzt wissen wir nur, dass die Morde von einer kriminellen Vereinigung begangen wurden.«

»Man hört ja jeden Tag von neuen Gruppierungen«, bemerkt Kalliopi, »aber von einer kriminellen Vereinigung, die Universitätsprofessoren tötet, höre ich zum ersten Mal.«

»Ich fürchte, die Suche nach den Tätern wird schrecklich mühsam«, meint Argyro.

»Irgendwann kriegen wir sie. Bis dahin müssen wir zusehen, dass es nicht noch mehr Opfer gibt.«

»So, Schluss mit dem Gerede, kommt jetzt zu Tisch«, sagt Adriani kategorisch, während sie das Essen hereinbringt. »Wir haben euch eingeladen, um etwas Schönes zu feiern, und nicht, um über Mord und Totschlag zu reden.«

Am liebsten würde ich sie für ihr Ablenkungsmanöver küssen, denn es passt mir gar nicht, mit unbeteiligten Laien meine aktuellen Fälle zu besprechen. Besonders heute, da ich einen sehr harten Tag hatte. Andererseits will ich nicht unhöflich sein und die Unterhaltung einfach abwürgen. Leider Gottes fehlt mir das Talent, rasch alternative Gesprächsthemen aus dem Hut zu zaubern.

Beim Anblick der auf dem Esstisch versammelten Gerichte können die drei Grazien kaum an sich halten.

»Und das soll ein einfaches Abendessen sein? Damit machst du ja dem Hotel Grande Bretagne Konkurrenz!«, sagt Argyro.

»Im Grande Bretagne gibt's mehr als geschmortes Gemüse zu essen. Hier kriegt ihr nur das vorgesetzt!«, erklärt Adriani. »Es hat keinen Sinn, Fleisch zuzubereiten, wenn ganz Athen voller Grillrestaurants ist und man überall ein Fleischgericht als Hauptgang serviert.«

Damit spielt sie natürlich auf meine Vorliebe für Souflaki an. Während wir Platz nehmen, verschaffe ich mir einen Überblick. Sie hat, wie angekündigt, gefüllte Tomaten gemacht, aber auch Auberginen-Imam. Als Vorspeise gibt es rote Beete an Knoblauchsoße, begleitet von geräucherter Makrele.

»Wenn euch die gefüllten Tomaten nicht schmecken, könnt ihr Auberginen-Imam nehmen, und umgekehrt. Keine Angst, ich nehme es nicht persönlich«, stellt Adriani fest.

»Wie bitte? Welcher Grieche kann gefüllten Tomaten widerstehen?«, meint Tassia.

»Die Sache ist doch ganz einfach: Damit zwingt sie uns, beides zu essen! Und danach müssen wir drei Tage Diät halten«, erklärt ihr Kalliopi.

»Oder ich gebe euch eine Tupperdose mit nach Hause«, schlägt Adriani vor.

»Klar, das Abendessen allein reicht nicht, jetzt gibt sie uns auch noch Verpflegung mit auf den Weg!«, bemerkt Tassia.

»Sag mal, stopfst du deinen Enkel dann auch mit Schmorgemüse voll? Willst du einen Vegetarier aus ihm machen?«, fragt Argyro.

»Das wird mir nicht gelingen. Wenn er nach seinem Opa gerät, dann lässt er kein Grillrestaurant aus«, erwidert Adriani und schaut mich strafend an.

Ich beschränke mich auf die einfachen Tätigkeiten des Hausherrn: Ich entkorke die Weinflasche und fülle die Gläser. Beim Zuprosten regnet es wieder Segenswünsche für Lambros und Glückwünsche für Oma und Opa.

»Ich habe auch eine gute Neuigkeit auf Lager«, sagt Tassia, als die Gratulationen verstummen. »Meinem Sohn wurde ein zweijähriges Forschungsprojekt an der Universität Birmingham bewilligt. Wenn alles gut läuft, dann stehen die Chancen gut, dass er ins Lehrpersonal übernommen wird.«

»Wie wunderbar, alles Gute!«, rufen alle.

»Er schafft es bestimmt! Themis ist sehr begabt und hat sein Studium mit Bestnoten abgeschlossen. Er hat sich wirklich voll ins Zeug gelegt und hätte es verdient«, sagt Kalliopi.

Dann folgt eine Phase des Schweigens, in der nur das

Klappern des Bestecks zu hören ist. Keiner spricht, da alle genussvoll am Essen sind.

»Liebe Adriani, was soll ich sagen? Du bist eine großartige Köchin! Dein Essen ist ein Gedicht«, meint Argyro.

Tassia wagt sich noch weiter vor. »Vielleicht sollten wir ans Fernsehen schreiben? Man sollte dir eine Kochsendung für griechische Küche geben.«

»Vergesst es, kein Sender braucht so etwas«, antwortet Adriani.

»Warum meinst du?«, wundert sich Argyro.

»Weil sich keiner mehr für die traditionelle Küche unserer Eltern interessiert. Ist dir nicht aufgefallen, dass man nur noch skurrile Kombinationen zeigt? Fleisch mit Orangensaft und getrockneten Feigen oder grüne Bohnen mit Rosinen und Bergamottöl. Ich gucke das nicht länger, weil mir dabei der Appetit vergeht.«

Alle lachen.

»Heute Abend jedenfalls legen wir mindestens zwei Kilo zu«, sagt Kalliopi.

»Egal! Zwei Kilo mehr oder weniger, was macht das bei uns alten Schachteln schon aus, Kalliopi?«, neckt Argyro sie.

Adriani nimmt das Lob, wie immer, still und über ihren Teller gebeugt entgegen.

Die Nachspeise hat Tassia gebracht: Schokoladentorte mit Erdbeeren. »Ich kann keine Torten backen. Aber die Konditorei, bei der ich die hier gekauft habe, ist hervorragend, das könnt ihr mir glauben!«, erklärt sie.

Nach dem Essen plaudern wir noch ein Stündchen über Gott und die Welt, und überhaupt nicht über Polizeiarbeit und Kriminalfälle. Zum Abschied umarmen wir uns mit dem Versprechen, uns bald wieder zu treffen.

Dann kehre ich ins Wohnzimmer zurück, um Adriani beim Abräumen zu helfen. Aber sie hält mich zurück. »Geh schlafen. Du siehst müde aus, da hat Argyro ganz recht.«

Das lasse ich mir kein zweites Mal sagen. »Dein Essen heute Abend war Spitzenklasse«, sage ich. »Sogar für mich, und ich bin ja verwöhnt.«

»Danke dir, Kostas«, antwortet sie. »Hoffentlich schmeckt es später auch unserem Enkel …«

24

Bande, die: 1. organisierte Gruppe von Menschen, die gemeinsam Straftaten begehen; Mörderbande, Schlägerbande, Schmugglerbande. 2. (emotional) gemeinsam etwas unternehmende, ausgelassene o. Ä. Kinder, Jugendliche: eine muntere, fröhliche Bande. Syn.: Haufen (ugs.), Horde (emotional abwertend), Meute (ugs. abwertend), Schar. 3. Begrenzung, Einfassung, Rand, Umrandung; vorwiegend einer Spielfläche od. eines Spielfeldes: die Billardkugel berührt die Bande; über die Bande spielen.

Dimitrakos, was für ein Glück für dich, dass du zu anderen Zeiten gelebt hast! Sonst hättest du nämlich – fernab von Kinderscharen und Billardtischen – miterleben müssen, wie sich der Schwerpunkt hin zur ersten Bedeutung verlagerte.

Die im Dimitrakos-Wörterbuch angeführten Bedeutungen gehen mir die ganze Fahrt über bis zum Präsidium nicht aus dem Kopf. Doch als ich mein Büro betrete, stelle ich es gedanklich wieder ins Regal zurück, da mein Telefonat mit Pestoni Vorrang hat.

»Er macht gerade seinen Morgenspaziergang, Herr Kommissar«, erklärt mir seine Frau. »Um diese Uhrzeit wandert er immer am Meer entlang.«

Mit der Bitte, er möge mich nach seiner Rückkehr zurückrufen, lege ich auf.

Da ich nichts Besseres zu tun habe, rufe ich meine Mitarbeiter für eine Lagebesprechung zusammen. Ich möchte ihnen von meinen Treffen mit Pestoni und dem Minister berichten, gleichzeitig aber auch meine eigenen Gedanken ordnen.

»Einerseits haben Sie recht, Herr Kommissar«, sagt Dermitsakis zu mir. »Es wäre interessant gewesen, mit den Studenten zu reden. Aber ohne mit Archontidis' Kollegen zu sprechen, kommen wir nicht weiter, wenn wir mehr über sein Verhältnis zu den anderen Profs wissen wollen. Abgesehen davon bin ich Studenten gegenüber vorsichtig.«

»Warum?«, will Askalidis wissen.

»Weil sie ständig auf Konfrontationskurs mit der Polizei sind. Man kann nicht sicher sein, ob sie die Wahrheit sagen. Vielleicht wollen sie uns bloß in die Irre führen.«

»In den meisten Punkten stimmen wir überein«, sage ich zu Dermitsakis. »Nur sollten wir nicht aufs Geratewohl zu den Professoren gehen. Wir müssen einen finden, der uns nicht nur das sagt, was ihm selbst in den Kram passt. Pestoni habe ich beispielsweise aufgesucht, weil er mit Archontidis befreundet war. Vielleicht hat Archontidis ihm gegenüber einen Kollegen erwähnt, der ihm besonders nahestand. Mit dem könnten wir anfangen.«

An dieser Stelle ruft, fast wie abgesprochen, Pestoni zurück. »Meine Frau hat mir gesagt, dass Sie mich sprechen möchten.«

»Ja, ich brauche Ihren Rat, Herr Pestoni. Wir suchen

einen Gesprächspartner unter Archontidis' Kollegen, mit dem er näher Kontakt hatte. Da Sie schon so lange mit ihm befreundet sind, dachte ich mir, dass er Ihnen gegenüber vielleicht einen Kollegen erwähnt hat, den er mehr als alle anderen schätzte.«

Er schweigt. Ich gehe davon aus, dass er in seinem Gedächtnis kramt, aber als er endlich den Mund aufmacht, begreife ich, dass ich falsch lag.

»Es gab da eine Beziehung, aber nicht zu einem seiner Kollegen«, sagt er stockend.

»Zu wem dann?« Mein erster Gedanke gilt wieder den Terrororganisationen.

»Zu einer Studentin, die bei ihm ihre Masterarbeit geschrieben hat. Archontidis hat immer wieder von dieser Beziehung gesprochen, von der er meiner Ansicht nach selbst nicht wusste, wie er sie einzuschätzen hatte. War es das Verhältnis zwischen Betreuer und Master-Studentin? War es Freundschaft? War es Liebe? Ich glaube, das war nicht mal ihm selbst klar.«

»Kennen Sie vielleicht den Namen dieser Frau?«

»Ja, Pavlina Menekidi.«

»Ich danke Ihnen sehr, Herr Pestoni.«

Ich lege auf und wende mich an Koula. »Wir suchen eine gewisse Pavlina Menekidi. Mit ihr hatte Archontidis eine besondere Beziehung, möglicherweise stand sie ihm näher als alle anderen. Ich möchte, dass Sie mit ihr Kontakt aufnehmen und sie davon überzeugen, mit uns zu reden. Wenn ich sie anspreche, macht sie vielleicht dicht. Zu Ihnen als Frau wird sie offener sein.«

Nach der Besprechung kehren meine Mitarbeiter an ihre

Arbeitsplätze zurück. Ich rechne schon mit einer nervtötenden Wartezeit, bis wir den nächsten Ermittlungsschritt unternehmen können, aber ich habe mich verrechnet. Gerade als ich mir noch einen Kaffee aus der Cafeteria holen will, um die Zeit totzuschlagen, läutet das Telefon.

»Kardassis hier, Herr Kommissar. Erinnern Sie sich noch an den emeritierten Professor, von dem ich Ihnen erzählt hatte und mit dem Sie sprechen wollten?«

»Natürlich.«

»Herr Seferoglou macht zwar gerade eine Chemotherapie, aber sein Zustand ist stabil. Ich habe ihm die Situation erklärt, und er ist mit einem Treffen einverstanden. Wollen Sie seine Telefonnummer notieren?«

Er gibt sie mir durch.

»Herzlichen Dank, Herr Kardassis. Sie haben mir einen großen Dienst erwiesen.«

»Hoffentlich bringt Ihnen der Kontakt etwas.«

Unter der Nummer meldet sich zunächst eine Frauenstimme.

»Ich würde gern mit Herrn Seferoglou sprechen.«

»Wer sind Sie, wenn ich fragen darf?«

»Kommissar Charitos, ich habe die Telefonnummer von Professor Kardassis bekommen.«

»Warten Sie bitte.«

Es dauert nicht lange, bis ich eine lebhafte Stimme höre: »Guten Tag, Herr Kommissar. Manolis Kardassis hat mir erzählt, dass Sie mich treffen wollen.«

»So ist es, Herr Seferoglou. Wann hätten Sie Zeit für ein Gespräch?«

»Ich würde sagen, jetzt gleich, da ich mich gerade gut

fühle. In der letzten Zeit ist das nicht immer der Fall. Ich wohne in Kolonaki, in der Spefsippou-Straße.«

Ich stürze sofort in die Garage und fahre los. Zum Glück ist die Strecke vom Alexandras-Boulevard nach Kolonaki nur kurz, und ich brauche nicht lang.

Seferoglou wohnt in einer jener neoklassizistischen Bauten, die in der Zwischenkriegszeit in den Besitz der wohlhabenden Klasse dieses Viertels übergingen, die damals in Griechenland alle Fäden in der Hand hatte.

Eine Asiatin öffnet mir die Tür und führt mich in ein Zimmer links vom Eingang. Im Gegensatz zu Rapsanis' und Archontidis' Arbeitszimmer ist dieses Büro klein, und nur ein einziges Bücherregal steht an der Wand.

Seferoglou empfängt mich im Stehen und reicht mir die Hand. Er ist mittelgroß und sehr dünn, er muss über achtzig sein.

»Setzen Sie sich, Herr Kommissar. Wollen Sie einen Kaffee?«

»Nein, danke. Ich habe heute Morgen schon zwei getrunken.«

»Ich habe Sie gebeten, gleich vorbeizukommen, weil ich mich seit zwei Jahren mit einer Krebserkrankung herumschlage. Gestern habe ich wieder einen Chemotherapie-Zyklus beendet. Ich weiß nicht, ob es der letzte sein wird, aber ich weiß, dass ich, jedenfalls in der nächsten Zeit, nicht ins Krankenhaus muss. Daher bin ich ganz gut drauf. Ich habe hier mein vorläufiges Studierzimmer eingerichtet, weil es mir schwerfällt, in den ersten Stock hochzusteigen, wo sich mein eigentliches Büro befindet.« Er pausiert und kommt zur Sache. »Also, was wollen Sie von mir wissen?«

»Meine Fragen betreffen die Ermittlungen in der Mordsache der beiden Professoren Klearchos Rapsanis und Aristotelis Archontidis. Wie Sie bestimmt gehört haben, behaupten die Täter, sie hätten sie getötet, weil sie die Universität im Stich gelassen hätten, um sich der Politik zuzuwenden. Als ich mit Professor Kardassis sprach, meinte er, Sie hätten nicht nur Klearchos Rapsanis gekannt, sondern auch einen guten Überblick über die Situation an den Universitäten. Ich hoffe, dass Sie uns weiterhelfen können, denn ich muss gestehen, dass wir noch völlig im Dunkeln tappen.«

Seferoglou nimmt sich Zeit für seine Antwort. Als er schließlich ansetzt, spricht er langsam, als handele es sich um ein komplexes Problem, das er einem seiner Studenten auseinandersetzen muss.

»Ich habe beide Bekennerschreiben gelesen, Herr Kommissar. Ich brauche Ihnen gewiss nicht zu sagen, dass ich beide Morde ablehne. Doch ich muss zugeben, dass die Begründung für diese abscheulichen Taten absolut korrekt ist und vollkommen den Tatsachen entspricht.«

»Sie finden also, dass die Täter recht haben?«, frage ich überrascht.

»So weit würde ich nicht gehen. Mörder, darin sind wir uns einig, haben niemals recht. Aber ich würde sagen, dass die Gründe, auf die sie sich in den Bekennerbriefen berufen, durchaus vorhanden sind.«

Er hält inne, um mir die Möglichkeit für eine Zwischenfrage zu geben, und fährt dann fort. »Unsere Hochschulen haben mit enormen Problemen zu kämpfen, Herr Kommissar. Am schlimmsten sind die finanziellen Schwierigkeiten.

Das Budget ist dermaßen knapp, dass sie keine neuen Lehrstellen ausschreiben können, um das Plansoll der Vorlesungen zu leisten. Ich kenne emeritierte Kollegen, die immer noch unterrichten, damit die Studierenden nicht ganze Semester verlieren. Ich habe das auch getan, bis mir der Krebs einen Strich durch die Rechnung gemacht hat. Jetzt ist es mir leider ganz unmöglich. Wenn die Hochschulen solche Probleme haben, ist es moralisch verwerflich, wenn jemand seinen Lehrstuhl behält, aber seinen Lehrauftrag nicht wahrnimmt, da ihn die Politik mehr interessiert.«

»So wie Rapsanis und Archontidis«, füge ich hinzu.

»Zu Archontidis kann ich nichts sagen. Er war mir gänzlich unbekannt. Rapsanis hingegen kannte ich seit seiner Studienzeit. Er war hochintelligent und hat sich seinem Studium mit fast heiligem Eifer hingegeben. Der einzige Minuspunkt bestand schon damals in seiner Fresssucht. Sein Diplom erwarb er mit Auszeichnung, und ich überzeugte ihn, an der Uni zu bleiben. Als eine Professorenstelle frei wurde, setzte ich Himmel und Erde in Bewegung, damit er sie bekam.« Er seufzt. »Leider dauerte es nicht lang, bis die ersten Probleme auftauchten.«

»Welcher Art?«

»Cliquenbildung, also die Unterteilung der Mitarbeiter und Studierenden in Anhänger und Nicht-Anhänger. Das ist die Urform des Klientelsystems, das unser Land beherrscht. Anfangs schrieb ich es seinem leidenschaftlichen Karrierewunsch zu. Ich wusste, dass solche Spielchen innerhalb der Uni normal waren und Teil des Systems sind. Als er aber seine Stelle aufgab, um Parlamentarier zu werden, begriff ich, dass es dafür noch andere Gründe gab. Die

Uni war für ihn nur eine Art Übungsgelände für seine politische Karriere.«

»Können Sie mir vielleicht erklären, was mir bis jetzt noch keiner verständlich machen konnte? Wie ist es möglich, dass ein Mensch, der sein ganzes Leben Lehre und Forschung gewidmet hat, all das hinter sich lässt? Wieso macht er seine jahrelangen Mühen zunichte, nur um Staatssekretär zu werden? Wenn ich das begreife, gelingt es mir vielleicht, den Kreis der Verdächtigen einzugrenzen.«

»Sie haben von Lehre und Forschung gesprochen. Wo suchen Sie also die Verdächtigen? Unter den Gelehrten?«

»Nicht nur, ehrlich gesagt, aber auch.«

Seferoglou blickt mich mit einem Lächeln an. »Heutzutage gibt es aber gar keine Gelehrten mehr, sondern nur noch Intellektuelle, Herr Kommissar.«

»Und wo liegt der Unterschied?«, frage ich verblüfft.

»Gelehrte sind Menschen, die ihr Leben in Bibliotheken, mit Studien und wissenschaftlicher Arbeit verbringen. Intellektuelle sind Spezialisten für alles und jedes. Gelehrte verfügen über Wissen, Intellektuelle über eine Meinung, die sie gerne und bei jeder sich bietenden Gelegenheit kundtun. Und dafür gibt es sexuelle Ursachen.«

»Sexuelle?«, wiederhole ich und traue meinen Ohren nicht. Spielt Seferoglou ein Verwirrspiel mit mir?

»Jawohl, sexuelle«, beharrt er. »Sie empfinden eine geradezu sexuelle Lust am Analysieren. Sie analysieren alles und jedes. Sie leiden an etwas, wofür man noch kein Heilmittel gefunden hat: an manischer Analysiersucht. Und dazu kommt der Lustgewinn beim Sich-selbst-reden-Hören.«

Betrübt schüttelt er den Kopf. »Es gibt keine Gelehrten mehr, genauso wenig wie Hochschullehrer, Herr Kommissar.«

»Es gibt keine Hochschullehrer mehr?«, frage ich entgeistert. Mit wem rede ich eigentlich die ganze Zeit?

»Nein. Es gibt nur noch Universitätspersonal, genauso wie es Finanzbeamte, Bankangestellte, Polizeibeamte wie Sie und Militärs wie meinen Vater gibt. Die Hochschullehrer sind zu Universitätspersonal verkommen, und die Gelehrten zu Intellektuellen. Damit schließt sich der Kreis.«

Er blickt mich an und scheint es zu genießen, dass ich ihm nicht mehr folgen kann.

»Ich weiß, dass ich Sie erst mal verwirrt habe«, sagt er. »Das war nicht meine Absicht. Diese ganze Einleitung dient dazu, Ihnen zu erklären, dass Rapsanis' und Archontidis' Mörder rückwärtsgewandte Menschen sein müssen.«

Ich beiße sofort an, denn ich merke, hier liegt des Pudels Kern. »Rückwärtsgewandt? Können Sie mir das erläutern?«

»Es sind Menschen, die der alten Universität nachtrauern, wo die Professoren noch Hochschullehrer und Gelehrte waren. Sie schlagen zu, weil sie das heutige Universitätspersonal, das die Politik der Lehre vorzieht, verabscheuen und als Verräter betrachten. Sie scheinen die alte Universität wieder zum Leben erwecken zu wollen und träumen von früheren Zeiten. Vergessen Sie das heutige Universitätspersonal und die Studierenden, sie kennen nichts anderes und betrachten die aktuellen Zustände als normal. Suchen Sie in der Vergangenheit.«

Er atmet tief durch und stützt sich auf seinen Sessel. »Jetzt muss ich Sie bitten zu gehen. Ich bin ganz erschöpft.«

Ich stehe sofort auf. »Herr Professor, ich danke Ihnen für Ihre Zeit und für alles, was Sie mir gesagt haben. Sie haben mir eine neue Sichtweise eröffnet. Jetzt weiß ich, in welche Richtung ich die Ermittlungen treiben kann.«

»Ich wünsche Ihnen viel Erfolg dabei«, sagt er zum Abschied.

Die Asiatin erwartet mich bereits an der Tür und begleitet mich zum Ausgang.

Ich setze mich ins Auto und versuche, Seferoglous Worte noch mal zu überdenken. Zunächst einmal ist er der Einzige, der die Bekennerschreiben schlüssig interpretiert hat. Davor hatte nur Kordonas jeden Terrorbezug ausgeschlossen. Die Interpretation Seferoglous lautet: Die Täter wollen diejenigen bestrafen, die ihrer Meinung nach die gute alte Universität zerstört haben. Deshalb stellen sie auch die Bezüge zu den Hochschullehrern aus früheren Zeiten her. Die Täter sind keine Terroristen, sondern Nostalgiker, die sich die Vergangenheit zurückwünschen.

Seine zweite Anregung, ich solle in der Vergangenheit suchen, hat mir ebenfalls eine neue Tür geöffnet. Nur, dass diese Tür ins Nichts führt. Denn von welcher Vergangenheit sprechen wir und wo sollen wir mit der Suche anfangen? Ich halte es für unwahrscheinlich, dass wir ehemalige Hochschullehrer finden, die mit Insektizid töten, oder einem Professor, nur weil er Staatssekretär geworden ist, ein Messer in den Rücken rammen.

Zu dem Schluss, dass es sich um ziemlich gebildete Täter handeln muss, war ich mit meinen Mitarbeitern auch schon gekommen. Wenn man jetzt eins und eins zusammenzählt, muss es sich um Personen handeln, die von ihrem Studium enttäuscht sind und eine Rückkehr zu den guten alten Zeiten ersehnen. Aber bringt mich das weiter?

25

Während der Rückfahrt überlege ich, wie wir die Vergangenheit für uns nutzen könnten. Eigentlich muss man fast bei jeder Ermittlung Jahre zurück recherchieren, aber normalerweise weiß man, wo und wonach man suchen muss. Im vorliegenden Fall jedoch sind wir gezwungen, einfach zu würfeln und auf einen Sechser zu hoffen.

Kurz bevor ich das Präsidium erreiche, habe ich doch noch eine Idee. Wir sollten von der philosophischen und juristischen Fakultät Unterlagen über das frühere Lehrpersonal anfordern. Dabei könnten wir auf einen Namen stoßen, der uns einen Schritt weiter in die von Seferoglou angestoßene Richtung führt.

Sofort rufe ich Dervissoglou zu mir, der ein Universitätsstudium absolviert hat und mit der entsprechenden Bürokratie vertraut ist.

»Stellen Sie mir eine Liste der emeritierten Professoren zusammen, die früher an der juristischen und philosophischen Fakultät gelehrt haben«, sage ich zu ihm.

»Dafür müsste ich tagelang die Archive durchforsten und im Museum zur Universitätsgeschichte die Register und Jahrbücher heraussuchen«, meint er, alles andere als begeistert. »Wenn ich in offiziellem Auftrag, und zwar der Staatsanwaltschaft, recherchieren kann, dann geht es schneller.«

»Ich werde den Vizepolizeipräsidenten bitten, bei der Staatsanwaltschaft nachzuhaken, damit wir keine Zeit mit überflüssigen Formalitäten verlieren.«

»Wie weit soll ich chronologisch zurückgehen?«

Das ist eine gute Frage. Bis zur Zeit der in den Bekennerschreiben genannten Hochschullehrer müssen wir nicht zurückgehen, da die meisten von ihnen wahrscheinlich nicht mehr am Leben sind, und falls doch, dann sind sie aufgrund ihres Alters kaum mehr mobil, wenn nicht sogar bettlägerig.

Im Grunde müssen wir bis in die Zeit zurückgehen, als an den Unis der große Mentalitätswandel eintrat. Aber Seferoglou möchte ich mit Nachfragen nicht erneut behelligen, da er krank und von der Therapie erschöpft ist.

»Was schlagen Sie als ehemaliger Student vor?«, frage ich Dervissoglou.

»Herr Kommissar, als ich zum Studium zugelassen wurde, war ich begeistert und freute mich über jeden Kurs, den ich bestand. Mit den Strukturen habe ich mich nicht befasst, das hat mich schlicht nicht interessiert.«

Das klingt logisch, hilft uns aber nicht weiter. Plötzlich fällt mir ein, dass Koula mit Archontidis' Freundin Kontakt aufnehmen sollte. Diese Frau könnte Licht ins Dunkel bringen.

»Gut, wir können ja noch weiter darüber nachdenken, bis die Beauftragung durch die Staatsanwaltschaft eintrifft«, sage ich zu Dervissoglou.

Im Anschluss rufe ich Koula zu mir. »Was ist aus der

Sache mit Archontidis' Freundin geworden? Haben Sie sie gefunden?«

»Die Menekidi? Ja, sofort, das war nicht schwierig. Sie unterrichtet an einem privaten Nachhilfeinstitut. Sie könnte zu einem Gespräch vorbeikommen.«

»Fragen Sie nach, ob es jetzt sofort möglich wäre. Wir müssen dringend mit ihr reden.«

Kaum ist Koula weg, rufe ich den Vizepolizeipräsidenten an und berichte ihm von meinem Gespräch mit Seferoglou.

»Meinen Sie, er hat recht?«, meint er nachdenklich.

»Das weiß ich nicht, aber solange wir keinen Anhaltspunkt haben, vergeben wir uns nichts, wenn wir auch diese Möglichkeit überprüfen.« Dann komme ich auf die Bewilligung unserer Recherchen durch den Staatsanwalt zu sprechen, die ich gern beschleunigen würde.

»Ich rufe ihn sofort an.«

Koula informiert mich, dass die Menekidi auf dem Weg sei. Wir haben zwar noch nichts Handfestes vorzuweisen, aber die Ermittlungen haben Fahrt aufgenommen. Und das lässt hoffen.

Dann folgt ein Telefonat mit dem Vizepolizeipräsidenten, der mir mitteilt, der staatsanwaltliche Beschluss würde uns innerhalb der nächsten Stunde zugestellt. Diese Information gebe ich unverzüglich an Dervissoglou weiter.

»Wo würden Sie zuerst ansetzen?«, frage ich ihn.

»Bei der juristischen Fakultät. Erstens kenne ich mich dort aus, zweitens war Rapsanis das erste Opfer.« Ich pflichte ihm bei und lege auf.

Eine Viertelstunde später erscheint Koula in Begleitung einer jungen Frau Mitte dreißig. Sie ist schlank, dunkelhaarig, ungeschminkt und strahlt einen gewissen Charme aus, der einen sofort für sie einnimmt.

»Sie wollten mich in der Mordsache Aris Archontidis sprechen, Herr Kommissar?«, fragt sie, während sie mir die Hand entgegenstreckt.

»Ja, ich möchte Ihnen ein paar Fragen stellen, Frau Menekidi«, antworte ich und deute auf die zwei Stühle gegenüber, damit sie und Koula Platz nehmen können.

»Bestimmt wollen Sie mich sprechen, weil man Ihnen von meiner Beziehung zu Aris erzählt hat.«

»Zunächst einmal wissen wir, dass Sie eine Masterarbeit bei Archontidis geschrieben haben«, antwortet Koula an meiner Stelle.

Die Menekidi wirft ihr einen Blick zu und lacht auf. »Kommen Sie, Sie wissen doch, dass unser Verhältnis weit mehr als das zwischen Studentin und Betreuer war.« Dann wendet sie sich an mich. »Ich habe seit Jahren keinen Kontakt mehr zu Aris«, sagt sie. »Aber die Nachricht von seinem gewaltsamen Tod hat mich so aufgewühlt, dass ich bereit bin, auf alle Fragen zu antworten, nur damit sein Mörder gefasst wird.«

»Sie erwähnten vorhin, dass Sie mit Archontidis über Ihre Masterarbeit hinaus verbunden waren. Was genau meinten Sie damit?«

»Ich war Aris Archontidis' Studentin an der Uni. Als ich meinen Master abgeschlossen hatte, wollte ich eine Doktorarbeit über das Gedicht ›Der Hai‹ von Solomos schreiben. Als ich es ihm vorschlug, war er sofort einverstanden.« Sie pausiert, um ihre Gedanken zu strukturieren. »Aris war eine Koryphäe unter den Forschern der ionischen Inselliteratur, vor allem in Bezug auf Solomos, Herr Kommissar. Wenn er über Solomos' Poeme sprach, riss er die Zuhörer mit. Problematisch wurde es dort, wo es über die Dichtung hinausging.«

»Das heißt?«

»Er bewunderte in Solomos den Dichter, aber als Mensch fand er ihn unsympathisch. Er verachtete ihn für seine Alkoholsucht, und auch die Beziehung zu seinem Bruder Dimitrios fand er abstoßend. Generell war seine Ansicht zu Solomos gespalten zwischen Bewunderung für den Dichter und Verachtung für den Menschen.«

»Das ist bestimmt sehr interessant, aber was hat das mit seiner Ermordung zu tun?«, sage ich.

»Nur Geduld, Herr Kommissar«, antwortet sie gelassen. »Immer wenn die Rede auf Solomos' Privatleben kam, endete das Gespräch unweigerlich bei der Politik. Es fing an mit der Stellung des Adels auf Zakynthos und Solomos' Zeit in Italien, was wiederum zu Aris' Studienjahren führte und zur italienischen Politik der siebziger Jahre, zur KPI, den Roten Brigaden und der *Lotta continua*. Wenn er auf diesem Trip war, vergaß Aris die Wissenschaft und Solomos und dachte nur noch an den Kampf des Volkes.« Dann hält sie inne und erklärt: »Aris merkte gar nicht, dass er in gewisser Hinsicht Solomos' Spiegelbild war.«

»Können Sie uns das näher erklären?«, fragt Koula.

»Genauso, wie er Solomos als Dichter bewunderte und als Menschen verachtete, so verehrte ich Aris als Forscher, aber wenn er im privaten Gespräch anfing auf Stammtischniveau zu politisieren, war er mir zuwider.«

Während ich der Menekidi zuhöre, kommt mir unwillkürlich Seferoglou und seine Unterscheidung zwischen Gelehrten und Intellektuellen in den Sinn. Archontidis ließ die Wissenschaft schleifen und verbreitete nur noch seine politischen Ansichten.

»Ich jedenfalls hatte mich in den Wissenschaftler verliebt«, fährt die Menekidi fort. »In meiner Naivität glaubte ich, ich könnte nur den Forscher und Liebhaber in ihm sehen und den politischen Schwadroneur ausblenden.« Sie schüttelt den Kopf, vielleicht über ihre damalige Blauäugigkeit, und fährt dann fort. »Ich hatte mich geirrt. Bei jedem Tête-à-Tête gab es zur Vorspeise Solomos, zum Hauptgang Politik, und zum Dessert wollte Aris mit mir ins Bett. Er hat mich nie nach meiner Familie gefragt, und es interessierte ihn auch nicht, wie es mir geht oder was mich beschäftigt.«

Koula hört mit großen Augen zu und ist sichtlich entsetzt. Und mir geht es, ehrlich gesagt, nicht anders.

»So ging das zwei Jahre lang«, fährt die Menekidi fort. »Irgendwann habe ich dann einen Arzt kennengelernt, der in der Chirurgie eines öffentlichen Krankenhauses arbeitete und eine ganz normale Beziehung mit mir wollte. Als ich Aris sagte, dass es vorbei sei und ich einen neuen Freund habe, konnte er seine Freude kaum verbergen. Er wünschte mir sogar alles Glück der Welt mit meiner neuen Beziehung! Ich war so wütend und enttäuscht, dass ich meine Doktorarbeit, so wie sie war, eingereicht habe, ohne auch nur einen einzigen Tag länger mit ihm daran zu arbeiten. Ich hatte das Gefühl, in einer Blase gelebt zu haben, und wollte wieder mit beiden Beinen auf dem Boden der Tatsachen stehen. Ich habe den Arzt geheiratet und mich als Gymnasiallehrerin beworben. Während ich jetzt auf einen Lehrerposten warte, unterrichte ich an einem privaten Nachhilfeinstitut. Aber ich hatte mich zu früh gefreut, denn die größte Enttäuschung stand mir noch bevor.«

»Ging es denn noch weiter?«, fragt Koula, nicht so sehr als Polizistin, sondern eher aus weiblicher Neugier.

»Am meisten hat mich die Nachricht frustriert, dass er in die Politik gegangen und Staatssekretär geworden war. Aris hatte immer an der Seite der außerparlamentarischen Opposition und der Volksbewegungen gestanden. Er hasste das System und sprach sogar von der KPI mit abschätzigen Worten. Wie war es möglich, dass dieser Mensch plötzlich einwilligte, Teil des Systems zu werden, ja sogar, sich an der Regierung zu beteiligen? Ich werde den Gedanken nicht los, dass er mich zwei Jahre lang getäuscht hat. Aber erklären kann ich es mir nicht.«

»Was können Sie sich nicht erklären?«, hakt Koula nach.

»Wie es möglich ist, dass ein so charismatischer Professor sein Lehramt und den Gegenstand, der ihm so am Herzen liegt, aufgibt, um Staatssekretär zu werden? Und wie es möglich ist, dass ein Mensch mit politischem Bewusstsein, der sich immer gegen das System stellte, plötzlich daran teilhat, und auch noch als Staatssekretär! Je mehr ich darüber nachdenke, desto weniger finde ich eine Antwort.«

Als sie verstummt, warten wir ab, bis sie ihre Fassung wiedererlangt hat. »Trotzdem war ich schockiert, als ich von seinem Tod hörte«, fährt sie nach einer kleinen Weile fort. »Was für eine Meinung ich auch von ihm hatte, ich war Aris verbunden, und es fiel mir sehr schwer, mit der Nachricht über sein schreckliches Ende zurechtzukommen. Deshalb habe ich mich nicht lange bitten lassen, als Sie mit mir sprechen wollten. Das ist für mich wie eine Befreiung.«

Sie kam, um sich die Geschichte ihrer Beziehung zu Archontidis von der Seele zu reden, denke ich mir. Aber das, was sie erzählt hat, bringt uns kein bisschen voran.

»Haben Sie eventuell ein paar seiner Freunde kennengelernt?«, frage ich die Menekidi.

»Der einzige Freund, den er hatte, war sein Italienischprofessor, bei dem er die Sprache gelernt hat. Aber selbst den habe ich nie persönlich getroffen. Alle seine anderen Beziehungen liefen auf einer unpersönlichen Ebene ab. Aris war unnahbar, wie man so schön sagt, Herr Kommissar. Stellen Sie sich nur vor: Ich wusste über seine Familie nur, dass sie auf Korfu lebte. Er hat mir weder von seinen Eltern noch von seiner Schwester etwas erzählt.«

»Ja, aber er musste doch freundschaftliche Beziehungen und Verbindungen haben, um als Politiker erfolgreich zu sein und zum Staatssekretär aufzusteigen. Das funktioniert doch nicht im luftleeren Raum«, lautet Koulas nachvollziehbarer Einwand.

»Die hatte er bestimmt, nur offenbarte er sie nicht. Ich will es Ihnen anders erklären: Aris knüpfte seine Beziehungen im Sinne eines Untergrundkämpfers. Selbst ich durfte nicht wissen, welche Freunde er hatte und was er mit ihnen diskutierte. Genauso durften auch die anderen nichts über mich wissen. Ob er sich diese Taktik des Untergrundkampfes in seinen Jahren in Italien und während seiner politischen Aktivität in der außerparlamentarischen Opposition angeeignet hat, kann ich Ihnen nicht sagen.«

»Wann setzte dieser Wandel an den Unis ein?«, frage ich sie.

»Welcher Wandel?«

»Dass sich gewisse Professoren plötzlich von der Politik angezogen fühlten.«

»Tja, das war genau das Bild, das sich während meines Studiums bot. Aris war da weder der Einzige noch der Erste. Ich schätze, dass sich die Situation ab Mitte der achtziger Jahre verändert hat, zumindest habe ich das gehört. Aber beschwören kann ich es nicht.«

Ich danke der Menekidi für ihre Auskünfte und verabschiede mich von ihr.

»Was für einen Eindruck haben Sie?«, frage ich Koula, als wir alleine sind.

»Von der Menekidi oder von Archontidis?«

»Erst mal von der Menekidi.«

»Das ist einfach zu beantworten. Sie hat sich von ihrem Professor blenden lassen und ist seinem Glanz erlegen. Irgendwann merkte sie dann, dass sie in dieser Beziehung unglücklich war, und tat das, was die meisten jungen Frauen getan hätten: Sie ging eine neue Beziehung ein und kehrte in die Normalität zurück.«

»Und was denken Sie über Archontidis?«

»Hier hat die Menekidi zwei Fragen aufgeworfen, die meiner Meinung nach beide richtig sind. War Archontidis vielleicht in Italien tiefer verstrickt, als wir dachten, und lebte quasi im Untergrund, um nicht mit der Polizei in Konflikt zu kommen und seinen Studienplatz zu verlieren? Und die zweite Frage ist: Wie kann es sein, dass er es ohne Beziehungen und Unterstützer bis zum Staatssekretär brachte? Sie wissen genauso gut wie ich, dass das unmöglich ist. Daraus folgt, dass er Beziehungen und Unterstützer hatte, sie aber verschwieg.«

»Beiden Analysen stimme ich zu. Folglich müssen wir zuerst einmal die italienische Polizei kontaktieren, ob sie mehr über Archontidis' Aktivitäten in Italien weiß. Der zweite Punkt ist schwieriger. Selbst wenn wir herausfinden, mit welchen Leuten er politisch verbandelt war, bringt uns das kaum etwas. Da es um Mord geht, werden sich seine Freunde aus Angst, ihrer Partei zu schaden, nicht aus der Deckung wagen.«

Als Koula in ihr Büro zurückkehrt, muss ich Seferoglou ein weiteres Mal recht geben. Unsere einzige Hoffnung, eine Lösung zu finden, ist der Blick in die Vergangenheit.

26

Dervissoglous Anruf erreicht mich, als ich gerade Feierabend machen will. »Ich musste nicht nur eine, sondern drei Stunden auf den staatsanwaltlichen Beschluss warten, Herr Kommissar. Gerade eben habe ich die Leiterin der juristischen Fakultät erreicht. Sie will wissen, wie weit wir chronologisch in den Registern zurückgehen wollen.«

Diese Frage kann ich leider immer noch nicht beantworten. Aber die Leiterin hat recht: Wir können nicht ins Blaue hinein Auflistungen des Lehrpersonals anfordern. Wir müssen einen bestimmten Jahrgang als Ausgangspunkt wählen. Das Problem ist, dass ich nicht genau weiß, wann der Gesinnungswandel an den Unis eintrat. Die Menekidi hat zwar von den achtziger Jahren gesprochen, aber ich würde es gern konkreter wissen.

Der beste Informant dazu wäre Seferoglou, aber den möchte ich nicht belästigen. Ich könnte Fenekidis anrufen, aber dann müsste ich ihm von meinem Treffen mit Seferoglou erzählen, daher lasse ich es lieber bleiben. Dann wäre da noch Kardassis, aber bevor ich ihn frage, möchte ich selber ausführlicher darüber nachdenken.

»Sagen Sie ihr, dass wir morgen früh Bescheid geben«, weise ich Dervissoglou an.

Dann betrachte ich meinen Arbeitstag als beendet und

mache mich auf den Nachhauseweg. Als ich in den Vassilissis-Sofias-Boulevard einbiege, kommt mir Sissis in den Sinn. Warum spreche ich nicht mit ihm? Immer wenn ich nicht mehr weiter weiß, hilft er mir, wieder klarer zu sehen.

Also ändere ich die Richtung, um nach Kypseli zu gelangen.

Am Eingang des Obdachlosenheims ist Sissis diesmal nicht auf seinem Posten zu finden. »Lambros ist gerade am Kochen, Herr Kommissar. Sollen wir ihn aus der Küche rufen?«, fragt mich eine ältere Frau, die mich erkannt hat.

Ich will ihn nicht bei seiner Arbeit unterbrechen. Aber da ich schon mal hier bin, möchte ich ihm wenigstens guten Tag sagen. »Nur, wenn er Zeit hat. Ich bleibe auch nicht lang. Sonst komme ich ein andermal vorbei.«

Sissis eilt in der Küchenschürze herbei. »Kommst du direkt aus dem Büro?«, fragt er.

»Ja, ich wollte kurz vorbeischauen, weil wir uns schon länger nicht gesprochen haben.«

»Weiß Adriani, dass du hier bist?«

»Nein, ich fahre im Anschluss nach Hause.«

»Dann ruf sie an und sag ihr, dass du hier bist, damit sie nicht auf dich wartet.«

Mir ist nicht klar, worauf er hinauswill. »Stimmt etwas nicht?«

»Heute Abend seid ihr meine Gäste, um meinen Namensvetter zu feiern.«

»Lambros?«

»Wen sonst? Katerina und Fanis taufen ihren Sohn auf meinen Namen. Das ist doch ein guter Grund, euch zum Dank zum Essen einzuladen. Da aber meine Rente zum

Leben zu wenig und zum Sterben zu viel ist, kann ich mir eine Einladung in eine Taverne nicht leisten. Also habe ich beschlossen, euch hier im Obdachlosenheim zu bekochen. Katerina, Fanis und Adriani wissen schon Bescheid.«

Immer noch starre ich ihn an. »Und du stehst in der Küche und bereitest alles eigenhändig vor?«

»Du weißt doch, dass mir das Kochen Spaß macht. Ruf jetzt Adriani an, weil sie sonst mit dir schimpft, wenn du sie warten lässt.«

Damit kehrt Sissis in die Küche zurück, um sich um das Essen zu kümmern. Und ich tue, was er mir befohlen hat, und krame mein Handy hervor.

»Also, seit ich Lambros kenne, finde ich Kommunisten sympathisch«, meint Adriani überschwenglich. »Wer hätte das je für möglich gehalten!«

Sie sei schon auf dem Weg, fügt sie hinzu, und wir legen auf.

»Bist du hier, weil du etwas mit mir besprechen willst?«, fragt Sissis, als er wiederkommt.

»Ja, aber das eilt nicht. Wir können auch ein andermal darüber reden.«

Sissis wendet sich an die Frau, die ihn am Empfang vertritt. »Anna, sag Angeliki, sie soll die Wildkräuterpitta im Auge behalten. Wenn etwas ist, soll sie mich rufen.«

Dann sagt er zu mir: »Meine Wildkräuterpitta mögt ihr ja, und Angeliki hat den Stifado übernommen, du wirst sehen, der schmeckt herrlich. Ich habe meine Mitbewohner gebeten, uns für heute Abend den Freizeitraum zur Verfügung zu stellen, bei dem schönen Wetter können sie auch rausgehen, wenn sie nicht in ihren Zimmern bleiben wollen. Keiner hatte etwas dagegen. Du brauchst also keine Schuldgefühle ihnen gegenüber zu haben.«

Er führt mich hinüber in den Freizeitraum, wo ein Tisch für fünf Personen gedeckt ist. »Also, wo drückt der Schuh?«

Noch während wir am Nebentisch Platz nehmen, beginne ich, ihm von den beiden Mordfällen und dem Stand der Ermittlungen zu erzählen. Als ich ihm Seferoglous Ansichten schildere, lacht Sissis auf.

»Diesen Professor würde ich gern kennenlernen«, sagt er. »Es wird Zeit, dass ich in meinem Alter auch mal einen Konservativen mit vernünftigen Ansichten treffe.«

»Woher willst du wissen, dass er ein Konservativer ist?«, wundere ich mich.

»Kennst du irgendeinen Menschen seines Alters, dessen Vater ein Militär war und der nicht politisch rechts steht? Du würdest ja auch nie behaupten, dass jemand, der auf den Verbannungsinseln Makronissis oder Ai Stratis war, kein Linker ist.«

Er denkt nach und sagt dann ernst: »Ich habe natürlich nicht die Erfahrung des Professors, da ich nur die ›Volkshochschule‹ besucht habe, aber ich glaube, er hat recht.«

»Gab es in deiner Jugend schon Volkshochschulen?«, frage ich überrascht.

»Die Viertel Asyrmatos, Dourgouti, Kessariani, Peristeri und Keratsini waren für uns ›Volkshochschulen‹, da habe ich studiert.«

Er unterbricht sich, da Anna ihn in die Küche winkt. Kurz darauf kommt er lächelnd wieder. »In zehn Minuten ist das Essen fertig. Ich hoffe, deine Leute kommen nicht zu spät. Sonst wird es kalt.«

»Wieso glaubst du, dass Seferoglou recht hat?«

»Weil die Mörder das alte, konservative System mit seinen klaren Verhältnissen wieder herbeisehnen. Damals war der Hochschullehrer ein Hochschullehrer, der Politiker ein Politiker und der Schuster ein Schuster. Heutzutage kann ein Hochschullehrer auch Minister sein, genauso wie ein Fußballprofi auch Parlamentsabgeordneter. Die Nostalgiker der Vergangenheit wollen das alte System wieder einführen, die Heutigen haben sich mit dem Ist-Zustand arrangiert.«

»Rätst du mir also dazu, Seferoglous Tipp zu folgen und unter den älteren Professoren und Studierenden nachzuforschen?«

»Warum nur dort?«, wundert er sich. »Es kann jeder sein, sogar Verwaltungsangestellte, die mit dem heutigen System hadern.«

Wir müssen das Gespräch unterbrechen, da Fanis, Katerina und Adriani eintreffen.

»Lambros, du hast mir die Überraschung verdorben, die ich Kostas bereiten wollte«, beschwert sich Adriani scherzhaft, als sie ihn küsst.

Katerina übergibt ihm eine Tortenschachtel.

»Was ist das?«, fragt Sissis.

»Die Torte, die wir anschneiden werden, um Lambros zu feiern. Nicht dich, sondern den neuen Erdenbürger«, meint sie.

Lambros betrachtet ihren Bauch. »Sag mal, ist der schon wieder gewachsen?«, fragt er.

»Eher nicht, aber Katerina hat Kurven bekommen«, antwortet Fanis, worauf sie ihm einen wütenden Blick zuwirft, was ihn zum Lachen bringt.

Sissis sagt, wir sollen Platz nehmen, und geht wieder in die Küche. Das Kochen verursacht ihm doch etwas Stress. Inzwischen werfe ich einen Blick in den Korridor. Er ist leer. Die Obdachlosen haben sich diskret in ihre Zimmer zurückgezogen.

»Ich bin gespannt, was er für uns zubereitet hat«, sagt Adriani.

»Jedem Tierchen sein Pläsierchen«, bemerkt Katerina amüsiert.

»Kochen ist eine Kunst und kein Pläsierchen«, antwortet Adriani streng.

Katerina hört nicht auf, ihre Mutter aufzuziehen. »Am besten bist du jetzt mal still, denn ohne mich wärst du gar nicht eingeladen.«

Der Schlagabtausch zwischen Mutter und Tochter wird unterbrochen, als Sissis mit der Wildkräuterpitta eintrifft. »Die habe ich gebacken, weil ich weiß, dass ihr sie alle mögt. Danach kommt der Hauptgang.«

Fanis hat Rotwein mitgebracht. Er entkorkt eine Flasche und füllt die Gläser. Dann stoßen wir auf das Wohl von Lambros dem Jüngeren an, bevor wir der Wildkräuterpitta zusprechen.

»Lambros, ich habe das Rezept zwar auch ausprobiert, aber an dich komme ich nicht heran«, sagt Adriani zu ihm. »Was du dabei für Zaubertricks anwendest, weiß ich nicht, aber deine Wildkräuterpitta ist konkurrenzlos.«

»Machst du den Blätterteig selbst?«, fragt Sissis.

»Bist du wahnsinnig, wo leben wir denn? Damit hat sich meine Mutter noch abgemüht, aber mir ist das viel zu aufwendig.«

»Ich mach ihn noch selbst. Das ist der Unterschied«, sagt Sissis und steht auf, um die weiteren Speisen zu bringen.

Zum ersten Mal erlebe ich, dass jemand meiner Frau in Küchenfragen den Wind aus den Segeln nimmt.

Sissis kehrt mit einer Servierplatte zurück, auf der gekochtes Gemüse liegt. »Wartet, das ist erst die Beilage. Das richtige Essen kommt noch«, meint er.

Wie angekündigt bildet der Kalbsstifado den Hauptgang. In der Zwischenzeit hat Fanis die zweite Flasche Wein geöffnet. Als die Lobeshymnen auf den Stifado anheben, sagt Sissis: »Einen Augenblick!«, steht auf und geht in die Küche.

Kurz darauf kehrt er mit einer weißhaarigen Frau zurück, die ganz in Schwarz gekleidet ist. »Darf ich euch Frau Angeliki vorstellen?«, sagt er. »Sie hat den Stifado zubereitet, nicht ich.«

Frau Angeliki nimmt unser Lob mit einem bescheidenen Lächeln entgegen, bedankt sich und zieht sich wieder zurück.

Als die Torte an der Reihe ist, macht Sissis einen Vorschlag. »Macht es euch was aus, wenn wir die Torte heute nicht anschneiden, damit ich sie morgen an meine Mitbewohner verteilen kann?«, fragt er. »Sie haben uns den Freizeitraum überlassen und sind auf ihre Zimmer gegangen, damit wir ungestört sind. Sie haben sich ein Stück Torte verdient.«

Sein Vorschlag wird einstimmig angenommen. Wir bleiben noch, bis wir den Wein ausgetrunken haben. Adriani besteht darauf, Sissis beim Abräumen des Geschirrs zu helfen.

Dabei kommt mir der Einfall, meine Tochter etwas zu fragen. »Sag mal, Katerina, du weißt das bestimmt besser als ich. Wann hat sich die Situation an den Unis gewandelt?«

»Von welchem Wandel sprichst du?«

»Von der Manie der Professoren, den Unijob an den Nagel zu hängen und Hals über Kopf in die Politik zu flüchten.«

Katerina zuckt mit den Achseln. Demnach hat auch sie keine Ahnung. Doch da mischt Fanis sich ein.

»Das war auch schon früher so«, erklärt er mir. »Professoren saßen schon in vielen Regierungen! Im Unterschied zu heute blieben die Hochschullehrer aber in der Politik, das heißt, ihre akademische Laufbahn war beendet. Die heutige Praxis, dass sich die Professoren beide Türchen offenhalten, hat sich erst in den letzten Jahrzehnten verbreitet. Warum fragst du? Interessierst du dich für eine Karriere in der Politik oder an der Universität?«, neckt er mich.

Als ich ihm das Problem erläutere, denkt er nach. »Ich würde unter den Professoren und Studierenden suchen, die die Übergangszeit zwischen den Systemen miterlebt haben. Die sind es doch, die sich an den heutigen Zustand nicht gewöhnen können.«

Fanis liegt zwar ganz richtig, aber vielleicht ist unsere Suche an der Uni obsolet, wenn ich an Sissis' Einwand denke. Warum sollten Professoren oder Studenten die Täter sein und nicht irgendwelche Verwaltungsangestellte? Die haben ebenso viel Grund zum Unmut.

»Wie hat dir der Stifado geschmeckt?«, frage ich Adriani, als wir auf dem Heimweg sind. Die Wildkräuterpitta erwähne ich lieber nicht.

»Prima, sehr lecker«, erwidert sie spontan. »Weißt du, etwas gibt mir zu denken: Wenn eine Frau so kocht wie Frau Angeliki, dann kommt sie vermutlich aus ähnlichen Verhältnissen wie ich. Aber sie ist im Heim gelandet. Ist das nicht furchtbar traurig?«

Ich sage nichts, weil ich ihr zustimme. Aber Adriani ist noch nicht fertig.

»Ich muss die alte Kunst meiner Mutter wiederbeleben«, sagt sie.

»Wieso?«, frage ich ganz unschuldig, obwohl ich die Antwort schon ahne.

»Weil ich Lambros einladen und ihm zeigen möchte, dass meine Wildkräuterpitta seiner in nichts nachsteht, wenn ich den Blätterteig selber mache. Das fehlte noch, dass mir Kommunisten Nachhilfeunterricht im Kochen geben!«

Ich blicke starr auf die Evelpidon-Straße vor mir und steige aufs Gas in Richtung Unterführung, um mir das Lachen zu verbeißen. Eins ist sicher: Lambros sorgt jetzt schon für Stimmung.

27

Der Wagen steht in der Dimosthenous-Straße in der Nähe der Sozialversicherungsanstalt in Chalandri und hat wohl beim Einparken ein anderes Auto gerammt. Sein Fahrer konnte ihn anscheinend nicht mehr rechtzeitig zum Stillstand bringen, bevor er tot aufs Lenkrad sank.

Jetzt ist es neun Uhr morgens, verständigt wurden wir allerdings schon um vier Uhr früh. Das Abendessen, zu dem uns Sissis ins Obdachlosenheim eingeladen hatte, dauerte bis kurz vor Mitternacht, und vor eins waren wir nicht im Bett. Nun stehe ich, nach kaum drei Stunden Schlaf, vor dem Wagen des Opfers.

Es ist ein Toyota Corolla, und bei dem Fahrer handelt es sich um Stelios Kostopoulos, Dozent an der Wirtschaftsuniversität. Anscheinend war er in der Gegend bekannt, denn der Anrufer bei der Polizei nannte seinen Namen.

Die ersten Ermittlungen brachten zutage, dass der Professor drei Jahre lang Wirtschaftsminister war. Nach der letzten Regierungsumbildung vor drei Monaten verlor er seinen Kabinettsposten und kehrte an seinen Lehrstuhl zurück.

Der Parkplatz liegt genau vor Kostopoulos' Wohnhaus in der Dimosthenous-Straße. Ich warte auf Stavropoulos' erstes mündliches Gutachten, was die Todesursache betrifft. Wenn er an einem Herzstillstand starb, dann kondolieren wir seiner Familie und gehen nach Hause. Sollte sein Tod jedoch einem Verbrechen geschuldet sein, dann bedeutet das, dass die Täter nicht nur die Professoren aufs Korn nehmen, die in die Politik gehen, sondern auch jene, die an die Universität zurückkehren, nachdem ihre zeitweilige Regierungstätigkeit beendet ist.

Ich sehe, wie Stavropoulos aus dem Wagen des Opfers steigt und auf mich zukommt. »Ich fürchte sehr, dass Sie es mit einer Dublette des ersten Mordes zu tun haben«, sagt er.

»An Rapsanis?«

»Ich weiß den Namen nicht mehr, aber ich meine den, der durch ein Pflanzenschutzmittel vergiftet wurde. Das Opfer hier wurde, wie ich vermute, mit Blausäure getötet.«

»Woraus schließen Sie das?«, frage ich.

»Sein Sakko ist am linken Schulterblatt leicht aufgerissen. Das könnte beim Versuch passiert sein, sich gegen etwas zu wehren, das ihm unangenehm war. Ich habe ihm Sakko und Hemd ausgezogen. Am Rücken gibt es ein paar Blutspuren, die vom Einstich einer Injektionsnadel stammen könnten. Aus der Nähe stieg mir dann der Geruch von Bittermandel in die Nase. Vor der Autopsie kann ich das nicht mit absoluter Sicherheit sagen, aber der Verdacht ist berechtigt.«

»Wann ungefähr wurde er ermordet?«

»Zwischen Mitternacht und drei Uhr morgens, Genaueres nach der Obduktion.«

Dann wendet sich Stavropoulos ab, um den Abtransport des Toten zu überwachen. Nachdem Dermitsakis den Toten auch noch durchsucht hat, setzt sich der Krankenwagen in Bewegung, gefolgt von Stavropoulos' Wagen.

Als ich sehe, wie Dimitriou mit einem seiner Mitarbeiter den Straßenbelag vor dem Wagen prüft, trete ich näher.

»Habt ihr was gefunden?«

Dimitriou richtet sich auf, bevor er mir antwortet. »Reifenspuren zeigen, dass das Lenkrad sowohl nach rechts wie nach links eingeschlagen wurde. Dass die Räder zum Bürgersteig zeigen, ist eigenartig. Wäre der Wagen noch im Rollen gewesen, wäre er in das geparkte Auto gefahren. Aber das tat er nicht. Dafür gibt es nur eine einzige Erklärung.«

»Und welche?«

»Der Mörder hat den Motor abgestellt, bevor er ausstieg. Das Opfer hat das in seiner Panik nicht gemerkt und versuchte zu lenken, bevor es tot aufs Lenkrad sank.«

Sollte sich Dimitrious Theorie erhärten, dann muss es sich um zwei Täter handeln. Der eine saß auf dem Rücksitz und verpasste ihm die Giftspritze. Der andere saß auf dem Beifahrersitz und machte den Motor aus.

Die andere Frage ist, ob auch hier, wie bei den anderen Morden, ein Motorrad involviert ist. Aber das werden wir möglicherweise nie erfahren. Das Motorrad hatte den Tatort vermutlich schon lange verlassen, bevor der Passant das Opfer entdeckte und die Polizei rief.

»Wir nehmen den Wagen zur Untersuchung ins Labor mit, aber ich glaube nicht, dass wir Fingerabdrücke der Täter finden. Sie trugen bestimmt Handschuhe.«

Am Tatort gibt es nichts weiter für mich zu tun. So breche ich mit meinen Assistenten zu Kostopoulos' Wohnung auf. Nur Dermitsakis lasse ich zurück, damit er die Recherchen vor Ort weiterführt, die kaum etwas Weltbewegendes zutage fördern werden. Es war Nacht, und der Mord wurde mit einer Spritze verübt, nicht durch einen Pistolenschuss. Daher wird niemand aus den umliegenden Wohnhäusern etwas bemerkt haben. In der Nähe liegt zwar ein Kiosk, aber er war bestimmt geschlossen, als der Mord geschah.

Zum Glück habe ich Koula mitgenommen. Das erweist sich jetzt als Vorteil, da wir Kostopoulos' Frau befragen müssen.

Wir nehmen den Fahrstuhl in die vierte Etage, wo uns eine junge Frau öffnet. »Ich bin Monas Schwester, Stelios' Schwägerin«, stellt sie sich vor.

Mona Kostopoulou kauert mit geschlossenen Augen auf dem Wohnzimmersofa. Unser Eintreffen hat sie gar nicht mitbekommen.

»Mona, die Polizei ist hier. Kannst du sprechen?«, fragt sie ihre Schwester.

Mona Kostopoulou öffnet ihre geschwollenen Lider und blickt uns an. Koula geht spontan auf sie zu.

»Wir möchten Sie nicht unter Druck setzen«, sagt sie. »Wenn Sie nicht mit uns reden können, kommen wir zu einer anderen Uhrzeit. Der Herr Kommissar wird Ihnen nur die nötigsten Fragen stellen.«

»In Ordnung«, stammelt die Kostopoulou. »Wenn es nicht lange dauert ... In Ordnung ...«

»Wann und wie wurden Sie über den Vorfall informiert, Frau Kostopoulou?«

»Oh, mein Gott«, wimmert sie. »Ich schlief schon, als mich die Klingel aufschreckte. Ich lief zur Gegensprechanlage und fragte, wer da sei. Eine Stimme sagte: ›Sie müssen sofort zum Eingang herunterkommen, es ist dringend.‹ Ich wusste gleich, dass etwas mit Stelios sein musste. Aber ich dachte an einen Verkehrsunfall. Nie wäre mir der Gedanke gekommen, dass …«

Sie hält inne und beginnt zu schluchzen. Ihre Schwester erträgt den Anblick nicht länger und läuft aus dem Zimmer. Als die Kostopoulou ihre Fassung wiedererlangt, fährt sie fort.

»Ich sah, wie er mit weitaufgerissenen Augen auf dem Lenkrad lag.« Sie fasst sich mit beiden Händen an den Kopf und stöhnt auf. Dann sagt sie zu mir: »Sagen Sie mir, wurde er getötet oder ist er an Herzstillstand gestorben?«

»Momentan wissen wir das noch nicht, aber wir müssen alle Möglichkeiten in Betracht ziehen. Wissen Sie vielleicht noch, wann man bei Ihnen geklingelt hat?«

Sie versucht, sich zu konzentrieren. »Ich weiß noch, dass ich gegen zwölf ins Bett ging, aber ich weiß nicht, wie lange ich schon geschlafen hatte.«

Das heißt, der Mord muss irgendwann nach Mitternacht passiert sein. »Ist Ihr Mann immer so spät nach Hause gekommen oder gab es einen besonderen Grund?«, frage ich.

»Er hatte zwei befreundete britische Professoren eingeladen und mir vorgeschlagen mitzukommen, aber ich hatte Kopfschmerzen. Außerdem begeisterte mich die Aussicht wenig, endlose Diskussionen über die momentane Wirtschaftslage mit anzuhören. So blieb ich zu Hause, und er ist allein weggefahren.«

Auf einmal werden ihr die Folgen ihrer Absage bewusst, und sie stöhnt auf: »Wenn ich mitgegangen wäre, wäre das alles nicht passiert! O mein Gott, ich hätte es verhindern können, wenn ich dabei gewesen wäre!«

Sie wiegt ihren Oberkörper hin und her und schluchzt herzzerreißend. Koula versucht, sie zu trösten.

»Beruhigen Sie sich, Frau Kostopoulou. Sie konnten doch nicht wissen, was passieren würde! Außerdem hätten die Täter, wenn es sich tatsächlich um Mord handelt, sicher eine andere Gelegenheit gefunden.«

»Hat Ihnen Ihr Mann von irgendwelchen Drohungen erzählt?«, frage ich, als sie sich wieder in der Gewalt hat.

»Nein, davon hat er nichts erwähnt. Außerdem hatte er nicht einmal in seiner Amtszeit als Minister Drohungen erhalten, obwohl er unpopuläre Maßnahmen durchsetzen musste. Wieso sollte er ausgerechnet jetzt gefährdet sein, da er an seinen alten Lehrstuhl an der Uni zurückgekehrt ist?«

»Haben Sie Kinder?«, fragt Koula.

»Ja, zwei Söhne. Jannis studiert Literaturwissenschaft in Ioannina, und Dimitris macht ein Masterstudium in Cambridge.«

Wir lassen sie mit ihrer Trauer und mit ihrer Schwester allein. Es hat keinen Sinn, Kostopoulos' Schreibtisch zu durchsuchen, solange sich seine Frau in diesem Zustand befindet. Das können wir auch später erledigen.

»Gibt es einen Schlüssel zum Büro Ihres Schwagers?«, frage ich die Schwester, da ich das Arbeitszimmer fürs Erste verriegeln will.

Kurz darauf kommt sie zurück. »Es ist schon abgeschlossen«, meint sie. »Ich habe Mona gefragt, und sie meint, Stelios habe die Tür zum Arbeitszimmer nie offen gelassen. Vermutlich trägt er den Schlüssel bei sich.«

Die Straße hat sich geleert. Nur Kostopoulos' Wagen und Dimitriou mit seinem Team sind noch da.

»Wir nehmen den Wagen gleich mit in unsere Werkstatt. Hier sind wir fertig«, erläutert er mir.

Ich bitte ihn, kurz zu warten, und gehe zu Dermitsakis hinüber. »Hatte Kostopoulos Schlüssel bei sich?«, frage ich ihn.

Er klappt den Asservatenbehälter mit den Fundstücken vom Tatort auf und zeigt mir ein Schlüsseletui. Darunter muss sich auch der Schlüssel zum Arbeitszimmer befinden, wir können also die Durchsuchung zu einem späteren Zeitpunkt durchführen.

Als wir bereit zum Aufbruch sind, fällt mein Blick auf einen Fünfzigjährigen, der uns vom gegenüberliegenden Bürgersteig aus beobachtet. Zunächst schenke ich ihm keine Beachtung, doch als wir in den Streifenwagen steigen, kommt der Typ auf uns zu.

»Ich wohne Ecke Dimosthenous- und Sinonos-Straße. Als ich durch die Dimosthenous fuhr, sah ich ein Auto, das ungefähr dort parkte.« Er deutet auf den Punkt, an dem Kostopoulos' Wagen stand. »Im Licht der Straßenlampe habe ich die Insassen gesehen: Kostopoulos und zwei Frauen.«

»Haben Sie sich vielleicht die Automarke gemerkt?«, fragt Dermitsakis.

»Ein Toyota, wenn ich mich nicht irre, aber welches Modell, kann ich nicht sagen.«

»Kannten Sie Kostopoulos?«, frage ich.

Er blickt mich an, als hätte er es mit einem Vollidioten zu tun. »Na logisch, er war Minister, jeder kannte ihn!«

»Wann sind Sie denn hier vorbeigefahren?«, fragt ihn Koula.

Er denkt kurz nach. »Das muss gegen halb zwölf gewesen sein.«

»Ist Ihnen dabei irgendetwas aufgefallen?«, frage ich meinerseits.

»Nein. Er saß im Wagen und schien sich zu unterhalten.«

»Können Sie uns vielleicht sagen, wie alt die Frauen waren?«

»Also, jung waren sie eher nicht. Ich kann nur sagen, dass sie mit Sicherheit zu zweit waren.«

Wir notieren seine Personalien, um ihn später zur Vernehmung vorzuladen. Dann fahren wir mit dem Streifenwagen los.

Auf der Rückbank nutze ich die Zeit, ein paar Überlegungen anzustellen. Erst mal zu den Reifenspuren. Es muss nicht unbedingt der Beifahrer gewesen sein, der den Motor des Wagens ausgemacht hat. Wahrscheinlich war der Motor schon aus, und die Insassen unterhielten sich. Kostopoulos hatte wahrscheinlich vergessen, dass er den Motor ausgemacht hatte, und versuchte zuletzt vergeblich, mit dem Toyota davonzufahren.

Doch das Wichtigste ist der Hinweis, dass zwei Frauen mit Kostopoulos im Wagen saßen.

Das bringt mich zurück zu Rapsanis und dem Pflanzenschutzmittel. Gift ist die verbreitetste Mordwaffe der Frauen. Andererseits steht keineswegs fest, dass der Mord durch die Frauen verübt wurde. Kann sein, dass der Mörder wartete, bis die Frauen ausgestiegen waren, und dann zu Kostopoulos in den Wagen stieg. Aber die Wahrscheinlichkeit bleibt bestehen, dass die beiden Frauen die Täterinnen sind – eine Hypothese, die durch den Einsatz von Gift als Tatwaffe gestützt wird. Noch können wir nicht sicher sein. Fest steht jedoch, dass wir auch in Richtung der Frauen ermitteln müssen.

Mein nächster Schritt, so denke ich, sollte ein Gespräch mit den Dozenten der Wirtschaftsfakultät sein.

»Sobald wir im Büro sind, müssen Sie mir den Namen des Rektors der Wirtschaftsuniversität heraussuchen«, sage ich zu Koula.

»Nichts leichter als das. Das kriege ich in zwei Sekunden raus.«

Stimmt, das ist eine leichte Übung. Schwieriger wird es, die beiden Frauen zu finden, die mit Kostopoulos im Wagen saßen.

Plötzlich fällt mir das Naheliegendste ein. Wenn die beiden Frauen nicht seine Mörderinnen sind, dann machen sie vielleicht freiwillig eine Aussage. Wenn nicht, steigt die Wahrscheinlichkeit, dass sie Kostopoulos auf dem Gewissen haben.

Kurz denke ich daran, den Vizepolizeipräsidenten telefonisch zu informieren, aber dann verschiebe ich das Gespräch auf später, bis wir die Dienststelle erreicht haben.

28

Als ich den Korridor zu meinem Büro betrete, weiß ich schon, was mich erwartet. Dort stehen sie alle auf einem Haufen und reden durcheinander, doch kaum sehen sie, dass ich komme, verstummen sie schlagartig. Ich warte, bis meine Mitarbeiter in ihren Büros verschwunden sind, dann beginnen wir mit dem Frage-und-Antwortspiel.

»Jetzt haben wir schon den dritten Mord, Herr Kommissar«, sagt der junge Mann im T-Shirt zu mir.

»Glauben Sie, dass Stelios Kostopoulos von den gleichen Leuten ermordet wurde wie Rapsanis und Archontidis?«, fragt mich Merikas.

»Es ist noch zu früh, um das mit Sicherheit sagen zu können«, antworte ich. »Die Ermittlungen haben erst begonnen. Sicherlich gibt es Gemeinsamkeiten, auch wenn die dritte Tat anders verlaufen ist als die vorherigen. Das Opfer ist kein Hochschullehrer, der in die Politik gegangen ist, sondern ein Minister, der an die Uni zurückgekehrt ist. Trotzdem ist es noch zu früh, um daraus eindeutige Schlussfolgerungen zu ziehen.«

»Stimmt es, dass er mit Blausäure getötet wurde?«, fragt die Kurze mit den rosa Strümpfen.

»Das kann Ihnen nur die Gerichtsmedizin beantworten. Wir haben die Obduktionsergebnisse noch nicht erhalten.«

»Mit anderen Worten, Herr Kommissar: Es gibt nichts wirklich Aufregendes, das wir für unsere Berichterstattung verwenden können«, meint Merikas.

»Tut mir leid, Herr Merikas, aber unser Augenmerk gilt derzeit nicht der Frage, mit welchen Sensationen Sie Ihre Berichterstattung aufpeppen können, sondern den Ermittlungen.«

»Gibt's da überhaupt Fortschritte?«, fragt die Dürre, die sich bisher darauf beschränkte, mich mit giftigem Blick zu fixieren.

»Doch, aber wegen laufender Ermittlungen können wir uns noch nicht dazu äußern.«

»Keine nennenswerten Erkenntnisse also«, kommentiert die Dürre abschätzig.

Ich habe keine Lust auf Streit und beende die Veranstaltung. Ich schaue ihnen nach, wie sie mit langen Gesichtern abziehen, da sie nicht bekommen haben, was Merikas als Einziger laut gefordert hatte: die Sensationsmeldung für die Quote.

Jetzt ist der Vizepolizeipräsident dran. Ich tippe seine Nummer, und er hört mir wie immer aufmerksam zu, bevor er seine Frage formuliert.

»Glauben Sie, dass der Mord an Kostopoulos mit den beiden vorangegangenen Taten zusammenhängt?«

»Vielleicht schon, vielleicht auch nicht. Auch Kostopoulos war Professor. Aber seine Laufbahn verlief sozusagen umgekehrt. Die beiden ersten wurden ermordet, weil sie in die Politik gegangen waren. Kostopoulos wurde ermordet, als er an die Uni zurückkehrte. Wir müssen erst mal noch zwei Dinge abwarten.«

»Nämlich?«

»Erstens die Obduktion. Der Gerichtsmediziner vermutet, dass Kostopoulos durch eine Blausäureinjektion getötet worden sein könnte. Wenn sich sein Verdacht bestätigt, dann haben wir es mit zwei Giftmorden zu tun, bei Rapsanis mit Pestizid und bei Kostopoulos mit Blausäure. Das kann kein Zufall sein. Zweitens das Bekennerschreiben. Wenn wieder eines auftaucht, dann können wir von einem Serienmord ausgehen. Wenn nicht, dann muss der Mord an Kostopoulos anderen Motiven geschuldet sein.«

»Das hört sich alles klar und logisch an. Ich werde den Polizeipräsidenten informieren.«

Ich bin schon auf dem Sprung in die Cafeteria, als mir Koula zuvorkommt.

»Der Rektor der Wirtschaftsuniversität heißt Theodoros Raptis.« Dann gibt sie mir seine Telefonnummer.

Vor dem Telefonat hole ich mir aus der Cafeteria schnell Kaffee und Croissant – den Kaffee, um meine Denkleistung zu erhöhen, und das Croissant, weil ein Bär mit hungrigem Magen nicht tanzt, wie das Sprichwort so schön sagt. Und mich erwartet ein Tanz, der jedes Opernballett vor Neid erblassen ließe.

Zurück im Büro melde ich mich beim Rektor. Seine Sekretärin ist am Apparat und verbindet mich sofort weiter.

»Ich weiß schon, warum Sie anrufen, Herr Kommissar«, sagt er.

»Wir müssen uns dringend treffen, Herr Rektor«, sage ich ohne Umschweife.

»Sie können sofort kommen. Ich erwarte Sie in meinem Büro.«

Ich entscheide mich für den Seat. Mit Streifenwagen und Sirene wäre ich zwar schneller, aber ich befürchte die negative Reaktion der Studierenden, wenn sie ein Polizeiauto sehen. Zum Glück ist auf dem Alexandras-Boulevard nur wenig Verkehr, so dass ich mein Ziel im Nu erreiche.

Die Sekretärin führt mich sofort ins Büro des Rektors. Raptis ist ein Glatzkopf Mitte fünfzig. Auf dem Stuhl vor seinem Schreibtisch sitzt ein anderer Mann im gleichen Alter, allerdings mit Bart. Der Rektor steht zur Begrüßung auf und stellt mir seinen Adlatus als Vizerektor Nikos Demertsis vor.

»Wir sind alle zutiefst betroffen, Herr Kommissar«, sagt der Rektor einleitend. »Stelios ist vor knapp drei Monaten an die Universität zurückgekehrt. Er war ein hervorragender Wissenschaftler und ein sehr fähiger Hochschullehrer. Die Lücke, die er während seiner dreijährigen Amtszeit als Minister hinterlassen hatte, war groß.«

Ich höre zu und warte das Ende des kaum überraschenden Loblieds ab, um endlich zur Sache zu kommen.

»Kam Ihnen Stelios Kostopoulos in der letzten Zeit verängstigt vor?«, frage ich Raptis. »Hat er Ihnen oder einem anderen Kollegen vielleicht von Drohungen telefonischer oder anderer Art erzählt?«

»Ganz im Gegenteil. Er war sogar sehr guter Dinge. ›Endlich wieder im richtigen Umfeld!‹, bemerkte er einmal zu mir.«

»Wie haben die Kollegen auf Kostopoulos' Rückkehr nach dreijähriger Abwesenheit reagiert?«

Diesmal antwortet Raptis nicht, sondern richtet seinen Blick auf Demertsis.

»Die Gefühle waren gemischt«, gibt Demertsis zu. »Einerseits freuten sich die Kollegen über die Verstärkung des Lehrpersonals. Sie müssen wissen: Die Unis sind in einer sehr schwierigen Lage, sie haben finanziell und personell zu kämpfen. Deshalb war Stelios' Rückkehr für sie eine Erleichterung. Unterschwellig gab es aber auch eine andere Reaktion, die man allerdings nur hinter vorgehaltener Hand äußerte.«

»Und zwar?«

»Verärgerung über einen Kollegen, der drei Jahre lang seine Kollegen als Lückenbüßer benutzt, sich im Glanz des Ministerpostens sonnt und dann zurückkehrt, als wäre nichts geschehen.«

»Und Sie sagen, dieser Unmut wurde nicht laut geäußert?«

»Nein, nur im Flüsterton.«

»Können Sie ausschließen, dass ein Kollege in einer Aufwallung von Hass Kostopoulos ermordet haben könnte, vielleicht weil er sich rächen wollte?«

»Was reden Sie da für einen Unsinn!«, ruft Raptis erbost.

Ich versuche, ihn zu besänftigen. »Verstehen Sie mich nicht falsch. Leider muss ich auch unerfreuliche Fragen stellen.«

»Ich schließe das ebenfalls aus«, antwortet Demertsis, etwas gelassener. »Aber ich will Sie auf etwas anderes hinweisen, Herr Kommissar.«

»Bitte sehr.«

»Ich habe die beiden Bekennerbriefe für die anderen Taten gelesen und bin der Meinung, dass die Täter ein großes Unrecht begehen.«

»Was meinen Sie?«

»Die Täter haben die beiden Morde Professoren aus der Vergangenheit gewidmet. Der Gerechtigkeit halber hätten sie sie den heutigen Hochschullehrern widmen müssen, die sich dafür einsetzen, die Universität funktionsfähig zu erhalten. Sie arbeiten bis zur Erschöpfung, damit die Studierenden nicht ganze Semester verlieren, während sich andere Kollegen einfach verkrümeln, um ministerielle Höhenflüge zu unternehmen.«

Dann macht er eine Pause – vielleicht weil er auf eine Antwort meinerseits wartet. Aber ich kann dazu nicht viel sagen, da ich die Zustände an der Uni nicht aus eigener Anschauung kenne.

Demertsis merkt, dass ich stumm bleibe, und fährt fort. »Es gibt unter meinen Kollegen viele, die einsemestrige Gastprofessuren an ausländischen Universitäten annehmen. Wissen Sie auch, warum?«

»Nein.«

»Um sechs Monate lang an einer funktionierenden Universität zur Ruhe zu kommen und neue Kraft zu tanken, damit sie, wenn sie hierher zurückkommen, den täglichen Überlebenskampf überstehen. Wenn Sie die Mörder fassen, dann konfrontieren Sie sie nicht nur mit dem Tatvorwurf, sondern auch mit der Tatsache, dass sie den heutigen, zuverlässig arbeitenden Universitätsprofessoren großes Unrecht tun!«

»Das werde ich ihnen ausrichten, Sie haben mein Wort darauf.«

Ich verabschiede mich und trete ins Vorzimmer der Sekretärin. Am liebsten würde ich gleich zum Seat eilen, um die Schlussfolgerungen aus meinem Gespräch mit Raptis und Demertsis gedanklich zu sortieren, doch die Sekretärin hat etwas anderes im Sinn.

»Frau Kyriakidou hat erfahren, dass Sie hier sind, und möchte Ihnen etwas sagen«, meint sie zu mir und deutet auf eine Frau, die ihr gegenüber auf einem Stuhl sitzt.

»Ja, natürlich, gerne.«

»Vor ein paar Tagen habe ich mittags einen Anruf erhalten. Eine Frauenstimme fragte mich, ob Professor Kostopoulos an die Uni zurückgekehrt sei und wieder unterrichte. Ich bejahte ihre Frage. Dann fragte ich zurück, warum sie sich dafür interessiere, und sie meinte, sie wolle ihn aufsuchen, um ihm ein Thema für ihre Masterarbeit vorzuschlagen. Sie bat mich, ihr seinen Stundenplan zu schicken. Das kam mir komisch vor, denn die Masterstudenten, die mit einem Professor sprechen wollen, kommen direkt in seine Sprechstunde und rufen nicht im Sekretariat der Fakultät an. Außerdem kennen viele Studierende den Professor bereits aus den Lehrveranstaltungen des Bachelor- und Masterstudiums.«

»Wissen Sie noch, wann genau der Anruf einging?«

Sie denkt kurz nach. »Das muss vor drei Tagen gewesen sein. Ich erinnere mich, weil ich gerade ein Dossier für eine Rektoratssitzung vorbereiten musste.«

»Wie kam Ihnen die Stimme vor? Klang sie jugendlich oder war es eine ältere Frauenstimme?«

»Sie klang jung, würde ich sagen, bin aber nicht ganz sicher.«

»Können Sie mir die Nummer des Telefons geben, wo der Anruf einging?«

Ich notiere mir ihre Angabe. »Vielen Dank, dass Sie daran gedacht haben, mir von dem Anruf zu erzählen«, sage ich. »Andere wären nicht so aufmerksam gewesen.«

Ich nehme im Seat Platz, um meine Gedanken zu ordnen. Demertsis hat unwissentlich die These der Rückwärtsgewandtheit bestärkt: Die Täter bezeichnen frühere Professoren als vorbildlich, weil sie die heutigen gar nicht kennen. Sie töten Dozenten, die in die Politik gingen, haben aber keine unmittelbare Kenntnis von der heutigen Situation der Unis. Das bedeutet einmal mehr, dass wir in der Vergangenheit suchen sollten.

Der zweite wertvolle Hinweis ist der Anruf, von dem mir Frau Kyriakidou berichtet hat. Die weibliche Stimme könnte jedenfalls einer der beiden Frauen gehören, die in Kostopoulos' Wagen gesehen wurden. Offenbar wussten sie bereits, dass Kostopoulos zurück an der Uni war. Die Frage mit dem Masterabschluss war ein Vorwand, um an Kostopoulos' Stundenplan zu kommen und so zu erfahren, wo er wann war, und den Mord zu planen.

Einen Widerspruch gibt es jedoch. Der Augenzeuge hatte uns erzählt, die beiden Frauen im Auto seien nicht mehr jung gewesen. Im Gegensatz dazu meinte die Frau in der Geschäftsstelle, die Stimme am Telefon habe sich jung angehört. Beides passt nicht zusammen.

Da fällt mir die junge Frau auf dem Motorrad ein, die einen Helm trug und die Torte in Rapsanis' Wohnung lieferte. Es ist nicht auszuschließen, dass die junge Frau mit der Torte und die Anruferin an der Uni ein und dieselbe Person sind.

Zurück im Büro rufe ich Dervissoglou zu mir. »Die Sache geht bis in die achtziger Jahre zurück. Dort fangen Sie mit der Suche an. Zuerst nehmen Sie sich das Lehrpersonal vor, denn mit den Studierenden kommen wir auf keinen grünen Zweig. Wenn Sie mit den Professoren durch sind, machen Sie mit den Verwaltungsangestellten weiter.«

Kaum ist Dervissoglou gegangen, ruft mich Stavropoulos an, um mir zu bestätigen, dass der Tod durch die Einwirkung von Blausäure eingetreten ist. »Das Gift wurde in den Rücken injiziert und ging direkt zum Herzen.«

Ich rufe den Vizepolizeipräsidenten an zwecks Berichterstattung.

»Die Blausäure verweist auf den ersten Mord, wie Sie sehr treffend sagten«, bemerkt er.

»Genau.« Dann erzähle ich ihm vom Anruf der Unbekannten beim Sekretariat der Wirtschaftsuni.

»Indirekt bestätigt sich dadurch die Aussage, dass zwei Frauen mit Kostopoulos im Auto waren«, bemerkt er und fährt fort. »Der Polizeipräsident hat den Minister informiert, aber er wirkte nicht sonderlich beunruhigt, wie er mir erzählte. Solange das Opfer kein amtierender Minister, sondern ein Universitätsprofessor ist, vertritt er den Standpunkt, der jüngste Mord habe mit den vorangehenden nichts zu tun.«

»Diesen Standpunkt kann er ruhig vertreten, aber die gegenteiligen Hinweise verdichten sich.«

»Ich weiß«, erwidert er, bevor wir das Gespräch beenden.

Ich gebe Dimitriou die Telefonnummer, die mir Frau Kyriakidou genannt hat, damit er die eingehenden Anrufe prüft, aber einen Volltreffer erwarte ich mir davon nicht.

Ich bin sicher, dass die Unbekannte von einer Telefonzelle aus angerufen hat.

Noch am selben Abend taucht das Bekennerschreiben in der Nachrichtensendung auf.

Der Universitätsprofessor und ehemalige Wirtschaftsminister Stelios Kostopoulos ist tot. Wir bestrafen nicht nur jeden, der die Universität verlässt, um ein politisches Amt anzunehmen, sondern auch jeden, der die Universität wie eine Eigentumswohnung betrachtet, in die er zurückkehren kann, wenn seine Ferien auf einem Ministerposten vorbei sind. Das war bei Stelios Kostopoulos der Fall. Die Hochschule ist weder eine Pfründe noch ein Zwischenwohnsitz mit einem Hintertürchen, durch das man bei Bedarf verschwinden und wiederkommen kann.
Diese Tat ist dem Andenken von Professor Xenofon Solotas gewidmet, der an der Aristoteles-Universität Thessaloniki und an der Kapodistrias-Universität Athen unterrichtete und eine große Anzahl an Publikationen hinterließ. Er galt als internationale Koryphäe. Xenofon Solotas hat die Hochschule nie im Stich gelassen. Er wurde 1968 durch das Militärregime von seinem Lehrstuhl vertrieben und kehrte nie wieder dorthin zurück, was sehr für ihn spricht. Somit hat er die Hochschule weder als Pfründe noch als Zwischenwohnsitz mit Hintertürchen aufgefasst. Möge er unvergessen sein!

Beim Lesen des Texts stelle ich mir den Gesichtsausdruck des Ministers vor, und wie er jetzt wieder auf glühenden Kohlen sitzt. Andererseits bin ich ganz schön deprimiert. Mir wäre lieber, meine Vorhersagen hätten sich nicht erfüllt und wir hätten es mit einem ganz normalen Mord zu tun.

Kaum ist der Text des Bekennerschreibens über den Bildschirm geflimmert, ruft mich der Vizepolizeipräsident an. »Ihre Befürchtungen haben sich bewahrheitet«, sagt er, als hätte er meine Gedanken gelesen.

»Ja, aber ich bin weder stolz darauf, noch freut es mich«, antworte ich.

»So geht es uns allen, besonders dem Minister. Er ist unsanft wachgerüttelt worden und lädt uns morgen früh um zehn zu einer Besprechung.«

»Tassia wird jetzt vor dem Fernseher sitzen und mit Genuss den Fortsetzungskrimi verfolgen«, bemerkt Adriani, die neben mir sitzt.

Ich gebe ihr keine Antwort, weil mich Tassia und die anderen beiden Grazien in diesem Moment am allerwenigsten beschäftigen.

Doch Adriani muss noch etwas loswerden: »Ich schätze deinen Beruf, aber es ist schrecklich, dass wir uns immer mit Toten befassen müssen. Damit will ich eigentlich nichts zu tun haben.«

»Ja gut, das verstehe ich, aber was nimmt dich denn so mit?«

»Für dich sind die Toten einfach Opfer eines Mörders, den du finden musst. Mir aber zerreißt es das Herz, weil ich die Begräbnisse vor mir sehe.«

29

Jetzt ist es halb zehn Uhr morgens, es herrscht Stoßverkehr, und ich bin fluchend unterwegs zum Messojion-Boulevard. Die Wagen kommen kaum vom Fleck, und die Motorräder schlängeln sich zwischen ihnen durch, was die Autofahrer wiederum auf die Palme bringt.

Dimitrious Anruf erreicht mich, als ich kurz davor bin durchzudrehen. Ich stelle mir schon lebhaft vor, wie mir der Minister eine Standpauke hält, weil ich zu spät zum Besprechungstermin erscheine.

»Es scheint sich zu bestätigen, dass zwei Frauen im Wagen saßen«, meint er.

»Habt ihr etwas gefunden?«

»Ja, ein Frauenhaar an der Rückenlehne des Beifahrersitzes. Wir haben es sofort analysieren lassen, warten aber noch auf das Ergebnis. Ich rufe Sie an, sobald ich mehr weiß.«

Das ist ein starker Hinweis darauf, dass die Frauen tatsächlich am fraglichen Abend in Kostopoulos' Toyota saßen. Dadurch würde sich die Aussage des Augenzeugen bestätigen, der am Tatort war. Und die DNA-Analyse wird uns über das Alter der Frau Aufschluss geben.

Mit fünfminütiger Verspätung treffe ich am Messojion-Boulevard ein, und man schickt mich sofort in den Besprechungsraum weiter, wo mich das Trio bereits erwartet. Ich schiebe die Schuld für meine Verspätung auf den Verkehr, worauf der Minister nur erwidert: »Wir alle erwarten voller Ungeduld Ihre Neuigkeiten, Herr Kommissar.«

Ich liefere einen ausführlichen Bericht, ohne etwas zu überspringen oder zu verheimlichen. »Zwei Punkte sind von großer Bedeutung«, ende ich. »Zum einen der Nachweis der Mordmethode: Pestizid im Fall Rapsanis und Blausäure im Fall Kostopoulos; zum anderen die Anwesenheit der beiden Frauen in Kostopoulos' Wagen.«

»Wie hoch ist die Wahrscheinlichkeit, dass es sich bei den Tätern um Frauen handelt?«, fragt mich der Minister.

»Der Einsatz von Gift spricht für diese These. Der Mord an Archontidis scheint hingegen mehr auf einen Mann hinzudeuten. Andererseits folgt aus der bloßen Anwesenheit zweier Frauen im Auto nicht automatisch, dass sie ihn auch ermordet haben. Es könnten auch zwei Bekannte von ihm gewesen sein, die ausgestiegen sind, bevor der Mörder kam. Ich gehe jedenfalls davon aus, dass die beiden Frauen sich, falls sie nichts mit dem Mord zu tun haben, freiwillig bei uns melden, um auszusagen. Der Mörder könnte ihm also aufgelauert haben und in den Wagen gestiegen sein, nachdem die beiden Frauen fort waren. Kostopoulos hat wohl kaum von innen abgeschlossen. Seine Frau berichtete uns, er sei nicht bedroht worden. Also gab es auch keinen Anlass zu besonderer Vorsicht. Es gibt aber noch einen weiteren Punkt, der den Verdacht verstärkt, dass es sich um Täterinnen handelt.«

»Und welchen?«, fragt der Minister.

»Die unbekannte Anruferin bei der Wirtschaftsfakultät.

Sie hat sich bestimmt nicht für eine Masterabschlussarbeit interessiert, sondern sie wollte Kostopoulos' Stundenplan erfahren, um ihn dann besser observieren zu können.«

»Herr Kommissar, vielen Dank für Ihre Ausführungen. Sie sind wirklich nicht zu beneiden für Ihren Job«, wirft der Vizepolizeichef ein. »Ich war bis zu meiner heutigen Position in wirklich vielen Abteilungen. Aber in der Mordkommission oder in der Abteilung für Tötungsdelikte, wie man sie heutzutage nennt, war ich noch nie. Und ich bin Gott im Himmel dankbar, dass er mich davor bewahrt hat!«

Alle lachen, nur der bemitleidenswerte Minister bleibt ungerührt.

Da läutet mein Handy. »Herr Kommissar, das Haar stammt von einer Frau um die sechzig«, meldet sich Dimitrious Stimme. »Weitere Einzelheiten folgen.«

Diese Information enthalte ich den anderen nicht vor. »Das ist ein Anfang, einen kleinen Schritt sind wir schon weiter«, bemerkt der Minister.

Der Ertrinkende klammert sich an jeden Strohhalm, würde Adriani seine Worte kommentieren.

Mich beschäftigt eine ganz andere Frage als den Minister. Doch ich vertage sie auf später, um mich in aller Ruhe damit zu befassen.

Am Ende der Besprechung wirkt der Minister nicht mehr ganz so verzweifelt. Der Polizeipräsident bleibt noch bei ihm, um weitere Themen zu besprechen, während der Vizepolizeipräsident und ich aufbrechen.

»Gikas hatte recht«, sagt der Vizepolizeipräsident, als wir zu zweit auf dem Korridor stehen.

»Worin?«, wundere ich mich.

»Er hatte mir vor seiner Pensionierung gesagt, dass Sie sehr klar und methodisch vorgehen, wenn Sie eine Sache untersuchen. Das stimmt absolut!«

Er steht knapp davor, mich als fleißige Ameise zu bezeichnen, sage ich mir. Aber das Kompliment schmeichelt mir trotzdem. Zumindest habe ich das Gefühl, meinem Ziel, mir die Tür zur Macht offen zu halten, ein Stück näher gekommen zu sein.

Im Seat komme ich wieder auf den Gedanken zurück, der mir vorhin im Kopf herumgeisterte. Wenn die Frau im Auto um die sechzig war, dann reden wir nicht von emeritierten, sondern von aktiven Dozentinnen oder Uniangestellten. Seferoglou lag mit seinem Tipp falsch, in der Vergangenheit zu suchen, und ich habe Dervissoglou mit der Durchforstung der Register eine unnötige Arbeit aufgehalst. Aber vielleicht lohnt sich seine Recherche trotzdem, da wir auf eine Person stoßen könnten, deren Befragung uns weiterbringt.

Auf meinem Schreibtisch finde ich die Verbindungslisten der Mobiltelefone von Rapsanis und Archontidis vor. Fast alle ihre Telefonate galten Mitarbeitern im Ministerium und nur wenige den Kollegen von der Hochschule. Daraus ergeben sich also keine weiteren Verdachtsmomente.

Dann rufe ich mein Team zu einer Sitzung zusammen, um unser weiteres Vorgehen zu besprechen. Doch wir werden unterbrochen. Draußen auf dem Korridor ist das vertraute Stimmengewirr der Journalistenmeute zu hören.

»Gehen Sie und sagen Sie ihnen, dass es vorläufig keine Neuigkeiten gibt und sie morgen Vormittag zum Briefing kommen sollen«, sage ich zu Koula.

Das Stimmengewirr steigert sich zunächst zum Protestgeschrei, das jedoch bald wieder verebbt.

»Sind Sie sicher, dass die beiden Frauen die Tat begangen haben?«, fragt mich Askalidis einleitend.

»Es gibt Hinweise, dass sie die Täterinnen sein könnten, aber eben nur Hinweise. Vorrangig wäre, die beiden Frauen ausfindig zu machen und zu vernehmen.«

»Dann suchen wir also wieder die berühmte Stecknadel im Heuhaufen, Herr Kommissar«, meint Dermitsakis. »Eine Frau hat mit dem Sekretariat der Wirtschaftsfakultät telefoniert und Kostopoulos' Stundenplan erfragt. Wie Sie selbst sagen, hat sie bestimmt von einer Telefonzelle aus angerufen. Wie sollen wir sie da ausfindig machen? Zwei Frauen saßen mit Kostopoulos in seinem Wagen. Es war Mitternacht, und ein Autofahrer hat sie zufällig gesehen. Wie sollen wir herausfinden, wer sie sind? Bei den vorigen zwei Morden war ein Motorrad beteiligt: Beim ersten Mal mit einer jungen Frau als Lenkerin, beim zweiten Mal mit einem Mann, wobei beide Helme trugen. Wie sollen wir ohne Kennzeichen und ohne Angaben zum Modell auf einen grünen Zweig kommen? Wollen Sie meine Meinung dazu hören?«

»Nur raus mit der Sprache, Dermitsakis! Natürlich will ich nicht das Einmaleins aufgesagt bekommen, sondern deine Meinung hören.«

»Die Täter stammen nicht aus dem Umfeld der Universität. Wenn es jemand aus dem Kollegenkreis der Opfer wäre, hätten wir doch irgendetwas ausfindig gemacht, das in diese Richtung weist. Aber wir haben rein gar nichts gefunden. Also suchen wir völlig umsonst an der Hochschule.«

»Wo sollen wir sonst suchen? An den Ministerien, weil sie Minister waren?«, fragt Koula.

»Nein, in Terroristenkreisen«, antwortet er ihr und sagt dann zu mir: »Wir haben es mit Terroristen zu tun, Herr Kommissar. Sie töten, um das sogenannte System in Angst und Schrecken zu versetzen. Die Politik gehört zum System, aber auch die Hochschulen, die das System personell bestücken. Übergeben Sie Karabetsos den Fall, wir haben damit nichts zu schaffen.«

»Aber wir haben doch die Möglichkeit eines Terrorakts durchdiskutiert und ausgeschlossen«, ruft ihm Askalidis in Erinnerung.

»Ja, weil wir nur einen ganz bestimmten Aspekt des Terrorismus in Betracht gezogen haben. Heutzutage sind doch alle Terroristen – von den Unruhestiftern, die bei uns alles zerstören und niederbrennen, über den IS bis hin zu den diversen Islamistengruppierungen, die in ganz Europa Anschläge verüben. Der Terrorismus ist zu einer Mode geworden, so wie die Tattoos, die sich die jungen Leute am ganzen Körper stechen lassen.«

Dann hält er inne und blickt mich an. »Wir haben uns auf einen Terrorismusbegriff beschränkt, so wie wir ihn aus Griechenland kennen, Herr Kommissar. Aber der Terrorismus hat sich verändert. Heutzutage wird er nicht mehr nur mit Autobomben und Kalaschnikows betrieben, sondern er arbeitet mit der Verängstigung der Leute. Wie wurde Archontidis umgebracht? Mit einem Messer. Schauen Sie sich um, wie viele Islamisten losrennen und mit einem Messer töten, nur um die Menschen in Angst und Schrecken zu versetzen!«

Dermitsakis blickt in die Runde. Schweigen hat sich breitgemacht. Er hat uns alle zum Nachdenken gebracht.

»Was du sagst, hat Hand und Fuß. Darüber müssen wir ernsthaft nachdenken«, sage ich. »Mein Vorschlag wäre, zunächst jede Möglichkeit auszuschließen, dass die Morde von Hochschulangehörigen geplant und durchgeführt wurden, und sich danach dem Terrorismus zuzuwenden. So beugen wir Beschwerden des Polizeipräsidenten, aber auch des Ministers vor.«

»Wenn sich herausstellt, dass die Morde Terrorakte sind, schmeißt der Minister eine Party«, bemerkt Koula dazu. »Für ihn wäre das eine bequeme Lösung.«

Nach Beendigung der Sitzung schicke ich Koula zu Kostopoulos' Frau, um herauszufinden, ob sie eine Ahnung hat, wer die beiden Frauen sein könnten. Dermitsakis und Askalidis beauftrage ich damit, eine zweite Runde durch die Dimosthenous-Straße zu drehen und insbesondere mit den Leuten zu reden, die frühmorgens zur Arbeit gehen, wie etwa die Filialangestellten der Sozialversicherungsanstalt oder der Kioskbesitzer.

»Hast du schon mal daran gedacht, dich zur Antiterroreinheit versetzen zu lassen?«, frage ich Dermitsakis, als er sich zum Gehen wendet. »Deine Argumente vorhin zeigen, dass du dort wahrscheinlich ganz gut aufgehoben wärst.«

Er denkt kurz darüber nach. »Ach was!«, meint er dann. »Bei Ihnen hier fühle ich mich am richtigen Platz. Ich habe keine Lust, mich anderswo neu einzugewöhnen.«

Sobald alle weg sind, rufe ich Vizerektor Demertsis an und informiere ihn über den anonymen Telefonanruf und die beiden Frauen, die in Kostopoulos' Wagen saßen.

»Ich möchte Sie um einen Gefallen bitten«, sage ich abschließend.

»Aber gern.«

»Ich möchte, dass Sie mir ein Treffen mit dem Verwaltungspersonal der Fakultäten ermöglichen. Dabei will ich feststellen, ob es noch weitere Kontaktaufnahmen gab, denen die Angestellten – verständlicherweise – keine weitere Bedeutung beigemessen haben.«

Er überlegt kurz. »Geben Sie mir ein bisschen Zeit, ich muss schauen, wo und wann ich so ein Treffen organisieren kann.«

Es wird wohl nicht bei diesem einen Treffen bleiben, sage ich mir. Auch die Verwaltungsangestellten der Ministerien von Rapsanis und Archontidis muss ich kennenlernen und befragen. Und das wird nicht leicht sein, da ich dafür die Zustimmung des Ministers einholen muss.

30

Während Demertsis' Anruf auf sich warten lässt, drehe ich ungeduldig Däumchen. Zum Glück kehren meine Mitarbeiter inzwischen nach und nach zurück und lenken mich ab, selbst wenn die Früchte, die sie geerntet haben, kaum für eine kleine Brotzeit reichen.

Als Erste trifft Koula – allerdings mit leeren Händen – ein. Mona Kostopoulou hatte wenig Ahnung vom Tagesablauf ihres Mannes, weder an der Uni noch im Ministerium, und kannte seine Beziehungen und Kontakte nicht.

»Hat sie Ihnen den Eindruck vermittelt, dass sie nicht sprechen wollte oder etwas zurückhält?«, frage ich sie.

»Nein, ihre Erklärung war überzeugend. Sie ist Anwältin mit einer eigenen Kanzlei, wo sie den ganzen Tag arbeitet. Morgens hat sie Gerichtsverhandlungen und danach bis zum Abend Termine mit ihren Mandanten. Ihren Mann sah sie nur abends, und da sprachen sie vorwiegend über ihre Kinder, die bei den Großeltern aufwachsen. Über das Berufliche haben sie sich wenig ausgetauscht.«

Mona Kostopoulous Leben ähnelt dem von Katerina. Daher kann ich darauf wetten, dass sie Koula die Wahrheit erzählt hat. Genauso wie ich darauf wetten kann, dass Adriani den kleinen Lambros aufziehen wird, da Fanis' Eltern in Volos wohnen.

Folglich kann Kostopoulos' Ehefrau tatsächlich nichts zu den beiden Frauen sagen, auch wenn die ihren Mann nicht zufällig, sondern aus beruflichen oder anderen Gründen getroffen hätten.

Dann treffen Dermitsakis und Askalidis ein. Sie beschreiben mir das Menschengewimmel aus Männern und Frauen, Alten und Jungen, das an der Zweigstelle der Sozialversicherungsanstalt ein und aus geht.

»Wen soll man da ansprechen, Herr Kommissar?«, sagt Dermitsakis. »Hätten wir die Angestellten angesprochen, hätten sie uns angestarrt wie vom andern Stern. Dort sind Massen von Menschen unterwegs. Warum sollten jemandem zwei Frauen auffallen, die genauso aussehen wie alle anderen auch?«

»Dasselbe hat auch der Kioskbesitzer gesagt«, ergänzt Askalidis. »Als wir ihn fragten, reagierte er ganz baff. ›Was ist das denn für eine Frage? Hier kommen tagtäglich Tausende Menschen vorbei! Wieso sollte ich ausgerechnet auf zwei nicht weiter auffällige Frauen achten?‹, meinte er. Auf unsere Frage, ob sich jemand nach dem Wohnhaus von Kostopoulos erkundigt hätte, sagte er nach kurzem Überlegen, dass er sich an nichts Derartiges erinnere.«

Richtig, warum sollte er auch? Die beiden unbekannten Frauen wussten bestimmt, wo Kostopoulos wohnte. Sie hatten keinen Grund, den Kioskbesitzer zu fragen. Unglücklicherweise haben wir keine Fotografien, die wir herumzeigen könnten, ob jemand sie erkennt.

Demertsis meldet sich schließlich gegen Mittag. Er rechtfertigt die Verspätung mit der schwierigen Koordinierung des Treffens mit dem universitären Verwaltungspersonal.

»Der Termin ist um halb vier angesetzt«, sagt er. »Ich habe den Hörsaal dafür vorgesehen, damit Sie alle auf einmal befragen können.«

»Darf ich Sie mit dazu bitten?«, frage ich ihn. »Ihre Anwesenheit wird sich positiv auswirken, weil Sie alle kennen.«

»Klar, keine Sorge«, antwortet er. »Eine polizeiliche Vernehmung habe ich noch nie erlebt. Das wird bestimmt interessant!«

Nach einem Blick auf die Uhr stelle ich fest, dass es erst halb eins ist, und ich überlege, was ich in der Zwischenzeit tun könnte. Plötzlich fällt mir auf, dass wir die Ermittlungen zu den beiden unbekannten Frauen auf Kostopoulos beschränkt haben, da sie bei ihm im Wagen saßen. Aber wir haben nicht nachgeforscht, ob diese Frauen auch mit Rapsanis in Kontakt gekommen waren.

Was Archontidis betrifft, so wird das schwer herauszufinden sein, da er ein verschlossener Typ war und sich mit den beiden Frauen, wenn überhaupt, bestimmt außerhalb der Uni getroffen hat.

Ich überlege, mit wem ich an der juristischen Fakultät Kontakt aufnehmen könnte, und komme schließlich auf Kardassis. Spontan greife ich zum Hörer, und zu meinem Glück hat er Zeit für ein persönliches Gespräch. Ich ersuche ihn, Fenekidis zu informieren, damit auch er, falls möglich, an dem Treffen teilnimmt.

Sofort mache ich mich auf den Weg. Ich habe nicht viel Zeit für meinen Besuch der juristischen Fakultät, wenn ich rechtzeitig an der Wirtschaftsuniversität sein will. Ich mache einen weiten Bogen um den Alexandras-Boulevard und fahre gleich auf den Vassilissis-Sofias-Boulevard. Der Verkehr ist bis zur Solonos zähflüssig, aber danach gerate ich in einen Stau und ärgere mich grün, dass ich nicht die Panepistimiou-Straße genommen habe. Dennoch betrete ich zehn Minuten später das Gebäude der juristischen Fakultät.

Kardassis erwartet mich bereits zusammen mit Fenekidis in seinem Büro. »Ich hoffe, es ist etwas wirklich Wichtiges. Ich habe nämlich meine Vorlesung extra deswegen verschoben«, sagt Fenekidis.

Ich fange mit einem allgemeinen Überblick zum Kostopoulos-Mord an und erwähne dabei die beiden Frauen, die in seinem Wagen waren, bevor er starb.

»Es ist nicht sicher, dass die beiden Unbekannten Kostopoulos' Mörderinnen sind, aber die Wahrscheinlichkeit ist groß«, erläutere ich ihnen. »Vor allem, weil beide Opfer durch Gift starben, das statistisch gesehen eher von Frauen als von Männern verwendet wird. Aber auch wenn sie es nicht gewesen sind, ist es sehr wichtig für uns, die beiden zu finden und zu vernehmen, denn sie waren die Letzten, die Kostopoulos lebend gesehen haben. Möglicherweise haben sie etwas beobachtet, das uns nützlich sein kann. Und nun fragen wir uns, ob die beiden Unbekannten vielleicht auch mit Klearchos Rapsanis Kontakt aufgenommen haben. Hat Rapsanis Frauen erwähnt, die nicht zum Lehrpersonal der Uni gehören?«

Die beiden Männer blicken sich an. »Hat dir Klearchos je von irgendwelchen Frauen erzählt, die mit ihm Kontakt aufgenommen hatten?«, wendet sich Kardassis an Fenekidis. »Mir gegenüber hat er nichts erwähnt, aber du hattest ja täglich mit ihm zu tun.«

Fenekidis denkt nach. »Nein, ich erinnere mich nicht, dass er so etwas erzählt hätte«, antwortet er schließlich.

»Ich möchte noch einen Punkt erwähnen, dem wir nachgehen.« Dann berichte ich von der unbekannten Frau, die bei der Wirtschaftsuni angerufen hat, angeblich wegen der Masterarbeit, die sie bei Kostopoulos schreiben wollte.

Kardassis und Fenekidis reagieren beide amüsiert. »Ihr Eindruck ist ganz richtig, Herr Kommissar, dieser Anruf hatte bestimmt nichts mit einer Masterarbeit zu tun.«

»Okay, aber wie können Sie sich da so sicher sein?«

»Die meisten Studierenden, die eine Masterarbeit schreiben möchten, tun das an der Universität, an der sie den Bachelor gemacht haben«, erklärt mir Fenekidis. »Jemand, der jedoch an einer anderen Universität bei einem Professor seiner Wahl eine Abschlussarbeit schreiben möchte, hat zwei Möglichkeiten: Entweder kommt er hierher zur offiziellen Sprechstunde. Oder er ruft, wenn kein Treffen auf diesem Wege zustande kam, im Sekretariat an, um einen individuellen Termin mit ihm zu vereinbaren. In beiden Fällen kommt man zum verabredeten Zeitpunkt hierher. Die junge Interessentin, die beim Sekretariat anrief, hätte diese Vorgangsweise kennen müssen.«

So bestätigt sich endgültig, dass die unbekannte Frau nicht wegen ihrer Masterarbeit anrief, sondern weil sie Kostopoulos' Arbeitszeiten auskundschaften wollte.

»Rapsanis hatte einen sehr guten Draht zum Sekretariat«, fährt Fenekidis fort. »Des Öfteren ist er mit den Mitarbeitern oder Mitarbeiterinnen Kaffee trinken oder mittagessen gegangen. Das half ihm, vor allen anderen an relevante Informationen aus der Administration zu kommen.«

»Wenn die beiden Frauen in Rapsanis' Wagen gesessen hätten, dann hätten wir Ihnen gleich sagen können, wo Sie sie finden«, ergänzt Kardassis. »Aber selbst wenn Kostopoulos ebenfalls freundschaftliche Kontakte zum Sekretariat der Wirtschaftsuniversität unterhielt und die beiden Frauen dort arbeiteten, haben sie kaum gleichzeitig Kontakt zu Rapsanis gehabt, der ja der juristischen Fakultät angehörte.«

Die einzig sichere Erkenntnis aus unserem Gespräch ist, dass die unbekannte Anruferin von Masterarbeiten und wahrscheinlich vom Unibetrieb überhaupt keine Ahnung hatte.

Gleich anschließend fahre ich zur Befragung der Mitarbeiter der Wirtschaftsuniversität. Ich treffe sogar etwas vor dem Termin ein und frage, wie ich zum Büro des Vizerektors komme.

Demertsis ist an seinem Platz. »Warten wir noch ein bisschen, bis sich alle versammelt haben«, schlägt er vor.

Circa eine Viertelstunde später gehen wir zum Hörsaal. Die Angestellten der Administration haben auf den Sitzplätzen, wo sonst die Studentenschaft sitzt, Platz genommen und unterhalten sich. Bei unserem Erscheinen verstummt das Gemurmel. Demertsis führt mich zum Rednerpult, setzt sich an den Nebentisch und ergreift zum Auftakt das Mikrofon.

»Der Herr Kommissar möchte Ihnen ein paar Fragen zum tragischen Tod von Professor Stelios Kostopoulos stellen. Wir alle wünschen uns die Festnahme der Täter, die für den Mord an ihm, aber auch an den beiden anderen Hochschuldozenten verantwortlich sind. Daher bitten wir beide, der Herr Kommissar und ich, Sie um Ihre Mithilfe.«

Dann übergibt er mir das Mikrofon. In all meinen Dienstjahren habe ich eine Menge erlebt, aber eine solche Vernehmung ist auch für mich eine Premiere. Schon bei meinem ersten Wort ertönt ein lautes Knistern und Knacken. Demertsis fasst ans Mikrofon und führt meine Hand ein wenig auf Abstand. Dann beginne ich mit meiner Ansprache und hoffe, in dieser ungewöhnlichen Vernehmungssituation meine Fragen nicht zu vergessen.

»Nach meinem gestrigen Besuch beim Herrn Rektor berichtete mir eine Ihrer Kolleginnen von einer Unbekannten, die sich nach dem Stundenplan von Stelios Kostopoulos erkundigt hat. Ich möchte Sie fragen, ob bei jemandem von Ihnen ein ähnlicher Anruf eingegangen ist.«

Die Angestellten blicken sich an, und einige zucken mit den Schultern. Ein Vierzigjähriger steht von seinem Platz auf.

»Ich kann mich nur erinnern, dass vor circa einer Woche jemand anrief und die Postadresse von Professor Kostopoulos wissen wollte. Als ich fragte, wozu, antwortete er, man wolle ihm Bücher zuschicken. Da habe ich die Adresse herausgegeben, aber gesagt, dass sie die Bücher auch an die Uni schicken können.«

»War es eine Männer- oder eine Frauenstimme?«

»Eine Männerstimme.«

Die Erklärung ist einfach. Die junge Frau rief wegen der Masterarbeit an, und der junge Mann wegen der Adresse. Der Kioskbesitzer hatte recht. Es gab keinen Grund, dass ihn irgendjemand, ob männlich oder weiblich, nach Kostopoulos' Anschrift fragen musste. Die Täter kannten sie bereits.

»Und trafen die Bücher eventuell doch an der Uni ein?«

»Schwer zu sagen«, antwortet ein Sechzigjähriger. »Es kommen jeden Tag so viele Bücher für die Professoren hier an, dass wir unmöglich wissen können, ob darunter auch die Zusendung des Anrufers war.«

»Ich kann auch von einem eigenartigen Telefonat berichten«, sagt eine junge Frau und erhebt sich. »Vor ein paar Tagen meldete sich jemand und sagte, Herrn Kostopoulos' Mitsubishi sei falsch geparkt und würde den Weg versperren. Obwohl ich ihm erklärte, dass Herr Kostopoulos keinen Mitsubishi fahre, ließ der Anrufer nicht locker. ›Aber ich sage Ihnen doch, dass Herr Kostopoulos keinen Mitsubishi fährt, sondern einen Toyota Corolla.‹ Dann entschuldigte sich der Typ und legte auf.«

»Also wieder eine Männerstimme?«

»Ja.«

»Wann war das? Erinnern Sie sich noch?«

Die junge Frau überlegt. »Ich weiß es nicht mehr ganz genau, aber es muss eine Woche her sein.«

Dann frage ich, ob jemand noch etwas sagen oder ergänzen möchte. Als alle schweigen, danke ich den Anwesenden, und die Befragung via Mikrofon findet ihr Ende.

Ich wende mich zum Gehen. Doch Demertsis bittet mich, noch mit in sein Büro zu kommen.

»Da ich bei der Vernehmung dabei war, bin ich jetzt neugierig, welche Schlussfolgerungen Sie daraus ziehen«, sagt er, als wir uns setzen. »Natürlich nur, wenn Sie darüber sprechen dürfen.«

»Es ist ganz einfach«, antworte ich. »Im Fall Rapsanis wussten die Täter, dass er esssüchtig war, und schickten ihm eine Torte. Im Fall Archontidis wussten sie, dass er frühmorgens joggte, und haben ihm dabei aufgelauert. Im Fall Kostopoulos wussten sie nichts und haben alles per Telefon erfragt. Jetzt bleibt noch zu klären, ob sie Rapsanis' und Archontidis' Wohnadressen sowieso schon kannten oder sie auf demselben Weg herausgekriegt haben. Jedenfalls war die Befragung sehr nützlich, und dafür bin ich Ihnen dankbar.«

Dann steige ich in den Wagen und kehre zur Dienststelle zurück. Dort trommele ich umgehend meine Leute zusammen und setze sie über das Gespräch mit den Verwaltungsangestellten an der Wirtschaftsuni in Kenntnis.

»Was schließt ihr daraus?«, frage ich sie.

»Die Täter sind unerfahren und haben Angst«, kommentiert Dermitsakis. »Obwohl sie ein Motorrad haben, mit dessen Hilfe sie die Opfer hätten beobachten können, tun sie es nicht, aus Angst, dabei Aufmerksamkeit zu erregen. Sie haben ihre Erkundigungen telefonisch eingeholt, weil ihnen das sicherer schien.«

»Du hast recht«, sage ich und wende mich an Askalidis. »Morgen früh fahren Sie zuerst zur juristischen und danach zur philosophischen Fakultät, um nachzuprüfen, ob dort ähnliche Anrufe eingegangen sind.«

Nachdem ich sie weggeschickt habe, rufe ich den Vizepolizeipräsidenten zwecks Berichterstattung an. »Jetzt wissen wir zumindest, wie die Mörder im Fall Kostopoulos vorgegangen sind«, bemerkt er, als ich zu Ende gesprochen habe.

»Morgen erfahren wir, ob sie bei Rapsanis und Archontidis ähnlich agiert haben. Wenn es keine Anrufe gab, heißt das, dass sie die Wohnadressen kannten.«

Nachdem er mir beigepflichtet hat, legen wir auf.

Damit habe ich mein Pensum für heute erledigt und trete den Heimweg an.

31

Adriani sitzt, schick zurechtgemacht, vor dem Fernseher. »Warst du aus?«, frage ich.

»Nein, wir gehen essen.«

»Wer hat uns eingeladen? Lambros wieder?«

»Nein, auch nicht die Kinder, sondern Tassia. Sie hätte uns gern zum Essen zu sich nach Hause eingeladen, aber sie fürchtet, dass ihre Kochkunst dem Vergleich nicht standhält. Deshalb hat sie in einem Restaurant einen Tisch reserviert.«

Auswärts essen zu gehen begeistert mich gerade gar nicht. Ich fühle mich ausgelaugt von meinem stressigen Job und dem aktuellen Fall. Schon der Gedanke, statt einem ruhigen Abend zu Hause in ein lautes Lokal gehen zu müssen, macht mich fertig.

»Willst du nicht allein hingehen?«, sage ich zu Adriani. »Du könntest Tassia sagen, dass ich noch beim Minister zu einer Besprechung bin und nicht absehbar ist, wann ich dort fertig bin.«

»Dann wird sie vorschlagen, auf dich zu warten«, meint sie. »Das macht es nur noch schlimmer, denn je später du kommst, desto länger dauert das Essen.«

Ich strecke die Waffen, da ich der Einladung nicht entkommen kann. »Wohin soll's denn gehen?«

»Du hast Glück, mein Lieber, wir gehen ins Karavitis.«

Ich kenne die Taverne Karavitis und atme auf. Sie ist sozusagen ums Eck, also muss ich mich wenigstens nicht quer durch Athen quälen.

Wir nehmen den Wagen, und da ich Pangrati wie meine Westentasche kenne, sind wir rasch am Ziel.

»Na bitte, so schlimm war's doch gar nicht, oder?«, meint Adriani. »Du hast den Athener Stadtplan wirklich im Kopf, und dabei warst du nie bei der Verkehrspolizei!«

Ein Lob von Adriani klingt immer wie eine Kritik oder eine Rüge.

Wir sind die Ersten. Adriani fragt den Kellner, ob auf Tassias Namen reserviert ist. Man führt uns zu einem Tisch mit fünf Gedecken, an dem wir schon mal Platz nehmen. Adriani erzählt mir von Katerina. Sie ruft sie tagtäglich an, um sich über den Fortgang und etwaige Komplikationen in der Schwangerschaft zu informieren. Ich kann mir gut vorstellen, was ich von Katerina zu hören bekomme, wenn ich sie das nächste Mal sehe. Denn ich bin sicher, dass ihre Mutter sie gehörig nervt.

Als Nächste erscheint Tassia, und fünf Minuten später treffen Kalliopi und Argyro ein. Nachdem wir das Begrüßungszeremoniell mit Küssen und Umarmungen hinter uns gebracht haben, setzen wir uns gemütlich hin.

»Entschuldigt bitte, dass ich euch nicht zu mir nach Hause eingeladen habe, aber mit meinen Kochkünsten ist es nicht weit her«, erläutert uns Tassia.

»Vielen Dank für die Einladung, liebe Tassia«, meint Kalliopi. »Macht doch nichts, wenn du keine Meisterköchin bist. Dafür hast du andere Talente.«

Dann kommt der Kellner, um die Bestellung aufzunehmen. Wir überlassen Tassia die Auswahl der Vorspeisen. Adriani und ich bestellen Bifteki, Kalliopi und Tassia Kalbskotelett und Argyro gebratene Leber. Als die Getränke an der Reihe sind, wählen die Damen Wein, und ich beschränke mich auf ein Glas Bier. Wenn ich jetzt Wein trinke, befürchte ich, vor Müdigkeit über dem Teller einzuschlafen.

Wie zu erwarten, ist die Schwangerschaft meiner Tochter das allererste Gesprächsthema. Adriani erstattet detailliert Bericht, was eigentlich überflüssig ist, da Katerinas Schwangerschaft absolut normal verläuft und ein einziger Satz reichen würde: Alles läuft bestens. Man könnte höchstens noch den Spruch »Holz anfassen« hinterherschicken. Aber ich sollte mich lieber nicht beschweren, sage ich mir. Den lieben langen Tag muss ich mal beim Vizepolizeipräsidenten, mal beim Polizeipräsidenten und mal beim Minister antanzen. Da kommt es mir entgegen, wenn meine Frau jetzt die Berichterstattungspflicht übernimmt und ich die Zuhörerrolle.

Sobald die Vorspeisen verputzt sind und der Kellner den Hauptgang serviert, kommt jedoch das leidige Thema Polizeiarbeit auf den Tisch.

»Sag mal, habt ihr jetzt einen dritten Mord an der Backe?«, will Tassia von mir wissen.

»Solange wir die Täter nicht gefasst haben, kann uns gut und gern noch ein vierter Mord blühen«, erwidere ich ihr.

»Aber was hat diese Leute denn gepackt? Warum tun sie das? Sind sie verrückt?«

»In ihren Bekennerbriefen erklären sie ihre Beweggründe, und sie machen nicht den Eindruck, als hätten sie den Verstand verloren. Vielleicht sind sie ungerecht, aber nicht verrückt.«

»Wieso ungerecht?«, fragt mich Kalliopi.

Da lege ich ihnen Demertsis' Ansicht über die Dozenten dar, die an der Uni schuften und alles dafür tun, dass sie funktioniert.

»Der Vizerektor meint, die Taten sollten besser denjenigen gewidmet werden, die sich heute für die Uni starkmachen, und nicht der alten Garde.«

»Damit hat er eigentlich recht«, bemerkt Tassia.

»Kommt schon, das ist doch nebensächlich«, mischt sich Adriani ein. »Die Frage ist, ob es überhaupt Hinweise oder auch nur Verdachtsmomente gibt, die zu den Tätern führen.«

Ich erzähle ihnen von den Anrufen bei den Fakultäten und über die beiden Frauen in Kostopoulos' Wagen.

»Frauen?«, wundert sich Kalliopi. »Glaubt ihr, sie könnten etwas mit der Tat zu tun haben?«

»Das ist nicht gesagt. Kann sein, dass es zwei Bekannte von ihm waren, die ausgestiegen sind, bevor es zum Mord kam.«

»Wie schade, dass der Typ kein Foto mit seinem Handy gemacht hat«, sagt Tassia. »Sonst könntet ihr sie finden.«

»Es zückt doch nicht jeder Passant gleich sein Handy, um die Insassen eines x-beliebigen Autos zu fotografieren«, erkläre ich ihr. »Außer, es ist einer von diesen jungen Leuten, die mit dem Smartphone wie mit einem aufgespannten Regenschirm durch die Gegend laufen.«

An dieser Stelle reißt Adriani das Ruder an sich. »Mein Bifteki ist hervorragend, ganz saftig und überhaupt nicht trocken. Wie ist euer Essen?«

Mir ist klar, dass sie die Diskussion über die Mordtaten beenden will, da sie das Thema zu sehr mitnimmt.

»Mein Kotelett ist auch sehr lecker«, bekräftigt Kalliopi.

Nur Argyro findet etwas an ihrer Leber auszusetzen, sie findet sie zu trocken.

Adriani sei Dank wendet sich das Gespräch von den Morden und den Polizeirecherchen ab und Katerinas baldigem Umzug zu.

»Mein Sohn zieht auch um, und ich muss ihm dabei helfen«, sagt Tassia.

»Dabei springt doch eine Reise nach England für dich heraus, da kannst du dich nicht beschweren«, neckt Kalliopi ihre Freundin.

»Ja, aber nicht als Touristin, sondern zum Schleppen von Umzugskisten.«

Als wir wieder in trauter Zweisamkeit im Seat sitzen und uns auf den Heimweg machen, meint Adriani unvermittelt: »Vielleicht wäre es vernünftig, sich erst wieder zu treffen, wenn die Geschichte mit den Morden abgehakt ist.«

»Wieso? Du bist doch mit Begeisterung für jedes Treffen zu haben.«

»Ja, schon! Aber ich halte es wirklich fast nicht aus, wenn die drei jedes Mal vor dem leckersten Essen voller Inbrunst ihrer Nekrophilie frönen. Da vergeht mir der Appetit. Weißt du, was meine Mutter selig immer sagte? ›Geht im Viertel die Krätze um, sind die räudigen Katzen auch nicht weit.‹«

»Und was ist damit gemeint?«, wundere ich mich.

»Die Krätze im Viertel, das bist du mit deinen polizeilichen Ermittlungen. Und die räudigen Katzen, das sind die anderen drei, die sich um dich scharen, um ihrem perversen Hobby nachzugehen.«

Ich muss lachen, aber sie bleibt ganz ernst.

»Schön, dann sagst du beim nächsten Mal, dass ich für die Nachtschicht eingeteilt bin und du auf mich warten musst, um mir das Essen aufzuwärmen. Das hättest du heute schon tun können, aber du wolltest ja nicht.«

»Stimmt, das war dumm von mir«, räumt sie ein. Das ist eins der seltenen Male, dass sie einen Fehler zugibt.

32

Wie immer erscheinen sie pünktlich zum Rendezvous. Kaum betrete ich am nächsten Morgen den Korridor, lauern sie mir schon auf.

»Gestern haben Sie uns etwas gar zu schnell abgespeist, Herr Kommissar«, sagt die Kurze mit den rosa Strümpfen.

»Das stimmt so nicht, ich musste ein paar Punkte abklären und Zeugen vernehmen. Jetzt bin ich in der Lage, Ihnen reichhaltigere Informationen zu geben. Ich kann Ihnen offiziell mitteilen, dass der Tod von Stelios Kostopoulos aufgrund einer Injektion mit Blausäure eingetreten ist.«

»Wurde ihm die Spritze im Auto verabreicht?«, fragt Merikas verwundert.

Nicht nur diese Frage beantworte ich, sondern ich erzähle auch bereitwillig von dem Augenzeugen, der die beiden Frauen in Kostopoulos' Wagen gesehen hat, sowie vom Anruf der unbekannten Frau beim Sekretariat der Wirtschaftsuni. Hingegen lasse ich alles weg, was in der Gruppenvernehmung des Verwaltungspersonals an der Wirtschaftsuniversität zur Sprache kam.

»Glauben Sie, dass die beiden Frauen im Auto die Mörderinnen sind?«, fragt mich der junge Mann im T-Shirt.

»Das ist nicht auszuschließen, aber sicher sind wir nicht«, antworte ich und erläutere die Gründe.

»Anders gesagt, Sie sitzen ganz schön in der Tinte«, meint die Dürre, und zum ersten Mal scheint sie mich und meine Sorgen ernst zu nehmen.

»Da pflichte ich Ihnen bei. Es ist ein sehr komplexer Fall«, gebe ich ihr genauso ernsthaft zurück.

Während sich die anderen Reporter zurückziehen, rührt sich die Dürre nicht vom Fleck.

»Haben Sie zwei Minuten Zeit, Herr Kommissar?«, sagt sie, als sich der Flur geleert hat.

Schön, jetzt hat Sotiropoulos eine Nachfolgerin, sage ich mir. Die Reporterin, die er am wenigsten leiden konnte, übernimmt seine Rolle und fordert, genau wie er, ein privates Briefing von mir.

Ich öffne die Bürotür und lasse sie eintreten. Höflich wartet sie im Stehen ab, bis ich sie auffordere, Platz zu nehmen. Dann setzt sie sich mir gegenüber hin.

»Zunächst möchte ich mich bei Ihnen für mein Verhalten entschuldigen, Herr Kommissar. Ich weiß, ich vergreife mich manchmal im Ton. Das hat nichts mit Ihnen persönlich zu tun, sondern mit meinem Beruf.«

»Entschuldigen Sie die Frage, es geht mich ja nichts an. Aber warum haben Sie dann diesen Beruf gewählt?«

»Es war nicht meine Entscheidung, sondern ergab sich aufgrund der Umstände. Aber das ist eine persönliche Geschichte, mit der ich Sie nicht behelligen möchte. Ich möchte über etwas anderes mit Ihnen sprechen.«

»Bitte sehr.«

»Ich habe die drei Bekennerschreiben mehrmals sorgfältig durchgelesen. Auffällig ist dabei die Widmung an die drei Hochschullehrer, die alle nicht mehr am Leben sind.«

»Das stimmt, uns beschäftigt dieselbe Frage, aber wir finden keine Antwort darauf.«

»Ich habe in Athen Geschichte des Altertums studiert und in England einen Postgraduiertenabschluss gemacht, Herr Kommissar. Als ich die Bekennerbriefe las, ist mir eine Beobachtung aus meinen Jahren an diesen Unis wieder eingefallen, die ich ganz vergessen hatte.«

»Und das wäre?«

»Der große Respekt vor dem Werk dieser Koryphäen kam nicht unbedingt aus dem Kollegenkreis. Die Professoren begegneten sich im Alltag, arbeiteten zusammen, bekämpften sich und schmiedeten Allianzen. Da hatte Respekt nicht wirklich Platz.«

»Wo gab es ihn dann? Unter den Studierenden?«

»Die Studenten mochten jeden Professor, der gute Vorlesungen hielt und sich ernsthaft für sie und ihre Arbeiten interessierte. Wenn hingegen der Unterricht eines Dozenten langweilig war oder er die Bemühungen der Studenten nicht wirklich wertschätzte, dann hatte er einen schweren Stand.« Sie hält inne und blickt mich an. »Wer aber den größten Respekt vor den Professoren hatte, waren gewisse Verwaltungsangestellte. Es gab sowohl in Griechenland als auch in England Verwaltungspersonal, das zu manchen Professoren aufschaute wie zu Göttern am Olymp. Es war für sie das höchste der Gefühle, wenn einer dieser Professoren sich zu ihnen gesellte und mit ihnen sprach. Daran habe ich mich erinnert, als ich die Bekennerschreiben las. Das wollte ich loswerden.«

»Das war gut so, und ich danke Ihnen dafür. Diese Beobachtung hat bisher noch keiner gemacht.«

»Im Universitätsalltag gehen solche Details unter. Die fallen einem erst mit einem gewissen Abstand wieder ein.« Dann erhebt sie sich und reicht mir die Hand. »Mein Name ist Areti Stergiou. Ich hoffe, dass Sie mir wegen meines Verhaltens nicht böse sind.«

»Keineswegs, ich bin Ihnen dankbar. Ihre Beobachtung eröffnet uns neue Denkmöglichkeiten.«

Bevor sie geht, schenkt sie mir ihr erstes, nettes Lächeln.

Damit sind wir wieder bei Seferoglous Argumentation gelandet, ergänzt durch eine Beobachtung, die er selbst gar nicht machen konnte. Die Frage ist nur, wie man unter dem Verwaltungspersonal so vieler Hochschulen herausfinden kann, wer Fan gewisser alter Professoren war.

Und da ist noch etwas, das man mit berücksichtigen muss. Die Hochschullehrer, die in den Bekennerschreiben angeführt werden, hatten ihre universitäre Laufbahn bereits Mitte der sechziger Jahre beendet. Die Verwaltungsangestellten aus diesen Jahren müssen jetzt zwischen achtzig und neunzig sein. Aufgrund der menschlichen Physis und der logischen Vernunft ist die These schwer haltbar, dass diese Verwaltungsangestellten die Täter sein können. Somit hängt die Aufklärung des Falles weiter in der Luft.

Meine Bürotür wird aufgerissen, und Askalidis stürmt herein. »Herr Kommissar, es gibt eine Demonstration im Stadtzentrum!«

»Wieso erzählen Sie mir das? Ist das ein so weltbewegendes Ereignis? Es wird ja weder die erste noch die letzte sein. Das Stadtzentrum ist doch jeden zweiten Tag wegen einem Häufchen Demonstranten gesperrt.«

»Diesmal sind es aber fünfhundert.«

»Ja gut, aber was ist daran so besonders? Warum sollte es mich interessieren?«

»Das Ganze wurde von Studentenverbänden organisiert. Es ist ein Protestmarsch wegen der Ermordung der drei Professoren.«

»So? Und wo findet die Kundgebung statt?«

»An der Alten Universität, die Panepistimiou- und die Akadimias-Straße wurden gesperrt.«

»Ich gebe zu, es war doch gut, dass Sie mich informiert haben. Organisieren Sie einen Streifenwagen, dann werfen wir mal einen Blick darauf.«

Mich interessieren weder das Ausmaß der Demo noch die Reden, die dort geschwungen werden. Ich möchte bloß einen Eindruck der herrschenden Stimmung gewinnen und grob sondieren, ob ein Teilnehmer darunter ist, der für unsere Ermittlungen von Interesse sein könnte.

Wir lassen den Streifenwagen hinter dem Pulk von Polizeibeamten auf der Panepistimiou-Straße stehen und gehen zu Fuß weiter.

Beim Näherkommen frage ich mich, ob es die Mühe wert war, meine Arbeit liegen und stehen zu lassen. Es sind zwar tatsächlich um die fünfhundert Demonstranten, aber die Kundgebung wirkt dennoch kläglich. Sie haben ein paar Transparente entrollt, ein junger Mann steht auf den Stufen der Alten Universität und spricht, wobei man kein Wort versteht, denn die skandierten Parolen aus den Lautsprechern übertönen ihn. Die Passanten werfen nur einen kurzen Blick hinüber und setzen ihren Weg ungerührt fort.

Schon verwünsche ich meine Entscheidung herzukommen, das Ganze kostet mich unverhältnismäßig viel Zeit. Doch da vernehme ich eine Stimme.

»Guten Tag, Herr Kommissar.«

Als ich mich umwende, erblicke ich einen kleingewachsenen, dicklichen Glatzkopf in Anzug und Krawatte. Er postiert sich neben mir und lächelt mich an.

»Sie kennen mich nicht, aber ich habe Sie vorgestern bei der Versammlung des Verwaltungspersonals gesehen. Ich heiße Kleon Roupakidis und bin emeritierter Professor an der Wirtschaftsuniversität. Vorgestern hielt ich ein Seminar ab, das etwas früher als sonst endete. Da beschloss ich, noch zu bleiben, weil ich neugierig war, was Sie besprechen würden.«

Diese unerwartete Begegnung hellt meine Stimmung sofort auf: Mein Tag ist gerettet. Vielleicht ist Roupakidis die Person, die ich finden sollte, um den Nachforschungen neuen Schwung zu verleihen – vorausgesetzt, er erzählt mir ein paar nützliche Dinge.

»Wissen Sie, ich gehe regelmäßig zu Protestmärschen und Kundgebungen«, fährt Roupakidis fort. »Ich würde nicht sagen, dass ich politisch engagiert bin, aber jetzt, da ich kaum noch akademische Verpflichtungen habe, suche ich nach einer sinnvollen Beschäftigung. Die Demonstrationen kommen mir da ganz gelegen.«

»Was finden Sie daran so reizvoll?«, frage ich überrascht.

»Ich habe mit mir selbst eine Wette abgeschlossen. Ich frage mich nämlich, ob es neben reinen Protestkundgebungen, die bloß der Verteidigung des Status quo dienen, auch Demos gibt, die ein konstruktives Ziel haben.«

»Zum Beispiel?«

»Eine Protestkundgebung etwa zum beklagenswerten Zustand der Universitäten oder eine Versammlung zu den enormen Problemen des Gymnasiums, zusammen mit Vorschlägen zu deren Lösung. In meinen Studienjahren hat man protestiert, um das Regime zu ändern, den Polizeistaat abzuschaffen, mehr Demokratie zu wagen ... Heute dienen all die Märsche und Kundgebungen nur dazu, möglichst nichts zu verändern. Also nehme ich teil und verfolge die Sache in der – bisher vergeblichen – Hoffnung auf eine Veranstaltung, die einen Wandel einfordert.«

Ich komme nicht dazu, ihm zu antworten, da plötzlich ein ohrenbetäubender Tumult ausbricht. Von der Ippokratous- und Akadimias-Straße stürmen jugendliche Vermummte heran und werfen brüllend Steine.

Die Kundgebung löst sich sofort auf, und die Teilnehmer laufen davon. Die einen zur Sina-Straße, um in der juristischen Fakultät Zuflucht zu suchen, die anderen zum Syntagma-Platz.

»Dieser sogenannte Schwarze Block hat als einzige Gruppierung keinen Status quo zu verteidigen«, meint Roupakidis. »Sein Ziel ist nicht Veränderung, sondern Zerstörung.«

Ich sehe, wie ein uniformierter Polizist auf uns zukommt. »Herr Kollege, Sie entfernen sich mit dem Herrn besser vom Schauplatz. Hier kommt es gleich zur Straßenschlacht.«

»Haben Sie vielleicht Zeit auf einen Kaffee, damit ich Ihnen ein paar Fragen stellen kann?«, sage ich zu Roupakidis. »Im Anschluss bringen wir Sie mit dem Streifenwagen nach Hause.«

»Einverstanden. Aber Sie müssen mich nicht nach Hause fahren. Es genügt, wenn Sie mich zur Metro-Station Evangelismos bringen. Von dort kann ich die U-Bahn nach Pallini nehmen. Ich könnte sie auch vom Syntagma-Platz aus nehmen, aber ich befürchte, dass die Station aufgrund der Ausschreitungen geschlossen sein wird.«

Wir steigen in den Streifenwagen und schlagen den Weg zum Evangelismos-Krankenhaus ein. Im Park finden wir ein Café, in dem wir uns an einen Tisch setzen. Nachdem ich ihm Askalidis vorgestellt habe, komme ich direkt zur Sache.

»Ich würde gern Ihre Meinung zu den drei Morden an Ihren Kollegen erfahren«, frage ich Roupakidis.

»Es ist, wie ich vorhin schon sagte: Man will keine Veränderung und landet stattdessen bei der Zerstörung.«

»Was wollen Sie damit sagen?«, frage ich, denn ich begreife nicht, worauf er hinauswill.

»Lassen Sie es mich erklären: Gewisse Personen töten drei Professoren, weil sie die Uni verlassen haben, um in Ministerien zu wechseln. Sie haben ihre Lehrstühle aufgegeben in der Gewissheit, dass sie jederzeit dorthin zurückkehren können. Das ist die klare Botschaft hinter Stelios Kostopoulos' Ermordung. Aber sagen Sie: Was hindert die Hochschulen als autonome und selbstverwaltete Körperschaften eigentlich daran, ihre Regeln zu ändern und alle Professoren, die einen Ministerposten übernehmen, an der Rückkehr zu hindern? Wohlgemerkt, ich spreche weder von einem Sabbatical noch von einem Posten in irgendeinem Aufsichtsrat. Ich meine Tätigkeiten, die eine Unterbrechung der Lehrverpflichtungen auf unbestimmte Zeit erfordern. Nach so einer Satzungsänderung würde kein Professor mehr seine verbeamtete Stelle an der Universität opfern, um ein kurzes Gastspiel als Minister zu geben.«

»Halten Sie so etwas für möglich?«, fragt ihn Askalidis, der ihm aufmerksam zugehört hat.

»Nein, junger Mann. In der Theorie klingt es einfach, aber in der Praxis ist es leider unmöglich. Die Machtspielchen, die innerhalb der Hochschule gespielt werden, gestatten so etwas nicht. Denn viele von denen, die andere dafür verurteilen, dass sie einen Ministersessel eingenommen haben, hätten überhaupt nichts dagegen, wenn sie selbst zum Zuge kämen. Daher würde die große Mehrheit einer Satzungsänderung leider nicht zustimmen. Das erklärt meinen Anfangssatz: Da wir keine Veränderung wollen, enden wir bei Zerstörung, und deshalb haben drei meiner Kollegen ihr Leben verloren.«

»Ich habe gehört, was Sie einleitend gesagt haben, aber eine Sache verstehe ich nicht. Bestimmt gibt es doch eine Minderheit, die anderer Meinung ist. Warum geht keine davon an die Öffentlichkeit, um zu protestieren?«

»Weil wir, egal ob wir für den Status quo auf die Straße gehen oder zum Schwarzen Block gehören oder eine Universität besuchen, immer die Tatsachen verdrehen.«

»Welche Tatsachen denn?«

»Wir nehmen das Unnatürliche als natürlich hin.«

Langsam begreife ich, was die Stergiou am Morgen gemeint hat: Wenn man Menschen wie Seferoglou oder Roupakidis zuhört, kann man nicht anders, als an ihren Lippen zu hängen und vor ihnen den Hut zu ziehen.

»Heute morgen hat mir eine Journalistin etwas erzählt,

das für unsere Ermittlungen interessant sein könnte, und ich bin gespannt, was Sie darüber denken. Sie meinte, die Verfasser der Bekennerschreiben zu den drei Morden müssten Personen sein, die gegenüber den früheren Professoren einen enormen Respekt empfinden, wie etwa Verwaltungsangestellte. Sie erinnert sich, dass es sie stolz und glücklich machte, von den Professoren angesprochen und beachtet zu werden. Und deshalb hätten diese Leute alle drei Morde dem Andenken früherer, mittlerweile verstorbener Professoren gewidmet.«

Roupakidis lacht. »Meinen Glückwunsch an die Journalistin!«, sagt er. »Als ich mein Studium begann, habe ich das genauso erlebt. Meine Professoren sind mir mit der Autorität ihres Lehrstuhls und ihres Wissens begegnet. Sie riefen mir ständig den Abstand in Erinnerung, der uns trennte. Ich kann nicht behaupten, dass mir das gefiel. Andererseits war jedes Lob, das ich einheimsen konnte, wie ein Geschenk des Himmels. Da können Sie sich die Freude eines Verwaltungsangestellten vorstellen, wenn sich ein Professor herabließ und mit ihm ein paar Worte wechselte.«

Dann hält er inne, blickt mich an und lächelt. »Kann sein, dass der kürzeste Abstand zwischen zwei Punkten manchmal eine Kurve ist, Herr Kommissar, aber der kürzeste Weg zum gegenseitigen Respekt ist die Distanz.«

Hier endet die Lektion des emeritierten Professors an den Kommissar und dessen Assistenten. Roupakidis steht auf und verabschiedet sich.

»Sobald wir zurück sind, rufen Sie Dervissoglou an und bestellen ihn ins Büro. Ich möchte, dass alle zum Rapport antreten«, sage ich zu Askalidis.

Im Streifenwagen bin ich meinem Schicksal dankbar für den heutigen Tag. Sowohl die Stergiou als auch Roupakidis haben mir die Augen geöffnet und geholfen, den Ermittlungen eine neue Richtung zu geben.

33

Alle haben sich um meinen Schreibtisch geschart und hören sich den Bericht meiner Treffen mit der Stergiou und Roupakidis an. Als ich fertig bin, meldet sich jedoch keiner meiner Mitarbeiter zu Wort.

»Was ist los? Seid ihr auf den Mund gefallen?«, frage ich.

»Was soll man da sagen, Herr Kommissar?«, ergreift Koula das Wort. »Mittlerweile bin ich nach Dermitsakis am längsten im Team dabei, aber so einen Fall ohne jeglichen Anhaltspunkt habe ich noch nie erlebt.«

»Meiner Meinung nach steht die These vom Verwaltungspersonal auf wackeligen Füßen«, meint Dermitsakis. »Die heutigen Angestellten können erst nach der Pensionierung der in den Bekennerschreiben erwähnten Hochschullehrer ihren Dienst angetreten haben. Andernfalls wären sie jetzt um die neunzig, wie Sie ganz richtig angemerkt haben. Außerdem gibt es auch noch den Punkt, den der Professor angesprochen hat.«

»Welchen?«

»Den Status quo, Herr Kommissar. Warum sollte dem Verwaltungspersonal die Rettung der Universität am Herzen liegen, wenn allen anderen Beamten nur an der Erhaltung des Status quo gelegen ist? Als Beamte denken sie ähnlich und haben dieselben Ängste.«

»Das klingt vernünftig. Wie lautet also deine Einschätzung?«

»Es gibt zwei Möglichkeiten, Herr Kommissar. Erstens könnten es ehemalige Studenten oder Studentinnen sein, die damals die Uni besuchten, als die alten Professoren noch lehrten. Dabei könnten sie sie kennengelernt haben. Sie müssten heute um die siebzig sein. Giftmorde wären ihnen zuzutrauen – der blutige Mord an Archontidis vielleicht eher nicht. Die zweite und wahrscheinlichere Möglichkeit ist, dass die Morde von heutigen Hochschullehrern begangen wurden, die die alten Professoren in ihrer eigenen Studienzeit kennengelernt haben.«

»Sorry, aber ich glaube, wir stecken fest und befassen uns mit Theorien, die an den Haaren herbeigezogen sind«, mischt sich Dervissoglou ein.

»Wieso?«, frage ich neugierig.

»Wir sind uns doch einig, dass die Täter ein gewisses Bildungsniveau haben.«

»Ja, das stimmt«, lautet die einmütige Antwort.

»Die drei Professoren aus den Bekennerschreiben haben ein bedeutendes wissenschaftliches Werk hinterlassen. Wer sagt uns, dass die Täter nicht einfach nur ihre Bücher gelesen haben und sie dafür bewundern und ihnen deshalb die Morde widmen?«

Keiner von uns reagiert, da uns kein Einwand einfällt. Sein Gedankengang ist absolut überzeugend. Dervissoglou registriert unser Schweigen und fährt fort.

»Ihr Gesprächspartner, Professor Roupakidis, hat von Respekt gesprochen, Herr Kommissar. Ich dagegen würde von Bewunderung sprechen. Die Täter haben ihre Werke gelesen und sie dafür bewundert. Meiner Meinung nach werden ihnen die Taten nicht aus Respekt, sondern aus Bewunderung gewidmet.«

»Und was schlägst du vor?«, fragt ihn Dermitsakis.

»Es ist nicht meine Aufgabe, Vorschläge zu machen. Aber eins möchte ich noch sagen: Seit zwei Tagen durchforste ich die Register des Verwaltungspersonals der juristischen Fakultät. Wie sollen wir aus diesen endlosen Reihen von Namen denjenigen herausziehen, der uns interessiert? Welche Anhaltspunkte haben wir? Und genauso einen Wust werde ich in der philosophischen Fakultät und der Wirtschaftsuniversität zu bewältigen haben. Entschuldigung, wenn ich das so sage, Sie wissen es sicher besser: Aber mir scheint, wir suchen die berühmte Stecknadel im Heuhaufen.«

Dervissoglou hat den Nagel auf den Kopf getroffen. Da wir überhaupt keine Fakten, ja nicht einmal einen Hinweis in der Hand haben, suchen wir drauflos, um per Zufall auf irgendeine Auffälligkeit zu stoßen, und hoffen, dass sich das Übrige weisen wird. Wie Koula schon sagte, ist es einer der schwierigsten Fälle meiner gesamten Laufbahn.

»Fotis hat recht«, sage ich zu meinen Mitarbeitern. »Da wir über keinerlei Daten verfügen, theoretisieren wir herum und versuchen uns blind vorzutasten. Wir haben es mit einem Wirrwarr von Informationen zu tun, in dem uns nur ein Lottotreffer helfen kann.«

»Sollten wir uns vielleicht noch ein anderes Wirrwarr an Informationen vornehmen?«, fragt Koula.

Dermitsakis blickt sie alarmiert an. »Und welches?«

»Das Internet und die sozialen Netzwerke. Das ist zwar

auch ein Datenwust, aber dort gibt es Kommentare, Diskussionen, Posts … Könnte gut sein, dass uns das rascher voranbringt.«

»Nun, wir werfen ohnehin auf gut Glück unsere Netze aus. Ich rede gleich mit Vellidis, vielleicht zieht er eine Sardine an Land, denn ein Goldfisch wird schwerlich dabei sein. In der Zwischenzeit machen Sie mit den Registern weiter, so lästig diese Arbeit auch ist«, sage ich zu Dervissoglou.

Dann schicke ich meine Mitarbeiter in ihr Büro zurück und schaue auf einen Sprung bei Vellidis vorbei. Er unterhält sich gerade mit einem Kollegen, den er aber gleich wegschickt, um mit mir unter vier Augen reden zu können.

»Von deinem Gesichtsausdruck her zu schließen, muss es etwas Wichtiges sein«, sagt er.

Ich setze ihn über den Verlauf der Ermittlungen in Kenntnis und auch darüber, wo es derzeit hakt. Das einzig Sichere bei diesem Fall ist, dass ich von der einen Berichterstattung zur anderen laufe.

»Da verlangst du aber ganz schön viel von mir!«, kommentiert er. »Kannst du mir sagen, wo wir vorzugsweise suchen sollen?«

»Ich würde sagen, du fängst beim Unipersonal an: Professoren, Studierende und Verwaltungsangestellte. Das ist meiner Meinung nach die am leichtesten zugängliche Quelle.«

»Einverstanden, aber ich muss dich vorwarnen. In den sozialen Netzwerken sind Pseudonyme die Regel. Daher liegt es nahe, dass viele von denen, die wir suchen, speziell auf Facebook unter Pseudonym angemeldet sind.«

»Einverstanden, aber wenn ihr auf etwas Interessantes stoßt, könnt ihr doch den Klarnamen des Verfassers feststellen.«

»Normalerweise schon. Da müsste einer schon ein ziemlicher Crack sein, um uns zu entwischen.«

Nachdem wir uns geeinigt haben, fahre ich wieder in mein Büro hinunter. Kaum habe ich am Schreibtisch Platz genommen, läutet mein Handy: Gikas ist dran.

»Haben Sie Zeit auf ein Pläuschchen mit Ihrem alten Chef?«, fragt er. »Ich verlange nicht, dass Sie zu mir kommen. Ich komme gern in ein Café in der Nähe des Präsidiums, um ein bisschen zu plaudern.«

Ich weiß nicht, ob er mir etwas Konkretes zu sagen hat oder ob es ihn juckt, Neuigkeiten aus der Dienststelle zu erfahren. Da ohnehin nichts Dringendes ansteht, schlage ich ihm das Café am Ende des Alexandras-Boulevards vor.

Bei meinem Eintreffen sitzt er draußen, vor ihm steht eine Mokkatasse. Als er mich erblickt, steht er auf, drückt mir die Hand und legt mir die andere auf die Schulter.

»Vielen Dank, dass Sie gekommen sind, Kostas. Sie wissen nicht, wie es ist, wenn das Büro nicht mehr der Lebensmittelpunkt ist und man zu Hause herumsitzt und Däumchen dreht.«

»Was ist aus dem Fischen geworden?«, frage ich.

»Es ist fast Anfang September, da wird es sehr windig. Fischen bei höherem Seegang ist nichts für blutige Anfänger. Wir waren für ein paar Tage in unserem Wochenendhäuschen, aber an den Abenden wurde es kühl. Das war meiner Frau zu ungemütlich, und jetzt sind wir wieder zurück in Athen.«

Er hält inne, bis der Kellner meine Bestellung aufgenommen hat. »Aber ich wollte Sie nicht treffen, um mich bei Ihnen auszuweinen. Ich wollten Ihnen etwas Erfreuliches mitteilen. Kapsidis hat mich angerufen.«

»Der Vizepolizeipräsident?«

»Ja, und er hat mir gesagt, dass ich all die Jahre einen sehr fähigen Polizeioffizier an meiner Seite hatte. Sie hätten zwei große Tugenden: große Erfahrung und einen klaren Blick. Wollen Sie wissen, was ich geantwortet habe?« Er hält inne und lacht. »Dass ich Sie sonst nicht so viele Jahre bei mir behalten hätte, obwohl Sie immer Ihren Kopf durchgesetzt haben und ich die Kastanien aus dem Feuer holen musste.«

»Vielen Dank für Ihre Worte. Ich freue mich, dass der Vizepolizeipräsident zufrieden ist. Aber ich glaube nicht, dass ich so viel Lob verdient habe.«

»Kommen Sie, keine falsche Bescheidenheit. Dazu kennen wir uns zu lange.«

»Nein, ich meine es ernst. Im jetzigen Fall sitzen wir ganz übel in der Klemme. Entweder haben wir es mit genialen Tätern zu tun, oder es ist uns irgendetwas Wichtiges entgangen.«

Ich hole noch einmal zur Berichterstattung aus – zum einen, weil ich hoffe, durch das ewige Wiederholen derselben Geschichte schließlich doch noch zu kapieren, was uns die ganze Zeit entgeht, zum anderen, weil ich weiß, dass es ihn befriedigt, wie früher in die Ermittlungen einbezogen zu sein.

In der Tat lauscht er meinen Worten mit derselben Aufmerksamkeit wie zu seiner Dienstzeit. »Das ist wirklich ein undurchsichtiger Fall. Aber, lieber Kostas, Sie haben da, glaube ich, tatsächlich etwas übersehen.«

»Was denn?«, frage ich gespannt.

»Sie haben vergessen, dass Frauen vor der Finanzkrise schon mit fünfzig in Rente gegangen sind. Und wenn sie unmündige Kinder hatten, sogar mit fünfundvierzig. So war es in den Banken, aber auch im öffentlichen Dienst.«

Ich könnte vor lauter Frust aus der Haut fahren. Wieso hatte ich daran nicht gedacht?

»Sehen Sie? Schlussendlich bin ich doch nicht so schlau, wie Sie sagen.«

»Kommen Sie, es gibt immer etwas, das man nicht im Blick hat. Und dann quält man sich eben, bis man es schließlich findet. Dafür gibt es doch Gewährsleute, und das können durchaus auch Rentner sein.«

Anschließend redet sich Gikas noch ein wenig seinen Missmut über das Rentnerdasein von der Seele, und wir trinken unseren Mokka aus. Dann verlasse ich das Café und kehre, ganz frustriert über meinen Denkfehler, an die Dienststelle zurück. Trost finde ich in einer anderen Überlegung: Das Lob des Vizepolizeipräsidenten bestätigt nicht nur, dass sich die Tür zu Gikas' Büro einen Spalt geöffnet hat, sondern auch, dass ich meinen Fuß schon in der Tür habe.

34

Katerina hat uns in ihre Wohnung eingeladen, um für uns zu kochen. Es kommt nicht so oft vor, dass meine Tochter die Küche in Beschlag nimmt. Fanis isst mittags im Krankenhaus, und Katerina nimmt zwischendurch einen Imbiss. Zum Abendbrot improvisieren sie schnell etwas, wenn Adriani sie nicht mit vorgekochtem Essen in Tupperdosen versorgt. Was den Wohnungsputz betrifft, so hatte ihn bis jetzt Fanis übernommen, da er – außer bei Nachtdiensten – früher als sie nach Hause kommt. Oder sie erledigten ihn gemeinsam an den Wochenenden.

»Als werdende Mutter muss ich mir das Kochen frühzeitig angewöhnen«, meint sie am Telefon.

»Spiel nicht die Heldin, deine Mutter wird ohnehin für dich kochen. Das weißt du besser als ich!«

»Stimmt, als Entschädigung.«

»Entschädigung wofür?«, wunderte ich mich.

»Dafür, dass sie mich mit Anrufen drangsaliert: Ob ich beim Frauenarzt war, ob ich nicht zu viel arbeite, was ich esse, was ich trinke. Zweimal täglich muss ich ihr ausführlich Bericht erstatten. Jetzt geht es noch um die Schwangerschaft, aber bald schon wird die Erziehung von Klein-Lambros das Thema sein. Zwischendurch kocht sie dann leckeres Essen, zur Entschädigung für alles andere.«

Ich muss lachen, weil sie wirklich nicht übertreibt. Adrianis einzig wirksame Methode, sich von ihren Ängsten zu befreien, ist Unterdrücken oder Bekochen.

Ich räume gerade im Büro meinen Schreibtisch auf, als Adriani anruft. »Du brauchst mich nicht von zu Hause abzuholen. Ich bin mit Tassia, Argyro und Kalliopi unterwegs und fahre direkt zu Katerina.«

Diese Lösung passt mir gut, denn es ist für mich einfacher, vom Alexandras-Boulevard direkt nach Neo Psychiko zu fahren, als den Umweg über unser Wohnviertel Pangrati zu nehmen.

Fanis öffnet mir die Tür. Tatsächlich bin ich vor Adriani da. »Katerina ist mit Mania in der Küche«, erklärt er. »Katerina kocht und Mania bietet ihr dabei seelische Unterstützung.«

Im Wohnzimmer sitzt Uli bei einem Glas Wein. Nachdem wir uns begrüßt haben, gehe ich in die Küche, um meine Tochter zu umarmen. Ich habe sie seit dem Treffen im Obdachlosenheim nicht mehr gesehen und stelle fest, dass sie zugenommen hat und ihr Bauch etwas größer geworden ist.

»Kickt er schon?«, necke ich sie.

»Papa, du weißt, dass ich gern Fußball gucke, aber ich habe nicht vor, einen Fußballer auf die Welt zu bringen.«

Dann überlasse ich sie ihren Kochkünsten und Manias fachlicher Beratung und kehre ins Wohnzimmer zurück.

»Katerina hat mir erzählt, dass Sie es mit einem schwierigen Fall zu tun haben«, meint Uli, als ich mich setze.

Ich habe noch nie verstanden, warum bei Treffen im Familien- und Bekanntenkreis, egal ob mit den drei Grazien oder jetzt auch mit Uli, die Leute von mir mit Kriminalgeschichten bei Laune gehalten werden wollen. Fanis dagegen muss nie über seine Patienten oder Katerina über ihre juristischen Fälle erzählen. Andererseits mag ich Uli sehr, und deshalb würge ich das Gespräch nicht ab.

»Alle Fälle sind komplex, Uli«, erläutere ich ihm. »Nur haben wir es diesmal mit einem Terrain zu tun, das uns nicht vertraut und daher besonders heikel ist.«

»Uli, warum bedrängst du den Herrn Kommissar, wenn du selbst doch etwas Erfreuliches zu berichten hättest«, sagt Mania, die gerade ins Wohnzimmer getreten ist.

»Was für erfreuliche Neuigkeiten?«, fragt Fanis.

Uli zögert kurz, aber dann macht er schließlich den Mund auf. »Ich habe einen großen Auftrag bekommen. Ich soll die Internetpräsenz einer deutschen Firma auf dem gesamten Balkan organisieren.«

»Bravo, Uli! Glückwunsch!«, rufen Fanis und ich gleichzeitig.

»Wir haben uns in Deutschland mit Freunden von Uli getroffen«, erklärt Mania. »Darunter war ein Ehepaar, das Uli nur entfernt kannte. Der Mann ist Direktor eines Unternehmens, und als er hörte, was Uli in Griechenland macht, hat er ihm den Job angeboten. Und heute kam der Auftrag!«

Die Bravorufe werden vom Läuten der Türklingel unterbrochen. Sissis ist eingetroffen, wie gewöhnlich mit einem kleinen Gastgeschenk.

»Hör mal, Onkel Lambros«, sagt Fanis, der diese Anrede von Katerina übernommen hat. »Das nächste Geschenk bringst du erst, wenn dein Namensvetter da ist.«

»Vergebliche Liebesmüh«, sage ich zu Fanis. »Egal, was du ihm sagst, er und sein Päckchen sind unzertrennlich.«

»Ich habe nichts Besonderes mitgebracht«, rechtfertigt sich Sissis. »Nur ein paar Schokotrüffel zum Nachtisch.«

Da kommt Katerina aus der Küche. »Wo bleibt denn Mama?«, fragt sie mich.

»Sie ist bei ihren Freundinnen, aber sie kommt gleich.«

»Aha«, sagt sie augenzwinkernd. Dann gibt sie Sissis einen Kuss und kehrt in die Küche zurück.

Sissis erzählt uns eine unglaubliche Geschichte: Ein nach Kanada ausgewanderter Grieche war am Morgen aus heiterem Himmel im Obdachlosenheim aufgetaucht, um nach seiner Schwester zu suchen. Er hatte sie nach dem Tod ihrer Eltern aus den Augen verloren und wollte sie nun abholen und mit nach Kanada nehmen.

»Aber Aglaia, seine Schwester, stellte sich quer«, erzählt Sissis weiter. »Sie hat ihm gesagt: ›Mein lieber Jannis, wenn du mir einen Hin- und Rückflug schenken möchtest, damit ich deine Frau und meine Neffen und Nichten kennenlerne, komme ich gerne. Und wenn du mir ein bisschen Taschengeld geben kannst, damit ich besser über die Runden komme, dann bin ich dir ewig dankbar. Aber das Obdachlosenheim ist mein Zuhause. Es ist zu spät für mich, in meinem Alter ein neues Leben in Kanada anzufangen.‹«

»Was, sie hat eine solche Chance mir nichts, dir nichts ausgeschlagen?«, wundert sich Mania. »Das nenne ich mutig.«

»Wie alt ist sie denn?«, möchte Fanis von Sissis wissen.

»Knapp über siebzig, schätzungsweise.«

»Was erwartest du? Soll sie, ohne Englisch oder Französisch zu sprechen, nach Kanada auswandern?«, meint Fanis zu Mania. »Das wäre, als würde sie ein Schweigegelübde ablegen. Sie könnte sich ja nicht einmal mit ihren Nichten und Neffen unterhalten. Im Vergleich dazu ist das Obdachlosenheim ein Paradies.«

Nun hören wir, dass auch Adriani eingetroffen ist, doch sie geht achtlos an uns vorbei und schnurstracks in die Küche. »Die werdende Mutter hat Vorrang!«, erklärt sie.

Kurz darauf kehrt sie mit einem breiten Lächeln zurück. »Jetzt ist der Bauch nicht mehr zu übersehen«, meint sie zufrieden. Aber kurz darauf macht sie sich wieder Sorgen. »Solange sie nicht schwanger war, hat sie uns nicht mal zum Kaffee eingeladen. Was ist denn jetzt in sie gefahren, dass sie sich in ihrem Zustand so anstrengt?«

»Das schadet ihr nicht«, antwortet ihr Fanis. »Im Gegenteil, Bewegung tut ihr gut.«

»Soviel ich weiß, lieber Fanis, bist du Kardiologe und kein Gynäkologe«, meint Adriani spitz.

»Ja, aber mit ihrem Gynäkologen bin ich seit Studienzeiten eng befreundet, und der hat mir das bestätigt«, beendet Fanis den Schlagabtausch.

»Schade, dass ich dich nicht früher kennengelernt habe, Adriani«, meint Sissis.

»Finde ich auch, aber wieso sagst du das?«

»Weil du die ideale Parteisekretärin gewesen wärst. Du hättest für eiserne Disziplin gesorgt.«

»Ich, mein lieber Lambros, verstehe nichts von Parteiorganisationen. Mich hat allein die Armut diszipliniert.«

Da steht Sissis auf, umarmt und drückt sie. »Den Ausspruch habe ich noch nie gehört, obwohl ich schon so lang in der Partei bin!«, sagt er.

Hier endet der Austausch von Nettigkeiten, da Katerina und Mania mit den Speisen hereinkommen.

»Los, alle zu Tisch!«, ruft Katerina.

Wir nehmen Platz und betrachten voller Neugier die Speisen. Aber noch neugieriger bin ich, wie Adriani auf Katerinas Kochkünste reagiert. Als Vorspeise gibt es Spinatsoufflé und als Hauptgang Schweinefleisch mit Spargel.

»Für den Salat nehme ich kein Lob entgegen, der ist von Mania«, verkündet sie.

Zuerst trinken wir auf das Wohl des künftigen Enkels, danach wünschen wir Uli viel Erfolg. Dann erst widmen wir uns dem Soufflé – anfangs noch zögerlich, dann mit wachsender Begeisterung.

»Katerina, dein Soufflé ist köstlich!«, erklärt Mania. Alle stimmen zu, bis auf Adriani.

Ich beobachte sie aus dem Augenwinkel. Sie isst ohne Eile, wobei sie jeden Bissen im Mund sorgfältig prüft.

»Und wie findest du's?«, will Katerina von ihrer Mutter wissen.

Adriani blickt sie prüfend an. »Wo hast du kochen gelernt? Von mir jedenfalls nicht, weil du jedes Mal aus der Küche gegangen bist, wenn ich gekocht habe.«

Sie sagt ihrer Tochter nicht, dass ihr Essen gut schmeckt, sondern fragt sie stattdessen, wo sie kochen gelernt hat. Das ist für Adrianis Verhältnisse ein Lob.

»Mama, ich bitte dich, es gibt Kochbücher.«

»Wenn du wüsstest, wie oft ich Soufflé essen musste, bis sie sicher war, dass es ihr gelingt«, sagt Fanis zu Adriani.

Das Geschirr für die Vorspeise wird abgeräumt, und wir gehen zum Schweinefleisch mit Spargel über, der zweiten kulinarischen Überraschung des Abends. Bis jetzt war ich auf meine Tochter als Anwältin stolz, jetzt ziehe ich auch vor der Köchin den Hut. Alle sind begeistert, bis auf Adriani, die den Mund schon wieder nicht aufmacht. Ich befürchte schon, dass ihr das Gericht nicht schmeckt, bis sie sich mit der Serviette den Mund abwischt und zu ihrer Tochter sagt: »Gibst du mir das Rezept?«

Katerina verschlägt es kurz die Sprache, dann ruft sie laut: »Leute, ihr dürft mir gratulieren! Meine Mutter fragt mich nach dem Rezept! Das heißt, ich kann tatsächlich kochen!«

»Mein Schatz, was soll ich dazu sagen? Im Dorf, wo ich aufgewachsen bin, hat die Hebamme die Kinder zu Hause auf die Welt gebracht, und die Mädchen lernten von ihrer Mutter das Kochen. Heutzutage bringen Gynäkologen die Kinder in Geburtskliniken auf die Welt, und die Mädchen lernen das Kochen aus Kochbüchern. Die Welt hat sich verändert, aber für mich ist es zu spät umzulernen.«

Katerina springt auf, läuft zu ihrer Mutter hinüber und drückt ihr einen Kuss auf die Wange.

»Schon gut, das Essen ist sehr lecker«, bekräftigt Adriani. »Aber bilde dir nicht zu viel drauf ein, du musst noch viel lernen.«

»Der Apfel fällt nicht weit vom Stamm«, bemerkt Sissis.

Zum ersten Mal erkennt Adriani die Fähigkeiten ihrer Tochter an, und auch noch vor Publikum! Sieh mal einer an, was ein Enkelchen alles bewirken kann, sage ich mir. Und dabei befinden wir uns erst in der Schwangerschaft.

Wenn Lambros erst mal da ist, wird er uns allen auf der Nase herumtanzen, besonders seiner Oma.

Den restlichen Abend verbringen wir gemütlich mit Scherzen und lustigen Geschichten. Fanis serviert uns, zusammen mit Sissis' Schokotrüffeln, einen italienischen Grappa.

Es ist schon nach Mitternacht, als wir aufbrechen. Wir nehmen Sissis bis zum Obdachlosenheim mit. Die Straßen sind leer, und in null Komma nichts sind wir in Kypseli. Nachdem wir Sissis eine gute Nacht gewünscht haben, fahre ich auf die Patission-Straße, um über den Syntagma-Platz nach Pangrati zu gelangen.

»Hast du mit deinen Freundinnen wieder den Kaffeesatz gelesen?«, necke ich Adriani gut gelaunt.

»Pff, du kannst es nicht lassen! Nein, ich wollte sie nur besuchen. Aber da wir schon beim Kaffeetrinken waren, haben wir doch noch einen Blick in die Zukunft geworfen.«

»Und was habt ihr dort gesehen?«

»Dass Lambros einen geraden Weg vor sich hat, und das hat mich gefreut. Und dann hatte Tassia eine witzige Idee.«

»Witzige Idee? In Bezug auf unseren Enkel?«

»Nein. Sie bat Kalliopi, auch für dich den Kaffeesatz zu lesen, damit du den Professorenmörder findest. Kalliopi wollte nicht recht, da hat Tassia verärgert gesagt: ›Ja, stimmt, von euch könnte er mehr erfahren als vom Kaffeesatz, ihr habt ja früher an der Uni gearbeitet.‹«

Hier unterbreche ich Adriani. »Wo haben sie gearbeitet?«

»An der Uni. Aber das ist schon lange her.«

Ich lenke den Seat auf der Patission-Straße scharf an den Straßenrand. »Hast du das gewusst?«, frage ich sie.

»Woher denn? Sie haben sich uns doch als Rentnerinnen vorgestellt.«

»Und was haben sie gesagt, als Tassia die Uni ins Spiel brachte?«

»Kalliopi sagte: ›Unsere Zeit an der Uni ist ewig lang her. Was könnte der Kommissar von uns alter Garde erfahren?‹ Dann lachte sie. Damit war die Diskussion beendet.«

Ich steige aufs Gas und fahre los.

»Himmelherrgott, bist du verrückt geworden?«, schimpft Adriani. »Du fährst bei Rot über die Ampel! Willst du uns umbringen, bevor wir unseren Enkel zum ersten Mal im Arm halten?«

35

Ich habe die ganze Nacht kein Auge zugetan. Adriani beschwerte sich, weil ich mich ständig im Bett umherwälzte, so dass sie auch nicht schlafen konnte.

Jetzt sitze ich an meinem Schreibtisch und zerbreche mir weiter den Kopf. Handelt es sich um einen teuflischen Zufall? In Papingo haben wir unvorhergesehen drei Damen – zwei unverheiratete ältere Frauen und eine Witwe – kennengelernt. Warum sollten sie, als wir uns anfreundeten, ihre Studienabschlüsse vorweisen oder ihre frühere berufliche Laufbahn erwähnen? Millionen von Menschen haben an griechischen Universitäten studiert, und auch die Anstellung der drei Damen im akademischen Betrieb war nichts Besonderes. Und dass sie Rentnerinnen sind, entspricht schließlich ebenso der Wahrheit.

Hier drängt sich jedoch eine Frage auf: Wieso haben sie, als wir nach den Morden verzweifelt nach irgendeinem Anhaltspunkt suchten, mit keinem Sterbenswort erwähnt, dass sie auch an der Uni gewesen waren? Gut, nehmen wir mal an, sie hätten – wie viele andere ehemalige Studentinnen – einfach nicht daran gedacht.

Doch das führt unmittelbar zur nächsten Frage: Warum stehen alle unsere Treffen mit den drei Grazien in zeitlichem Zusammenhang mit den Morden? Nach dem

Rapsanis-Mord hatte uns Argyro eingeladen, nach dem Archontidis-Mord folgte ein Treffen bei uns, wobei – zugegeben – unser künftiges Enkelkind der Anlass war. Nach dem Kostopoulos-Mord hat uns Tassia zum Abendessen eingeladen. Und bei jedem Rendezvous stellten sie uns Fragen zu den Ermittlungen. Ganz ohne Hintergedanken? Nicht auszuschließen, aber eher unwahrscheinlich, da es ein paar Zufälle zu viel wären. Wir lernten uns – nehmen wir an – wirklich zufällig kennen, bevor die Mordserie begann. Doch dann kommt es nach jedem Mord zu einer – vermutlich bewusst herbeigeführten – Begegnung.

Die Frage, ob es sich um arrangierte Zusammentreffen handelt oder nicht, treibt mich an, der Sache auf den Grund zu gehen. Nur weiß ich nicht, wo ich ansetzen soll. Ich weiß ja nicht einmal ihre Nachnamen. In Papingo haben wir uns nur mit den Vornamen vorgestellt und blieben dann dabei.

Natürlich kann ich im Hotel in Papingo anrufen und ihre Nachnamen erfragen, aber dann kann ich nicht ausschließen, dass die Hotelbesitzerin die drei darüber in Kenntnis setzt. Ich möchte die Nachforschungen diskret betreiben, denn sollte ich mich irren und Adrianis Genossinnen im Kaffeesatzlesen – wie Sissis sagen würde – zu Unrecht verdächtigen, möchte ich die Kommentare meiner Frau lieber nicht hören.

Die andere Lösung wäre, Adriani zu bitten, alle drei zu uns einzuladen, und sie inoffiziell zu befragen. Aber diese Idee verwerfe ich gleich wieder. Dadurch würde ich nur Verdacht erregen und sie zur Vorsicht mahnen. Besser ist, sie in Sicherheit zu wiegen.

Plötzlich kommt mir eine Idee, und ich rufe Askalidis

zu mir. Ich gebe ihm Argyros Adresse und trage ihm auf, die Namensschilder an ihrem Wohnhaus zu prüfen und mir den vollständigen Namen durchzugeben.

Kaum ist Askalidis fort, rufe ich Dervissoglou herein. »Suchen Sie nicht länger im Blindflug, sondern konzentrieren Sie sich auf Verwaltungsangestellte mit Vornamen Argyro und Kalliopi.«

Dann rufe ich Dermitsakis und Koula zu mir, um sie auf den neuesten Stand zu bringen. »Keine Ahnung, was bei den jetzigen Nachforschungen herauskommt. Vielleicht gar nichts! Aber wie ich euch gerade erläutert habe, bin ich hellhörig geworden.«

Auf einmal gluckst Koula los. »Was ist denn so lustig?«, frage ich pikiert.

»Herr Kommissar, zuerst haben wir nach Terroristen gesucht, dann im Internet, schließlich unter den Professoren, und jetzt sind wir bei Klingelschildern gelandet!«

Dermitsakis stimmt in ihr Lachen ein, doch dann wird Koula ernst. »Wie sehen die Frauen aus?«, fragt sie.

Ich gebe ihr eine Beschreibung. »Wenn Sie einverstanden sind, postiere ich mich vor Argyros Wohnhaus. Sobald ich eine der drei sehe, probiere ich, mit ihr ins Gespräch zu kommen. Vielleicht finde ich dabei etwas heraus. Wieso nur die Klingelschilder abklappern? Bei der Gelegenheit kann ich sie auch direkt anquatschen.«

Ich gebe ihr recht und schicke sie los. Ohnehin folge ich momentan mehr meinem Instinkt als den verfügbaren Indizien.

Im Anschluss kehrt Askalidis von seinem Auftrag zurück. »Der Name lautet Argyro Tersidi«, verkündet er.

Ich will schon Dervissoglou anrufen, halte aber inne. Ich sollte so wenig Zeit wie möglich verschwenden. Daher überlege ich, wen ich zuerst nach Argyro Tersidi befragen soll. Fenekidis oder Kardassis? Schließlich entscheide ich mich für Kardassis, weil er der Dienstältere ist.

»Er ist gerade in einer Vorlesung, Herr Kommissar. In einer Stunde steht er Ihnen zur Verfügung«, sagt mir eine Angestellte des Sekretariats.

In der Zwischenzeit rufe ich Vellidis an und bitte ihn, nach Argyro Tersidi auf Facebook oder Twitter zu suchen.

»Ist sie eine Tatverdächtige?«, fragt er.

»Das ist noch unklar, erst mal geht es um eine formlose Überprüfung.«

Erneut will ich Dervissoglou anrufen, um ihm den Nachnamen mitzuteilen, doch da kommt mir etwas anderes in den Sinn. Da Koula nicht da ist, lasse ich mir von meinen Assistenten helfen.

»Suchen Sie nach der Aussage von Frau Menekidi«, sage ich zu Dermitsakis. »Ich brauche ihre Telefonnummer.«

Dermitsakis findet den Aktenordner mit dem Aussageprotokoll auf Anhieb. Ich überfliege es und stelle dabei fest, dass Theodorakopoulos und Soras, die Professoren, die von den Tätern der beiden ersten Morde als große Vorbilder angeführt wurden, alle beide an der Philosophischen Fakultät lehrten. Das hatte sie bei ihrer offiziellen Aussage fürs Protokoll noch ergänzt.

Ungeduldig warte ich auf das Ende der Vorlesung, um endlich Kardassis kontaktieren zu können. Zum Glück erwische ich ihn gleich.

»Herr Professor, entschuldigen Sie die Störung. Können

Sie sich an eine Jurastudentin namens Argyro Tersidi erinnern?«

Er denkt kurz nach und antwortet dann: »Nein, aber das sollte Sie nicht von weiteren Ermittlungen abhalten. Ich hatte so viele Studierende, dass ich mir nicht alle Namen merken kann.«

»Erinnern Sie sich eventuell an eine Verwaltungsangestellte mit diesem Namen? Da müssten Sie allerdings ein Weilchen zurückdenken, da ich nicht glaube, dass sie erst kürzlich in Rente gegangen ist.«

»Nein, mir fällt keine Verwaltungsangestellte ein, die so hieß. Diesen Namen habe ich überhaupt noch nie gehört.«

Ich denke erst noch einmal gründlich nach. Argyros Name ist Kardassis jedenfalls unbekannt. Die Menekidi hatte uns gesagt, die erwähnten Professoren außer Solotas hätten an der philosophischen Fakultät gelehrt. Daraus folgt, dass wir mit der Durchforstung der Register an der juristischen Fakultät unsere Zeit verlieren. Wahrscheinlicher ist es, dass der Täter oder die Täterin mit der philosophischen Fakultät zu tun hatte.

Dann rufe ich endlich Dervissoglou an und weise ihn an, an die philosophische Fakultät überzusiedeln und nach Argyro Tersidi zu suchen. Zur Unterstützung schicke ich ihm Askalidis, um die Suche zu beschleunigen.

In dem Moment wird mir bewusst, dass ich mich Hals über Kopf in die Nachforschungen gestürzt und darüber die Berichterstattung beim Vizepolizeipräsidenten vergessen habe. Daher rufe ich ihn sofort an, diesmal sogar gern. Er wird hocherfreut sein, denn endlich kommen wir voran!

Wie immer lauscht er mir, ohne mich mit Fragen zu unterbrechen. »Das sind großartige Neuigkeiten. Meinen Glückwunsch!«, sagt er schließlich.

»Freuen wir uns nicht zu früh! Erstens, weil alles von einer ganz zufälligen Information ausging, und zweitens, weil noch unklar ist, ob wir den Tätern nun tatsächlich auf der Spur sind.«

»Trotzdem sollten wir den Polizeipräsidenten informieren.«

Sollten Koula oder Dervissoglou Ergebnisse liefern, werde ich unter Strom stehen und keine Kapazitäten zur Berichterstattung frei haben.

»Ich schlage vor, wir sprechen uns gleich. Im Falle eines Treffers muss ich bei den Ermittlungen dabei sein.«

»Schön, ich erwarte Sie.«

Zum ersten Mal bin ich auf der Strecke zur Katechaki-Straße guter Laune, ja ich freue mich sogar auf das bevorstehende Treffen mit Polizeipräsident und Minister. Mein Bericht wird zwar nicht aufgrund konkreter Resultate für Erleichterung sorgen, sondern schon allein deshalb, weil in schwärzester Nacht ein kleines Lichtlein der Hoffnung aufgeglommen ist.

Um die Mittagszeit ist der Verkehr auf dem Messojion-Boulevard lebhaft, und obwohl mich die Fahrt eine halbe Stunde kostet, bleibe ich entspannt. Die Besprechung wurde ja spontan und nicht schon länger vorab anberaumt.

Ich gehe direkt zum Büro des Vizepolizeipräsidenten. Kaum sieht er mich, steht er auf und sagt: »Kommen Sie, den Polizeipräsidenten hält es vor lauter Ungeduld kaum mehr auf seinem Stuhl.«

In der Tat läuft er, als wir eintreten, in seinem Büro auf und ab. Sofort führt er uns zum Konferenztisch, nimmt am Kopfende Platz und wir zu seiner Rechten und Linken.

»Herr Kommissar, ich bin schon sehr gespannt auf Ihre guten Nachrichten«, meint er.

»Wie gut sie wirklich sind, wird sich weisen. Aber mit Sicherheit haben die Ermittlungen erstmals eine konkrete Richtung genommen«, antworte ich, um seine Erwartungen etwas zu dämpfen.

Dann beginne ich mit einer ausführlichen Darstellung, vom ersten Hinweis bis hin zu meinen letzten Aktivitäten. »Das heißt nicht, dass wir die Täter schon gefunden haben. Aber diese Häufung von Zufällen hat unseren Verdacht erregt.«

»Wie gehen Sie jetzt weiter vor?«, fragt mich der Vizepolizeipräsident.

»Zuerst muss ich klären, wie diese Frauen mit der Universität in Verbindung standen, genauer gesagt, ob sie zum Verwaltungspersonal gehörten. Sollte sich das bewahrheiten, dann steigt die Wahrscheinlichkeit, dass sie in die Morde involviert sind.«

»Ich hätte da zwei Fragen«, sagt der Polizeipräsident. »Die erste lautet: Was hat Ihren akuten Verdacht erregt? Es ist schließlich kein Verbrechen, dass sie ihre Beziehung zur Universität Ihnen gegenüber nicht erwähnt haben.«

»Es war nicht nur das allein, Herr Polizeipräsident. Nach jedem Mord haben sie ein Treffen eingefädelt. Sie haben zugesehen, auf indirektem Weg an Informationen zu den Ermittlungen zu kommen. Dabei haben sie nie irgendeine Tätigkeit an der Universität thematisiert. Das sage ich unter dem Vorbehalt, dass sich diese Arbeitsbeziehung tatsächlich bestätigt. Falls ja, dann ist ihr Verhalten seltsam bis verdächtig – nicht nur, weil sie mir nichts von ihrer Stellung erzählt haben, sondern auch, weil sie mir keine bestimmten Personen an der Uni genannt haben, die wir ansprechen und die uns weiterhelfen könnten. Aber ich betone noch einmal: Alles gilt unter der Voraussetzung, dass wir ihre Beziehung zur Uni nachweisen können.«

»Schön. Die zweite Frage wäre: Sie kennen die Frauen persönlich. Trauen Sie ihnen einen Mord zu?«

»Prinzipiell sind Morde, die von Tätern begangen werden, denen wir eine solche Tat nicht auf Anhieb zutrauen, am schwersten aufzuklären. Abgesehen davon passen die beiden Giftmorde gut zu Täterinnen. Bei Archontidis' Ermordung liegen die Dinge anders, aber wir dürfen nicht vergessen, dass sie womöglich zwei Mittäter hatten, die wir noch nicht eruieren konnten.«

»Sie haben mich überzeugt«, sagt der Polizeipräsident zufrieden. »Ich glaube, dass wir den Minister informieren können.«

»Darf ich Sie um einen Gefallen bitten?«

»Selbstverständlich.«

»Berichten Sie dem Minister lieber noch nichts. Warten wir erst einmal den Abschluss der aktuellen Ermittlungen ab. Wenn sich die Hinweise nicht bestätigen, wird er, fürchte ich, enttäuscht sein.«

Der Vizepolizeipräsident stärkt mir den Rücken. »Der Herr Kommissar hat recht, greifen wir lieber nicht vor!«

Nachdem wir uns auf diese Vorgehensweise geeinigt haben, kehre ich an die Dienststelle zurück.

36

Gerade habe ich mir in der Cafeteria einen Mokka geholt, da stürmt Koula mit einem Lächeln herein, das vom einen Ohr zum anderen reicht.

»Kalliopis Nachname ist Safiratou, und sie wohnt in der Fokidos-Straße 11 in Ambelokipi«, verkündet sie.

»Bravo, Koula, gut gemacht! Wie haben Sie das herausgefunden?«

»Ich hatte doppelt Glück! Zunächst bezog ich vor dem Wohnhaus der Tersidi Stellung. Dabei wusste ich nicht, ob sie überhaupt herauskommen würde und wenn ja, wann. Zu meinem Glück tauchte sie aber schon nach circa einer Stunde am Eingang auf. Ich sah, dass sie zur Trolleybus-Station ging, und stieg mit ihr zusammen ein. Sie ist dann in Ambelokipi ausgestiegen und ein Stück weiter in die Fokidos-Straße eingebogen. Vom Eckhaus aus habe ich beobachtet, wie sie in ein Wohnhaus trat. Ich ließ ein bisschen Zeit verstreichen, dann ging ich ihr nach und habe die Klingelschilder überprüft. Dort stieß ich auf den Namen Kalliopi Safiratou, der zweite Glückstreffer. Ich habe dann nachgeschaut, ob es noch eine andere Kalliopi gibt, aber sie war die einzige.«

»Wunderbar!«, sage ich. Wie es scheint, ist unsere Pechsträhne vorbei.

Auch wenn es an den Haaren herbeigezogen scheint, kann ich den Gedanken nicht verscheuchen, dass Argyros Besuch bei Kalliopi mit der Unterhaltung von gestern Nachmittag zu tun haben könnte, bei der ungewollt zutage kam, dass beide an der Uni waren. Das schließt Tassia als Mittäterin aus, sonst hätte sie so eine Diskussion nicht angezettelt.

Ich rufe erst einmal Vellidis an, um ihm Kalliopis vollen Namen durchzugeben. Danach nehme ich wieder Zuflucht bei Kardassis, meiner zuverlässigen Quelle, doch auch ihm sagt der Name Kalliopi Safiratou nichts.

Plötzlich fällt mir Kleon Roupakidis ein. Er hatte mir erzählt, er halte gerade ein Seminar an der Wirtschaftsuniversität ab. Also war er dort Professor. Ich hatte der Wirtschaftsuni weniger Aufmerksamkeit gewidmet, da der in den Bekennerschreiben erwähnte Solotas landesweit und nicht nur in Wirtschaftsfachkreisen bekannt war. Doch einen Versuch ist es wert.

»Finden Sie mir die Telefonnummer von Universitätsprofessor Kleon Roupakidis heraus, er wohnt in Pallini«, sage ich zu Koula.

Zwei Minuten später bringt sie mir das Gewünschte, so dass ich Roupakidis gleich anrufen kann. Er ist persönlich am Apparat.

»Herr Kommissar, haben Sie eine angenehme oder eine unangenehme Überraschung für mich?«

»Weder noch. Ich brauche nur eine Auskunft.«

»Bitte sehr.«

»Ich wollte Sie fragen, ob Ihnen der Name Kalliopi Safiratou etwas sagt.«

»Kalliopi!«, ruft er aus. »Sie war eine Institution in unserem Sekretariat!« Dann folgt eine Pause, und er fragt mich gepresst: »Hat Ihre Frage irgendetwas mit den Morden zu tun?«

»Nein, das sind Routinefragen. Aber ich würde Ihnen einige Dinge gern persönlich erzählen, wenn Sie Zeit haben.«

»Ein Rentner, der keine Zeit hat, wäre eine Weltneuheit«, meint er lachend. »Sie können sofort vorbeikommen.«

Jetzt hätte ich gern Askalidis mit dabei, aber ich habe ihn Dervissoglou zur Verstärkung geschickt. So breche ich notgedrungen allein auf. Vielleicht ist es auch besser so, denn Roupakidis wird freier sprechen, wenn wir unter vier Augen sind. Ich bestelle einen Streifenwagen, um keine Zeit zu verlieren.

Bevor ich losfahre, setze ich mich mit Dimitriou in Verbindung. »Ich möchte, dass Sie einen Fotografen losschicken, um Aufnahmen von zwei Frauen zu machen.«

Er bleibt kurz stumm. »Ist es das, wonach es aussieht?«, sagt er dann.

»Das ist noch nicht gesagt, erst mal dient es der Abklärung. Koula wird mitkommen, da sie die beiden kennt.« Und zu Koula, die ich gleich darauf in mein Büro zitiere, sage ich: »Sie machen sich sofort mit einem Fotografen der Spurensicherung auf den Weg, um eine Aufnahme von Argyro Tersidi und Kalliopi Safiratou zu machen.«

»Oje, schon wieder rumstehen und warten!«, witzelt sie.

Ich nehme im Streifenwagen Platz und bitte den Fahrer, die Sirene einzuschalten. Die Straße ist dicht befahren, aber mit der Sirene kommen wir schnell voran und sind nach einer halben Stunde in Pallini.

Roupakidis besitzt eine zweistöckige Villa mit einem großen und sehr gepflegten Garten. Als ich läute, öffnet sich das schmiedeeiserne Tor automatisch, und noch während ich den Garten durchquere, geht die Haustür auf, und Roupakidis erwartet mich am Eingang.

»Was für ein herrlicher Garten!«, sage ich.

»Ein Trost für den Rentner, so habe ich drei Stunden täglich etwas zu tun.«

»Andere gehen fischen, wie mein ehemaliger Chef.«

»Aber sowohl er wie auch ich sind den Wetterbedingungen ausgeliefert. Wenn es windig ist, kann man nicht zum Fischen raus, und wenn es regnet, kann man sich nicht der Gartenarbeit widmen.«

Dann geht er voran ins Haus und führt mich in ein geräumiges Wohnzimmer mit alten Möbeln, Spiegeln und Pulten. Er deutet auf einen Sessel und setzt sich mir gegenüber aufs Sofa. Er bietet mir einen Kaffee an, doch ich lehne höflich ab.

»Also, was ist mit der Safiratou?«, will er wissen.

»Nichts Besonderes. Im Rahmen der Ermittlungen prüfen wir alle Optionen. Darunter fällt sowohl das jetzige als auch das ehemalige Verwaltungspersonal der Universitäten. In den Registern der Wirtschaftsuni sind wir auf den Namen Safiratou gestoßen. Da sie bereits in Rente ist, dachte ich, ich könnte Sie fragen, ob Sie sie noch aus ihrer aktiven Zeit kennen.«

»Die Safiratou hat das Sekretariat geleitet. In ihrer Person vereinten sich zwei seltene Eigenschaften: Sie war außerordentlich fähig und sehr hilfsbereit. Immer wenn es ein Problem gab oder ein heikles Thema anlag, liefen alle zur Safiratou, um eine Lösung zu finden. Bei unserer ersten Begegnung hatten wir über den Respekt des Verwaltungspersonals gegenüber den alten Hochschullehrern gesprochen. Im Fall von Kalliopi Safiratou war diese Wertschätzung gegenseitig. Nicht nur sie hat ihre Vorgesetzten bewundert, die Professoren haben sie genauso respektiert.«

Er pausiert und blickt mich an, bevor er fortfährt. »Kann ich jetzt, da Sie wissen, wer Kalliopi Safiratou ist, den Grund erfahren, warum Sie nach ihr fragen?«

»Es geht nicht speziell um sie. Wir müssen einige Verwaltungsangestellte vernehmen, aber natürlich nicht alle. Daher versuchen wir abzuklären, bei wem sich eine Befragung lohnt, um an interessante Informationen zu kommen.«

Meine Antwort scheint ihn zu überzeugen. »Die Safiratou kann Ihnen viel erzählen. Es lohnt sich sicher, mit ihr zu sprechen.«

»Wissen Sie vielleicht noch, wann sie in Rente ging? Wir können sie das natürlich auch selbst fragen, aber diese Auskunft hilft uns, gleich zielgerichtet nachzuhaken.«

Roupakidis kramt in seinem Gedächtnis. »Wenn ich mich nicht täusche, dann war sie unter den Letzten, die mit fünfzig pensioniert wurden – kurz bevor das Gesetz geändert wurde. Ich weiß das noch, weil ich kurz danach emeritiert wurde.«

»Noch eine letzte Frage: Wie war das Verhältnis der Safiratou zu den jüngeren Hochschullehrern?«

Er denkt kurz nach. »Förmlich, würde ich sagen. Ihr Verhalten war immer tadellos, aber von ihrer Miene her zu schließen, waren sie ihr nicht besonders sympathisch. Sie hatte eine Schwäche für die Professoren alter Schule. Solche wie mich«, fügt er noch mit einem Augenzwinkern hinzu.

»Vielen Dank, Herr Professor. Das waren wichtige Informationen.«

»Sehen Sie? Manchmal können Zufallsbekanntschaften sehr produktiv sein«, bemerkt er lächelnd.

Zusammen mit mir erhebt er sich und begleitet mich zum Ausgang. Dann durchquere ich erneut den Garten und nehme im Streifenwagen Platz.

Was mir Roupakidis erzählt hat, ist in der Tat hochinteressant. Es bestätigt, dass Kalliopi eine Schwäche für die früheren Hochschullehrer hatte, während sie die jüngeren nicht besonders schätzte.

Außerdem weiß ich jetzt, dass Kalliopi Safiratou nicht vor ewigen Zeiten an der Uni war, wie Adriani meinte, sondern erst vor etwas mehr als zehn Jahren in Rente ging.

Mit diesen Gedanken im Kopf kehre ich an die Dienststelle zurück, wo mich allerdings schon wieder eine Überraschung erwartet. Denn kaum bin ich zurück, tauchen Dervissoglou und Askalidis in meinem Büro auf, beide mit einem Gesichtsausdruck, der es mit Koulas Lächeln aufnehmen kann.

»Wir haben sie gefunden, Herr Kommissar«, vermeldet Dervissoglou stolz. Dann zieht er ein Notizbuch heraus und liest vor. »Argyro Tersidi ist 2005 in Rente gegangen, sie hat das Sekretariat des Fachbereichs Psychologie geleitet.«

»Großartig, Leute! Gute Arbeit!«, sage ich, worauf sie hochzufrieden abziehen.

Also haben wir es mit einer Leiterin des Sekretariats an der Wirtschaftsuniversität und mit einer solchen an der philosophischen Fakultät zu tun. Für die juristische Fakultät hingegen gibt es keine entsprechende Information. Da es im ersten Mordfall um einen Juraprofessor ging, sollten wir hier noch einmal nachhaken. Ich könnte auch Tassia überprüfen, aber das macht wenig Sinn. Wäre sie eingeweiht gewesen, dann hätte sie die Beziehung ihrer Freundinnen zur Uni nicht ausgeplaudert.

Danach melde ich mich beim Vizepolizeipräsidenten, damit er mich nicht allzu sehr vermisst. Als ich mit meinem Bericht fertig bin, lässt er seiner Begeisterung freien Lauf.

»Wir machen nicht bloß Fortschritte, sondern wir nähern uns der Lösung des Falls mit Riesenschritten!«, sagt er. »Denken Sie, wir sollten den Polizeipräsidenten einbinden?«

»Ja, aber ich möchte Sie ersuchen, das für mich zu übernehmen. Ich möchte im Büro bleiben, da ich auf die Ergebnisse der Fotoaktion warte.« Er ist einverstanden, und wir legen auf.

Kurz darauf meldet sich Koula telefonisch bei mir. »Kalliopi haben wir schon im Kasten, jetzt halten wir uns für Argyro bereit.«

Ich erachte es als überflüssig, weiter am Telefonhörer zu kleben, und mache mich auf den Nachhauseweg. Dort erwartet mich mit Sicherheit die nächste Berichterstattungspflicht. Gestern Abend habe ich das Gespräch im Wagen abrupt beendet, um die schöne Stimmung nach dem Abendessen bei Katerina nicht zu zerstören. Und heute morgen rannte ich ganz eilig ins Büro.

Adriani steht in der Küche und bügelt. »Willst du einen Kaffee?«, fragt sie mich.

»Nein danke, ich leiste dir so Gesellschaft.«

»Heute habe ich die ganze Wohnung auf den Kopf gestellt«, vermeldet sie.

»Warum? Was war los?«

»Ich war total nervös! Ich weiß ja nicht, was dich gestern so aufgewühlt hat, dass du fast einen Unfall gebaut hättest. Aber mir ist schon klar, dass es etwas mit unseren Freundinnen zu tun hat.«

»Nicht mit allen, Tassia betrifft es nicht.«

Sie stellt das Bügeleisen ab und blickt mich an. »Seit wir Argyro, Tassia und Kalliopi kennengelernt haben, muss ich mir gegen meinen Willen ständig Details aus deinen Mordfällen anhören. Du weißt, wie sehr ich das hasse. Gestern Abend ist mir der Verdacht gekommen, dass nicht nur ich mehr, als mir lieb war, erfuhr, sondern auch meine Freundinnen, die es vielleicht sogar bewusst darauf angelegt hatten. Bitte sag mir, dass ich mich irre, alles andere wäre entsetzlich.«

»Das würde ich gern, kann es aber nicht.«

»Haben sie die Morde begangen?«, fragt sie mich voller Angst.

»Wir wollen nichts überstürzen, es ist noch offen. Aber als ich hörte, dass beide an der Uni gearbeitet und es mit keinem Wort erwähnt haben, wurde ich hellhörig.«

»Gut, vielleicht ist diese Hellhörigkeit auch deine Berufskrankheit. Alle drei sind Rentnerinnen und hatten keinen Grund, von ihren früheren Tätigkeiten zu erzählen.«

»Die Dinge liegen ein wenig anders. Denk mal nach: Sie

haben nach jedem Mord dafür gesorgt, dass wir uns trafen, und mich mit Fragen bombardiert. Meine berufliche Erfahrung sagt mir, dass sie dadurch an Informationen kommen wollten. Und was sollten sie damit anfangen, wenn sie nichts mit den Taten zu tun haben? Der zweite Punkt ist, dass sie gelogen haben, als Tassia von ihrer Zeit an der Uni sprach.«

»Wie, gelogen?«

»Sie haben behauptet, sie seien vor ewigen Zeiten in Rente gegangen. Aber ich habe erfahren, dass sie erst 2005 pensioniert wurden, Kalliopi vermutlich sogar noch später.«

Adriani erwidert nichts, ergreift nur das Bügeleisen und bügelt wie wild drauflos. Ich sehe, wie aufgewühlt sie ist, und versuche ihr Mut zuzusprechen.

»Wenn es dir ein Trost ist: Meine Lage ist noch schwieriger.«

»Wieso?«

»Ich wünsche mir von ganzem Herzen, dass die drei nicht in die Verbrechen verwickelt sind. Aber wenn nicht, tappe ich wieder vollständig im Dunkeln und weiß nicht, wie ich die Urheber der drei Morde dingfest machen soll. Anders gesagt: Egal, wie es kommt, für mich ist es auf jeden Fall schrecklich.«

Wieder unterbricht sie ihre Arbeit und blickt mich an. »Kannst du mir einen Gefallen tun?«

»Ja, was?«

»Gehen wir heute Abend auswärts essen? Nur wir zwei? Wenn ich hier drin bleibe, drehe ich durch. Dich hat es gestern Abend erwischt, und du hast kein Auge zugetan. Ich bin heute den ganzen Tag in der Wohnung herumgetigert, und schlafen werde ich auch kaum können.«

»Wo möchtest du gern hingehen?«

»Was hältst du vom Inothira? Den mögen wir beide.«

Ich habe nichts dagegen, denn mit dem Auto ist Kessariani nur einen Katzensprung entfernt. Der Abend ist mild, und wir sitzen draußen an den Tischen hinter der Kirche.

Ich suche nach einem Gesprächsthema, das sie interessiert und die unangenehmen Gedanken verscheucht. Natürlich landen wir damit bei unserem Enkelkind. Sie erzählt mir von der Babykleidung, die sie bald einkaufen muss. Danach geht es um Lambros' Kinderzimmer in der künftigen Wohnung.

Als Salat, Artischocken und Meeresfrüchte zusammen mit ihren heißgeliebten marinierten Sardinen auf den Tisch kommen, pickt sie sich von allem ein wenig heraus. Das lenkt sie ab, und darüber hinaus sorge ich dafür, dass sie zur Entspannung ein paar Gläser Wein trinkt. Dann schläft sie zu Hause leichter ein.

37

Mein Vater sagte immer: »Die schlechten Nachrichten kommen eimerweise, die guten tröpfchenweise.« Doch schon mit der ersten Nachricht des Tages wird er Lügen gestraft.

Kaum bin ich im Büro angekommen, geht nämlich ein Anruf von Vellidis ein. »Wir haben das Pseudonym der Tersidi auf Facebook geknackt«, meint er.

»Wie lautet es?«

»Schneiderin. Sie hat auf Facebook ganze Romane zu den drei Morden verfasst. Ich schicke dir die Ausdrucke zu.«

Das türkische Wort für Schneider ist *terzi*. Das weiß ich, da in meiner Heimat Epirus aus der Zeit der Osmanenherrschaft viele türkische Wörter lebendig geblieben sind.

Koula ist noch nicht wieder da, was wohl heißt, dass sie noch immer auf der Lauer liegt, um Kalliopi zu fotografieren. So rufe ich die drei übrigen Assistenten zu mir und gebe ihnen das Gespräch mit Roupakidis wieder – einerseits, um mir die Wartezeit zu verkürzen, andererseits, um meine innere Anspannung zu bekämpfen.

»Dieser Roupakidis ist ein Joker«, bemerkt Askalidis.

Einer von Vellidis' Mitarbeitern bringt mir den Ausdruck von Argyros Facebook-Einträgen. Ich übergebe ihn Dermitsakis mit ein paar erläuternden Worten.

»Teilt euch die Seiten untereinander auf, damit wir schneller vorankommen. Mich interessieren nur die Texte und Kommentare, die mit den Morden zu tun haben.«

Sie nehmen den Ausdruck entgegen und kehren in ihr Büro zurück. Jetzt liegt der Ball bei Koula, die fünf Minuten später erscheint und die zweite gute Nachricht überbringt.

»Uff, endlich ist auch Kalliopi abgelichtet! Es hat etwas länger gedauert, da sie einfach nicht aus dem Haus ging. Aber jetzt haben wir's! Der Fotograf bearbeitet in der Kriminaltechnischen Abteilung gerade die Aufnahmen.«

Ich melde mich umgehend bei Dimitriou. »Wir haben eine große Auswahl an Bildern«, verkündet er. »Sowohl im Profil, frontal und von hinten.«

»Wann sind sie so weit, damit wir sie dem Augenzeugen vorlegen können, der die beiden Frauen in Kostopoulos' Wagen gesehen hat?«

»In zwei Stunden spätestens. Ich gebe Ihnen Bescheid.«

»Schön, schicken Sie mir auch welche für die Akte.«

»Ich schlage vor, Sie bringen den Zeugen zur Kriminaltechnischen Abteilung. Hier haben wir die technischen Voraussetzungen, damit er die Bilder gut sehen kann. Wenn er nur Kopien sieht, könnte seine Aussage nicht hundertprozentig zuverlässig sein und er sie später widerrufen.«

Damit bin ich einverstanden und übertrage Dermitsakis die Aufgabe. »Benachrichtige den Zeugen, dass du in circa zwei Stunden mit einem Streifenwagen vorbeikommst. Dann bringst du ihn zur Kriminaltechnik, wo ihm Aufnahmen von der Tersidi und der Safiratou vorgelegt werden. Er soll uns sagen, ob es die beiden sind, die er im Wagen mit

Kostopoulos gesehen hat. Dank deiner Erfahrung weißt du ja, wie du dabei am besten vorgehst.«

»Keine Sorge. Wir kriegen raus, ob es die beiden waren.«

Ich kann meine Unruhe aus zwei Gründen kaum zügeln. Erstens, weil ich ahne, dass wir uns der Lösung des Falles nähern. Und das befriedigt mich, obwohl die Täter ziemlich sicher aus meinem Bekanntenkreis stammen. Zweitens, weil ich nicht weiß, wie Adriani mit der Sache umgehen wird.

Dermitsakis taucht eine Stunde später auf und vermeldet, das Labor der Kriminaltechnischen Abteilung sei so weit, er hole jetzt den Zeugen ab.

Meine innere Anspannung steigt, löst sich aber ein wenig, als Askalidis hereinkommt und mit einem Blatt des Facebook-Ausdrucks in der Hand wedelt.

»Die Tersidi hat ständig über die drei Morde geschrieben, aber ich bin auf einen Post gestoßen, der sie auch entlasten könnte. Hier, das sollten Sie sich ansehen.«

Er legt das Blatt vor mich hin, und ich lese: »Kann sein, dass die drei Professoren, denen die Täter die Morde widmen, wissenschaftliche Stars und engagierte Hochschullehrer waren, aber hier geschieht meiner Meinung nach ein großes Unrecht. Denn auch heute kämpfen viele Professoren darum, die Universitäten funktionstüchtig zu erhalten. Auch ihnen gebührt ein Lob, und nicht nur der alten Garde.«

Nachdem ich mir den Kommentar noch einmal durchgelesen habe, schaue ich mir das Datum an. Die Sätze wurden vor drei Tagen geschrieben.

»Der Kommentar entlastet sie nicht, sondern verstärkt,

ganz im Gegenteil, meinen Verdacht«, sage ich zu Askalidis. Dann erzähle ich ihm von der Begegnung mit Demertsis und seiner Bemerkung zum Engagement der heutigen Hochschullehrer.

»Diese Diskussion habe ich vor ein paar Tagen in Anwesenheit der drei Frauen erwähnt«, füge ich hinzu. »Der Kommentar wurde genau nach unserer Begegnung verfasst.«

Askalidis pfeift anerkennend. »Was für eine skrupellose Person!«, bemerkt er. »Sie macht sich Aussagen von anderen zu eigen und postet sie auf Facebook.«

»Habt ihr noch etwas anderes gefunden?«

»Nichts Besonderes, nur Diskussionen mit anderen Nutzern zur Misere der Universitäten.«

Bald, so denke ich mir, wird man bei polizeilichen Ermittlungen nicht mehr von Tür zu Tür pilgern müssen. Wir brauchen nur noch die Posts und Kommentare auf Facebook zu lesen und finden die Täter auch so. Kalliopi lebt noch in einer anderen Welt, denke ich. Wozu musst du Kaffeesatz lesen, wenn du Facebook hast? Der leidenschaftliche Wunsch der Nutzer, Aufmerksamkeit zu erregen, ist so groß, dass selbst Mörder auf die Frage »Was machst du gerade?« mit dem Hochladen einer Fotografie vom Tatort antworten werden, um möglichst viele Likes einzuheimsen. Spätestens dann muss ich meine Kündigung einreichen, da ich von Facebook null Ahnung habe.

Da geht meine Bürotür auf, und Dermitsakis kommt herein.

»Na?«, frage ich.

»Er hat sie wiedererkannt, aber nicht mit hundertprozentiger Sicherheit, da er nur einen flüchtigen Blick in Kostopoulos' Wagen geworfen hat.«

»Macht nichts. Wir haben ja das Frauenhaar auf dem Beifahrersitz gefunden. Vermutlich können wir die Insassin auch darüber identifizieren. Wo ist der Zeuge jetzt?«

»Im Verhörraum.«

»Wie heißt er noch mal?«

»Kyriakos Dimoulis.«

»Kommen Sie mit.« Rasch gebe ich auch Koula Bescheid und bitte sie, ihren Laptop zur Vernehmung mitzubringen. Ich suche noch die Fotografien zusammen und eile zusammen mit Dermitsakis los.

Als wir zum Verhörraum kommen, ist Koula schon vor Ort und bereitet den Laptop für die Protokollierung der Befragung vor. Ich setze mich einem glatzköpfigen Fünfzigjährigen gegenüber, der vor einer Tasse Kaffee sitzt und Koula beobachtet.

»Sind Sie Kyriakos Dimoulis?«, frage ich.

»Ja.«

»Herr Dimoulis, Ihnen wurden bei der Spurensicherung die Aufnahmen zweier Frauen vorgelegt.«

»Ja.«

»Haben Sie diese Frauen als die beiden Insassinnen aus dem Wagen von Stelios Kostopoulos wiedererkannt?«

Er zögert kurz, anscheinend muss er noch mal darüber nachdenken. »Sehen Sie, ich will ganz ehrlich sein, um Missverständnissen vorzubeugen. Ich bin mir so gut wie sicher in Bezug auf die Frau, die auf dem Rücksitz gesessen hat. Die habe ich auch auf dem Foto wiedererkannt. Was die andere betrifft, habe ich Zweifel, weil sie auf dem

Beifahrersitz saß und teilweise von Kostopoulos verdeckt war.«

Ich lege die beiden Aufnahmen vor ihm hin. »Welche der beiden saß auf dem Rücksitz?«

Er betrachtet sie ein weiteres Mal ganz aufmerksam. »Die hier«, sagt er und deutet auf Kalliopi. »Wie gesagt, was die andere betrifft, bin ich mir nicht sicher.«

»Vielen Dank, Herr Dimoulis. Unterschreiben Sie jetzt Ihre Aussage, dann können Sie gehen.«

Ich kehre in mein Büro zurück und rufe sofort den Vizepolizeipräsidenten an. »Könnten Sie bewirken, dass man uns bei der Staatsanwaltschaft zügig zwei Durchsuchungsbefehle genehmigt?«, frage ich und gebe ihm die Namen Tersidi und Safiratou durch.

»Das heißt, der Fall ist gelöst?«, fragt er und kann sein Glück gar nicht fassen.

»Mein Gefühl sagt mir, dass wir sehr nah dran sind, aber wir müssen noch ein paar Ermittlungslücken füllen.« Dann präsentiere ich ihm das Gesamtpaket der Recherchen. »Wenn Sie es für sinnvoll erachten, können wir jetzt den Minister informieren.«

»Ich bespreche es mit dem Polizeipräsidenten und melde mich bei Ihnen.«

»Behalten Sie aber im Hinterkopf, dass wir nur so lange Zeit für ein Treffen haben, bis die staatsanwaltliche Genehmigung vorliegt. Dann müssen wir schnell handeln.«

Innerhalb von fünf Minuten ruft er mich zurück. »Wir sind alle sehr gespannt auf Ihren Bericht«, meint er. »Der Minister hat soeben einen Termin abgesagt, weil unsere Besprechung vorgeht.«

Ein weiteres Mal breche ich zur Katechaki-Straße auf. Mittlerweile fühle ich mich wie ein Linienbus zwischen dem Präsidium am Alexandras-Boulevard und dem Ministerium in der Katechaki-Straße. Nur bin ich schneller als der Linienbus, da die Straßen – bis auf einen Ministau an der Unterführung des Messojion-Boulevards – leer sind.

Ich marschiere gleich zum Büro des Vizepolizeipräsidenten. Sein Stab kennt mich schon und beschränkt sich auf einen knappen Gruß, bevor man mich ohne weitere Wartezeit durchwinkt.

»Der Minister ist ganz begeistert«, lautet sein erster Satz, als ich eintrete. »Kommen Sie, er wartet schon auf uns.«

Auch im Ministerbüro stehen uns alle Türen offen. Wir gehen sofort zum Besprechungsraum durch, wo bereits der Polizeipräsident sitzt. Kurz darauf erscheint der Minister.

»Lassen Sie die erfreulichen Neuigkeiten hören«, sagt er, sobald er Platz genommen hat.

Ich beginne damit, wie wir die drei Grazien kennengelernt haben, und führe alle Details an, die meinen Verdacht geweckt haben. Zum Abschluss erwähne ich den Augenzeugen, der Kalliopi mit hoher Wahrscheinlichkeit identifiziert hat.

»Was die Frau auf dem Beifahrersitz betrifft, so ist er sich nicht sicher, da sie teilweise von Kostopoulos verdeckt wurde.«

»Also haben wir keine hundertprozentige Identifizierung der Beifahrerin«, schlussfolgert der Minister.

»Nein, aber ich bezweifle nicht, dass die beiden Freundinnen zusammen in Kostopoulos' Wagen saßen. Darüber hinaus hat die Spurensicherung ein Frauenhaar auf dem

Beifahrersitz sichergestellt. Die Identifizierung kann auch über einen DNA-Test erfolgen.«

»Das klingt großartig«, erklärt der Minister zufrieden. »Bitte erläutern Sie mir kurz, was Sie sich von einer Hausdurchsuchung erwarten.«

»Momentan fehlen uns noch die Tatwaffen der drei Morde. Nun, es wäre nicht das erste Mal, dass wir sie nicht finden können. Viele Täter lassen sie rechtzeitig verschwinden. Wenn wir aber zumindest einen der Giftstoffe entdecken könnten, würde uns das für die Vernehmung helfen.«

»Und Sie hoffen, Rückstände zu finden, weil die Täter keine Profis sind?«, fragt mich der Polizeipräsident.

»Ehrlich gesagt erwarte ich mir nicht, den Schlagstock und das Messer zu finden, die beim Archontidis-Mord zum Einsatz kamen. Wahrscheinlicher ist, dass wir Spuren von Phosphorsäureester oder Blausäure beispielsweise in Haushaltsbehältern finden.«

»Dann wünsche ich Ihnen viel Erfolg!«, sagt der Minister und erhebt sich.

Der Polizeipräsident schlägt vor, in seinem Büro nachzusehen, ob die Genehmigung für die Hausdurchsuchung schon eingetroffen ist. Zu meiner großen Freude liegt sie tatsächlich schon für mich bereit. Ich packe sie ein und breche auf zu neuen Taten.

38

Mein ganzer Mitarbeiterstab ist in meinem Büro versammelt. Ich übergebe Dermitsakis eine Kopie des staatsanwaltlichen Durchsuchungsbeschlusses und bitte Koula, die Kollegen der Spurensicherung vorzuwarnen, dass sie sich bereithalten sollen.

»Ich möchte, dass ihr mir Argyro Tersidi herbringt«, sage ich zu Dervissoglou und Askalidis. Danach wende ich mich an Dermitsakis: »Nimm noch einen Beamten mit zu Kalliopi Safiratou. Wenn sie euch nach dem Grund der Vorladung fragen, sagt ihr, es gäbe einige Fragen zu den drei Professoren-Morden zu klären. Beide Teams haben den Durchsuchungsbeschluss dabei. Wenn eine der beiden sich weigert mitzukommen, dann zeigt ihr ihn vor und sagt, dass ihr in dem Fall so lange wartet, bis ein Team der Spurensicherung zur Hausdurchsuchung kommt.«

Kurz bevor sie aufbrechen, halte ich sie noch einmal zurück. »Einen Augenblick noch, ich bin noch nicht fertig. Wenn ihr die beiden Frauen herbringt, legt ihr schon mal los. Wenn sie euch fragen, wo der Kommissar ist, haltet ihr euch bedeckt und sagt nur: ›Wir führen die Vernehmung.‹ Zwischendurch rapportiert ihr mir, wie es läuft, so dass ich entscheiden kann, wann ich dazustoße. Ich möchte ihnen erst ein bisschen zusetzen, bevor ich übernehme.«

Dann bleibe ich einen Moment allein zurück. Kurz darauf kommt Koula mit der Nachricht, dass die Spurensicherung bereitstehe und auf grünes Licht warte.

Bevor ich mich auf eine längere Wartezeit einstellen kann, kommt mir Vellidis zuvor: »Wir haben das Pseudonym der Safiratou herausgefunden.«

»Wie lautet es?«

»Hellseherin.«

Ich frage mich, seit wann das Lesen aus dem Kaffeesatz als hellseherische Leistung gilt. »Alle meine Leute sind gerade im Außendienst unterwegs, also komme ich selber kurz hoch. Dann schauen wir uns gemeinsam die Kommentare und Posts an«, schlage ich Vellidis vor.

»Das wäre mir lieb. Meine Leute wissen nämlich nicht, wonach ihr genau sucht.«

Umgehend begebe ich mich in sein Büro. »Es gibt zwei Punkte, die mich interessieren. Alles andere können wir auch später abklären.«

Zuerst nenne ich ihm das Datum von Argyros Facebook-Beiträgen über die ungerechte Behandlung der heutigen Professoren. Dann suchen wir in Kalliopis Profil am entsprechenden Datum, ohne fündig zu werden.

»Jetzt würde ich gern noch ein zweites Datum überprüfen«, sage ich und lasse ihn den darauffolgenden Tag aufrufen, an dem Tassia vor Adriani die früheren Jobs der beiden Frauen zur Sprache brachte.

Vellidis sucht im Ausdruck, bis er die Stelle findet. Nach einem kurzen Blick überreicht er ihn mir. »Da taucht eine seltsame Frage auf, die dich interessieren könnte.«

Ich lese die von Vellidis markierte Stelle durch. Kalliopi

stellt nicht eine, sondern sogar zwei vielsagende Fragen. »Konnte sie ihren Mund nicht halten? War es nötig, vor unserer Freundin zu sagen, wo wir gearbeitet haben?«

»Das ist er, unser Joker!«, sage ich zu Vellidis, da mir Dermitsakis' Ausspruch in den Sinn kommt.

»Ja, die Frage kam mir auch komisch vor, aber wieso nennst du das Joker?«, wundert er sich. Da erkläre ich ihm, wie ich auf den Begriff komme.

»Joker würde ich das nicht nennen. Bei mir heißt das einfach: ›Schwein gehabt!‹«, lacht er.

Dann nehme ich den Ausdruck mit in mein Büro und ersuche Koula, mir eine Kopie von Tersidis Facebook-Aktivitäten zu bringen. Am selben Datum und am Folgetag taucht keine Antwort auf Kalliopis Fragen auf. Offenbar war Argyro klüger und beschloss, die Sache auf sich beruhen zu lassen.

Kurz darauf kommt Askalidis herein. »Wir haben sie in den Verhörraum gebracht«, vermeldet er.

»Haben sie Einspruch erhoben?«

»Die Tersidi hat eher ihren Unmut als Widerspruch geäußert: ›Also, ich weiß gar nichts‹ und ›Ich bin mit dem Kommissar gut bekannt, er kann mich doch selbst befragen‹. Wir haben ihr erklärt, dass es um eine offizielle Vernehmung geht, in der persönliche Beziehungen keine Rolle spielen. Da hat sie ihre Tasche gepackt und ist mit hängenden Mundwinkeln in den Streifenwagen gestiegen.«

»Habt ihr die Durchsuchung durch die Spurensicherung erwähnt?«

»Nein, das war nicht nötig.«

»Gut, dann legt los mit der Vernehmung und haltet mich

auf dem Laufenden. Und schicken Sie mir Dermitsakis rein.«

Dermitsakis berichtet, die Safiratou habe nicht den geringsten Widerstand geleistet und sei ihm sofort gefolgt.

»Du hast die meiste Erfahrung von allen. Wenn du das Gefühl hast, dass ich übernehmen soll, sagst du mir Bescheid.«

Jetzt bin ich doch in der Warteposition, da ich die beiden ermüden und demoralisieren will, bevor ich persönlich erscheine. Ich überlege, wie ich die Vernehmung am besten einleite, sowie die Reihenfolge der angedachten Fragen. Persönliche Beziehungen erschweren die Ermittlungen und führen leichter zu Fehlern.

Eine Stunde vergeht, bevor Dermitsakis wiederkommt.

»Wir haben sie nicht wirklich vernommen, sondern eher eine Zermürbungstaktik angewendet«, erläutert er. »Alle beide sind außer sich vor Wut, die Tersidi droht damit, die Aussage zu verweigern.«

Jetzt ist der Zeitpunkt gekommen, persönlich auf der Bildfläche zu erscheinen. Ich nehme den Ausdruck von Kalliopis Facebook-Posts mit der Frage an Argyro mit in den Verhörraum.

Argyro und Kalliopi sitzen dicht beieinander an der einen Seite des Tisches. Gegenüber haben Askalidis, Dervissoglou und Koula mit ihrem Laptop Platz genommen.

Argyro springt bei meinem Anblick auf. »Na endlich gibst du uns die Ehre! Wie kommt es, dass du deine Untergebenen vorgeschickt hast?«

Ich setze mich an die Kopfseite des Tisches und blicke sie an, ohne zu antworten. Zu Askalidis und Dervissoglou sage ich, dass ich sie nicht länger brauche. Nur Dermitsakis behalte ich bei mir.

Danach wende ich mich an die beiden Frauen. »Hier handelt es sich um eine offizielle Vernehmung, die nach vorgegebenen, formalen Kriterien ablaufen muss, da sie schriftlich protokolliert wird«, erkläre ich kühl. »Daher bleibe ich meinerseits bei der Anrede ›Frau Safiratou‹ und ›Frau Tersidi‹, und Sie Ihrerseits bei ›Herr Kommissar‹.«

Beide blicken sich verstört an. Argyro schluckt ihre Entgegnung hinunter und wartet ab, worauf ich hinauswill.

»Die erste Frage hat mit Ihrem widersprüchlichen Verhalten zu tun. Warum haben Sie mir beide die ganze Zeit nicht gesagt, dass Sie bis zu Ihrer Pensionierung zum universitären Verwaltungspersonal gehörten? Sie, Frau Tersidi, waren Leiterin des Sekretariats im Fachbereich Psychologie an der philosophischen Fakultät, und Sie, Frau Safiratou, im Fachbereich Wirtschaftswissenschaft.«

Argyro kommt mit ihrer Antwort Kalliopi zuvor: »Das ist uns gar nicht in den Sinn gekommen«, meint sie. »Wieso sollten wir das erwähnen? Wir haben nichts mehr mit der Uni zu tun.«

»Außerdem sind wir vor etlichen Jahren in Rente gegangen«, fügt Kalliopi hinzu.

»So lang ist das auch wieder nicht her. Frau Tersidi wurde 2005 pensioniert, und Sie nur kurze Zeit später. Ihr genaues Renteneintrittsalter weiß ich zwar nicht, aber das können wir durch einen simplen Anruf herausfinden.«

Die beiden blicken sich an. »Na gut, aber wir sind doch nicht erst voriges Jahr in Rente gegangen. Das ist mehr als zehn Jahre her!«, lenkt Kalliopi ein.

»Aber ›vor ewigen Zeiten‹, wie Sie meiner Frau sagten, war es auch nicht. Seit Ihrer Pensionierung sind etwa vierzehn Jahre vergangen. Somit kannten Sie mindestens zwei der ermordeten Professoren persönlich, Archontidis von der philosophischen Fakultät und Kostopoulos von der Wirtschaftsuni. Aber Sie haben das verschwiegen, obwohl Sie dadurch die Ermittlungen hätten unterstützen können.«

»Wir verstehen nichts von Polizeiarbeit. Der Gedanke ist uns überhaupt nicht gekommen, tut uns leid!«, sagt Argyro.

»Aha, da Sie nichts von Polizeiarbeit verstehen, haben Sie rein zufällig nach jedem Mord eine Begegnung herbeigeführt, in der Sie mich mit Fragen zu den polizeilichen Recherchen bombardierten.«

»Wir doch nicht, das war die Angelidou«, protestiert Kalliopi. »Tassia liebt Krimis über alles.«

»Wenn ich die Angelidou für eine Gegenüberstellung herhole, wird mit Sicherheit herauskommen, dass Sie sie unter einem Vorwand dazu gebracht haben, diese Fragen zu stellen. So sind Sie an interne Informationen gekommen.«

»Was für eine billige Masche«, sagt Kalliopi mit beleidigtem Gesichtsausdruck.

»Soll ich sie herholen?«, beharre ich.

Da sie mir die Antwort schuldig bleiben, fahre ich fort: »Es gibt noch einen weiteren Hinweis«, sage ich und lege Kalliopi den Ausdruck ihres Facebook-Profils mit der entscheidenden Frage vor. Sie wirft einen stummen Blick darauf, während ich laut vorlese.

»Konnte sie ihren Mund nicht halten? War es nötig, vor unserer Freundin zu sagen, wo wir gearbeitet haben?« Ich schnappe den wütenden Blick auf, den Argyro Kalliopi

zuwirft. »Diese Frage untermauert zweifellos die These, dass Sie mir Ihre früheren Arbeitsstellen ganz bewusst verschwiegen haben.«

Wieder warte ich auf eine Antwort, erneut ernte ich nur Schweigen. »Für die Abteilung für Internetkriminalität war es leicht herauszufinden, wer sich hinter den Pseudonymen verbirgt«, sage ich mit einem Lächeln. »›Hellseherin‹ im Fall von Frau Safiratou, da sie den Kaffeesatz liest, und ›Schneiderin‹ im Fall von Frau Tersidi, was sich auf ihren Nachnamen bezieht, da Schneider auf Türkisch *terzi* heißt.«

Mit einem Schlag ist ihr Lügengebäude zusammengebrochen. Sie haben den Blick auf den Tisch geheftet und wagen es nicht, die Augen zu heben. Dermitsakis und Koula hingegen, welche die Szene beobachten, blicken mich vielsagend an.

»Dann gehen wir jetzt zur nächsten Frage über. Wie gut kannten Sie Aristotelis Archontidis, Frau Tersidi?«

Argyro ist über den Themenwechsel erleichtert, und ihre Erstarrung löst sich. »Ich kannte ihn, so wie alle anderen, nicht besonders gut. Als ich an der philosophischen Fakultät arbeitete, war er Assistenzprofessor. Er war verschlossen und reserviert. Er hielt das übrige Lehrpersonal und die Verwaltungsangestellten auf Abstand. Daraus folgt, dass ich keine nähere Beziehung zu ihm hatte.«

Ich wende mich an Kalliopi. »Und was ist mit Ihnen? Können Sie mir Ihr Verhältnis zu Professor Stelios Kostopoulos erläutern?«

»Das war eine ganz förmliche Beziehung zwischen Verwaltungsangestellter und Hochschullehrer«, erwidert sie prompt.

»Können Sie mir dann erklären, was Sie beide am Tatabend kurz vor seiner Ermordung in Kostopoulos' Auto zu suchen hatten?«

Sie starren mich sprachlos an. Seit Tassia die Information herausgerutscht war, dass sie Universitätsmitarbeiterinnen waren, waren sie auf alles Mögliche gefasst, aber damit, dass wir von ihrem Treffen mit Kostopoulos in seinem Wagen wissen, haben sie nicht gerechnet.

»Zu Ihrem Pech fuhr ein anderer Wagen vorbei, während Sie bei Kostopoulos saßen. Der Fahrer ist Kostopoulos' Nachbar, der sein Auto erkannte und die Scheinwerfer darauf richtete. Dabei hat er ihn mit zwei Frauen gesehen. Als wir ihm Fotos von Ihnen zeigten, hat er Sie erkannt. Frau Tersidi saß auf dem Beifahrersitz und Frau Safiratou auf dem Rücksitz hinter dem Fahrer. Kurz darauf kippt Kostopoulos tot vornüber aufgrund einer Blausäurespritze, die ihm in den Rücken injiziert wurde. Darüber hinaus konnten wir ein Haar auf dem Beifahrersitz sicherstellen. Ein DNA-Abgleich mit einem Ihrer Haare, Frau Tersidi, wird bestimmt positiv ausgehen. Können Sie mir jetzt sagen, aus welchem Grund Sie in Kostopoulos' Auto saßen?«

Die stets schlagfertige Argyro meldet sich spontan zu Wort. »Ach, darum geht's?«, sagt sie leichthin. »Die Tochter einer Freundin wollte bei Kostopoulos ihre Masterarbeit schreiben. Deshalb habe ich Kalliopi gebeten, mich zu dem Treffen zu begleiten.«

»Reden Sie von der Frau, die an der Fakultät für Wirtschaftswissenschaften anrief, um Kostopoulos' Stundenplan zu erfragen, da sie ihn wegen einer Masterarbeit sprechen wollte?«

Sie zuckt mit den Achseln. »Weiß ich nicht, kann sein.«

»Wir verlieren hier nur unnötig Zeit, meine Damen. Es gibt keinen Zweifel, dass Frau Safiratou vom Rücksitz aus Kostopoulos die Blausäurespritze verabreichte, nachdem Frau Tersidi ihn in ein Gespräch über die Tochter ihrer Freundin verwickelt und damit abgelenkt hatte. Genauso sicher ist, dass eine von Ihnen beiden die mit Pestizid vergiftete Torte zubereitet und Klearchos Rapsanis geschickt hat. Rapsanis' Esssucht war nicht nur an der juristischen Fakultät, sondern an der ganzen Uni legendär. Eine junge Frau mit Helm, die mit einem Motorrad unterwegs war, hat die Torte an Rapsanis' Wohnung abgegeben. War es dieselbe Frau, die bei Kostopoulos ihre Masterarbeit schreiben wollte?«

»Was reden Sie da?«, ruft die Safiratou. »Wie kommen Sie auf diese Idee? Sie sind ja schlimmer als Ihre Assistenten!«

»Lassen wir das sinnlose Versteckspiel«, sage ich zu ihr. »Mit Sicherheit gibt es Helfershelfer. Die junge Frau etwa, die Rapsanis die Torte geliefert und auch angerufen hat, um Kostopoulos' Stundenplan herauszukriegen, damit Sie Bescheid wussten, wann und wo Sie ihm auflauern konnten. Dann gibt es auch noch den jungen Motorradfahrer mit Helm, der dabei beobachtet wurde, wie er sich kurz vor dem Archontidis-Mord im Park herumtrieb. Wir wissen, dass Archontidis mit dem Motorrad von hinten angefahren wurde. Als er stürzte, folgten der Angriff mit Schlagstock und Messer. Es kann gut sein, dass der junge Mann mit dem Motorrad nicht nur ein Mittäter, sondern Archontidis' Mörder war.«

»Das sind doch Ammenmärchen!«, ruft Argyro aus.

»Ob das ein Ammenmärchen ist, lässt sich leicht feststellen«, sagt Dermitsakis. »Wir brauchen bloß die Einzelverbindungen Ihrer Handys zu überprüfen. Dann finden wir alle Anrufe, die Sie getätigt haben, mitsamt den Kontakten.«

»Und da ist noch etwas«, füge ich hinzu. »Wir haben einen staatsanwaltlichen Durchsuchungsbeschluss für Ihre Wohnungen. Dabei werden wir Ihre Computer beschlagnahmen. Da bleibt kein Stein auf dem anderen.«

Jetzt ist es ganz still in dem Raum. Argyro und Kalliopi verständigen sich durch Blicke. Schließlich wendet sich Kalliopi an mich. »Können Sie uns zwei Minuten allein lassen, Herr Kommissar?«

»Vollkommen allein darf ich Sie nicht lassen. Frau Fotiadou wird in einer Ecke des Zimmers bleiben. Wenn Sie flüstern, kann sie nichts hören.«

Ich bedeute Dermitsakis, den Raum zu verlassen, aber wir entfernen uns nicht weit, sondern warten vor der Tür.

»Das ist der verrückteste Fall, der mir in all den Jahren mit Ihnen untergekommen ist, Herr Kommissar«, meint Dermitsakis zu mir. »Ich habe ja schon die unwahrscheinlichsten Mörder gesehen, aber zwei dünkelhafte Rentnerinnen, die drei Hochschullehrer auf dem Gewissen haben … das hätte ich mir nicht träumen lassen! Darauf können wir stolz sein! Schon wieder hat Griechenland die Nase vorn!«

Fünf Minuten später geht die Tür halb auf, und Koula steckt den Kopf heraus. »Sie können jetzt kommen«, sagt sie.

Kaum haben wir Platz genommen, ergreift Argyro das Wort. »Bringen wir die Sache zu Ende, Herr Kommissar«, meint sie. »Wenn Sie meine Wohnung durchsuchen, werden Sie im Unterschrank der Küchenspüle einen Stoffbeutel finden. Darin befinden sich die Überreste des Pflanzenschutzmittels und der Blausäure. Ebenso werden Sie den Schlagstock und das Messer finden. Am Schlagstock befinden sich meine Fingerabdrücke, am Messer die von Kalliopi. Wir beide haben alle drei getötet. Es gibt keine Mittäter, auch keinen anderen Mörder. Jetzt kann die Polizistin unsere Aussage aufnehmen, und wir unterschreiben sie. Sie können uns zum Vergleich die Fingerabdrücke abnehmen.«

»Und was ist mit der jungen Frau, die die Torte überbracht hat?«, fragt Dermitsakis.

»Das war einfach irgendein Mädel mit Motorrad. Ich habe sie angehalten und ihr fünfzig Euro gegeben. Dafür hat sie die Torte ausgeliefert. Ich weiß nicht mal ihren Namen und habe sie auch nie wiedergesehen.«

»Und die junge Frau, die an der Wirtschaftsuni anrief, um Kostopoulos' Stundenplan auszukundschaften?«

»Keine Ahnung«, antwortet Kalliopi.

»Und der junge Mann mit dem Motorrad, der Archontidis von hinten angefahren hat?«

»Ich weiß nicht, wer das sein soll. Er muss ganz zufällig in der Nähe gewesen sein«, erwidert Argyro. »Ich habe Archontidis von hinten mit dem Schlagstock getroffen, und als er hinfiel, hat ihm Kalliopi das Messer in den Rücken gerammt.«

Mir ist klar, dass sie alles auf sich nehmen, um ihre Mittäter zu decken. Wir werden nach ihnen suchen, doch es wird schwierig werden, sie zu finden. Wir wissen weder das Kennzeichen noch das Modell des Motorrads. Durchaus möglich, dass sie auch die Nummern aus ihren Handys gelöscht haben. Und wenn nicht, werden sie bestimmt vorher abgesprochen haben, was sie sagen.

Ich schicke Argyro und Kalliopi mit Dermitsakis zur Abnahme der Fingerabdrücke und kehre in mein Büro zurück.

39

Das Warten geht mir an die Nieren, auch wenn ich mir sicher bin, dass sich Argyros Angaben als richtig erweisen werden. Nur brauche ich jetzt noch die offizielle Bestätigung.

Ich habe schon jedes Zeitgefühl verloren, als Dermitsakis endlich schmunzelnd eintritt. »Also, wir haben das Pflanzenschutzmittel, die Blausäure, den Schlagstock und das Messer gefunden. Alles war, wie von der Tersidi angegeben, in einem Stoffbeutel im Unterschrank der Küchenspüle versteckt. Die Spurensicherung hat die Gegenstände zur Sicherstellung der Fingerabdrücke mitgenommen.«

»Wo sind die beiden jetzt?«

»Wir haben sie wieder in den Verhörraum gebracht, um die Aussage zu vervollständigen.«

»Schön, Koula soll mich begleiten. Diesmal vernehme nur ich sie. Ich will ihr Motiv erfahren. Sie werden offener sein, wenn ich allein mit ihnen rede.«

Sie sitzen nebeneinander und unterhalten sich leise. Zwischendurch zeichnet sich immer wieder ein Lächeln auf ihren Gesichtern ab. Ich beobachte sie von der Tür aus und frage mich, ob ihnen klar ist, was sie erwartet, oder ob es sie nicht kümmert und vielleicht sogar amüsiert.

Ich nehme ihnen gegenüber Platz. »Sie haben gestanden,

und die Tatwaffen wurden an dem von Ihnen angegebenen Ort gefunden. Damit ist der offizielle Teil erledigt. Jetzt können wir uns wieder auf einer persönlicheren Ebene unterhalten.« Ich pausiere kurz und frage dann: »Warum habt ihr das bloß getan, ihr beiden?«

Überrascht registrieren sie meinen freundschaftlichen Tonfall, den sie nicht erwartet haben. Sie wechseln Blicke, dann wendet sich Argyro an Kalliopi: »Willst du es sagen oder soll ich?«

»Sag du's.«

Argyro meint schließlich kichernd: »Die Deutschen sind an allem schuld.«

»Schon wieder die Deutschen?«, wundere ich mich, während mir gleichzeitig nicht klar ist, was daran so lustig sein soll. »Was haben euch die Deutschen denn Böses angetan, dass ihr gleich drei Menschen umbringt?«

»Nicht die Deutschen generell«, erläutert mir Kalliopi. »Wir meinen diejenigen, die vom Astraka heruntergesegelt sind.«

Mir verschlägt es kurz die Sprache. Auch Koula hat den Blick von ihrem Bildschirm gelöst und starrt die beiden mit großen Augen an.

»Lass mich es erklären, Kostas, dann wirst du es verstehen«, sagt Argyro zu mir. »Weißt du noch, wie wir eines Morgens in Papingo einen Vogelmenschen vom Astraka-Gebirge heruntersegeln sahen?«

»Natürlich.«

»Weißt du auch noch, wie wir am selben Abend beim gemeinsamen Abendessen mit der deutschen Gruppe feststellten, dass sie alle an der Universität arbeiten? Und dass sie am nächsten Tag nach Deutschland zurückmussten, um ihre Seminare zu halten?«

»Ja, das weiß ich noch.«

»Kalliopi und ich teilten uns ein Zimmer. Am selben Abend haben wir uns darüber unterhalten. Sieh dir mal die deutschen Hochschullehrer an, sagten wir. Im Sommer legen sie Flügel an, klettern auf Berge, breiten ihre Schwingen aus, simulieren das Vogeldasein und haben Spaß am Fliegen. Genauso wie unsere Professoren, die bei der ersten sich bietenden Gelegenheit Flügel anlegen, ihre Studenten und Vorlesungen hinter sich lassen, um das Ministerdasein zu simulieren und sich auf einem Regierungsposten niederzulassen. Die Deutschen landen am Ausläufer eines Berghangs und kehren dann an die Uni zurück. Wären sie stattdessen auf einem Regierungsposten gelandet, wäre ihre akademische Karriere für sie beendet. Sobald unsere Professoren dem Ministerposten ade sagen, kehren sie ins gemachte Nest zurück und machen weiter, als sei nichts gewesen. ›Zu unserer Zeit gab es so etwas nicht, damit muss Schluss sein!‹, meinte Kalliopi empört. ›Gib dich keiner Selbsttäuschung hin, Kalliopi‹, sagte ich. ›Das hört nicht von allein auf! Da muss es erst ein paar Opfer geben, um diese Schmarotzer aufzuschrecken und sie zur Vernunft zu bringen. Das ist der einzige Weg, diese Unsitte zu stoppen.‹ Damit endete unser Gespräch. – Wie du weißt, wohne ich im Erdgeschoss und habe einen schön bepflanzten Hinterhof. Gegen Ungeziefer habe ich immer Pflanzenschutzmittel im Haus. Am Tag nach unserer Rückkehr traf ich mich mit Kalliopi und erzählte ihr meinen Plan: Ich würde eine schöne Torte backen, Insektizid in den Tortenboden mischen und sie dann Rapsanis zuschicken. Am Anfang erklärte sie mich für verrückt, aber ich hatte genügend Argumente, um sie davon zu überzeugen, dass es keinen anderen Weg gebe, dem Übel zu begegnen und die Universitäten wieder auf den richtigen Weg zu bringen. Den Rest kennst du ja, Kostas.«

»Gut, aber warum gerade Rapsanis?«, lautet meine verwunderte Frage. »Du warst an der philosophischen Fakultät, Kalliopi an der Wirtschaftsuni. Warum hast du ihn ausgewählt?«

»Aus zwei Gründen. Zum einen wusste die ganze Uni, dass Rapsanis ein unersättlicher Fettsack war. Daher war mir klar, dass er sich sofort auf die Torte stürzen würde. Das war der erste Grund.«

»Und der zweite?«

»Zu meiner Studienzeit lehrte der legendäre Ioannis Theodorakopoulos an der philosophischen Fakultät. Ich hatte bei ihm zwar keine Vorlesung gehört, ihn aber zweimal bei Vorträgen erlebt, als er bereits emeritiert war. Ihn über Platon sprechen zu hören war ein Geschenk des Himmels. Eines Tages bekam ich mit, wie Rapsanis im Kollegenkreis bemerkte, Theodorakopoulos' Ansichten zu Platon hätten vielleicht für seine Zeit gegolten, seien aber heutzutage überholt. Sein Tonfall war so verächtlich, dass in mir eine gewaltige Wut aufstieg. Dieser monströse Allesfresser zog eine Koryphäe der Philosophie und Literaturwissenschaft in den Dreck. Das war der Grund, warum ich seinen Tod dem Andenken von Theodorakopoulos widmen wollte.«

»Und was war mit Archontidis?«, frage ich sie.

»Archontidis war ein herausragender Forscher. Alle Studierenden schwärmten von seinen Vorlesungen, vor allem zur Literatur der Ionischen Inseln. Viele seiner Kollegen waren der Meinung, er sei auf diesem Gebiet so genial wie Jeorjios Soras. Seine Seminare waren gut besucht, und er hatte viele Masterstudenten. Und dieser großartige Wissenschaftler lässt seinen Unterricht sausen und die Studierenden und alle, die an einer Masterarbeit sitzen, im Stich, um … was zu werden? Staatssekretär! Nicht mal Minister, bloß Staatssekretär! Eigentlich logisch, nach der Art zu schließen, wie er unter die Fittiche der studentischen Parteiorganisationen geschlüpft war. Von seinen Aktivitäten in Italien habe ich erst später erfahren. Ist es denn möglich, dass man an derselben Hochschule wie Solomos und Foscolo studiert und dann als Staatssekretär endet? Ich hoffe, Soras' Seele hat gejubelt, als wir ihm Archontidis' Tod gewidmet haben.«

Ihr Wahnsinn hat Methode: Ihre Argumente sind plausibel und überzeugen selbst mich, der mit der Universität überhaupt nichts am Hut hat.

»Nun, eure Beweggründe sind nachvollziehbar«, sage ich. »Aber wie ist es mit der Ausführung der Taten? Wie kann es sein, dass zwei Frauen euren Alters einen Jogger zu Boden werfen und danach erstechen? Das ist ohne einen Mittäter kaum vorstellbar.«

»Dann will ich es dir erklären, Kostas. Wir haben im Park auf ihn gewartet. Als er auf uns zujoggte, haben wir ihm zum Gruß zugelächelt. Sobald er an uns vorüber war, lief ich hinter ihm her und gab ihm mit dem Schlagstock eins über den Schädel. Er taumelte und blieb stehen, fiel aber nicht hin. Dann habe ich noch einmal zugeschlagen, so dass er zu Boden stürzte. Zum Schluss habe ich ihm einen dritten Hieb versetzt, um ganz sicher zu gehen. Da war er schon bewusstlos, und Kalliopi stieß ihm das Messer auf der Höhe des Herzens in den Rücken.«

»Und der junge Mann mit dem Motorrad? Wo genau befand der sich? Wir haben Reifenspuren am Tatort gefunden.«

»Ich weiß nicht, von welchem Motorrad und von welchem jungen Mann du redest«, antwortet sie ungerührt. »Wir jedenfalls haben kein Motorrad bemerkt. Wir waren ganz allein dort.«

Sie haben die Beschreibung des Tathergangs miteinander abgesprochen, um die beiden Mittäter zu decken. Da werden wir nichts weiter herausbekommen.

Ich wende mich an Kalliopi. »Und Kostopoulos habt ihr umgebracht, weil er an die Uni zurückgekehrt war?«, frage ich.

»Genau. Wie Argyro schon sagte, gleiten die Deutschen den Berghang herunter, landen in der Ebene und kehren dann an die Uni zurück. Unsere Hochschullehrer segeln von ihrem Ministersessel auf ihren Lehrstuhl zurück und kassieren wieder ihr Professorengehalt. Nicht allein, dass sie Lehre und Studierende im Stich gelassen haben. Weitaus empörender ist die Selbstverständlichkeit, mit der sie das tun, ganz nach dem Motto: Egal, was passiert, wir setzen uns ins gemachte Nest, denn Lehrstuhl und Professorengehalt warten auf uns.«

»Wie ist es euch gelungen, in Kostopoulos' Wagen einzusteigen?«

»Tja, das möchtest du wohl gern wissen …«, sagt sie süffisant. »Ich kannte seine Handynummer aus meiner Zeit an der Uni. Kostopoulos war damals Assistenzprofessor. Ich rief ihn an und fragte, ob ich mit ihm über die Tochter einer Freundin reden könne. Er meinte, er hätte ein Abendessen mit ausländischen Kollegen, aber wir könnten uns in der Nähe seiner Wohnung kurz treffen. An der Uni sei das unmöglich, weil er aufgrund seiner Lehrverpflichtungen vollkommen ausgebucht sei. So warteten wir in der Dimosthenous-Straße auf ihn. Als er näherkam, winkte ich ihm zu, und wir stiegen in sein Auto. Argyro nahm auf dem Beifahrersitz Platz, damit sie ihn in ein Gespräch über die Tochter ihrer Freundin verwickelt, die angeblich an der London School of Economics studiert, es aber in London nicht aushält und in Griechenland ihren Masterabschluss machen will. Während er sich mit Argyro unterhielt, gab ich ihm die Spritze. Unmittelbar danach stiegen wir aus und nahmen ein Taxi.« Nach einer kurzen Pause fügt sie hinzu: »Mit dem vorbeifahrenden Wagen konnten wir nicht rechnen. Im Leben läuft nicht immer alles wie geplant.«

Ich habe keine Frage mehr. Es hat keinen Sinn, auf den Mittätern herumzureiten. Sie werden mir nichts verraten, und ihre Aussage, dass alle drei Morde ausschließlich auf ihr Konto gehen, wird durch die Tatsache bekräftigt, dass wir das Insektizid, die Blausäure und ihre Fingerabdrücke auf dem Schlagstock und dem Messer sichergestellt haben.

»Das war's dann wohl«, sage ich und stehe auf. »Koula bereitet eure Aussagen zur Unterschrift vor. Ich will euch nur noch sagen, dass ich mich zum ersten Mal in meinem Leben nicht über die Lösung eines Falles freuen kann.«

»Nimm's dir nicht zu Herzen«, sagt Kalliopi zu mir. »Wir sind dir auch nicht böse. Unser Pflichtgefühl kollidierte einfach mit deinem. Wir haben unsere Pflicht getan, du die deine.«

»Aber wir wollten dich um einen Gefallen bitten«, sagt Argyro.

»Ja?« Meine Gedanken wandern zu Adriani, aber ich liege falsch.

»Wir möchten in dasselbe Gefängnis kommen.« Ich starre sie sprachlos an. Argyro bemerkt meine Verblüffung und beeilt sich, mir den Grund zu erklären. »Wir sind zwei unverheiratete Rentnerinnen, Kostas. Das heißt, wir sind doppelt einsam. Wir können uns an nichts klammern, weder an unseren Beruf noch an die Familie. Im selben Gefängnis sind wir wenigstens zusammen und können einen Bekanntenkreis aufbauen. Bestimmt sind wir dann weniger allein als jetzt. Außerdem können wir auch den anderen Gefangenen helfen. Denk nur, wie beliebt Kalliopi als Kaffeesatzleserin sein wird!«

»Bis zur Gerichtsverhandlung werdet ihr im Frauengefängnis Korydallos untergebracht sein. Ich sorge dafür, dass ihr im selben Flügel bleibt.«

»Und nach dem Prozess?«, fragt mich Kalliopi. »Wir werden ja zweifellos lebenslänglich bekommen.«

»Da liegt die Entscheidung bei den Strafanstalten, die alle dem Justizministerium unterstehen. Aber ich sehe zu, was ich tun kann.«

Da springt Argyro auf und drückt mir einen Kuss auf

die Wange. »Danke, Kostas! Und bitte Adriani in unserem Namen um Entschuldigung. Sag ihr, wir werden sie immer gern haben.«

Das war die unkonventionellste und zugleich vorschriftswidrigste Vernehmung meiner gesamten Laufbahn. Mit gemischten Gefühlen kehre ich in mein Büro zurück. Einerseits freue ich mich, dass ich diesen haarigen Fall gelöst habe, selbst wenn er – im Nachhinein besehen – einfach wirkt. Andererseits tut es mir leid, dass ich zwei persönliche Bekannte ins Gefängnis stecken muss, mit denen ich privat nette Stunden verbracht habe. Trotzdem tröstet mich der Gedanke, dass alle beide Persönlichkeiten sind, die es selbst in der Strafanstalt schaffen werden, gut über die Runden zu kommen.

Dann rufe ich den Vizepolizeipräsidenten an, um ihm den Abschluss des Falles zu schildern. »Wir haben die Tatwaffen und die Geständnisse der Täterinnen.«

»Glückwunsch, Herr Kommissar. Ich informiere sofort den Polizeipräsidenten«, meint er freudig.

Fünf Minuten später meldet er sich telefonisch zurück. »Der Minister will alles aus erster Hand erfahren.«

Jetzt in die Katechaki-Straße zu pilgern ist so ungefähr das Letzte, worauf ich Lust habe. Ich könnte mit einem Streifenwagen fahren, aber da ich nach der Berichterstattung nach Hause will, nehme ich mein eigenes Auto.

Meine Gedanken weilen immer noch bei Argyro und Kalliopi, daher achte ich nicht besonders darauf, wie dicht der Verkehr ist und wie lange ich bis ans Ziel brauche.

Zu meiner Überraschung erwartet mich der Vizepolizeipräsident bereits am Eingang. »Kommen Sie gleich mit, der

Minister sitzt auf Nadeln, und das, obwohl er kein Fakir ist«, meint er lachend.

Zum ersten Mal sind es der Minister und der Polizeipräsident, die auf mich warten.

»Gratulation!«, sagt der Polizeipräsident und streckt mir die Hand entgegen, sobald er mich erblickt.

»Ich warte schon voller Ungeduld auf die guten Neuigkeiten«, erklärt der Minister.

Nachdem ich Platz genommen habe, gebe ich einen vollständigen Überblick über die Ereignisse des heutigen Tages. Die Anwesenden, so will es mir scheinen, hängen mir förmlich an den Lippen.

»Das heißt, wir können den Medien vermelden, dass der Fall abgeschlossen ist«, meint der Minister.

»Ja, und ich glaube, Sie sollten es persönlich verlautbaren, Herr Minister. Da ein amtierender und ein ehemaliger Minister sowie ein amtierender Staatssekretär ermordet wurden, sollte die Spitze des Ministeriums vor die Presse treten. Wenn die Journalisten Einzelheiten wissen wollen, können sie sich an mich wenden. Morgen schicke ich Ihnen den detaillierten Bericht, damit Sie alle Ermittlungsschritte kennen.«

»Ich stimme dem Herrn Kommissar zu«, nickt der Polizeipräsident.

»Ich gratuliere Ihnen herzlich, Herr Kommissar«, wiederholt der Minister und erhebt sich. »Ich schätze Ihre Arbeit sehr, das war wirklich ein äußerst schwieriger Fall.«

»Bis wann habe ich den Bericht?«, fragt mich der Vizepolizeipräsident auf dem Flur.

»Spätestens morgen um zehn liegt er Ihnen vor.«

Nachdem ich noch einen bunten Strauß von Glückwünschen entgegengenommen habe, steige ich in den Seat. Zwar freue ich mich über die allgemeine Begeisterung, doch gleichzeitig ist mir klar, dass mich ein heikler Abend mit Adriani erwartet.

40

Eigentlich habe ich keine Kraft mehr für eine Auseinandersetzung mit Adriani. Wenn sie wütend wird und mich ausschimpft, werde ich wohl kaum gelassen und sachlich bleiben können.

Wenn es hart auf hart kommt, sucht man sich am besten Hilfe. In diesem Fall kann mir nur Sissis unter die Arme greifen. Daher fahre ich beim Obdachlosenheim vorbei, um ihn zu bitten, mich nach Hause zu begleiten. Wir setzen uns an einen Tisch im Aufenthaltsraum, wo ich ihm die ganze Geschichte erzähle. Er hört mir zu, ohne mich zu unterbrechen. Generell ist auffallend, dass mir alle zuhören, ohne mir ins Wort zu fallen. Ich weiß nicht, ob es daran liegt, dass ich mittlerweile ein erfahrener und geübter Erzähler bin, oder ob der Fall einfach spannend ist. Ich vermute, eher das Zweite.

»Ich wäre froh, du könntest dabei sein, wenn ich Adriani alles erzähle«, sage ich am Schluss. »Dann wird sie sich zurückhalten und nicht gleich aus der Haut fahren.«

»Gib mir eine Minute, damit ich ein paar Dinge regeln kann, dann können wir los«, erwidert er.

Nach einer Viertelstunde sind wir bei uns zu Hause. Adriani gibt Sissis nur einen flüchtigen Kuss und wendet sich dann angespannt gleich wieder mir zu.

»Was ist passiert? Alles in Ordnung?«, fragt sie verschwörerisch.

»Wir können offen reden. Lambros weiß Bescheid.«

Stumm geht sie ins Wohnzimmer voran. Ich beschreibe ihr die Begegnung mit Argyro und Kalliopi in allen Einzelheiten, nur den Epilog zum Thema Gefängnis lasse ich erst mal weg. Sie hört mir zu, ohne mich anzublicken. Ihre Augen sind auf die Wand über dem Bildschirm geheftet. Als ich fertig bin, bleibt sie stumm, und auch ihr Blick klebt immer noch am selben Fleck. Beunruhigt blicke ich zu Sissis hinüber, doch der bedeutet mir, abzuwarten.

Kurz darauf blickt mich Adriani an. »So skrupellos waren sie also?«, fragt sie mit kaum hörbarer Stimme. »Solche Monster? Sie haben sich im Hotel an uns herangemacht, mit uns zusammen Ausflüge unternommen, nach unserer Rückkehr nach Athen den Kontakt gehalten, uns Freundschaft vorgespiegelt, nur um nach ihren Taten den ermittelnden Kommissar ausquetschen zu können?«

»Als wir uns kennenlernten, hatten sie noch keine Mordpläne. Die Idee kam ihnen, wie ich dir erklärt habe, erst durch die Deutschen.«

Sie schaut mich an, als sei ich geistig zurückgeblieben. »Mein lieber Mann, du bist ein guter Polizist, aber ein naiver Mensch«, sagt sie nachsichtig. Doch dann wird sie plötzlich laut und ungehalten: »Was soll dieser Humbug mit den Deutschen? Glaubst du dieses Märchen wirklich, das sie dir da aufgetischt haben? Sie haben doch alles von langer Hand geplant und es von Anfang an darauf abgesehen, sich mit dir zu befreunden. Und was hat Tassia mit der ganzen Sache zu tun?«

»Gar nichts. Tassia war gutgläubig. Sie hat mir Fragen gestellt, weil die anderen beiden sie darum gebeten hatten. Sie dachte sich nichts Böses dabei. Damit hat sie uns immerhin auf die Spur von Argyros und Kalliopis beruflichem Umfeld gebracht. Wäre sie eingeweiht gewesen, hätte sie das niemals erwähnt.«

»Morgen rufe ich Maria vom Hotel an, ob sie bei der Zimmerbuchung schon wussten, dass wir auch da sein würden.«

An dieser Stelle mischt sich Sissis ein. »Adriani, lass es gut sein!«, sagt er. »Sie haben sich verstellt, und du hast guten Grund, sie rücksichtslos zu nennen. Aber lass es gut sein! Am Schluss sind sie wie die Mäuse in die Falle getappt.«

»Aber das ist Verrat, Lambros!«, hält sie ihm erzürnt entgegen. »Nichts anderes als schmählicher Verrat!«

»Mir brauchst du nichts über Verrat zu erzählen«, erwidert er gelassen. »Ich habe mein halbes Leben damit verbracht, unter meinen Genossen nach Verrätern zu suchen. Die notorische Angst davor führt dazu, dass man in seinem Umfeld nur noch Verrat wittert. Zuletzt beäugt man alle seine Freunde voller Misstrauen. Glaub mir, ich kenne mich damit aus.« Nach einer kurzen Pause spricht er weiter. »Und ich sage dir noch etwas: Zu unserer Zeit wurden, bei uns und bei euch, also auf beiden Seiten, Verräter hingerichtet. Nur kamen dadurch auch viele Unschuldige zu Tode. Heutzutage sitzen eure früheren Freundinnen im Gefängnis und werden zu soundso vielen Jahren Knast verurteilt. Wenn es einen Verräter gibt, dann ist es die Frau, die den früheren Arbeitsort der beiden Täterinnen genannt hat. Sie sind die Verratenen, nicht du.«

Dankbar höre ich Sissis zu und segne meine Eingebung, ihn mitzunehmen.

»Ich kann dir versichern, dass sie gar nicht unglücklich darüber sind, ins Gefängnis zu gehen«, füge ich hinzu.

Sie starrt mich mit offenem Mund an, während ich ihr den letzten Teil der Vernehmung erzähle, als sie mich baten, sie in dasselbe Gefängnis zu schicken, damit sie zusammen besser über die Runden kommen.

»Argyro hat zu mir gesagt: ›Weißt du, wie beliebt Kalliopi mit dem Kaffeesatzlesen im Gefängnis sein wird?‹«

»Sie sind verrückt«, wispert sie. »Man müsste sie in eine psychiatrische Anstalt sperren.«

»Ob sie in der Anstalt besser dran wären als im Gefängnis, ist fraglich«, halte ich ihr entgegen.

»Man kann sie schon für verrückt erklären«, meint Sissis. »Aber ich glaube, sie waren einfach zu konsequent. Ihre Prinzipientreue hat sie ins Unglück gestürzt. So endet es, wenn man Prinzipien hat, Adriani. Erst führen sie zu Frustration, und dann muss man einen bitteren Preis dafür zahlen.«

Plötzlich springt Adriani auf. Ihre Miene hat sich schlagartig verändert. »Lambros, du bleibst hier. Ich mache schnell was zu essen für uns alle.«

»Um diese Zeit willst du noch kochen? Bist du bei Trost?«, sage ich. »Lass uns was essen gehen.«

»Ich habe eine Keule vom Zicklein. Es dauert zu lange, jetzt Kartoffeln zu schälen, deshalb mach ich Reisnudeln dazu. Ich schiebe das Fleisch nur schnell in den Ofen, dann ist das Essen in einem Stündchen fertig. Und Erbsen haben wir auch noch welche übrig. Ihr könnt inzwischen eine Flasche Wein holen.«

»Es gibt Augenblicke, da kann ich meiner Frau nicht mehr folgen«, gestehe ich Sissis. »Ist es denn die Möglichkeit, dass sie so spätabends noch etwas kocht?«

»Das macht den Unterschied.«

»Welchen Unterschied?«

»Die beiden prinzipientreuen Frauen haben drei Menschen getötet, um Dampf abzulassen. Deine Frau lässt in der Küche Dampf ab. Und du beschwerst dich, statt deinem Schicksal dankbar zu sein!«

Bin ich ja, aber nervig ist es doch.

Personenverzeichnis

Anagnostidis, Jannis	Berater des Premierministers
Angelidou, Tassia	Ferienbekanntschaft von Kostas und Adriani Charitou; eine der drei Grazien
Angeliki	Bewohnerin des Obdachlosenheims
Archontidis, Aristotelis	Literaturprofessor, Staatssekretär im Bildungsministerium
Archontidi, Viktoria	Schwester von Aristotelis Archontidis
Argyropoulos, Kostas	Hausarzt von Klearchos Rapsanis
Askalidis, Thanassis	neuer Assistent von Kostas Charitos
Charitos, Kostas	Hauptkommissar bei der Mordkommission der Polizeidirektion Attika
Charitou, Adriani	Ehefrau von Kostas Charitos, Hausfrau
Charitou, Katerina	Tochter von Kostas und Adriani, Rechtsanwältin, betreibt ein Büro zusammen mit der mit ihr befreundeten Psychologin Mania Lagana, Schwerpunkt: Drogenabhängige und Asylbewerber
Demertsis, Nikos	Vizerektor der Wirtschaftsuniversität
Dermitsakis	Assistent von Kostas Charitos
Dervissoglou, Fotis	neuer Assistent von Kostas Charitos
Dimitriou	Leiter der Spurensicherung
Fenekidis, Marios	Assistenzprofessor an der juristischen Fakultät
Fotiadou, Koula (Angeliki)	Assistentin von Kostas Charitos
Gikas, Nikolaos	Leitender Kriminaldirektor an der Polizeidirektion Attika
Jorgos	Konditormeister

Karabetsos	neuer Leiter der Antiterrorabteilung
Karabini, Glykeria	Facebook-Nutzerin
Kardassis, Manolis	Juraprofessor
Kapsidis, Stefanos	Vizepolizeipräsident
Kiriakidou	Mitarbeiterin im Sekretariat der Wirtschaftsuniversität
Köhler, Uli	deutscher Ehemann von Mania
Konstantinidis	Leiter der Drogenfahndung
Kostopoulos, Stelios	Professor an der Wirtschaftsuniversität, ehemaliger Wirtschaftsminister
Kostopoulou, Mona	Ehefrau von Stelios Kostopoulos
Lagana, Mania	ehemalige Polizeipsychologin, jetzt Partnerin in der Bürogemeinschaft mit Katerina
Loukia	Studentin
Loukidou	Journalistin
Menekidi, Pavlina	Studentin von Aristotelis Archontidis
Merikas, Grigoris	Journalist
Neofytos, Fedon	Jurastudent, promoviert in Deutschland
Nikos	Student
Ousounidi, Sevasti	Ehefrau von Prodromos, Mutter von Fanis, Hausfrau
Ousounidis, Fanis	Ehemann von Katerina, Kardiologe am Allgemeinen Staatlichen Krankenhaus Athen
Ousounidis, Prodromos	Vater von Fanis, Besitzer eines kleinen Ladens in Volos
Papadakis	ehemaliger Assistent von Kostas Charitos, Ehemann von Koula Fotiadou
Pestoni, Guido	ehemaliger Univ.-Prof. an der Ionischen Universität Korfu, Italienischlehrer von Aristotelis Archontidis
Rapsanis, Klearchos	Minister für Verwaltungsreform
Rapsani, Klio	Schwester von Klearchos Rapsanis
Rapsanis, Solon	Sohn von Klearchos Rapsanis
Raptis, Theodoros	Rektor der Wirtschaftsuniversität
Rodopoulos	Pressesprecher des Ministeriums für Öffentliche Ordnung

Roupakidis, Kleon	emeritierter Professor an der Wirtschaftsuniversität
Safiratou, Kalliopi	Ferienbekanntschaft aus Papingo, Epirus, von Kostas und Adriani Charitou, eine der drei Grazien
Schinas, Dionyssis	Oppositionspolitiker
Seferoglou, Jannis	emeritierter Juraprofessor
Sissis, Lambros	Altkommunist, Kostas und er kennen sich aus der Juntazeit, als Kostas Gefängniswärter im Folterzentrum der Machthaber war, mittlerweile ist Sissis Teil der Familie
Solotas, Xenofon	legendärer Wirtschaftswissenschaftler
Sonaras	Leiter der Abteilung für interne Ermittlungen
Soras, Jeorjios Th.	legendärer Literaturprofessor
Sotiropoulos, Menis	pensionierter Journalist
Stavropoulos	Gerichtsmediziner
Stella	Sekretärin von Gikas
Stergiou, Areti	Journalistin
Tersidi, Argyro	Ferienbekanntschaft aus Papingo, Epirus, von Kostas und Adriani Charitou, eine der drei Grazien
Theano	Studentin
Theodorakopoulos, Ioannis	legendärer Philosophieprofessor
Vellidis	Leiter der Abteilung für Computerkriminalität
Volari, Voula	Haushälterin von Klearchos Rapsanis
Vlassopoulos	ehemaliger Assistent von Kostas Charitos

Petros Markaris im Diogenes Verlag

Hellas Channel

Ein Fall für Kostas Charitos

Roman. Aus dem Neugriechischen
von Michaela Prinzinger

Er liebt es, Souflaki aus der Tüte zu essen, dabei im Wörterbuch zu blättern und sich die neuesten Amerikanismen einzuverleiben. Seine Arbeit bei der Athener Polizei dagegen ist kein Honigschlecken. Besonders schlecht ist Kostas Charitos auf die Journalisten zu sprechen, und ausgerechnet auf sie muss er sich einlassen, denn Janna Karajorgi, eine Reporterin für *Hellas Channel*, wurde ermordet. Wer hatte Angst vor ihren Enthüllungen? Um diesen Mord ranken sich die wildesten Spekulationen, die Kostas Charitos' Ermittlungen nicht eben einfach machen. Aber es gelingt ihm, er selbst zu bleiben – ein hitziger, unbestechlicher Einzelgänger, ein Nostalgiker im modernen Athen.

»Eine Entdeckung! Mit Kommissar Charitos ist eine Figur ins literarische Leben getreten, der man ein langes Wirken wünschen möchte.«
Hans W. Korfmann/Frankfurter Rundschau

Nachtfalter

Ein Fall für Kostas Charitos

Roman. Deutsch von Michaela Prinzinger

Kommissar Charitos ist krank. Eigentlich sollte er sich ausruhen und von seiner Frau verwöhnen lassen. Doch so etwas tut ein wahrer Bulle nicht. Eher steckt er bei Hitze und Smog im Stau, stopft sich mit Tabletten voll und jagt im Schritttempo eine Gruppe von Verbrechern, die die halbe Halbwelt Athens in ihrer Gewalt hat.

Charitos nimmt den Leser mit durch die Nachtlokale, die Bauruinen und die Müllberge von Athen. Keine Akropolis, keine weißen Rosen weit und breit.

»Mit Witz, Charme und Ironie erzählt Markaris eine reizvolle, geschickt verwobene Kriminalgeschichte mit überaus lebensnahen Figuren.«
Christina Zink/Frankfurter Allgemeine Zeitung

Live!

Ein Fall für Kostas Charitos

Roman. Deutsch von Michaela Prinzinger

Ein in ganz Griechenland bekannter Bauunternehmer, dessen Geschäfte olympiabedingt florieren, zückt mitten in einem Interview eine Pistole und erschießt sich vor laufender Kamera. Natürlich ruft ein solch spektakulärer Abgang Kostas Charitos auf den Plan. Seine Ermittlungen führen ihn zu den Baustellen des Olympischen Dorfs, zu den modernen Firmen hinter Fassaden aus Glas und Stahl, zu den Reihenhäuschen der Vororte, wo die Bewohner noch richtigen griechischen Kaffee kochen und Bougainvillea im Vorgärtchen blüht. Mit der ihm eigenen Bedächtigkeit irrt Kostas Charitos durch das Labyrinth des modernen Athen, unter der prallen Sonne – und dem Schatten der Vergangenheit.

»*Live!* ist ein Krimi, ein Geschichtsbuch, ein Migrantenroman, die Geschichte einer Ehe und ein Reiseführer durch Athen.« *Avantario Vito/*
Financial Times Deutschland, Hamburg

Der Großaktionär

Ein Fall für Kostas Charitos

Roman. Deutsch von Michaela Prinzinger

Der Traum von einer gerechteren Welt – in seinem Namen wird Gutes getan, aber auch getötet und Gewalt ausgeübt. Dies bekommt Katerina zu spüren, als sie in die Hände von Terroristen fällt. Ihr Vater Kostas Charitos dreht fast durch. Er, der Kommissar, muss jetzt stillhalten, Geduld haben, Nerven beweisen. Ein Roman über Terror und Gewalt. Und über eine Familie, die damit umgehen muss.

»Mit Witz und Biss erzählt Markaris von einem modernen Griechenland, in dem die Vergangenheit unter der Junta leider noch immer lebendig ist.«
Buchkultur, Wien

»Markaris gelingt etwas Erstaunliches: Speziell griechische Chancen, Wunden und Sünden vereint er mit internationalem Wiedererkennungseffekt.«
Frankfurter Allgemeine Zeitung

Die Kinderfrau

Ein Fall für Kostas Charitos

Roman. Deutsch von Michaela Prinzinger

Was in Istanbul geschah, ist nun viele Jahrzehnte her. Und doch findet die neunzigjährige Kinderfrau keine Ruhe – sie hat noch alte Rechnungen zu begleichen. Kommissar Charitos folgt ihren Spuren: Sie führen nach ›Konstantinopel‹, in eine Vergangenheit mit zwei Gesichtern – einem schönen und einem hässlichen.

»In seinem Kriminalroman *Die Kinderfrau* wendet sich Petros Markaris der heiklen griechisch-türkischen Vergangenheit zu. Als Istanbuler Grieche armenischer Abstammung beschreibt der Kosmopolit dabei ein Stück seiner eigenen Geschichte.«
Geneviève Lüscher / NZZ am Sonntag, Zürich

»Kommissar Charitos hat längst Kultstatus.«
Welt am Sonntag, Berlin

Auch als Diogenes Hörbuch erschienen,
gelesen von Tommi Piper

Faule Kredite

Ein Fall für Kostas Charitos

Roman. Deutsch von Michaela Prinzinger

Die Krise legt Griechenland lahm. Doch in der Finanzwelt herrscht höchste Alarmstufe. Mehrere Banker wurden innerhalb weniger Tage brutal ermordet. Und ganz Athen ist seit neustem mit Plakaten tapeziert, auf welchen die Bürger zur Verweigerung der Rückzahlung von Krediten aufgefordert werden.
Die Krise mit ihren Auswüchsen beschert Kostas Charitos und der Athener Polizei mehr Hektik denn je zuvor. Und auch privat wird es nicht einfacher: Gerade haben Kostas und Adriani noch die Hochzeit ihrer einzigen Tochter Katerina ausgerichtet und sich zum ersten Mal seit dreißig Jahren ein neues Auto geleistet – und nun wissen sie nicht mehr, wie sie die Raten abzahlen sollen.

»Selten war ein Krimi so brennend aktuell. Interessanter noch als die solide Krimihandlung sind die Skizzen eines Landes, dessen Volksseele kocht.«
Britta Heidemann / Westdeutsche Allgemeine Zeitung, Essen

»Petros Markaris zeichnet ein Sittenbild Griechenlands in der Krise.« *Der Standard, Wien*

Zahltag

Ein Fall für Kostas Charitos

Roman. Deutsch von Michaela Prinzinger

Reiche Griechen zahlen keine Steuern. Arme Griechen empören sich darüber, oder sie verzweifeln ob ihrer aussichtslosen Lage. Im zweiten Band der Krisentrilogie tut ein selbsternannter »nationaler Steuereintreiber« weder das eine noch das andere: er handelt. Mit Drohbriefen, Schierlingsgift und Pfeilbogen – im Namen des Staates.

»Petros Markaris hat einen weiteren Krimi zur Griechenland-Krise verfasst, böse, ironisch und mit viel Einblick in den griechischen Nationalcharakter und die Schwächen des politischen Systems.«
Der Spiegel, Hamburg

»Böse, komisch, traurig: Pflichtlektüre in finsteren Zeiten.« *Tobias Gohlis / Die Zeit, Hamburg*

Abrechnung

Ein Fall für Kostas Charitos

Roman. Deutsch von Michaela Prinzinger

Wir schreiben das Jahr 2014. Griechenland ist zur Drachme zurückgekehrt. Es geht ums schiere Überleben: Stellen werden gestrichen, Löhne nicht ausbezahlt – und ein Serienmörder hat es auf einige prominente Linke abgesehen, die nach dem Aufstand gegen die Militärjunta eine steile Karriere hinlegten. Wer steckt dahinter? Ein Rechtsextremer? Oder jemand, der sich für längst vergangene Verfehlungen rächt? Kommissar Charitos verfolgt mit der ihm eigenen Beharrlichkeit die eloquenten Spuren des Täters – und das, obwohl er drei Monate lang ohne Gehalt auskommen muss.

»Der knorrig-charismatische Kostas Charitos ist einer der originellsten Kommissare der heutigen Kriminalliteratur.«
Achim Engelberg / Die Tageszeitung, Berlin

Zurück auf Start

Ein Fall für Kostas Charitos

Roman. Deutsch von Michaela Prinzinger

Der Deutschgrieche Andreas Makridis wird erhängt in seiner Athener Wohnung aufgefunden. Kurz darauf behauptet ein Schreiben, es handle sich um Mord. Unterzeichnet: »Die Griechen der fünfziger Jahre«. Was wie ein schlechter Scherz aussieht, ist blutiger Ernst:

Weitere Tote folgen. Wer verbirgt sich hinter dieser ominösen Gruppierung? Verrückte alte Leute, die eine Rückbesinnung auf die Werte von damals fordern?
Der neue Fall führt Kostas Charitos kreuz und quer durch eine Stadt, die von Tag zu Tag gefährlicher wird. Das muss der Kommissar auch privat erfahren: Seine Tochter Katerina wird von einem Neonazi der »Goldenen Morgenröte« zusammengeschlagen – mitten im Zentrum, am helllichten Tag.

»Der Krimi als Gesellschaftsroman – in und für Griechenland hat ihn Markaris erfunden.«
Christine Müller-Lobeck / Tageszeitung, Berlin

»Markaris schildert die griechische Aktualität als spannende Tragikomödie.«
Harald Eggebrecht / Süddeutsche Zeitung, München

Offshore

Ein Fall für Kostas Charitos

Roman. Deutsch von Michaela Prinzinger

Der Mord an einem Beamten wird in null Komma nichts aufgeklärt, doch Kommissar Charitos misstraut der Sache. Wie überhaupt alles um ihn herum zu schön ist, um wahr zu sein. Die Leute genießen das Leben, als hätte es nie eine Krise gegeben. Das schnelle Geld fordert jedoch seinen Tribut: Der Mord an dem Beamten war erst der Anfang.

»Eine liebevolle Beschreibung der griechischen Mentalität mit einer messerscharfen Analyse der Gesellschaft. Sein bisher bester Roman!«
Werner van Gent /
Auslandskorrespondent für Schweizer Medien

»Mit seinem Kommissar Kostas Charitos hat Petros Markaris so etwas wie eine Kultfigur geschaffen.«
Stefan Berkholz / Deutschlandradio Kultur, Berlin

Petros Markaris

Finstere Zeiten

Zur Krise in Griechenland

Die moderne griechische Tragödie spielt sich in den Läden und Büros, Straßen und Wohnblocks ab. Petros Markaris beobachtet und kommentiert die einzelnen Akte in zwölf Artikeln, die er für deutschsprachige Medien wie *Die Zeit, Die Wochenzeitung, Die Tageszeitung* und die *Süddeutsche Zeitung* seit 2009 geschrieben hat.

»Keiner analysiert und kommentiert die Hybris von Hellas so scharf wie Petros Markaris.«
Manuela Swoboda / Kleine Zeitung, Graz

»Der weltbekannte Krimi- und Drehbuchautor Petros Markaris ist einer der profiliertesten Kommentatoren der Griechenlandkrise.«
Sebastian Ramspeck / SonntagsZeitung, Zürich

»Pflichtlektüre für alle, die die Hintergründe der griechischen Existenzkrise besser verstehen wollen.«
Nikolai Haring / Wiener Zeitung

Petros Markaris
Wiederholungstäter
Ein Leben zwischen Istanbul, Wien und Athen

Aus dem Neugriechischen von Michaela Prinzinger

Petros Markaris über seine Liebe zu Istanbul, seine Hassliebe zu Athen und seine besondere Beziehung zur deutschen Kultur. Der Autor erzählt von seiner Kindheit, seinem Alltag heute, von der Zusammenarbeit mit Theo Angelopoulos und seiner Tätigkeit als Brecht- und Goethe-Übersetzer. Dabei beschränkt er sich nicht aufs Autobiographische: Wenn er von der griechischen Gemeinschaft in Istanbul schreibt, so ist ihm das einen Exkurs zum Thema »Minderheiten« wert. Spricht er von seinen armenischen Wurzeln, geht es bald um »Heimat«. Schildert er die Entstehung seiner Figuren Kostas und Adriani, so greift er die Themen »Gleichberechtigung« und »politische Korrektheit« auf. Autobiographisches, Historisches und Politisches vermischen sich dabei auf brillante und liebenswürdige Weise.

»Petros Markaris gilt als einer der vielseitigsten und erfolgreichsten Autoren Griechenlands.«
Günter Keil / Süddeutsche Zeitung, München

»Petros Markaris gefällt mir außerordentlich.«
Andrea Camilleri